Rainer Erler

»Delay« – Verspätung

Rainer Erler
»Delay«
Verspätung

Roman

Originalausgabe

Wilhelm Goldmann Verlag

Made in Germany · 9/82 · 1. Auflage · 1110
© 1982 by Wilhelm Goldmann Verlag, München
Umschlagentwurf: Mathias Waske von Reppert
Satz: Fotosatz Glücker, Würzburg
Druck: Mohndruck Graphische Betriebe GmbH, Gütersloh
Verlagsnummer: 30014
Lektorat: Klaus Eck · Herstellung: Peter Papenbrok
ISBN: 3-442-30014-2

I
›DELAY‹

1

Wer war schuld? Jetzt, wo die Katastrophe auch für mich unausweichlich geworden ist, eine überflüssige Frage, naiv und dumm.

Aber trotzdem: Wer war schuld?

War es dieser vertrackte Winter, der kein Ende nahm? Mitte April gammelten überall noch Schneereste vor sich hin, im Schatten von Mauern, zusammengeweht, hingekehrt, dreckverkrustete Haufen neben dem Eingang zur Abflughalle.

Oder war es dieser ›Midlife-Blues‹? In zwei Jahren werde ich fünfzig, und da geht einem die Frage nicht mehr aus dem Hirn, ob es sinnvoll ist, einfach so weiterzumachen wie bisher, ertragreich, also erfolgreich, aber immer zwei Fußbreit am erträumten Ziel vorbei. Aufträge gab es genügend, auch Anerkennung und Geld. Aber was knapp zu werden schien, war die Zeit. Und der Blick in die Zukunft begann zu verschwimmen. Wegen akuter Orientierungslosigkeit.

Oder war es diese Frau?

Sie saß mir gegenüber, in der Mitte einer dieser vollbesetzten Reihen ineinandergehakter Stapelstühle. Plastik in weiß und orange. Und irgendwann in dieser halben Stunde begegneten sich unsere Augen ein paar Sekunden zu lang.

Es war ein intensiver Blick, forschend, eindringlich, abweisend, aus dunklen, wunderschön geschnittenen Augen. Die mandelförmige Kontur war hart, wie mit Kohle, nachgezeichnet. Auf altindischen Miniaturen findet man Ähnliches: Die Augen gütig-grausamer Göttinnen, die dich ergründen wollen, aber die ihr eigenes Geheimnis nicht preisgeben werden.

Etwas zu viel Tusche, dachte ich noch, als mich dieser Blick plötzlich traf wie eine Zurechtweisung. Strafe für indiskrete Neugier. Dabei mußte diese Frau es doch gewohnt sein, angestarrt zu werden: eine fast hellhäutige Inderin. Ein schlanker Körper in einem Sari aus schwerer, türkisgrüner Seide. Die blauschwarzen Haare offen, kurz geschnitten und wie vom Wind zerweht. Und um den schlanken Hals einen breiten Silberreifen. Sie saß aufrecht, eine Haltung voller Würde und Gelassenheit. Die schmalen Hände ruhten bewegungslos auf dem Schoß. Sie wartete voller Gleichmut und Geduld, schien keine Eile zu haben, blickte durch die verschmutzten Fenster hinaus auf das Flugfeld, in diesen tristen, grauen Tag hinein, vorbei an diesen Männern mit ihren blassen Gesichtern, ihren dunklen Anzügen von der Stange, ihren schwarzen Aktenköfferchen, diesen Managertypen, die sich nervös vor der verschlossenen Ausgangstür drängten.

Der Mann an ihrer Seite las in einer englischsprachigen Zeitung, die er in unregelmäßigen Abständen auf volle Armlänge entfaltete, um sie wieder neu, kompliziert und geräuschvoll auf handliche Größe zusammenzufalten.

Zweifellos ein Inder, vermutlich der Ehemann. Er wirkte massiv, fast korpulent. Die Knöpfe seines Jacketts spannten vor dem Leib. Trotz des konventionell europäischen Schnitts hatte seine Garderobe einen Hauch von Exotik: Der Anzug war aus glänzendem dunkelvioletten Stoff und die breite Krawatte mit ihrem lila-rosa Muster war eine Spur zu exzentrisch und zu bunt.

Es war kühl in diesem Warteraum, aber der Inder schien zu schwitzen. Ebenso umständlich, wie er die Zeitung zusammengeklappt hatte, begann er sie wieder auseinanderzufalten, geradezustreichen, anders zu knicken. Dann ließ er sie sinken, beugte sich schwerfällig zu einer monströsen, braunen Aktentasche, die zwischen seinen Füßen stand, entriegelte umständlich das Schloß, suchte im Inneren ohne hinzusehen und brachte ein weißes Taschentuch zum Vorschein. Mit der gleichen, unruhigen Pedanterie entfaltete er es und wischte sich die Stirn. Dann putzte er die dicken Gläser seiner dunklen Hornbrille, hielt sie immer wieder prüfend gegen die trüben Fenster, putzte weiter, und, ohne mit dem Erfolg der Reinigung zufrieden zu sein, setzte er sie wieder auf.

Die Frau im Sari hatte ihm teilnahmslos zugesehen. Er kontrollierte seine Uhr, flüsterte ihr etwas zu. Sie nickte nur und sah wieder nach draußen, bevor er sich erneut in das Zusammenfalten seiner Zeitung vertiefte.

Der Warteraum hatte sich gefüllt. Die Abflugzeit war bereits verstrichen, ohne daß sich irgend jemand dazu bequemte, die Passagiere über eine Verspätung zu informieren. Vorn am Counter gab es wohl eine Diskussion mit einem älteren Ehepaar. Eines der Mädchen telefonierte, Uhrenvergleich, Schulterzukken, ein beruhigendes Lächeln. Sonst kein Kommentar. Ich saß zu weit entfernt, um den Wortwechsel zu verstehen. Aber das Problem in solchen Fällen war immer das gleiche: ein Anschlußflug in Frankfurt, der nicht mehr zu schaffen sein würde.

Mich betraf das alles nicht, ich hatte Zeit. Mein Termin in Oberrad, einem Industrienest zwischen Frankfurt und Offenbach, war erst um zwei. Mit dem Taxi vom Rhein-Main-Flughafen waren das knapp fünfzehn Minuten. Und ich hatte mir irgendwann in den letzten Jahren abgewöhnt, vor Präsentationen nervös zu sein. Was hing denn schon groß davon ab? Wenn die Entwürfe abgeschossen wurden, ging der Auftrag schlimmstenfalls an die Konkurrenz. Schade um das viele Geld, zugegeben. Und besonders schade um die viele Zeit, die in der Arbeit steckte. Aber um so mehr Muße hatten wir dann für andere Projekte. Kunden gab es genügend. Und Werbung für die Pharmaindustrie riß mich und meine Mitarbeiter schon lange nicht mehr vom Stuhl.

Diesmal waren es Vierfarbaufsteller und Anzeigenentwürfe für die Ärzteblätter: ›Reductan-Depot‹. Wieder so ein neues ›Antiadipositas‹, ein Appetitzügler, der sich von den Konkurrenzprodukten dadurch unterschied, daß er weniger Ephedrin enthielt und dadurch etwas weniger umstritten sein würde.

Ich bin kein Pharmakologe, und meine Moral ist auch nur mittelmäßig ausgeprägt. Die Verantwortung für die Schädlichkeit eines Medikaments liegt meines Erachtens bei den Herstellern. Ich bin Werbefachmann. Aber wenn der millionenfache Mißbrauch sich in Millionenumsätzen niederschlägt, rührt sich auch in mir das schlechte Gewissen.

›*Wunderbar schlank durch Reductan-Depot!*‹ Dazu ein mageres, nacktes Fotomodell auf beiges Frottee hingestreckt. Das war eigentlich schon unsere ganze Leistung.

Der verlogene Schmus, der ›*Informationstext*‹, der darunterstand, war von der Herstellerfirma vorgegeben. Und wenn die Poster und Aufsteller in den Fenstern der Apotheken, die erst den richtigen Appetit auf diesen ›Appetitzügler‹ machen sollten, nicht von mir stammten, dann eben von einer anderen Agentur. Der Schlankheitsfimmel der jungen Frauen verschwindet durch meine moralische Weigerung, für Abmagerungsmittel gefällig und erfolgreich zu werben, nicht aus der Welt. Und außerdem, so tröstete mich der Product-Manager dieser Pharma-Firma in Oberrad, sei Übergewicht wesentlich schädlicher als alle Nebenwirkungen ihres Produkts. Also denn: ›*Ein Dragee zum Frühstück vertreibt den Hunger für den ganzen Tag!*‹

2

Blinder Alarm. Eine Ground-Hostess war durch den Warteraum geeilt und durch den Ausgang verschwunden. Nun erhoben sich alle von den Plätzen und drängten hinterher. Aber die Tür war längst wieder versperrt.

Da standen sie nun dichtgedrängt, beladen mit ihrem Handgepäck, als ob es auf diesem Flug von München nach Frankfurt so exquisite Plätze gäbe, um die zu kämpfen sich lohnen würde. Die Routiniers auf dieser Linie blieben sitzen und verbreiteten die Arroganz wissender Ruhe.

Auch das indische Paar war aus seiner Gelassenheit nicht aufzuschrecken. Er faltete wieder seine Zeitung gegen den Knick, fuhr mit seinem Tuch über die hohe, feuchte Stirn, aber die glänzte weiter, wie seine schütteren, schwarzen Haare, die sich auf dem massigen, braunen Schädel wie angeklebt kräuselten.

Die Frau hatte sich nicht bewegt. Sie schaute hinaus, versunken in Gedanken, blickte durch die Menschen hindurch, die sich hektisch zwischen ihr und den Fenstern sammelten, ihre Zigaretten löschten, sich hineindrängten in diese wartende Menge vor der Ausgangstür.

Sie ist schön, dachte ich, während ich ihr Profil betrachtete, schön, aber nicht mehr jung. Vielleicht malt sie deshalb zuviel Tusche um ihre Augen.

Da traf mich ihr Blick. Ganz überraschend, ganz direkt. Ich hatte keine Chance auszuweichen, sah dafür auch keinen Grund. Es war ein irritierender Kontakt. Und das Erregende war, daß wir damit gegen die Konvention verstießen. Es war der Bruch eines alten Tabus. Keiner von uns beiden schaute weg. Keiner wich aus. Keiner versuchte verlegen zu lächeln. Und was nun begann, war das alte Kinderspiel: Wer hat die Kühnheit, dem Blick des anderen länger standzuhalten?
Bewegung kam in die Warteschlange. Unser Flug wurde aufgerufen. ›LH–753‹ nach Frankfurt. Es war kurz nach elf, mehr als zwanzig Minuten über die Zeit. Die Tür hatte sich geöffnet, das Gedränge formierte sich neu, wurde aufgesogen von dem Tunnel der Passagierbrücke. Ich hatte wieder freien Blick durch die Fenster auf das Vorfeld. Eine Maschine bewegte sich lautlos in den Dunst hinein. Gepäckkarren mit Anhängern suchten sich ihren Weg auf diesem See aus regennassem Beton. Der Wind zerrte an den Planen, die nachlässig über die Kofferstapel gebreitet waren. Ein gelb-schwarzer Bus sammelte Techniker ein, die eingemummt in triefendes Ölzeug und mit Ohrenschützern bewehrt, angetrabt kamen.
Als mir bewußt wurde, daß ich gekniffen hatte, als ich schließlich meinen Blick doch wieder zurückwandte zu dieser Frau, hatte sich die Inderin bereits abgewandt. Das Spiel des Augenblicks war vorbei. Aber auf ihrem Gesicht war jetzt der Anflug eines Lächelns. Das Lächeln des Siegers.

3

Der korpulente Inder an ihrer Seite hatte sich erhoben. Er faltete endgültig seine Zeitung zusammen und verstaute sie in seiner Tasche. Sie ergriff seine Hand, zog sie zu sich heran, blickte auf seine Uhr. Es war eine Geste der Vertrautheit. Ich hätte ihr eigentlich einen sympathischeren Mann gegönnt.

Sie stand auf, kreuzte meinen Weg, nahm mich weiter nicht mehr zur Kenntnis. Ein schweres, herbes Parfum wehte mich an wie der Hauch fremder, exotischer Blüten. Dann verschwand sie mit diesem Mann in dem Tunnel, der mit leichtem Gefälle hinunterführte zur Maschine.

Im Gedränge vor dem Flugzeugeingang holte ich sie ein, stand dicht hinter ihr, berührte sie fast, betrachtete den schmalen Nakken. Zwei zarte, schwarze Locken kräuselten sich über der Kontur eines Wirbels. Die Haut hatte einen zarten Ton nach Oliv. Das Schloß des Silberreifens war massiv und fein ziseliert. Und dieser herbe Duft prägte sich mir ein wie für alle Zeiten.

Der Inder warf seine schwere Tasche auf einen Sitz der Ersten Klasse gleich neben dem Eingang. Die Frau stand unschlüssig neben ihm. Ich drängte mich vorbei, ein flüchtiger Blick, doch noch ein Lächeln auf beiden Seiten. Ich wurde weitergeschoben in das große Compartment der Touristenklasse. Die Sitze waren alle besetzt bis zum Heck. Dort fand sich noch ein Innenplatz. Ich rollte meinen schwarzen Trenchcoat zusammen, verstaute ihn in der oberen Ablage, zwängte mich in die Mitte. Mein Koffer war im Weg, raubte mir unter dem Sitz jede Beinfreiheit. Für die paar Layouts war er absolut überdimensioniert. Aber im großen Fach steckten Schlafanzug, Rasierzeug, frisches Hemd, Wäsche und der übliche Kram.

Ich hatte bereits um 21.15 den Rückflug gebucht, auf der LH–969‹. Es war die allerletzte Maschine. Aber ich hatte schon zu oft erlebt, daß diese enervierenden Diskussionen um Schriftgrößen und Farbandrucke bis nach Mitternacht gingen. Ich kannte den Laden mit seinem halben Dutzend unentbehrlicher Wichtigtuer. Außerdem war Vorsicht in dieser Richtung nicht nur eine Frage schlechter Erfahrungen, sondern auch eine der Phantasie.

Nach dem Start wurde der Vorhang zu der privilegierten Ersten Klasse zugezogen. Aber ich hatte ohnehin nicht damit gerechnet, diese Frau noch einmal wiederzusehen. Weder während des Flugs – ich saß ja weitab im Heck – noch bei der Ankunft in Frankfurt. Die Maschine parkte auf einer Außenposition. Als ich den Ausstieg endlich erreichte, fuhr der erste Bus mit Passagieren bereits ab und verschwand im Dunst. Vielleicht war dieser beginnende Nebel der Grund unserer Verspätung und des elend langen Kreisens im Anflug auf Frankfurt.

Die Türen zum Untergeschoß in diesem tunnelartig überbauten Eingang zum Terminal ›A‹ öffneten sich automatisch, als ich den zweiten Bus als einer der ersten verließ. Aber die Passagiere, die knapp drei Minuten vor uns abtransportiert worden waren, hatten sich offenbar längst in alle Richtungen verstreut. Von dem indischen Paar jedenfalls fehlte jede Spur.

Direkt vor mir führte die Treppe hinunter, am Gepäckband vorbei zum Ausgang, zum Taxistand. Warum ich dann doch den anderen Weg nach oben wählte, der links von mir hinauf in die Abflughalle und zu den Anschlußflügen führte, ist heute nicht mehr schwer zu erraten. Damals wirkte es auf mich wie eine Laune. Ich hatte ja Zeit. Und oben gab es Restaurants. Der Lufthansa-Snack aus der Plastiktüte ist nicht mein Fall. Es war bereits Mittag und die Mengen an Kaffee, mit denen ich im Konferenzraum der Oberrader Pharma-Fabrik in den nächsten Stunden überschwemmt werden würde, verlangten eine solide Grundlage.

Das Restaurant im Inlandbereich gegenüber den Gates ›A–21‹ bis ›A–25‹ war brechend voll. Die Wartenden mit ihren Gepäckkarren blockierten bereits den Durchgang zu den Flugsteigen. Das Gedränge nahm auch nicht ab auf meinem Weg zur Abflughalle ›B‹. Dort wurde es lediglich etwas internationaler. Das Restaurant war hier ebenso überfüllt wie die Warteräume. Jeder Platz war besetzt. Die Leute hockten schon auf ihren Koffern.

Ich schob mich etwas ziellos durch das Gewühl. Im Untergeschoß gab es weitere Restaurants, wie ich mich erinnerte. Ein Italiener am ›Treffpunkt‹, ein Stockwerk tiefer Hessisches und Chinesisches in trauter Nachbarschaft. Und auch in Oberrad fand sich eine Kneipe. Zwei Blocks von der Pharma-Fabrik entfernt. Aber um mich definitiv zu entscheiden, war mein Hunger noch nicht ausgeprägt genug.

›Dr. Müllers Sexshop‹ war ebenso leer wie die Schmuck- und Kameraläden. Die wartenden Massen hatten im Augenblick offenbar andere Probleme. Eine Art lähmende Gereiztheit lag über der Menge, eine aggressive Unschlüssigkeit.

Natürlich liefen mir die beiden Inder noch einmal über den Weg, mitten im dichtesten Gedränge. Er schob einen beladenen

Gepäckkarren vor sich her und klammerte sich an den Griff seiner prallen Aktentasche, die er auf dem obersten Koffer abgestellt hatte. Was sich mir einprägte, war diese dunkle, schwarz behaarte Hand mit einem großen Ring.

Sie folgte dicht hinter ihm, hielt sich gewissermaßen in seinem Schatten, unauffällig, leicht zu übersehen. Der Koloß bahnte ihr den Weg durch die Menge wie ein Eisbrecher. Sie hielt den Blick gesenkt, hob ihn erst, als sie fast schon an mir vorüber war. Aber dann erkannte sie mich wohl, und für Bruchteile einer Sekunde lächelten wir uns wieder verständnisvoll an. ›So ein Zufall...!‹, mochte das heißen. ›Ausgerechnet hier im schlimmsten Gewühl muß man sich wiedertreffen...!‹

Ich war stehengeblieben, schaute ihr nach, sah noch, wie die beiden den Schalter der ›AIR INDIA‹ ansteuerten, vor dem eine Gruppe von Passagieren, Europäer und Inder bunt gemischt, ergeben wartete. Dann schob sich ein Trupp amerikanischer Soldaten dazwischen, frischgebügelte Uniformen, olivgrüne Seesäcke geschultert, eiligst und mit gehetztem Blick. Ich drängte mich hinaus aus diesem Chaos, fuhr mit der Rolltreppe ein Stockwerk tiefer. Kaltfeuchter Dunst wirbelte mir an den Schiebetüren entgegen, die ins Freie führten. Und bestieg das nächstbeste Taxi.

»Oberrad, Wasserhofstraße.«

Der Fahrer wirkte mürrisch. Zugegeben, Frankfurt Innenstadt, Wiesbaden oder Mainz hätten mehr gebracht als Oberrad.

Als wir an den Einfahrten zum Tiefgaragen-Labyrinth vorbei und aus dem Untergeschoß heraus ins Freie kamen, stülpte sich grauweißer Nebel über uns wie eine Glocke. Was für ein Land. Vielleicht ist diese hektische Geschäftigkeit der einzige Ausweg, ein Klima mit 7 Monaten Winter einigermaßen zu ertragen.

Wir steckten im Stau. Vielleicht Auffahrunfälle auf der nahen Autobahn. Und alle Einfahrten blockiert. Man sah ja nur wenige Meter weit in diesem Nebel. Aber soweit man sehen konnte, stand der Verkehr.

Sehr weit waren wir noch nicht gekommen. Wir hingen mitten in einem Rondell, das dreispurig blockiert war. ›Kapitän-Lehmann-Kreisel‹ las ich auf einem Straßenschild, und hinter einem Tor waren Umrisse von Lagerhallen oder Hangars zu erkennen. Also zweifellos immer noch Flughafengelände.

»Hier, zehn Mark. Ich steige aus!«

Der Taxifahrer wirkte verblüfft: »Ich denke, Sie wollen nach Oberrad?!«

»Ich laufe! Geben Sie mir eine Quittung.«

Er schrieb sie aus und ließ sich Zeit. Auf dem Taxameter standen erst fünfzwanzig. Er hatte keinen Grund, unwirsch zu sein. Der Stau war sein Risiko. Wie ich nach Oberrad kam, meines. Zugverbindungen gab es schließlich auch. Ich hatte noch anderthalb Stunden Zeit. Und der Bahnhof war im Tiefparterre des Flughafens. Irgendeine Linie würde ja wohl nach Oberrad führen.

Ich quälte mich aus dem Wagen, schlüpfte draußen in den Mantel, den ich bisher über dem Arm getragen hatte und nahm meinen Koffer auf mit ›Reductan-Depot-Werbung‹, Layouts und Rasierzeug und einem Fläschchen mit Valium, ohne das man in dieser Branche kein Auge zutun kann, ohne von Terminalpträumen hochzuschrecken.

Dann stand ich erstmal im Nebel, die Luft war zum Schneiden, feucht und beißend, dichter Smog. Abgase der Industrie, schweflig, sauer, die Raffinerien am Main verpesteten die Gegend, Hunderte von Autos saßen fest. Und ich versuchte mich zu orientieren, lief schließlich los, zurück zum Flughafengebäude.

Und auf diesem Weg, vorbei an dieser Schlange wartender Wagen, an ölig schimmernden Pfützen, an den kahlen, so unendlich krank wirkenden Bäumen, die man in diese Unwirtlichkeit gepflanzt hatte, als kleine Geste guten Willens, eingehüllt in dieses schwärzlichgraue Nirgendwo, aus dem unvermittelt Menschen auftauchten, die mit eingezogenen Köpfen vorüberhasteten, wo plötzlich und ganz überraschend Betonfassaden vor mir hochragten, dazwischen Wegschilder, Absperrungen, Überwege und Zebrastreifen, wo man überall und wie mit Blindheit geschlagen auf Ordnung und Fortschritt trifft und auf sonst nichts – auf diesem Weg, der nur wenige Minuten dauerte und der mir unendlich lang erschien, wurde mir einiges schlagartig klar.

Ich bekam eine Witterung dafür, was sonst noch sein könnte. Und das war mit einem Mal so reich an Ausblick und Hoffnung, das hatte so viel Reales, Überzeugendes für sich, daß mir schwindelte vor diesem schlagartig aufbrechenden Gefühl an unermeßlicher Freiheit.

4

»Was kostet ein Flug nach Indien?«
Das kleine Häuflein Unentwegter, das immer noch den Counter der ›AIR INDIA‹ umlagerte, hatte mir freundlich Platz gemacht, als ich an den Schalter trat.
Die gesamte Abflugebene war immer noch erfüllt von dieser aufgeregten Bienenstockhektik, die ich noch nicht deuten konnte.
»Wohin, bitte?« Die Ground-Hostess war, wie man hörte, aus dem Hessischen und hatte nichts Exotisches an sich.
»Indien?« Ich hatte mich doch klar ausgedrückt.
»Ja, schon, nur... Delhi? Bombay?« Sie schaute mich etwas verzweifelt an. Einem ernsthaften Interessenten mußten die gewaltigen Entfernungen und die damit verbundenen Tarif-Differenzen auf diesem Subkontinent doch geläufig sein.
»Bombay!« Ich wußte vage, daß es an der Westküste lag, also am Meer. Das genügte als schöne Idee.
»Hin und zurück?« fragte das Mädchen und blätterte dabei in ihren Unterlagen, ohne mich anzusehen.
Hin und zurück? Was hatte ich eigentlich vor? War das eine plötzliche Laune? Eine Krise, ausgelöst durch diesen Nebel, inspiriert durch diese schöne Frau, die ich höchstwahrscheinlich niemals wiedersehen würde? Ein Aussteiger mit einigermaßen ernstzunehmenden Motiven nimmt konsequenterweise ein ›OneWay-Ticket‹ – ein Flug ohne Wiederkehr.
Ich war weder Aussteiger noch ernstzunehmen noch konsequent. »Hin und zurück, natürlich.«
Natürlich. Ihr kurzer Blick signalisierte Verständnis.
»Frankfurt–Bombay, hin und zurück, Economy kostet 3.940,– und in der Ersten Klasse 6.155,–, ›full-fare‹, also Normaltarif. Wir haben auch einen Holiday-Tarif: 1.995,–.«
»Ja, danke, das war's eigentlich schon.« Ich wandte mich zum Gehen. »Ach, ja...!« Ich stoppte, und das Mädchen blickte noch einmal auf. »Wann geht Ihre Maschine?«
»Heute um achtzehn null fünf. Samstag und Montag um zwoundzwanzig fünfzehn.«

Das klang präzis, ich nickte ihr zu und ging. Ein bärtiger junger Mann, der in der Gruppe der Wartenden stand und mein Gespräch mit der Dame am Counter mitangehört hatte, sprach mich leise an: »Sie wollen nach Indien?«

»Ja, ich glaube schon«, sagte ich ebenso leise nach einer kurzen, nachdenklichen Pause.

Er nahm mich am Arm und ließ sein Gepäck, einen Koffer mit aufgeschnalltem Schlafsack, in der Obhut seiner Gefährtin. Die hockte begraben unter einem verwaschenen Poncho, den sie über einem bodenlangen, bunten Kaschmirkleid trug, auf einer Art Seesack und bürstete sich die hennagefärbten, schulterlangen Haare. Neugierig schaute sie uns nach.

Der bärtige junge Mann kramte in einer der Taschen seiner grünen Armee-Windjacke, die offensichtlich schon zahlreiche Feldzüge hinter sich hatte.

Er brachte einen zusammengefalteten Zettel zum Vorschein: »Hier, eine Adresse!«

»In Indien?«

»Nein. Ein Reisebüro. Billiger bekommen sie ein Ticket nach Bombay nirgends. Die haben ein Gruppen-Arrangement, verstehen Sie? Aber so etwas erfahren Sie nicht hier am Counter. Die können Ihnen nur ›full-fare‹ anbieten. Sicher wieder mal so eine Vorschrift der Lufthansa. Die kämpften um ihr Preismonopol. Das nennen die ›Freie Marktwirtschaft‹!« Er lachte hämisch und hielt mir den Zettel hin. »Müssen Sie sich abschreiben. Der Laden ist hier in Frankfurt.«

»Und was kostet das Ticket dort?«

»Vierzehnfünfundneunzig!« Er holte es aus einer anderen Tasche. Es war ein reguläres Ticket, allerdings weniger oft gefaltet und abgegriffen als der Zettel mit der Adresse.

»Keine Sorge. Alles ganz legal«, versicherte er mir noch.

Immerhin hatte ich bereits Gleichgesinnte, die mir ein normales Linienticket nicht zutrauten. Von Frankfurt kenne ich eigentlich nur die Stationen, die ich bei Kundenbesuchen anzulaufen habe. Der Adresse nach zu schließen, war dieser Reisebüro-Laden irgendwo im Westend zu finden. Das lag wirklich nicht auf meinem Weg und hätte Initiative erfordert. Spontane Absprünge mit Hindernissen funktionieren nicht. Da kriegt man sich wieder ein, scheut zurück, bleibt wo man ist und fällt wieder in den alten Trott.

»Herzlichen Dank«, sagte ich und gab dem freundlichen Menschen seinen Geheimtip zurück. »Das ist bei mir im Augenblick nicht sehr aktuell. Es war eigentlich...« Ja, was war es denn eigentlich? »Naja, so eine Frage... Mehr so eine Idee...« Ich lachte etwas verlegen, aber der andere blieb ernst.

»Jaja, ich verstehe Sie schon...!«

Wieso? Wieso versteht der mich? Nichts verstand er. Nichts. Keine Ahnung hatte der. Ein freier, junger Mensch, der tun und lassen konnte, was er wollte. Heute nach Bombay, morgen nach Katmandu. Eine Freundin hier mit hennarotem Haar, eine blonde Skandinavierin auf Ibizza und ein rehäugiges Geschöpf auf Ceylon.

»Wirklich sehr freundlich von Ihnen. Danke.« Ich wandte mich zum Gehen.

Er steckte den Zettel wieder in eine seiner zahllosen Taschen und winkte mir freundlich nach.

Ich war unruhig geworden. Neid und Mißgunst hatten mich aggressiv gemacht. Auf seine Jugend, seine Ungebundenheit, seine absolute Freiheit.

Dieser Typ hatte nicht um 14 Uhr einen Termin in Oberrad wegen schwachsinniger Apotheken-Aufsteller für ein neues Schlankheitsdragee, welches eigentlich verboten gehörte. Der hatte sich nicht mit meinen Skrupeln, meinem Überdruß, meinen Depressionen, meinem Alter herumzuschlagen. Der konnte leicht freundlich sein zu so einem vergreisten, krisengeplagten Endvierziger wie mir. Der konnte mir das alternative Leben und das Aussteigen frohen Herzens gönnen. Der steckte ja nicht in einem Geflecht von Verpflichtungen, wo eine Flucht nur in Gedanken und in der unverbindlichen Frage ›Was kostet ein Flug nach Indien‹ erlaubt war. Das war denn auch eigentlich schon alles, was ich mir an ›Ausbruch aus der bürgerlichen Welt‹ herausnehmen durfte.

Es ging auf eins. Ich mußte mich beeilen. Die Straßen waren vermutlich immer noch dicht. Der Nebel klebte vor den riesigen Fenstern der Abflughalle wie ein grauer Schleier. Die Scheiben waren wie mit Kalk überstrichen. Und ich schwebte nun schon zum zweiten Mal auf der Rolltreppe nach unten. Und diesmal endgültig.

Der Weg zum Bahnhof führte an Boutiquen vorbei, an Banken und einem Supermarkt, an den bereits erwähnten Restaurants und an zwei Reisebüros. Ich fragte aus Neugierde. Das erste führte keine speziellen Gruppenarrangements nach Indien. Zumindest nicht ohne Gruppe. Es täte ihnen sehr leid.

Daß ich es im zweiten mit ungeahnter Hartnäckigkeit noch einmal versuchte, und damit hineinschlidderte in diese vermeidbare Katastrophe, ist mir heute nicht mehr so rätselhaft, wie es mir damals war.

»Wann wollen Sie fliegen?« fragte eine dunkelhaarige, sehr winzige, sehr charmante Person mit amerikanischem Akzent.

»Um achtzehn null fünf!«

Sie sah mich einen Augenblick ungläubig an. »Heute?«

»Ja, heute...«

Sie nickte, wurde ernst, blätterte in einem Katalog, dann beriet sie sich mit einem Kollegen, der im Hintergrund einen eigenen Schreibtisch besaß. Der wühlte in seiner Kartei, nachdem er kurz und prüfend zu mir herübergesehen hatte.

Die junge Amerikanerin befragte das Terminal eines Computers. Das dauerte. Immer wieder tippte sie einen Zahlencode ein, um dann das Resultat auf dem Bildschirm wieder kopfschüttelnd zu löschen. Schließlich telefonierte sie, wandte mir dabei den Rücken zu. Der Lärm in diesem Raum, Gespräche, Telefonate, Maschinen und Klimaanlage, war zu laut, um zu verstehen, was und mit wem sie verhandelte. Nur irgendwann sah sie sich kurz zu mir um und nickte mir aufmunternd zu.

»Ja«, sagte sie schließlich und trat lächelnd vor mich hin, »es ist okay. Es ist noch Platz auf der Maschine.« Seitlich ihrer Mundwinkel zeichneten sich Grübchen ab.

5

Ich überlegte angestrengt, seit wann ich aufgehört hatte, vernünftig zu reagieren. In diesem Augenblick hätte ich ihr danken sollen für ihre freundliche Bemühung, mich verabschieden und ganz schnell gehen. Schließlich war ich in Eile. Die Zugverbindung nach Oberrad war ungewiß und es war dreizehn Uhr zwölf. Der Fall fing an, absurd zu werden. Ich erkannte das ganz klar, war aber bereits nicht mehr in der Lage, es zu ändern. Klinisch betrachtet hatte das Ganze etwas von einem schizophrenen Schub bei klarem Bewußtsein. Man sieht sich selbst agieren, ist durchaus in der Lage, das eigene Verhalten kritisch zu werten, jedoch ohne die Möglichkeit, korrigierend einzugreifen.

Bis zu diesem Tag war auf meine Reaktionen ja durchaus Verlaß. Ich hatte auch, in all den Jahren, einen Instinkt für drohendes Unheil entwickelt, und eine Technik, es zu vermeiden.

Daß diesmal beides versagte, war offensichtlich einer mir bis dahin unbekannten, plötzlich aufbrechenden Lust am Risiko zuzuschreiben: Irgendwann einmal ins Ungewisse springen. Und dann gespannt beobachten, was passiert.

Wenig passierte zunächst. Alles nahm seinen so erschreckend normalen Lauf:

»Sie haben Ihren Paß dabei?« fragte mich die Amerikanerin und hielt mir ihre Hand erwartungsvoll entgegen.

»Natürlich. Sofort.« Er steckte wie üblich im Deckelfach meines Aktenkoffers. Und ich registrierte deutlich die Furcht, ihn ausgerechnet hier und heute nicht zu finden, spürte die Erleichterung, als ich ihn der charmanten Person überreichen konnte, und hätte mir vieles erspart, wenn ich ihn gerade an diesem Tag zu Hause vergessen hätte.

»Herr Steffen Schwartz...« las sie ab und übertrug den Namen auf ein leeres Ticket-Formular.

»Ja. Mit ›tz‹.«

»Ich sehe es.« Und dann lachte sie. »Verzeihung, aber ich stamme aus Brooklyn, aus Williamsburg. Und in unserem Haus hießen alle Schwarz, mit ›tz‹ und auch ohne, aber alle hießen ›Schwarz‹, und waren nicht verwandt miteinander. Nur wir, wir

hießen ›Bloom‹. Ich fand das komisch, damals. Entschuldigung!« Es war ihr offenbar peinlich, einem Kunden eine nur mäßig groteske Kindergeschichte aus Brooklyn anvertraut zu haben.
»Es ist sehr komisch!« pflichtete ich ihr bei. Nicht, weil ich es wirklich komisch fand, sondern weil ich sie wieder zum Lächeln bringen wollte. »Gibt es den Namen ›Schwartz‹ oder ›Schwarz‹ in New York so häufig?«
»Waren Sie nie dort?« fragte sie dagegen.
»Oh doch. Viele Male. Aber mir ist das nie aufgefallen.«
»Dann haben Sie im falschen Viertel gewohnt. Oder nie ins Telefonbuch gesehen.« Na endlich: Sie lächelte wieder, bis sich die Grübchen bildeten. Sie merkte an meinem Blick, wie sehr mich das irritierte, wurde wieder ernst, nagte an ihrer Unterlippe, sah mich nochmals kurz und ein wenig tadelnd an. »Augenblick, bitte. Ja?« Sie nahm das Formular, ging zu einem Schreibtisch und füllte es dort im Stehen und mit dem Rücken zu mir ungestört und in Ruhe aus.

Es wäre jetzt ein guter und vor allem günstiger Augenblick gewesen, diskret zu verschwinden. Das Ende einer amüsanten Episode. Um die Zeit totzuschlagen. Mitten an einem wichtigen Arbeitstag.

Aber ich blieb. Denn es war bereits kein Spiel mehr und keine Episode. Außerdem, einen Flug zu buchen, das war Routinesache in meinem Beruf. Ein- bis zweimal wöchentlich Frankfurt, Hamburg oder Düsseldorf. Zwei- bis dreimal im Jahr USA, Südamerika oder Asien, das war schon wesentlich seltener. Zweimal stand in den letzten Jahren Istanbul auf dem Programm, einmal Singapore über Bahrein, drei- oder viermal Kanarische Inseln oder die Balearen. Das war schon alles und eigentlich sehr wenig. Für den Duft der weiten Welt warben andere, wesentlich größere und prominentere Agenturen.

»Die Rechnung, bitte.«
Ich feilschte nicht um den Preis. Er lag wesentlich höher als der Geheimtip des bärtigen jungen Mannes. Aber das waren wohl andere Gruppen, die dort im Westend bedient wurden.

Die Differenz zum offiziellen IATA-Preis war ich bereit, in Indien irgendwann außerplanmäßig auf den Putz zu hauen. Als eine Form privater Entwicklungshilfe, wenn man so will.

Man akzeptierte eine meiner Kreditkarten ohne Vorbehalt und Kontrollrückruf. Bis der Beleg auf dem Tisch meiner Buchhaltung landete, würde ich längst wieder im Kreise meiner Mitarbeiter sein. Das Ende einer Dienstreise war bereits abzusehen. Ich verhielt mich so, als hätte ich bereits einen Plan und das Ganze sei Job.

»Hier, bitte: Ihr Ticket.«
Die Grübchen zeichneten sich wieder ab bei Miss Bloom. Wollte ich wirklich fliegen, immer noch fliegen, gab es denn sonst keine andere fixe Idee? Miss Bloom, zum Beispiel, im Frankfurter Hof zum Dinner ausführen. Sie war reizend und zierlich und hatte so ein bezauberndes Lächeln. Und mit dem Gegenwert eines Bombay-Tickets ließ sich auch hierzulande eine Menge dummes Zeug unternehmen, was einem Mann in meinem Alter eigentlich zustand.

Ich unternahm nichts dergleichen. Die Dinge gingen ihren Gang. Geradezu zwangsläufig. So, wie die Sache begonnen hatte, so geschäftlich nüchtern lief sie jetzt weiter.

Ich machte Miss Bloom keine netten Komplimente, fragte sie nicht, wie lange schon und warum sie hier in Deutschland sei und wo zum Teufel sie so gut unsere Sprache gelernt haben könnte. Aber vielleicht war unsere Sprache auch ihre Sprache, die Sprache der Blooms und Schwarzs und Schwartzens. Hier und in Williamsburg oder wo auch immer.

6

»Mister Schwartz, bitte Ihr Gepäck.«
»Ich habe keines. Nur hier, diesen Aktenkoffer.«
Die junge Dame am Counter der ›AIR INDIA‹ akzeptierte das als durchaus denkbare Marotte eines Geschäftsmannes mit meinem Äußeren: Dunkelblauer Anzug mit Nadelstreifen und Weste, schwarzer Burburry-Trenchcoat, gedeckte Krawatte. Wenn man mit Kreativität und Seifenblasen handelt, kann man nicht

seriös genug auftreten. Aber ohne Gepäck nach Indien, dabei hätte sie wenigstens aufblicken können. Eine kurze, beiläufige Reaktion hätte schon genügt.

Sie war auch nicht erstaunt, daß ich knapp zwanzig Minuten nach unserem ersten Gespräch wieder bei ihr erschien. Mit dem Spezial-Arrangement eines seriösen Reisebüros.
»Raucher oder Nichtraucher?«
»Nichtraucher, bitte.«
Sie studierte angestrengt den Grundriß der Maschine auf der Suche nach einem adäquaten Platz.
»Wenn Sie einen Innenplatz finden könnten, auf dem man die Beine ausstrecken kann...« Entschuldigende Geste für meine Länge. »Wir fliegen ja wohl die ganze Nacht.«
Statt einer Antwort erhielt ich ein verständnisvolles Nicken.
»Ankunft Delhi ist morgen früh 6.45 Ortszeit. Weiterflug Bombay 7.40, Ankunft dort 9.30 Uhr. Legen Sie wert auf die Filmvorführung an Bord?«
»Kommt darauf an, was läuft.«
»Ich glaube, ›Supermann II‹.«
»Muß ich nicht sehen. Danke.«
Sie nickte und klebte die Sitznummer aus dem Grundriß auf eine grüne Bordkarte.

Ich hatte plötzlich den Verdacht, beobachtet zu werden.

Ich wandte mich um, erkannte den bärtigen jungen Mann mit seiner hennaroten Begleiterin in der wartenden Menge. Er lachte mich an und hob wieder leicht die Hand zu einem flüchtigen Gruß. Aber die Irritation kam wohl von der anderen Seite. Dort stand die Inderin mit den wunderschönen Augen.
»Hallo!« Es war, als wenn alte Bekannte sich treffen.
»Hallo!«
Ich weiß nicht, wie lange sie schon neben mir stand. Als ich kam, hatte ich sie nicht bemerkt. Es war mir peinlich, daß sie die Startvorbereitungen zu meinem Aussteigertrip mitbekommen haben könnte. Mit Bubenstreichen schindęt man bei erwachsenen Frauen nur selten Eindruck.
»Ach ja, Verzeihung. Ihre Bordkarten...« Das Mädchen am Counter meinte nicht mich. Es hatte die Inderin bemerkt und reichte ihr zwei vorbereitete Bordkarten. Sie waren rot.

Die Inderin dankte mit einem leichten Nicken, wieder ein kurzes Lächeln in meine Richtung, dann verschwand sie im Gedränge.

Meine Bordkarte war grün. »Flugsteig ›B–43‹. Der Flug wird frühestens um 16 Uhr aufgerufen. Im Augenblick haben wir noch einen Delay.«

»Delay? Verspätung? Wie lange?«

»Keine Ahnung. Wegen des Nebels. Seit heute morgen kam keine Maschine mehr herein. Auch die Gegenmaschine von Bombay nach Paris steht noch aus. Die sollte um 12.35 hier sein.«

Nebel! Eine höchst simple Erklärung für das chaotische Gewimmel hier in der Halle. Daß unsere Maschine aus München tatsächlich gelandet war, mußte ein programmwidriger Zufall sein. Die meisten anderen Flüge waren ausgefallen oder umgeleitet worden. Ich hatte diese schwarzgraue Glocke bisher als persönlichen Affront gegen meinen augenblicklichen Seelenzustand betrachtet, weniger als allgemeine Katastrophe der Verkehrsluftfahrt, die sich jetzt mit den Chiffren ›delayed‹ oder ›annulliert‹ hinter sämtlichen Abflügen an der großen Anzeigetafel niederschlug.

Für den Flug ›AI–128‹ nach Delhi und Bombay waren im Anschluß an die planmäßige Abflugzeit achtzehn-null-fünf bereits vorsorglich die gelben Ziffern einer möglichen Verspätung bis zwanzig-null-fünf erschienen. Bei dieser überreichlichen Bedenkzeit konnte keine Rede mehr sein von einem spontanen Entschluß. Ich schien auch langsam wieder zur Vernunft zu kommen. Falls sich der Stau aufgelöst hatte, konnte ich in fünfzehn Minuten in Oberrad sein, immer noch pünktlich zum vereinbarten Termin. Und wenn alles glatt lief, war die verspätete Maschine nach Bombay trotzdem noch zu erreichen. Für den Fall, daß diese Idee bis dahin noch aktuell sein sollte. Zur eigenen Standortbestimmung war diese Episode möglicherweise wichtig gewesen und die vermutlich anfallenden Storno-Gebühren bei der Rückgabe des Indien-Tickets als Lehrgeld eine gute Investition.

Ich machte mich also zum zweitenmal auf den Weg zum Taxistand in der unteren Ankunftsebene. Da stand Sie, diese Inderin in ihrem türkisfarbenen Sari, vor der Vitrine eines Kameraladens

und ich war eitel genug anzunehmen, daß sie auf mich gewartet hatte.
Es sollte wohl wie zufällig wirken. Aber als wir uns dann gegenüberstanden, begann sie ihre Konversation mit einer sehr direkten Frage:
»Sie fliegen nach Bombay? Geschäftlich?«
Ihr Deutsch war einwandfrei und der leichte Akzent unbedeutend. Das war erstaunlich und traf mich unerwartet. Aber andererseits war ich nicht in der Lage, auf ihre direkte Frage eine ehrliche und vernünftige Antwort zu geben.
Vielleicht deutete sie mein Zögern als Verblüffung, als Schüchternheit oder Geheimnistuerei.
»Sie müssen es mir nicht sagen. Wirklich nicht!« Sie lachte ganz offen. Und als wir uns beide in Bewegung setzten, als wir so langsam und ziellos weiterschlenderten, ging sie wie selbstverständlich neben mir her. Nur ihre schmalen Hände spielten eine Kleinigkeit zu nervös mit den beiden roten Bordkarten, und hin und wieder fuhr sie sich durch das scheinbar so windzerzauste Haar.
»Ich habe mich nur gewundert, daß Sie auch nach Indien fliegen«, setzte sie ihre Befragung nach einigen Schritten sehr indirekt fort.
Und ohne Gepäck, meinte sie vermutlich. Ich fürchte, sie hatte auch das bemerkt.
Also ehrlich sein? Einfach auspacken. Um Rat fragen, Informationen erbitten über Land und Leute, über Städte und Hotels und Sehenswürdigkeiten?
»Das Ganze war...« Ich schwieg schon wieder. Was war es denn wirklich? Eine Schnapsidee? Ein impulsiver Entschluß? Sie war stehengeblieben und sah mich erwartungsvoll an.
»Ich habe ein paar Tage Zeit«, begann ich von neuem. »Und ich kenne Indien noch nicht.« Aus naheliegenden Gründen fiel mir keine vernünftigere Erklärung ein.
»Und da fliegen Sie einfach nach Bombay?« Sie fand das zwar erstaunlich, aber keineswegs absurd. Der Ton, in dem sie das sagte, brachte sogar eine Spur Anerkennung zum Ausdruck.
»Ja, ich fliege einfach so nach Bombay. Das ist alles!« Und ich stellte fest, daß ich von Satz zu Satz, von Minute zu Minute mei-

ne eben noch reellen Chancen, von dieser Fluchtidee wieder abzuspringen, mehr verbaute, daß ich mir den Abschied von diesem unvernünftigen Abenteuer immer schwerer machte, mir den Rückzug abzuschneiden begann, noch bevor ich überhaupt auf dem Weg war.

»Hören Sie! Fliegen Sie nicht nach Bombay!« Die Inderin war impulsiv einen Schritt nähergetreten und ihre Stimme bekam etwas eindringlich Beschwörendes. »Bombay ist eine schreckliche Stadt. Glauben Sie mir das! Wenn Sie Indien erleben wollen, dann gehen Sie nicht nach Bombay. Unser Land ist groß und wunderschön. Aber Bombay ist nicht gut!«

Sie wartete vergeblich auf irgendeine Reaktion von meiner Seite. Aber ich wußte wirklich nicht, was ich auf diesen etwas eigenartigen Appell antworten sollte.

»Wie sind Sie auf Bombay gekommen?« wollte sie wissen.

»Weil dort früher diese obskuren Sekten ihr Unwesen trieben? Oder weshalb?«

»Die Maschine fliegt dorthin. Das war der einzige Grund.«

»Die Maschine fliegt auch nach Delhi. Steigen Sie dort aus. Das rote Fort ist sehenswert, die große Moschee, der Lakshmi-Narain-Tempel. Und die unzähligen Museen. Fahren Sie nach Amritsar zum Goldenen Tempel der Sikhs. Besuchen sie Jaipur, die rosafarbene Stadt, den Palast von Udaipur, er liegt auf einer Insel und ist heute ein Hotel. Und vergessen Sie nicht in Agra das Taj Mahal...«

Sie schwieg für einen Augenblick, zähmte ihre Begeisterung. Meine Skepsis schien sich ihr mitzuteilen. Ich hatte wirklich nicht vor, eine Sight-seeing-Tour zu machen, die Baudenkmäler einer großen Vergangenheit abzuklappern und im Reiseführer als erledigt abzuhaken.

»Oder Sie fahren den Ganges hinauf in die Täler des Himalaja«, fuhr sie fort und änderte ihr Angebot, als könnte sie Gedankenlesen. »Dort oben in Rishikesh und Hardvar ist der Glaube noch lebendig wie vor tausend Jahren. Auch unten in Varanasi, dem alten Benares.«

Ich schwieg immer noch. Sie hatte eine angenehme Stimme. Und irgend etwas faszinierte mich an dieser Frau. Ihre Persönlichkeit war auf eigenartige Weise unfaßbar, anziehend und schwer zu durchschauen. Auch wenn die Dinge, die sie anpries, mich im Augenblick nicht sonderlich interessierten, wußte ich doch, daß es für mich in Zukunft schwer sein würde, in diesem tristen Winterland weiterhin meinen ebenso profitablen wie letzten Endes sinnlosen Geschäften nachzugehen.

»Sie sagen, Sie wollen Indien kennenlernen. Aber Indien ist ein eigener und sehr ferner Planet. Selbst wenn Sie ein Leben lang durch dieses Land reisen würden, Sie hätten nur einen oberflächlichen Eindruck gewonnen und kaum eine Erfahrung gemacht, die sie wirklich begreifen könnten.«

Das klang nicht sehr ermunternd. Aber sie hatte ja Recht, ich war auf der Flucht, nicht auf der Suche.

»Um in Goa am Strand in der Sonne zu liegen, dafür ist Indien zu kostbar!« Und leise, so, als würden andere mithören in diesem hin und herziehenden Menschengewühl der Wartehalle ›B‹ und uns belauschen, fügte sie noch hinzu: »Und es wäre auch zu schade um Ihre Zeit. Manchmal genügt es, sich einzuschließen, sich abzuschirmen und die Antworten auf alle Fragen kommen von allein. Sie verstehen, was ich meine?«

Nein. Ich verstand nichts. Aber ich begann Zusammenhänge zu ahnen und nickte.

»Wollen Sie jetzt immer noch fliegen? Nach Indien?«

Diese Frage von ihr brachte mich wieder aus dem Takt. Was wollte sie? Spürte sie meine Entschlußlosigkeit?

»Ja. Ich glaube schon. Ich werde wohl fliegen.«

»Sie glauben schon... Sie werden fliegen...« Sie sah weg und schien nachzudenken.

»Darf ich Sie auch etwas fragen?« begann ich zögernd.

Sie blickte mich abwartend an. »Natürlich!«

»Was haben Sie gegen Bombay? Leben Sie dort?«

Es schien, als wollte sie Zeit gewinnen. Sie feuchtete mit der Zungenspitze ihre Lippen an, gedankenverloren, in sich gekehrt. Dann sah sie sich um. Ein kurzer, sichernder Blick in die Runde.

»Nein«, sagte sie schließlich. »Ich bin dort geboren, das ist alles, und ich kenne die Stadt. Bombay ist ein Monster. Es verschlingt jeden. Es ist die Hölle für Millionen. Sicher, es ist kein Problem, in diese Stadt hineinzugehen. Aber wenn Sie Bombay wieder verlassen, sind Sie nicht mehr derselbe.«

Sie schwieg nach dieser sibyllinischen Andeutung und sah sich wieder um, als suche sie jemanden. Ich dachte schon, nun würde sie gehen, grußlos, einfach wieder in dieser Menge verschwinden, wie heute schon einige Male. Aber dann wandte sie sich nochmals um zu mir. »Ich lebe in Delhi«, erklärte sie wie beiläufig. »New Delhi«, ergänzte sie, und es klang oberflächlich wie Konversation. »Ich arbeite dort als Dolmetscherin. Ich unterrichte auch. Meine Mutter war Deutsche.«

»Ach ja.« Mehr fiel mir zu diesem Geständnis nicht ein.

Sie lächelte wieder und fächelte mit den beiden Bordkarten vor ihrem Gesicht. »Wir sehen uns noch während des Flugs. Wie lange bleiben Sie in Indien?«

»Mein Ticket gilt 21 Tage.«

»Gut. Aber fliegen Sie nicht nach Bombay!«

7

Sie ging davon, grußlos, wie ich es erwartet hatte, drängte sich durch diese Menschenmenge, verschwand schon nach wenigen Schritten aus meinem Blick. Und ich stand angelehnt an diese Vitrine mit japanischen Kameras und fühlte mich ziemlich überflüssig und verlassen. Die Faszination, die diese Frau von fern vermittelt hatte, war plötzlich konkret geworden. Zu konkret, nach meinem Gefühl.

Eine Reisebekanntschaft. Wir würden uns flüchtig sehen, beim Einsteigen in die Maschine, vielleicht in Delhi beim Zoll, beim Warten auf ein Taxi. Man winkt sich zu, man lächelt sich an und wünscht sich alles Gute. Das war es dann. Denn der Zufall und das große Glück, die beiden finden nur in sehr trivialen Romanen zusammen.

Bisher hatte ich diese Flucht, oder besser die Angst vor ihr, in hektischer Betriebsamkeit ertränkt. Ich war viel zu beschäftigt gewesen, um alle Konsequenzen in Gedanken durchzuspielen.

Jetzt war es Zeit, den Nachlaß zu regeln. Denn ohne Aktivitäten war die Wartezeit nicht durchzustehen.

Es war zehn nach zwei, als ich in Oberrad anrief und mich mit dem Produkt-Manager für ›Reductan-Depot‹ verbinden ließ.

»Sie sitzen fest, was?« fragte er sofort.

»Ja, der Nebel.«

Er lachte kurz und trocken. »Das ist hier in Frankfurt ähnlich!« Er sprach sehr schnell, explodierte förmlich vor Energie. »Ich habe eben erfahren, unser Flughafen ist dicht. Bleiben Sie also, wo Sie sind! Wir werden den Termin verlegen, ich rufe Sie morgen wieder an. Ich muß das hier im Hause erst koordinieren.«

»Ich könnte Ihnen die Entwürfe und Layouts auch einfach zuschicken«, wandte ich ein. Aber der Vorschlag stieß auf keine Gegenliebe.

»Nein, lassen Sie mal. Wir hätten Sie gerne mit dabei. Es gibt da eine Menge zu diskutieren...!«

Diskutieren? Was kann man über ein nacktes Mädchen auf einem beigen Badetuch schon groß diskutieren.

»Morgen ist übrigens Samstag!« fiel mir gerade noch rechtzeitig ein. »Wir können also erst nächste Woche...«

Er unterbrach mich abrupt. »Aber ich bitte Sie! Wir rotieren hier mit dem Produkt rund um die Uhr. Wochenende gibt's vorläufig keines. Wir haben knallharte Termine. Die sind alle gebongt. Die Konkurrenz schläft nicht. Und wir haben allein auf dem Testmarkt Eins-komma-fünf-Mio angepeilt. Sie sehen also, was da auf dem Spiel steht. Ich erreiche Sie doch morgen zu Hause, okay!?«

»Ich bin da nicht so sicher!«

»Mann Gottes, Schwartz! Hören Sie, lassen Sie uns nicht im Stich!« Er hängte ein mit irgend so einer Routinefloskel: »Wir sehen uns dann... Wir hören voneinander... Bis demnächst...!« Oder in dieser Art. Und ich merkte, wie ich bereits abgehoben hatte von diesem Level der dummdreisten Geschäftigkeit, wie mir dieser Jargon, dieses Erpressen, dieses Appellieren an Verpflichtungen, Umsatz und Marktanteile, die es zu erkämpfen und zu verteidigen galt, langsam zum Halse herauszuhängen begann. Diese Krämerseele hatte einen nicht geringen

Anteil an meinem Entschluß, tatsächlich alles hinzuschmeißen. Es machte mir Freude, daß er mich in München vermutete, und ich stand hier, keine 15 Fahrminuten von ihm entfernt, mit den heißbegehrten Layouts im Koffer.

Und was heißt hier schon Verpflichtungen? Ingeborg, mein mir im Augenblick noch rechtlich angetrautes Weib, war zu einem Zwei-Wochen-Kurs in Hatha-Yoga nach Graubünden gefahren und ging auch sonst ihre eigenen Wege.

Sie dürfte kaum Einwände gegen meine Reise an die Quellen der Erleuchtung haben. Die Kinder waren in Südengland in entsprechenden Internaten untergebracht, oder besser, sie waren dorthin abgeschoben worden, und würden sich über Ansichtskarten aus Indien mehr freuen als über die leidigen Ermunterungsbriefe aus München. Meine drei festen Mitarbeiter hatten noch genügend Arbeit auf dem Tisch, der Laden lief auch ohne mich und Geld war auf der Bank, Gehalt gab es per Dauerauftrag und was nicht erledigt war, blieb eben mal drei Wochen liegen.

Oder wie lange? Was hatte ich wirklich vor? Als Unternehmer leistet man sich knappe drei Wochen Urlaub im Jahr mit schlechtem Gewissen und mit ständigem Telefonkontakt. In dieser Form wurde das auch von den Kunden akzeptiert. Längere Pausen waren nur im Falle eines akuten Infarkts vorgesehen.

Aber drei Wochen, um einmal richtig auszusteigen, alles hinzuschmeißen und zu verschwinden, das war kleinkariert und lohnte den Aufwand nicht. Über die Gültigkeitsdauer meines ›Spezial-Gruppen-Tickets‹ ließe sich bei Gelegenheit noch diskutieren. Erst einmal weg von hier.

8

Das original hessische Filet-Steak war ungenießbar und zäh und die Beilagen miserabel. Aber das italienische Restaurant neben dem ›Treffpunkt‹ war leider ebenso überfüllt wie der Chinese nebenan. Dieser ganze, gigantische Flughafenkomplex schien aus den Nähten zu platzen. Unentwegt trafen neue Passagiere ein und saßen dann verzweifelt und enttäuscht in der Falle. Statt einen Sprung in die große weite Welt zu tun, hockten wir alle nun wie gelähmt herum und starrten in regelmäßigen Abständen auf die Anzeigetafel, auf der sich die gelben Zeitangaben der Verspätungen immer mehr in die Nacht hinein verschoben. Hinter den hohen Scheiben der Halle begann es dunkel zu werden. Der Nebel, der sich hin und wieder über die Rhein-Main-Ebene legt, löst sich meist gegen Abend auf. Meist, heute offenbar nicht.

Passagiere und Personal überfiel Apathie. Die Warteschlangen vor den Telefonen wurden länger. Hektik und Ratlosigkeit begann in Fatalismus umzuschlagen. Schon wickelten sich die ersten in ihre Mäntel, rollten sich in die für diesen Ansturm viel zu knapp bemessenen Sitze und versuchten der mißlichen Situation auf ihre Art zu entfliehen.

›Manchmal genügt es, sich einzuschließen, sich abzuschirmen, und die Antworten auf alle Fragen in uns kommen von allein.‹ So oder so ähnlich lautete doch wohl der Text dieser Inderin, kurz bevor sie in irgendeinem exklusiven Winkel dieses Tollhauses verschwand.

Statt in mich zu gehen, wechselte ich auf einer der Banken meine restlichen Euroschecks in ein Bündel US-Dollarnoten um. Und da ich irgendwann einmal etwas von Alkoholverbot in Indien gelesen hatte, besichtigte ich ausgiebig den ›Duty-Free-Shop‹ und suchte nach schottischem Malt.

Mit zwei Flaschen zehn Jahre altem ›Glenmorangie‹ erschien ich dann an der Kasse, zeigte meine Bordkarte vor und wurde trotzdem zurückgewiesen. ›AI–128‹, eben noch auf 22.30 verschoben, war in der Zwischenzeit annulliert worden.

Von den Schwierigkeiten zu fliehen. Es gab keinen Flug nach

Indien, keinen zurück nach München und keinen zollfreien Whisky. Es gab überhaupt kein Entkommen mehr. Die wartende Menge vor dem AIR-INDIA-Schalter erfuhr lediglich, daß die Maschine in Paris festgehalten wurde, bis sich der Nebel über Frankfurt lichten würde.

Der bärtige junge Mann verwickelte mich in ein Gespräch über Absicht und Ziel meiner Reise, über Ticket-Großhändler und grauen Markt, über die Unterschiede der einzelnen Fluglinien, was Pünktlichkeit, Service und Preis betraf. Er hatte drei Monate Urlaub genommen, unbezahlt, versteht sich, und war nun schon zum viertenmal zusammen mit seiner Freundin auf dem Weg zu einem Heiligen, dessen Namen ich nicht verstand, um in dessen Schatten am Ufer des Ganges zu meditieren.

In der Menge der Wartenden vor diesem Schalter standen etliche Gesinnungs- und Leidensgenossen des jungen Mannes und seiner hennaroten Gefährtin. Dazwischen Normaltouristen, Geschäftsleute, Europäer und Inder, turbanbewehrte Sikhs auf dem verhinderten Heimweg. Nur das ungleiche Paar, die schöne Inderin und ihr korpulenter Gatte, war nirgends zu entdecken. Die wurden vermutlich in der sagenhaften First-Class-Maharadscha-Lounge verwöhnt. Und während ich Erfahrungsberichte aus erster Hand und Indien-Tips geliefert bekam, mit denen ich im Augenblick nichts Rechtes anfangen konnte, begann ich mir auszurechnen, um welche Uhrzeit ich wieder zu Hause eintreffen würde, wenn ich jetzt, ohne zu zögern, auf den Intercity der Bundesbahn umstieg.

Da trat ein Herr mit dunklem Teint und offiziell wirkender, blauer Jacke auf die Gepäckwaage des Schalters, klatschte in die Hände, um sich Gehör zu verschaffen und verkündete erst in Englisch, dann auf deutsch, daß vor dem Ausgang drei Busse bereitstünden, um uns in ein Hotel zu bringen. Die Bordkarte sei der Bon für Übernachtung und Mahlzeiten. Der Abflug sei nun endgültig auf morgen früh acht Uhr dreißig festgesetzt worden. Der Rest der Ansprache ging im Gemurmel der Umstehenden, in Protesten und Zustimmung und den üblichen Zwischenfragen unter. Das Gepäck, soviel hörte ich noch, sei bereits in den Containern verladen und könne leider und unter keinen Umständen wieder ausgegeben werden, eine Information, die mich nicht betraf. Ich hatte alles bei mir, was ich für diese Reise besaß. Das gab mir ein Gefühl absoluter Ungebundenheit. Noch immer konnte ich tun und lassen, was ich wollte. Aber diese nochmalige Frist für eine Entscheidung, diesmal über eine ganze, lange Nacht, empfand ich als unzumutbare Qual.

Die drei Busse standen tatsächlich vor dem Eingang und waren deutlich als ›AIR-INDIA-CHARTER‹ gekennzeichnet. Ich stieg in den ersten und erkannte im Dunkel der vorletzten Reihe, schweigend und bewegungslos wartend, das von mir bereits vermißte indische Paar.

9

Wir stiegen zusammen aus, betraten gemeinsam die Halle des Steigenberger-Airport-Hotels nach einer Fahrt von knapp vier Minuten, nahmen die Schlüssel in Empfang, und ich wunderte mich, daß die beiden zwei Einzelzimmer erbaten und auch erhielten. Dann standen wir nebeneinander in einer größeren Gruppe verhinderter Indienreisender und warteten auf den Lift.

Diese schöne Frau und ich, wir hatten uns angesehen wie Fremde, beiläufig, scheinbar uninteressiert, ein spröder Kontakt, verschlüsselt und zufällig und für Außenstehende, auch für diesen Ehemann, nicht zu durchschauen.

Kein Lächeln verriet unsere flüchtige Bekanntschaft, es war wie ein Komplott.

Die Wartezeit vor dem Lift erschien mir endlos. Im Hintergrund der Halle quakte ein Sprecher im Fernsehen Unverständliches auf einem vergrößerten Projektionsschirm. Die Plätze vor dem Gerät waren leer. Die Bar ›Montgolfiere‹ an unserer rechten Seite war schwach besucht. Nur vor dem Lift und vor der Telefonvermittlung im Seitengang stauten sich die Gäste, und an der Rezeption. Denn inzwischen waren auch die beiden anderen Busse der AIR-INDIA eingetroffen.

Wir warteten geduldig vor den drei Aufzugtüren. Aber nur ein einziger Lift schien in Betrieb zu sein. Der hatte sich bereits zweimal gefüllt, bis wir an der Reihe waren.

Wir drängten uns schweigend in die Kabine, rückten immer enger zusammen, um noch für einige Wartende Platz zu schaffen. Die Inderin stand vor mir, sehr nah, sehr dicht, das hatte sich einfach so ergeben, wie zufällig, und es schien mir, als lehnte sie sich gegen mich, sehr zögernd, sehr behutsam. Ich spürte die Wärme und die Konturen ihres Körpers, witterte den Duft ihres herben Parfums und registrierte eine leichte Erregung.

Vermutlich war der Lift überladen, setzte sich nur mühsam in Bewegung. Wie hypnotisiert starrten alle auf die wandernden Leuchtpunkte der Stockwerkanzeige, mit zwei Ausnahmen: Der dicke Inder klammerte sich an seine Tasche und sah zu Boden. Und ich studierte die Nackenpartie dieser Frau mit den widerspenstigen Härchen zwischen dem Verschluß ihres Silberreifens.

Der Lift hielt im vierten Stockwerk, im fünften, im sechsten. Jedesmal schoben sich Gäste nach vorn, mit einem besorgten »Excuse me« oder »Verzeihung«. Getrieben von einer leichten Panik, diesem Gefängnis nicht rechtzeitig zu entkommen. Die drangvolle Enge nahm ab, aber nicht unser Körperkontakt. Wir beide blieben stehen, wo wir standen. Keiner rückte zur Seite, keiner wich dem anderen aus.

Siebenter Stock. Der Inder mit seiner Tasche trat zur Tür, die sich langsam zur Seite schob, trat hinaus, ohne sich umzusehen, schaute auf seinen Schlüssel und versuchte sich zu orientieren. Wir trennten uns, diese Frau und ich. Kein Blick, keine Geste, keine Berührung mehr. Wir stiegen einfach aus, als sei nichts geschehen. Sie nahm dem Mann den Schlüssel ab, sah sich kurz um, übernahm stillschweigend die Führung, ging voraus, einen dieser Flure hinunter, die sich hier kreuzten.

Ich hatte den Lift als einer der letzten verlassen. Mein Zimmer hatte die Nummer 714. Hinter mir schob sich die Aufzugtür wieder zusammen. Vier oder fünf Menschen fuhren weiter in den letzten, den achten Stock.

Jetzt wurde mir klar, warum von den drei Aufzügen nur einer in Betrieb gewesen war: Die Türen der anderen beiden standen offen und führten ins Nichts. Zwei Mechaniker mit blauen Helmen und in weißen Overalls machten sich an den Kabelsträngen

zu schaffen, die dort schwarz und ölig in den Schächten hingen.
Vielleicht war es das Kind im Mann, das den Dingen auf den Grund gehen will. Vielleicht war es Neugierde, der Sog, der von einem Schacht, der dunkel und unergründlich in die Tiefe führt, auszugehen pflegt. Ich trat jedenfalls nach vorn, wagte mich bis an den Rand des Abgrunds, von dem mich nur ein signalrot-weiß gestreiftes Plastikband trennte, und blickte hinunter.

Nichts war zu sehen. Fast nichts. Ein nachtschwarzes Loch führte in die Finsternis, und der Kabelstrang machte dort unten irgendwo eine Schleife und kehrte zurück nach oben, zum Fuß der Kabine, die offenbar über mir hing, in der achten Etage.

»Bitte, seien Sie vorsichtig! Kommen Sie zurück.« Einer der Monteure drängte sich zwischen mich und den Abgrund, steckte einen Spezialschlüssel in die Tür und schob die drei Segmente vor mir zu.

»Keine Angst, ich falle schon nicht rein!« Ich trat zurück, machte Platz für diesen Mann und fand seine Bevormundung ärgerlich. Wer stürzt sich schon freiwillig in einen Liftschacht, nur weil die Tür zufällig offensteht.

»Ist irgend etwas nicht in Ordnung?« wollte ich wissen.

»Nur Wartungsarbeiten, Routinekontrolle«, sagte der Monteur und wischte sich die öligen Finger an einem Bausch Putzwolle ab, den er dann locker in die Außentasche seines Overalls steckte. »Zweimal im Jahr«, ergänzte er noch. »Wir konnten ja nicht wissen, daß um diese Zeit noch so viel Betrieb ist.«

Ich hatte keine Lust, ihn aufzuklären, über Nebel und Delay und was nicht alles. Ich sah die Frau des Inders am Ende des Ganges gerade in einem der Zimmer verschwinden.

Der Monteur kontrollierte die nunmehr geschlossene Tür, zog einen Vierkantschlüssel aus einer Öffnung, fuhr mit der Putzwolle über die cremefarbene Lackierung, um eventuelle Ölspuren zu beseitigen und trat dann zum Nachbarschacht, an dem sein Kollege noch beschäftigt war.

Ich suchte mein Zimmer. 714 lag rechts vom Lift, in dem gleichen Gang, in dem auch die Inderin wohnte. Die erste Tür auf der rechten Seite stand offen. Es war der Raum der Zimmermädchen, des Bedienungspersonals. Der Raum war weiß getüncht und hellgrau gefliest und wirkte ziemlich kahl. Ein Servicewagen stand herum, mit Bettwäsche und Handtüchern bepackt. In einem fahrbaren Gestell hing ein großer, blauer Abfallsack aus Plastik. Und bis auf ein Tablett mit benutztem Geschirr, das wie zufällig auf einem Metalltisch abgestellt war, strahlte alles eine peinliche, fast sterile Ordnung aus. Das kalte Licht der Leuchtstoffröhren verstärkte noch diese Krankenhausatmosphäre.

Die nächste Tür trug bereits die gesuchte Nummer 714. Gerade als ich aufschloß, erschien die Inderin wiederum am Ende des Flurs. Licht fiel aus ihrem Zimmer. Sie schloß nicht ab, klopfte an eine Tür der gegenüberliegenden Seite, wartete, sah kurz herüber zu mir mit einem abwesenden Blick, als nehme sie mich nicht wahr. Sie reagierte auch nicht, als ich ihr zunickte. Ich war im Begriff, ihr irgend etwas Belangloses, Freundliches zu sagen, um die Situation zu überspielen, den Zufall, der uns wieder einmal zusammengeführt hatte. Aber sie wandte sich ab. Die Tür wurde ihr geöffnet, ohne daß jemand dahinter erschien, und sie verschwand, ohne sich noch einmal umzusehen.

Ich trat in mein dunkles Zimmer, machte Licht, hörte noch Stimmen auf dem Flur hinter mir, dann schloß ich endgültig hinter mir ab, drehte den Schlüssel gleich zweimal um und ließ ihn stecken.

Den Laden hier kannte ich schon von früheren Besuchen in Frankfurt. Es war einmal der Schick der fünfziger Jahre gewesen, inzwischen war die Eleganz leicht angegammelt und verwohnt. Mein Aktenkoffer landete auf der entsprechenden Ablage, der Trenchcoat auf dem Doppelbett. Dann trat ich ans Fenster. Der Nebel war noch dichter geworden und verschluckte jedes Geräusch. Die Lampen vom Parkplatz unter mir ließen ihn diffus in bläulich-weißem Licht erscheinen. Ich starrte wie durch Milchglas. Außer diesen Leuchten auf ihren hohen Peitschenmasten, die man nur erahnen konnte, fand das Auge nirgendwo einen Halt oder eine Kontur.

Man hatte uns sehr pauschal ersucht, das Abendessen möglichst umgehend einzunehmen. Es war kurz vor elf. Ich ging ins Bad, nahm mir trotzdem und ganz ohne Eile die Zeit für die fälligen Verrichtungen. Diesem hektischen Gedränge des Flughafens endlich entkommen zu sein, erfüllte mich mit unendlicher Ruhe. Das Warten hatte ein Ende gefunden. Ich war allein mit mir und mit meinem Kopf und meinen Problemen. Die Anspannung ließ nach und ich registrierte amüsiert, daß ich nicht nur die Zimmertür, sondern auch die des Bades hinter mir abgeschlossen hatte, um mich jedem Zugriff der Außenwelt zu entziehen.

Die bereitliegende Seife roch angenehm fremd, und ich tauchte mein Gesicht in das eiskalte Wasser, das mir in die offenen Hände lief. Und ich hoffte, daß diese Kur auch meinen Verstand erfrischen und ihm wieder auf die Sprünge helfen würde.

10

»Wünschen Sie vegetarisch?«

Der Kellner ging von Tisch zu Tisch, um auch die überzeugten Hindus unter den Passagieren zufriedenzustellen.

Es gab ein vortreffliches Cordon-Bleu mit feinen Gemüsen. Für die Vegetarier nur das feine Gemüse. So einfach war das.

Nein, so einfach sei es nicht, sagte mein Tischnachbar, ein dunkelhäutiger Tamile aus dem Süden des Subkontinents. Er hielt mir einen längeren Vortrag über die Köstlichkeiten der indischen Koch-Kultur. Abgesehen davon, daß ich mich auf sein eigenartiges Englisch erst einhören mußte, die Begriffe aus einer exotischen Küche waren mir unbekannt und blieben mir fremd.

Es war natürlich kein Zufall, daß ich gleich neben dem Eingang zum Speisesaal und nur zwei Tische von dem indischen Paar entfernt meinen Platz gefunden hatte. Der Mann kehrte mir seinen breiten Rücken zu. Er wühlte in seiner geöffneten Aktentasche, die auf einem freien Stuhl neben ihm stand.

Die Frau saß ihm gegenüber und wir sahen uns an, während mein Nachbar über Madras, seine Exportgeschäfte und die zur Zeit fallenden Baumwollpreise erzählte.

Immer wieder begegneten sich unsere Blicke, verhakten sich ineinander. Wir kamen nicht mehr voneinander los.

Ihr Mann schien nichts zu bemerken. Er aß schweigend, sortierte irgendwelche Papiere, machte sich Notizen. Ein einziges

Mal nur richtete er das Wort an sie. Da zuckte sie förmlich zusammen, riß sich los von unserem Blickkontakt und wandte sich ihm zu. Aber dann nickte sie nur, gab ihm offenbar recht, ließ ihre Augen über das vollbesetzte Restaurant wandern, winkte dem Kellner, gab eine Bestellung auf und dann begann unser Spiel von neuem.

Ein Spiel? Natürlich! Weiter nichts. Es hatte, wie mir schien, keinerlei Konsequenzen. Schon allein aus Trägheit wird viel weniger gesündigt, als die Volksmeinung glaubt. Vier Türen von meiner entfernt hatte sie ihr eigenes Zimmer und bewohnte es, wie ich annehmen mußte, allein. Welche Möglichkeiten...

Dummerweise war ich auf ein anderes Abenteuer aus, das für mich existentiell werden und meine gesamte Lebensperspektive verändern konnte. Die Nacht mit einer schönen, faszinierenden Frau zu verbringen war das eine. Abspringen aus dem bürgerlichen Trott, das Zerreißen aller bisherigen Bindungen, war das andere. Wie ein prähistorischer Jäger war ich auf der Suche nach neuem Territorium. Bis dieser eine Trieb befriedigt war, hatten alle anderen zurückzustehen. Das eigene Überlebensprogramm hatte Vorrang vor dem Überleben der Art, dem Balz- und Liebesspiele letzten Endes dienten.

Ein letzter, ein allerletzter Blick in diese schönen, schwarzgetuschten Augen. Wie zum Abschied fuhr die Inderin mit ihrer schmalen Hand durch das windzerzauste Haar. Auch eine Geste der Vertrautheit, die diesmal mir gegolten hatte. Dann verließ ich den Saal. Ein klein wenig von dem 78er Burgunder, den ich zum Essen gleichfalls auf Kosten der Fluglinie getrunken hatte, hatte sich in meine Kniekehlen verirrt. Die Bar war immer noch leer. Auf der Fernsehprojektion wurde ein Western gezeigt, und drei Sikhs mit leuchtend bunten Turbanen und hochgezwirbelten Bärten sahen voller Interesse zu.

Alle drei Liftkabinen standen mir nun zur Verfügung. Ich wählte die mittlere und schwebte nach oben in meinen siebenten Stock, in der Erwartung einer ruhigen Nacht.

Für acht Uhr war die Abfahrt zum Flughafen geplant. Ich stellte meinen Reisewecker auf sieben, löschte das Licht und legte mich in den Kleidern auf das breite Bett. Kontemplation. Antworten finden auf Fragen. Als ob nach diesem Tag und einer knappen Flasche 78er Burgunder sich noch Fragen einstellen würden – oder gar Antworten.

Ja, ich hatte das Rezept befolgt, hatte mich abgeschirmt und die Zimmertür zweimal verschlossen, lag entspannt und in ruhiger Lage auf dem Bett. Das milchige Licht des angestrahlten Nebels drang in das Zimmer und zauberte Mondscheinstimmung. Und an der Tür hatte es geklopft.

11

Es war deutlich und es gab keinen Zweifel. Es hatte ein zweites, ein drittes Mal geklopft, ohne daß ich fähig war zu reagieren. Ich tauchte aus einer Tiefschlafphase und fühlte mich wie narkotisiert. Die Leuchtziffern meines Reisweckers zeigten bereits Ein-Uhr-zwölf.

Ich lag immer noch in Kleidern auf diesem Bett, quälte mich also hoch, saß wie benommen einige Sekunden auf dem Bettrand, war zu schlaftrunken, um klar zu denken, klar zu sehen, obwohl ich mir vorgenommen hatte, hellwach zu bleiben. Dann versuchte ich mich in dem Dämmerlicht des angestrahlten Nebels, das von draußen her durchs Fenster fiel, in dieser fremden Umgebung zu orientieren, fand schließlich die Tür, flüsterte ein zaghaftes »Wer ist draußen?«, erhielt keine Antwort, war nun sicher, geträumt zu haben, Wunschphantasien oder auch Angstträume, wie man es nimmt, oder auch ganz einfach eine mildere Form von Verfolgungswahn.

Die Tür war zweimal abgeschlossen und die Sperrkette vorgehängt. Der Schlüssel steckte im Schloß. Ich griff nach der Klinke und zuckte zurück. Sie wurde im gleichen Augenblick von draußen heruntergedrückt.

»Hallo! Wer ist draußen?« Ich war diesmal wesentlich lauter und erhielt wiederum keine Antwort. Da entriegelte ich die Kette, schloß auf, wollte durch den fußbreiten Spalt den späten Besucher identifizieren.

Es war die Inderin. Sie drängte sich durch die halboffene Tür an mir vorbei, als sei sie auf der Flucht.

Ich reagierte automatisch, schloß wieder ab, hängte die Kette vor und starrte sie an. In diesem fahlen Licht sah sie aus wie ein entgeistertes Kind mit schreckhaft aufgerissenen Augen. Sie atmete heftig, lehnte sich erschöpft an die Wand, als sei sie die sieben Stockwerke in Panik heraufgestürmt. Mit der halberhobenen Hand umklammerte sie einen metallisch glänzenden Gegenstand wie eine Waffe. Es war der Anhänger eines Hotelschlüssels, der im Widerschein des Fensters kurz aufgeblinkt hatte.

Da standen wir uns also gegenüber, schwiegen, sahen uns an und wagten uns nicht zu berühren. Dabei lag nur ein knapper halber Schritt zwischen uns. Ich roch das herbe Parfum und ihren scharfen Atem. Es schien mir, als hätte sie getrunken. Sie wirkte verkrampft, völlig aufgelöst und geschockt.

Ich griff nach ihrer Hand, in der ich den Schlüssel blinken sah, führte sie behutsam in den Raum hinein, bis sich ihr Profil vor der hellen Fläche des Fensters abzuzeichnen begann. Da wandte sie sich um, klammerte sich plötzlich an mich, krallte sich förmlich fest an mir. Sie schien nach Luft zu ringen und es klang wie ein unterdrücktes Aufschluchzen, dicht an meinem Ohr.

Ich legte meine Arme um ihren schmalen Körper, tastete mit den Händen über ihren vibrierenden Rücken, spürte wieder ihre Wärme, die Weichheit des Seidenschals, samtige Haut zwischen dem langen Rock und dem straff sitzenden Oberteil ihres Sari. Sie war immer noch atemlos, der Griff ihrer Arme lockerte sich nicht, immer noch preßte sie ihr Gesicht an meine Schulter, als suche sie Schutz.

Wir standen so viele Augenblicke lang. Regungslos. Ihr Atem begann sich zu beruhigen, ihre Hände lösten sich aus der Verkrampfung. Da hob ich leicht ihren Kopf, küßte sie und deutete ihre Abwehr natürlich falsch, als anerzogenen Reflex, der sich vor ihre Wünsche stellte.

Wenn meine verdammte Sensibilität, die in gewisser Weise das Grundkapital meines kreativen Schaffens war, und die mir schon manchmal einen unnötigen, dicken Strich durch so allerlei Rechnungen gemacht hat, sich nicht ausgerechnet in diesen Sekunden völlig ausgeklinkt hätte, wäre uns beiden eine Menge erspart geblieben. Aber die Schlußfolgerungen, die ein Mann zu ziehen hat, wenn sich eine schöne Frau überraschend und nachts in sein Zimmer schleicht, sind in der Regel sehr naiv.

Es war der Zwang der Konvention, als gäbe es nichts außer diesem einen, als erwarte man von uns Männern auch nichts anderes, in solchen und ähnlichen Situationen. Als sei dies, wenn die Möglichkeit, die Gelegenheit dazu gegeben ist, die einzige, die alleinige Form der Kommunikation, die einzig akzeptierbare Art, dem anderen das Interesse zu beweisen, die Sympathie, die Anteilnahme, die man für ihn empfindet.

Da spielten wir also notgedrungen dieses schöne, alte Spiel, ohne uns kennengelernt zu haben, ohne voreinander mehr zu wissen, als oberflächliche Begegnungen und ein paar intensive Blicke uns vermittelt hatten. Wir hätten besser reden sollen miteinander, uns gegenseitig selbst in Erfahrung bringen.

Natürlich war unendlich viel Lust mit dabei, der Rausch des Sichvergessens und Verlierens im anderen, viel Zärtlichkeit, sehr viel Wille und auch Angst. Die Angst zu versagen, bei dieser spontan abverlangten Leistung. Die Angst vor dem Nachher, vor dem Augenblick des Erwachens, vor dem nächsten Morgen mit der plötzlichen Erkenntnis, daß man sich trotz aller Bemühung fremd geblieben war. Die Angst, daß man sich nicht festhalten konnte, beieinander bleiben, obwohl es schön war und man sich nicht verlieren möchte für eine lange, gemeinsame Zeit.

Aber alle diese Ängste und Skrupel verhinderten nicht den vorgezeichneten Lauf der Dinge.

Ich umklammerte diesen sich aufbäumenden Körper. Die fremde Haut, der fremde Geruch stimulierten meine Sinne. Sie wölbte sich mir entgegen, der Schmerz ihrer Nägel auf meinem Rücken und ihr lustvolles Zucken machten mich rasend und ihr plötzlicher Schrei wurde aufgesogen von dem Schweigen, das dieser alles verschluckende Nebel über die Welt gebreitet hatte.

Als ich irgendwann, nach langen Stunden oder auch nur Minuten in ihr verströmte, als plötzlich Ruhe und Ermattung unsere schweißnassen Körper überfiel, hatte ich endlich die hellsichtige Ahnung, daß sie sich von diesem Akt nur betäuben lassen wollte, um das Grauen zu vergessen, das sie ein paar Türen weiter überfallen hatte.

12

Als ich die Frau nicht mehr an meiner Seite spürte, richtete ich mich auf. Sie stand am Fenster, vor dieser hell und diffus angestrahlten Nebelwand, bereits wieder fertig angezogen. Der türkisfarbene Sari mit dem Seidenschleier über der linken Schulter wirkte in diesem Licht schwarz wie die Toga eines Todesengels. Sie ordnete ihre Haare mit einer kleinen, beiläufigen Bewegung. Dann stand sie still und aufrecht und starrte hinaus in das milchige Weiß. Sie wirkte merkwürdig angespannt. Schließlich, ohne mich anzusehen, sagte sie leise: »Bitte. Würden Sie jetzt aufstehen und sich anziehen. Und dann mitkommen mit mir!«

Trotz allem, was soeben zwischen uns geschehen war, hielt sie auf Distanz.

Vielleicht war ich einfach zu erstaunt, um sofort zu reagieren. Vielleicht war es auch ihre Beklemmung, die sich plötzlich auf mich übertrug. Ich war jedenfalls unfähig, sie zu begreifen, auch zu entschlußlos, um mich zu bewegen. Sie beendete schließlich die angespannte Sprachlosigkeit, trat vom Fenster zurück, wandte sich voll zu mir um, unterbrach abrupt mein Zögern: »Bitte, kommen Sie mit! Es ist eilig! Ich brauche Ihre Hilfe!«

Ich suchte also in der dämmrigen Dunkelheit meine Kleider zusammen, zog mich an, vor den Augen dieser Frau, was ich als Peinlichkeit empfand. Und dann verließen wir mein Zimmer, als sei es das Selbstverständlichste der Welt.

Ich schloß ab, sie ging voraus, der schwere Schlüsselanhänger glänzte wieder in ihrer Hand. Aber es war nicht der Schlüssel zu ihrem Zimmer. Diese Tür stand offen, war nur angelehnt und Licht brannte im Raum, fiel durch einen Spalt auf den Flur.

Ihr eigenes Zimmer interessierte sie jedoch nicht, sie ging daran vorbei, trat an die Tür schräg gegenüber. Es war die gleiche, an die sie am Abend, kurz nach unserer Ankunft, geklopft hatte.

Diesmal klopfte sie nicht. Sie schloß auf, öffnete und ließ mir den Vortritt. Ich weiß nicht, warum ich ihr so blind gehorchte und den dunklen Raum als erster betrat. Ich weiß auch nicht, was ich in diesem Zimmer erwartet hatte.

Wir machten kein Licht. Durch das Fenster strahlte das gleiche, diffuse Nebellicht der Parkplatzlampen. Aber ich war von der Korridorbeleuchtung noch zu geblendet, um Einzelheiten erkennen zu können.

Nur sehr langsam gewöhnten sich meine Augen wieder an diese Dämmerung. Es war ein Einzelzimmer. Das breite Bett wirkte zerwühlt. Auseinandergeflatterte Zeitungsblätter lagen weiß und zerknittert über den Velour verstreut. Das helle Papier fing das Licht vom Fenster und schien zu phosphoreszieren.

Ich ging zwei Schritte weiter und stieß mit dem Fuß an ein Hindernis, das unangenehm weich wirkte und nachzugeben schien.

Da erst erkannte ich den dunklen, monströsen Berg, der sich kniehoch zwischen Bett und offenstehender Schranktür erhob. Ich bückte mich, tastete mit den Händen darüber hin und zuckte zurück.

Auf dem Boden lag ein Mensch.

Es war der korpulente Inder. Er schien zu knien und gleichzeitig mit dem Gesicht den Boden zu berühren.

»Machen Sie Licht!« rief ich. Aber die Frau rührte sich nicht. Seit sie hinter uns das Zimmer abgeschlossen hatte, lehnte sie bewegungslos an der Tür, und der fahle Schimmer, der aus dem Nebel kam und durch das Fenster fiel, beleuchtete ihr Gesicht wie eine kalkweiße Maske.

Ich richtete mich auf, stützte mich gegen die offenstehende Schranktür. Sie gab nach und ließ mich straucheln. In meinem Mund begann der Speichel sauer zu gerinnen.

Ich versuchte mich zu konzentrieren, um etwas Vernünftiges zu tun. Ich bestand darauf, einen Arzt zu alarmieren. Dummes Zeug, dachte ich, noch während ich sprach. Wenn das sinnvoll wäre, wenn darin noch eine Chance gelegen hätte, wäre sie schließlich selbst und vor allem rechtzeitig auf diese Idee gekommen.

Sie schüttelte auch nur leicht den Kopf. Und nach einer Pause flüsterte sie ziemlich tonlos etwas, was ich längst ahnte, was ich eigentlich schon wußte: »Der Mann ist tot!«

Okay, er war also tot. Er war tot, und zwar schon eine geraume Zeit. Er war tot, bevor sie an meine Tür geklopft hatte, bevor sie in mein Zimmer trat und wir uns liebten.

Sie war also gar nicht wegen mir gekommen, sondern seinetwegen. Um Hilfe zu holen. Spontan, verzweifelt. Und ich hatte nichts kapiert, alles mißverstanden, instinktlos, rücksichtslos, hatte sie ins Bett gezerrt und ihre Hilflosigkeit mißbraucht.

Vielleicht kam ihr diese eigenartige Form der Tröstung auch nicht ungelegen. Sich auslöschen, alles vergessen und für Sekunden und Minuten einfach fliehen!

Sie sagte etwas, scheinbar leichthin, als ginge diese Information nur mich etwas an und beträfe sie nicht. Und es dauerte eine Weile, bis ich endlich begriff, was sie mir da zugeflüstert hatte:
»Es war Mord!«

Ein Mord? Durch wen? Durch sie?

Ich beugte mich wieder über den Toten, packte ihn an der Schulter, so, als könnte ich ihn wieder zur Besinnung bringen, ihn zurückholen. Aber da sackte er zur Seite und das Licht fiel ihm voll ins Gesicht.

Die Augen waren erschreckend weit aufgerissen. Er steckte noch in seinem glänzenden Anzug, trug immer noch diese breite, auffallende Krawatte mit dem rosa-lila Muster. Aber um den Hals schlang sich ein schmales, wie zu einer Kordel gedrehtes, dunkles Seidentuch. Es war am Nacken geknotet und die abstehenden Enden waren ausgefranst, wie abgerissen.

»Sie haben ihn erwürgt?« fragte ich und das Entsetzen schien meine Stimme zu lähmen.

Die Frau nickte nur, gab mir offenbar Recht und sparte sich jede weitere Erklärung.

Was hätte sie auch sagen sollen? Wozu noch einen Kommentar? Jetzt war der falsche Augenblick, um zu reden. Jetzt kam es nur darauf an, das Richtige zu tun und keinen Fehler zu machen.

»Wir dürfen hier nichts mehr berühren«, sagte ich und stand auf. Meine Knie zitterten. »Die Polizei muß verständigt werden, das Hotel...«

»Keine Polizei!« Sie schüttelte nur den Kopf und schien ganz ruhig, ganz gefaßt zu sein.

»Niemand darf es erfahren«, fügte sie leise und sehr bestimmt hinzu.

»Sie können doch einen Mord nicht vertuschen! Man wird den Toten finden, morgen früh. Spätestens morgen abend. Man hat

Euch beide zusammen gesehen. Beim Einchecken für den Flug wird man ihn vermissen.« Mein Flüstern war intensiv, und wie ich befürchtete, viel zu laut gewesen. Aber meine Argumente beeindruckten sie nicht.

»Nein. Niemand wird ihn vermissen. Es sind zu viele Menschen in der Maschine. Und seine Bordkarte habe ich. Man wird annehmen, er sei mit mir zurück nach Indien geflogen. Sein Name ist registriert im Computer, als Passagier. Ich bin an Bord. Er ist an Bord. Ein freier Platz neben mir fällt niemand auf. Und Sie müssen mir helfen.«

Wie konnte ich ihr helfen? Ein ungutes Gefühl machte sich in mir breit und die Erkenntnis, in diesen Fall bereits tiefer verstrickt zu sein, als ich mir eingestehen durfte. Sie schwieg, als hätte ich gefälligst selbst darauf zu kommen, was nun zu tun sei. Aber schließlich sagte sie es mir, und es war ein Ton in ihrer Stimme, der keinerlei Widerspruch zuließ:

»Er muß verschwinden, hören Sie! Niemand darf ihn hier finden! Helfen Sie mir! Bringen Sie ihn weg! Sie müssen den Toten beseitigen!«

13

Eine Leiche von etwa zwei Zentnern Lebendgewicht? Nun lag die Leiche also da auf dem hellen Velour zwischen verstreuten Zeitungsseiten, dem zerwühlten Bett und dem offenen Schrank und mir wurde plötzlich kotzübel. Die Beine sackten förmlich weg und mein Magen krampfte sich zusammen. Mein Gehirn schien blockiert.

Ich setzte mich auf das Bett und stellte zuerst einmal fest, daß es zwar in ziemlicher Unordnung, aber keinesfalls benutzt worden war. Die helle Wolldecke war samt dem Laken ringsherum säuberlich unter die Matratze gesteckt. Vielleicht hatte ein Kampf stattgefunden. Vielleicht hatte der Mann sich nicht gewehrt, lag entspannt auf dem Bett, las in seiner Zeitung, faltete sie auseinander und wieder zusammen, und irgendwann zog sie den Seidenschal zu.

Sie lehnte immer noch an der Tür und schaute abwartend zu mir herüber. Eine energische Person mit großem Willen, zugegeben. Aber einen Mord an diesem Mann? Mit dieser zierlichen Statur, alles andere als athletisch? Ich konnte das ja inzwischen beeiden. Nein, das war unrealistisch, einfach unvorstellbar, dazu war sie körperlich nicht in der Lage.

Ich hatte keine Lust und keine Kraft, um mit ihr ein Kreuzverhör zu veranstalten, auch keine Nerven mehr dafür. Wie sie es gemacht haben könnte, mit welchen Tricks, im Halbschlaf überrascht, aus einer Spiellaune heraus den Mann arglistig überrumpelt, bis er begriffen hatte, was vor sich ging, die Schlinge zugezogen, das sollten besser professionelle Schnüffler herausfinden.

Aber um das zu verhindern, saß ich ja nun hier. Eingekauft. Mit einer Liebesnacht. Abhängig gemacht.

Das beste wäre gewesen, jetzt aufzustehen, raus aus diesem Zimmer, runter in die Halle und die Polizei informiert. Der Trip nach Indien wäre dann ersatzlos gestrichen worden. Die Aufklärung eines Falles wie dieser konnte Tage, vielleicht Wochen dauern. Es würde verdammt schwierig für mich sein, nachzuweisen, daß ich in diesen Mord nicht im geringsten verwickelt sei. Schließlich war ich es ja bereits durch allerlei höchst seltsame Verkettungen. Und die Frau lehnte immer noch an der Tür, hatte abgeschlossen und den Schlüssel in der Hand. Die gab ihre Position nicht ohne weiteres auf.

Ich registrierte, wie ich langsam in Schweiß geriet. Ich war nur schnell in mein Hemd geschlüpft, das nun auf meiner Haut klebte, und ich begann die Angst förmlich zu riechen, die mir aus allen Poren quoll.

Wenn man die Sache nüchtern betrachtet, war ich im Begriff gewesen auszusteigen, um mich allen Verpflichtungen zu entziehen, und jetzt saß ich hier in einer Falle, war zwangsläufig in einen Meuchelmord verstrickt, als Mittäter, als Beseitiger des Opfers. Ich war Teil eines heimtückischen Plans, hatte unfreiwillig eine Rolle in diesem bösen Spiel übernommen. Mit einer Mörderin zu pennen, wenige Minuten, nachdem sie ihren Alten mit einem Seidenschal erdrosselt hatte, Hut ab, aber das war wirklich eine Premiere! Ich hätte allerdings sehr gerne darauf verzichtet. Sich jetzt Vorwürfe zu machen, seinen Instinkten nicht besser vertraut zu haben, war allerdings ebenso überflüssig und brachte die Leiche nicht zum Verschwinden.

Das Schild ›*Bitte nicht stören*‹ hielt die Zimmermädchen bestimmt einige Stunden vom Tatort fern. Um acht sollte der Bus zum Flughafen fahren. Jetzt war es kurz vor halb zwei. Es blieben uns höchstens sechs Stunden.

Den Toten in einen der Schränke zu wuchten, schaffte ihn kaum aus der Welt. Wir konnten uns wegstehlen wie Diebe, konnten einchecken und abfliegen. Bis zur Ankunft in Delhi war das Telex bereits dort und Interpol zur Stelle. Und die Fragen, die uns beiden dann gestellt würden, hätte ich ungern beantwortet.

Es gab wirklich nur eine Lösung: Der Tote mußte aus dem Haus. Ein Rollstuhl. So etwas gab es in jedem Hotel. Tiefgarage. Ein Mietwagen. Und dann in den Main. Oder irgendwohin in diese Wälder, die man bei der Landung immer überfliegt.

Wozu ein Rollstuhl, würde man fragen. Ist jemand erkrankt? Brauchen Sie einen Arzt? Mietwagen erst wieder morgen früh. Die Tiefgarage ist bewacht. Und in den Wäldern dann ein Versteckspiel im Nebel?

»Was denkst Du?«

Ich schaute auf. Sie hatte mich angesprochen. Hatte plötzlich ›du‹ gesagt. Vielleicht verband eine gemeinsame Leiche, die es zu vergraben galt, mehr als ein überraschender Beischlaf unter Fremden.

»Ich denke darüber nach, was wir tun können.« Ich hatte den Wunsch, mich zurückzulehnen, die Augen zu schließen und nicht mehr aufzuwachen.

Aber dann regte sich meine Phantasie, was sich hier auf diesem Bett, auf dem ich saß, vor ein oder zwei Stunden abgespielt haben könnte. Und ich blieb weiterhin hellwach auf der Kante hocken.

»Und was können wir tun?«

»Ich weiß es nicht.« Mein Gott, ja, ich wußte es wirklich nicht! Ich habe keine Erfahrung mit Leichen. Ich habe noch nie einen Mord begangen, außer in Gedanken. Ich habe nicht das Zeug, mir einen Fernsehkrimi auszudenken, und wenn, dann nicht den Mut, ihn auszuführen. Ich wußte nicht weiter...

Sie hatte wohl gespürt, was ich gedacht haben könnte. Meine Hilflosigkeit hatte sich ihr anscheinend mitgeteilt. Sie senkte den Kopf, sank in sich zusammen, glitt an der Tür ganz langsam zu Boden und das Schluchzen, das sie überwältigte, das sie regelrecht zu schütteln schien, das war verdammt echt und kam ihr zutiefst aus der Seele.

Ich hockte ganz plötzlich neben ihr, nahm sie in den Arm, preßte sie an mich, redete auf sie ein, leise und lauter dummes Zeug. Und irgendwann, mitten in dieser erfolglosen Tröstung, wußte ich, daß es auch aus dieser Situation keinen Ausweg mehr für mich gab, keine Flucht, keinen Absprung.

Wir saßen beide ganz schön und ganz erheblich in der Klemme. Sie mit einem Mord. Und ich mit dieser Leiche. Und außerdem mit einer Frau, die am Ende war. Irgendwann in dieser Nacht beruhigte sie sich wieder. Irgendwann versuchten wir gemeinsam, den Toten auch nur einen Meter weit zu schleppen, was an die Grenzen unserer Kräfte ging. Irgendwann zogen wir die Vorhänge zu, schirmten uns ab von dieser vertrauten Nebelwelt, machten Licht, besahen uns den Raum, der kein Versteck und keinen Unterschlupf zu bieten hatte.

Ich knotete dem Toten mit einem flauen Gefühl im Magen die Schlinge vom Hals. Es war die feinste, schwarze Seide, die ich je in den Händen hielt. Das Tuch war durch einen Ring gezogen, einen kleinen, eisernen Ring. Und dann fiel eine Münze herunter, fiel mir direkt vor die Füße und rollte unter das Bett.

14

Es war eine dunkle, fast schwarze Münze, aus Eisen oder aus Kupfer, abgegriffen und glänzend. Und die Frau hielt erschrokken ihre Hand vor den Mund, als ich ihr die Münze zeigte.

»Was ist das?«

Aber sie konnte sekundenlang nicht sprechen.

»Was ist das für eine Münze?«

»Kali«, sagte sie schließlich kaum verständlich. Und nach einer langen Pause noch einmal: »Kali!«
»Kali?«
»Die Münze der Göttin Kali«, flüsterte sie. Aber dann faßte sie sich wieder, versuchte sich zu entspannen und die Angst, diesen kurzen Augenblick des Entsetzens, von sich abzuschütteln. »Nur eine Münze, weiter nichts.« Es sollte belanglos klingen, aber der Erfolg dieser Bemühung war gering. »Das Bildnis der Göttin Kali ist auf der Vorderseite.«

Ich drehte die Münze um, aber es war kaum noch irgendeine Kontur zu erkennen, weder auf der einen noch auf der anderen Seite. Und als ich ihr die Münze entgegenhielt, auf der flachen Hand, da wandte sie sich wie zufällig ab, stand auf, lief einfach weg, ging ins Bad und schloß ab.

Sie hatte das Seidentuch ohne Scheu genommen, den Ring, aber vor der Münze scheute sie zurück. Was war mit der Münze? Wo kam sie plötzlich her? Waren noch andere in diesen Mord verwickelt? War sie unschuldig? Hatte die Münze dieser Göttin Kali den wahren Mörder verraten? Warum beseitigten wir dann die Leiche?

Ich steckte die Münze ein, als im Bad die Wasserspülung rauschte und die schöne Inderin wieder ins Zimmer trat. Sie hatte sich anscheinend das Gesicht gewaschen. Die Augen waren nicht mehr schwarz umrandet, sondern rot und entzündet und sie wirkte mit einemmal blaß und alt. Den Schal ihres Sari hatte sie über den Kopf gezogen und das Ende nach hinten geschlungen. All diese Veränderungen gaben ihr etwas Unnahbares.

Sie begann die Zeitungsblätter einzusammeln, ordnete die Seiten, faltete sie zusammen und ließ sie im Papierkorb verschwinden. Dann deckte sie das Bett auf, ersetzte die eine Unordnung durch eine andere, drückte das Kissen zurecht, als hätte jemand hier geschlafen. Sie schloß den leeren Schrank, blickte sich ein letztes Mal um, dann sah sie mich erwartungsvoll an.

Ich kniete noch immer am Boden, neben dem Toten, der mit glasigen Augen in die Gegend starrte. Aber sein Gesicht zu berühren, die Augenlider zuzudrücken, wie das routinierte Ärzte in besonders tragischen Filmen tun, das hatte ich nicht gelernt, und ich hatte keine Lust es zu versuchen.

Sie beugte sich über den leblosen Körper, betrachtete ihn nachdenklich, wälzte ihn eigenhändig mit großer Anstrengung und ohne meine Hilfe zur Seite, faßte ohne Scheu in die Taschen seines Jacketts, brachte die Brieftasche zum Vorschein, zusammengeklammerte Banknoten, einen Kamm, Füllfederhalter, das nachlässig gefaltete Taschentuch. Schließlich ergriff sie seine Hand und zog ihm den breiten Ring vom Finger.

Seit sie den Blick auf die schwarze Münze geworfen hatte, seit ihr impulsiver Schock überwunden war, schien sie wie verwandelt. Sie begann wieder die Initiative zu ergreifen. Und obwohl es sicher sinnvoll war, die Spuren jeglicher Identität bei diesem Toten zu beseitigen, erschien mir das Einsammeln dieser Habseligkeiten wie Leichenfledderei.

»Komm. Wir gehen!« Sie hatte sich aufgerichtet, trat zur Tür und schloß auf.

»Wohin?«

»Zu mir. Oder zu dir. Hier bei ihm finden wir keine Lösung.« Sie nahm den Nachlaß des Toten vom Tisch, auch das schwarze Seidentuch, an dem er starb, und den Ring, löschte das Licht, und wir traten hinaus auf den Gang.

Die Tür zu ihrem Zimmer war immer noch angelehnt. Und immer noch fiel das Licht durch die Ritzen hinaus auf den Flur. Nachlässig, dachte ich, nach einem Mord, und sehr dilettantisch.

Ihr Bett war unberührt, die Kofferablage ebenso leer wie der Tisch. Auch ihr Gepäck war ja am Flughafen geblieben, im Container verstaut.

Sie suchte im leeren Schrank, in einer leeren Kommode und fand dort in einer Schublade, zwischen Briefpapier und Bibel, den üblichen Wäschesack aus Plastik. Sie warf Paß und Brieftasche, Ring, Geld und Seidentuch hinein und legte das Bündel zu den beiden roten Bordkarten auf den Nachttisch. Dort lag auch ihr Paß. Mehr besaß sie anscheinend nicht.

Ich ließ mich in einen der Sessel fallen. »Und jetzt?« wollte ich von ihr wissen.

»Wir bringen ihn in ein anderes Zimmer. Es kann lange dauern, bis man ihn identifiziert. Es gibt keinen Hinweis. Niemand kennt ihn hier in Frankfurt. Und ich habe seine Papiere.«

»In welches Zimmer?«

»In irgendeines, das frei ist.«
»Und wie finden wir heraus, welches frei ist? Und wie kommen wir hinein?«
»Ich weiß es nicht«, sagte sie trotzig und setzte sich auf die Bettkante. Da saß sie nun, aufrecht, fast stolz, das türkisgrüne Tuch über dem Kopf und ich bewunderte ihr Profil.
Dann stand ich auf. »Ich werde mich umsehen.«
Sie hielt mich nicht zurück, als ich den Raum verließ, wandte nicht einmal den Kopf. Leise zog ich die Tür ihres Zimmers hinter mir zu und horchte. Totenstille. Dieses Haus schien den Atem anzuhalten. Ich ging langsam an meinem eigenen Zimmer vorbei, am Service-Raum, bis vor zum Lift. Dort kreuzten sich die Gänge. Nach der Beschilderung lagen hinter mir die Zimmer 714 bis 727, auf der rechten Seite 701 bis 713. Links 728 bis 740. Vierzig Zimmer also, eine reichliche Auswahl. Vermutlich waren alle verschlossen und die meisten besetzt. Ich hatte jedoch keinen Mut, von Klinke zu Klinke zu gehen und das nachzuprüfen.

Einem Hinweis neben dem Lift zufolge gab es über dem achten Stock Schwimmbad und Sauna. ›Unbekannter Toter in Hotelschwimmbad entdeckt!‹ Eine gute Schlagzeile für die Frankfurter Presse. Ich drückte den Knopf und holte mir einen Lift. Die Tür der mittleren Kabine öffnete sich nach einer halben Minute. Ein Stockwerk höher fand ich die gleiche Anordnung wie in der siebten Etage. Ohne die Hilfe des Rezeptionisten, von Zimmermädchen oder Room-Service war kein leeres Zimmer zu finden.

Die Treppe, die hinauf in das oberste Stockwerk, zu Schwimmbad und Sauna führte, war viel zu schmal, um einen Zwei-Zentner-Kadaver zu transportieren, vorausgesetzt, es stünde genügend Hilfspersonal für den Transport zur Verfügung. Also alles schwachsinnige Phantastereien.

Ich ließ den Lift wo er war, im achten Stock, und ging zu Fuß über den Notausgang und die Treppe nach unten. Aber auch auf diesem Weg entdeckte ich keine Verstecke, Nischen oder Nebenräume. Auf jedem Stockwerk existierte nur ein einziger Service-Raum des Personals. Und der, der sich direkt neben meinem Zimmer befand, war immer noch hell erleuchtet. Die Tür stand offen wie zuvor. Nichts hatte sich verändert, seit ich am Abend einen kurzen Blick hineingeworfen hatte. Auch das Tablett mit dem benutzten Geschirr stand noch auf dem Tisch. Wenn man vom Service-Wagen Handtücher, Bettwäsche, Seife und all den anderen Kram abräumte, konnte man problemlos eine halbe Leiche damit transportieren. Für eine ganze war er leider zu kurz.

Die Sinnlosigkeit meiner Bemühungen machte mich sarkastisch. Warum nicht den nagelneuen, strahlend blauen Abfallsack zweckentfremden? Zumindest das Gestell hatte die richtige Höhe und wirkte stabil genug. Ich lehnte mich über die Aufhängung und kam zu der Überzeugung, das Transportproblem wenigstens sei zu lösen.

Ein Transport wohin?

Ich hätte jetzt in mein Zimmer gehen, abschließen, zwei Valium nehmen können. Der Fall wäre damit für mich höchstwahrscheinlich erledigt. Ich hatte zwar rings um den Toten genügend Fingerabdrücke hinterlassen, auch im Zimmer dieser Frau, aber wer zum Teufel sollte bei Recherchen ausgerechnet auf den Gast von Zimmer 714 tippen, auf einen gewissen Steffen Schwartz, der hatte doch wirklich kein Motiv.

Hatte ich keines? Ich war immerhin im Begriff, mit dieser Frau, mit der mich eine kurze, heftige Affäre verband, nach Indien zu fliegen. Und dieser Mann war uns beiden im Weg. In dieser Form ließe sich durchaus ein schlüssiger Indizienbeweis konstruieren. Nur ein volles Geständnis, jetzt und in diesem Augenblick, konnte mich vor dem ›Lebenslänglich‹ noch retten. Obwohl, auch durch Reue und Denunziation war meine Unschuld nicht schlüssig zu beweisen. Es war nicht die erste Tragödie dieser Art, die ihren Akteuren weltweiten Ruhm bescheren würde – und einen Lebensabend hinter Gittern an Stelle der erträumten Romanze. Der ›Mord aus Leidenschaft‹ dieser ›grausamen Liebenden‹, die in ihrem ›Rausch der Sinne‹ zu allem fähig waren, auch zu einem ›bestialischen Gattenmord im Taumel der Extase‹ war endlich aufgeklärt. Die ›verstockten Täter erwartete nun eine gerechte Strafe‹. Die einschlägigen Magazine hatten ausgesorgt für eine ganze Saison. Ich würde zusammen mit den Verlagsrechten an meiner Geschichte auch die dazu passenden Werbeslogans liefern. Darin war ich unschlagbar. Und für diese ›Enthüllungen eines rasend gewordenen Endvierzigers‹ rechnete ich mit einer siebenstelligen Summe. Es konnte auch weniger sein.

Mir fiel es schwer, ernsthaft zu bleiben und zu dieser unmenschlichen Zeit kreativ und logisch zu denken. Man bewegt sich im Kreis mit seinen billigen Einfällen, verliert die Selbstkritik, ist übernächtigt und gestreßt, steht unter Zeitdruck und gerät schließlich in Panik. Es war keine Lösung in Aussicht und es gab keinen Schluck Alkohol zur Inspiration und keine Chance für mich, das ganze Problem in Ruhe zu überschlafen.

Die elektrische Uhr über den grauen Fliesen zeigte halb drei. In winzigen Sprüngen rückte der Sekundenzeiger unerbittlich weiter. Ich hatte keine Ahnung, wann so ein Hotel aus dem Schlaf zu erwachen pflegt, wann die Mädchen anrücken, die Reinigungskolonnen. Verspätete Reisende konnten jeden Augenblick mit dem Lift erscheinen, der Zimmer-Service war rund um die Uhr um das Wohl der Gäste besorgt. Noch eine Flasche Sekt für das junge, nicht müde zu kriegende Paar auf 716. Mineralwasser und ein Aspirin für die Dame auf 711.

Gäste, die unter hochgradiger Schlaflosigkeit litten, kommen bisweilen auf die absonderlichsten Ideen. Ich schleppte, zum Beispiel, das Gestell mit dem Abfallsack hinter mir her, nur so aus Jux und Tollerei und natürlich nicht mehr ganz nüchtern. Ein Scherz für die schöne Dame von nebenan.

Aber niemand lief mir über den Weg, dem ich diesen Schwachsinn als Entschuldigung andrehen und vorspielen konnte. Nichts rührte sich in diesem Totenhaus. Unbeobachtet erreichte ich das Zimmer der Inderin und schob das Gestell mitten hinein in den Raum.

Sie lag auf dem Bett und reagierte erstaunt. Mir kam der Verdacht, sie hatte mit meiner Rückkehr nicht mehr gerechnet. Und ich begann bereits meinen fairen Entschluß zu verfluchen, nicht für den Rest dieser kurzen Nacht in meinem Zimmer verschwunden zu sein.

Wir sahen uns an und waren uns bereits fremd geworden, kannten nicht einmal unsere Namen. Es wäre auch zu grotesk gewesen, sich jetzt noch vorzustellen.

Aber nun war ich zurückgekehrt, Ehre, Ehrgeiz, falsch verstandenes Verantwortungsgefühl und Edelmut, und diese ganze

Quälerei begann von neuem und führte zu nichts. Wir konnten den Toten lassen, wo er war, und das Zimmer verschließen. Wir konnten ihn in den Service-Raum transportieren, in mein eigenes Zimmer, um die Ermittlungen zu verwirren. Wir konnten ihn mit dem Lift nach unten schaffen, ihn abstellen, irgendwo, in irgendeinem dieser Flure. Zur Tiefgarage mußte es einen direkten Zugang geben. Ein Personallift mußte existieren, zu den Küchenräumen und zur Wäscherei. Sicher gab es auch einen Weinkeller mit dunklen, verschwiegenen Ecken und einen Kühlraum für Gemüse und Fleisch.

Es war alles nur eine Frage der Phantasie, der gezielt eingesetzten Kreativität, wie bei einer besonders aussichtslosen Werbekampangne für ein extrem marktfeindliches Produkt. ›Brain-Storming‹ anläßlich einer ganz vertrackten Promotion, Auflistung aller möglichen und unmöglichen Vorschläge zur systematischen Problemlösungs-Strategie.

Als der ganze fachliche, theoretische Unsinn nicht weiterhalf, sah ich ihn plötzlich vor mir, klar und deutlich: den Schacht!

15

Es war eine dieser blitzartigen Eingebungen. Ein Bild tauchte auf: diese bodenlose, ölig-schwarze Dunkelheit. Ein Kabelstrang, der im Nirgendwo endet. Dieser Sog in die Tiefe. ›Bitte, treten Sie zurück!‹ Die Tür zum Abgrund schob sich vor mir zu.

Das war die Lösung!

Nehmen wir an, der Wartungstechniker hat die Schiebetür nicht ordnungsgemäß verriegelt. Ein Gast glaubt, den Lift zu betreten, und stürzt statt dessen sieben Stockwerke in die Tiefe. Man wird dieses Unfallopfer kaum auf Würgemale eines Seidenschals untersuchen. Die Identifizierung wird Tage dauern, sofern sie je gelingt. Denn die Passagiere der AIR-INDIA sind ja vollzählig nach Delhi und Bombay geflogen. Und es ist auch noch die Frage, ob und wann man den Toten unten im Liftschacht findet.

Ich war wie im Fieber. Im Service-Raum fand sich kein Vierkantschlüssel zum Öffnen der Tür. Es war überhaupt kein Werkzeug zu entdecken. Aber der Griff einer Gabel, die auf dem Geschirrtablett lag, schien in die Öffnung zu passen, wenn man das Oberteil mit den Zinken abbrach.

Die Gabel brach wirklich, mit einem singenden Knall. Ich hatte die Zinken unter die Tür geklemmt.

Der Stumpf passte in die viereckige Öffnung und ließ sich drehen. Und die zwei Segmente der Schiebetür glitten fast geräuschlos zur Seite.

Vor mir gähnte der Schacht, sein Ende verlor sich dort unten irgendwo in der Finsternis.

Vorsichtig schob ich die Türsegmente wieder zu, ohne sie zu verriegeln. Es mußte schnell gehen, wenn wir den Toten brachten.

Wir quälten uns ab, ihn in das Gestell zu hängen. Es dauerte endlos. Wir legten es schließlich um, flach auf den Boden, und wälzten den Körper hinein, banden seine Arme mit Handtüchern fest und dann richteten wir das Ganze auf, mit den allerletzten Resten unserer Kraft.

Und dann kam das Risiko! Der Weg zum Lift. Wenn uns jemand begegnen sollte, war das Spiel zu Ende.

Immer noch Totenstille. Das Haus schien ohne Leben. Ich ging einmal den ganzen Weg, vor und zurück, blieb stehen, immer wieder, horchte, vergaß zu atmen, obwohl mein Herz bis zum Hals schlug und in den Ohren pochte, bis mir grau wurde vor den Augen und ich nach Luft ringen mußte.

Dann wagten wir den Transport. Wie eine Sackkarre zog ich das Gestell gebückt hinter mir her. Die Inderin hatte den linken Arm des Toten gepackt und zerrte mit verbissener Energie.

Abfallsäcke aus Plastik wiegen, selbst angefüllt bis zum Rand, keine zwei Zentner. Das Rohr des Gestells begann sich zu biegen. Die Räder quietschten. Ein schrilles, kreischendes Geräusch, das durch alle Wände und Türen dringen mußte.

Langsam, Schritt für Schritt, Meter um Meter, zogen und schoben wir diese Last über den Flur und hinterließen tiefe Rillen im Velour.

Vor meiner Tür schien die Karre auseinanderzubrechen. Ich

richtete mich auf, stemmte das Rohrgestell in eine vertikalere Position, um den Schwerpunkt zu verlagern. Die Last war nun unerträglich schwer, aber wir zerrten weiter.

Im grellen Lichtstrahl, der aus dem Service-Raum fiel, blieb die Inderin plötzlich wie angewurzelt stehen und horchte mit geöffnetem Mund und weit aufgerissenen Augen in den angrenzenden Flur. Aber da war nichts zu hören außer dem Ticken der elektrischen Uhr.

Wir griffen dem Toten schließlich unter die Arme, jeder auf einer Seite, schleiften ihn die allerletzten Meter vor den Lift, knoteten die Handtücher auf und wie ein nasser Getreidesack sank der Körper zu Boden.

Ich versuchte die Tür des mittleren Lifts zur Seite zu schieben, aber sie war verriegelt. Hatte ich mich getäuscht? Welche Tür war es denn gewesen? Ich probierte, schob an allen Segmenten aller drei Türen, nervös und hektisch, aber ohne Erfolg.

Die abgebrochene Gabel lag im Zimmer der Inderin. Das konnten die Sekunden sein, die alles scheitern ließen. Der Einfall, die Schuhe auszuziehen, um mich noch leiser auf dem Flur zu bewegen, kam mir erst später. Ich nahm mir die erste Lifttür vor, der Tote lag dort günstiger. Der Gabelstumpf zitterte in meiner Hand und verschrammte den Lack. Aber er paßte in die Vierkantöffnung, und wieder glitten die Segmente geräuschlos zur Seite.

Niemand war gekommen, niemand hatte uns bis hierher überrascht, alles blieb still. Der Schacht war offen. Auch von unten her drang kein Geräusch. Vor mir hingen die öligen Stahlseile, auf die ich bisher nicht geachtet hatte. Wir knieten uns beide hinter den Körper des Toten und wälzten ihn vor uns her auf die Öffnung zu.

Immer wieder, bei jeder Drehung, starrten mich die glasigen Augen an. Und ich schwor in diesem Augenblick bei allen Göttern des Abend- und des Morgenlandes, mich nie wieder auf irgendwelche Abenteuer einzulassen. Diese Sekunden waren den Spaß nicht wert, den alle Frauen der Welt, alle Ideen von Freiheit und Flucht einem bieten konnten.

Die Beine des Toten hingen bereits über dem Abgrund, als die Inderin sich plötzlich schreckhaft aufrichtete, in den Schacht blickte, und mit einem leisen, hysterischen Aufschrei verschwand. Sie rannte einfach davon und irgendwo hinten im Flur klappte eine Tür.

Die Nerven verloren. Im allerletzten Augenblick die Nerven verloren. Ich blieb wo ich war, lag mehr als ich kniete hinter diesem Körper, der vor mir aufragte wie ein Berg. Der Schweiß lief mir in die Augen, aber ich vermied, mit meinen Händen, die den Toten berührt hatten, mir über die Stirn zu wischen.

Ich hoffte auch allein den Rest zu schaffen. Ich hoffte es nicht nur, ich war sicher! Ich hatte gar keine andere Wahl! Ich zerrte und stemmte und schob, Zentimeter um Zentimeter. Dieses nahezu formlose Gewicht war kaum von der Stelle zu bewegen, hatte sich festgesogen am Boden und schien zu kleben. Aber dann rollte der Körper schließlich doch über die eigene Schulter und eine Vierteldrehung weiter, begann zu rutschen und verschwand mit einem polternden Geräusch im Schacht.

Ich blieb liegen wo ich lag, zwei, drei Sekunden lang, auch noch länger, und wartete auf den Aufprall aus der Tiefe.

Aber es gab keinen Aufprall.

Ich stand auf und sah sofort warum: In diesem Schacht hing die Kabine nicht über mir im achten Stock und gab den Weg in die Tiefe frei, wie ich geplant und angenommen hatte. Das wäre beim mittleren Lift der Fall gewesen. Mit dem war ich selbst nach oben gefahren, diese Tür hatte ich beim Test geöffnet, dort hatte ich mich überzeugt und nach unten geblickt.

Nein, hier beim ersten Lift auf der rechten Seite war alles anders. Da hing die Kabine an ihren öligen Stahlseilen genau unter mir, im sechsten Stock. Und auf dem Dach dieser Kabine, nur einen knappen Meter tiefer, war nun der tote Inder gelandet. Lag dort zwischen Seilhalterung, Kabelschleifen und fettverschmierten Rädern. Mit dem einen Schuh streifte er die Wand, den anderen hatte er anscheinend verloren. Das Gesicht von einem Arm verdeckt, den Körper schraubenförmig verwunden, sah das Ganze zwar realistisch nach einem Unfall aus, aber keinesfalls nach einem Todessturz aus großer Höhe.

Daran war nun nichts mehr zu ändern. Vielleicht hatte die Inderin diese Panne rechtzeitig erkannt und vorausgesehen und war deshalb geflüchtet. Aber was heißt hier schon rechtzeitig. Zu diesem Zeitpunkt war die Sache schon so gut wie gelaufen.

In diesem Augenblick knackte über mir ein Relais. Ein Elektromotor begann zu surren. Und die Liftkabine mitsamt dem Toten glitt nach unten in die Dunkelheit des Schachts.

Ein Adrenalinstoß trieb mich hoch, brachte mich wieder auf die zitternden Beine.

Ich schob die Segmente zu, verriegelte, brachte den Velour vor dem Lift etwas in Ordnung, schleppte das Gestell in den Service-Raum, versuchte vergeblich, es gerade zu biegen, klemmte den Plastiksack wieder in die Halterung, kroch auf den Knien den ganzen, langen Gang nach hinten und wieder zurück und versuchte die Spuren zu verwischen, die Rillen im Teppich. Das alles atemlos. In hektischer Eile. In Erwartung von späten Gästen, die der bereits beladene Lift nach oben, in das siebente Stockwerk bringen würde.

Aber niemand erschien. Nichts rührte sich mehr. Wieder erfüllte Totenstille das Haus.

Ich schloß mich in mein Zimmer ein, ohne Licht zu machen, schluckte wie geplant die zwei Valium, zog die Vorhänge zu, um dieses enervierende, milchige Nebellicht nicht mehr zu sehen, wusch minutenlang meine Hände, als wäre diese idiotische Tat einfach abzuwaschen, kramte den Schlafanzug unter den Layouts und Postern heraus: ›*Wunderbar schlank durch Reductan-Depot!*‹ Legte mich ins Bett, nachdem ich die eingeschlagene Decke unter der Matratze herausgezogen hatte, und wartete.

Ich wartete auf den Schlaf, den ich mit Erfolg und Horror über Stunden vertrieben hatte, und der sich wohl kaum noch einstellen würde. Darauf, daß sich mein Puls vielleicht doch noch beruhigte. Und auf den Lärm, draußen auf dem Flur, den dieser Skandal irgendwann entfesseln mußte.

Aber alles blieb still. Und ich grübelte, wie ich mich anders und weniger idiotisch hätte verhalten sollen.

16

Ich war irgendwann hellwach und konnte mich an keinen einzigen meiner Alpträume mehr erinnern. Durch einen Spalt des Vorhangs fiel grelles Licht. Ich hatte Kopfschmerzen und völlig verkrampfte Schultern, und das verdammte Ding hatte nicht geweckt.

Das verdammte Ding stand auf Neun-Uhr-sechsundvierzig. Ich hatte vergessen, den roten Knopf zu drücken, und der Jumbo nach Indien war also weg.

Trotzdem beeilte ich mich, nach unten zu kommen. Der Vorhang klemmte und bis mir einfiel, daß es seitlich Kordeln gab zum Ziehen, hatte ich bereits drei oder vier der Haken abgerissen. Das Wasser der Dusche kam erst zu heiß, dann zu kalt. Aber in dieser Reihenfolge war das durchaus sinnvoll und zeitsparend. Am frischen Oberhemd fehlte ein Manschettenknopf. Mir fiel ein, daß ich vergessen hatte, Frau Beckmann zu bitten, sich die nächsten Wochenenden um die Katzen zu kümmern. Frau Beckmann war unsere Haushälterin, die aber nur an Werktagen erschien. Aber das hatte sich ja nun alles erledigt. Es war drei Minuten nach zehn, als ich das Zimmer verließ. Also bereits eine halbe Stunde zu spät für den geplanten Abflug.

Ich stand allein auf dem Flur und wartete auf einen Lift. Den Trenchcoat trug ich über der Schulter, den Aktenkoffer in der Hand. Ich war fest entschlossen, das Hotel so rasch wie möglich zu verlassen. Auch so unauffällig wie möglich, ohne noch weitere Spuren zu hinterlassen. Der teilweise heruntergerissene Vorhang war in diesem Zusammenhang eine überflüssige Panne.

Fast geräuschlos öffnete sich die Tür zu einer der Liftkabinen. Es war die rechte; die Kabine war mit einem halben Dutzend Menschen gut besetzt. Ich trat ein mit der üblichen neutralen Miene, man machte mir Platz, keiner schaute den anderen an, alle starrten wie üblich auf die aufleuchtende Stockwerk-Anzeige. Nur ich sah zur Decke. Sekundenlang. Bis ich mich selbst zur Ordnung rief. Denn auf dem Dach dieser Kabine lag der tote Inder.

Jeder Verbrecher kehrt an den Ort der Tat zurück. Dabei war

es purer Zufall, welche Liftkabine auf meinen Knopfdruck im siebenten Stock erschienen war.

Der Lift fuhr durch bis zum dritten. Ich glaubte, das schleifende Geräusch zu hören, das der Schuh des Toten an der Wand des Schachtes produzierte. Oder war das nur Einbildung? Wurde ich langsam irr oder hysterisch? Konnte man den Toten bereits riechen? Brach irgendwann das Dach der Kabine ein? Wie zersetzt sich ein Mensch? Und in welcher Zeit?

Ich versuchte, nichtssagend lächelnd in die Halle zu treten. Dort standen die Passagiere meines Indien-Flugs in Gruppen herum und diskutierten die Situation, in der wir uns alle befanden: Es gab keinen Flug und keinerlei Prognosen. Unsere Maschine war von Paris aus direkt gestartet und hatte Frankfurt und seinen Nebel in normaler Reiseflughöhe bereits überflogen. Glück gehabt. Na, wie man's nimmt.

Die Samstags-Maschine würde aus London kommen. Aber genauere Informationen waren nicht vor Mittag zu erwarten.

Also Zeit genug für ein geruhsames Frühstück. Als ob mir der Sinn danach stünde. Ich hatte nur noch eine einzige Idee: Raus aus dem Haus und weg. Aber die gastfreundlichen Inder dirigierten ihre Passagiere in den kleinen Speisesaal neben dem Lift.

Der Lift. Ich ertappte mich dabei, daß ich mitten in der Hotelhalle stand, zwischen Autovermietung, Schmuckvitrinen und Süßigkeiten und den Lift nicht aus den Augen ließ. Den rechten Lift. Als ob jede Sekunde eine grauenvolle Entdeckung zu erwarten sei. Aber nichts geschah. Nichts. Und vermutlich war auch bisher nichts geschehen. Es hätte sich herumgesprochen. Die Polizei wäre im Haus. Mordkommission. Der rechte Lift wäre blockiert. Diskreter Hinweis: ›Außer Betrieb‹. Auch im bestgeführten Hotel ließe sich ein Fall wie dieser nur schwer vertuschen.

Ich verließ also meinen Beobachtungsposten und betrat den Frühstücksraum. Eine ganze Anzahl von Gesichtern kam mir inzwischen bekannt vor. Da waren die drei Sikhs mit den aufgezwirbelten Bärten und den engen Jacketts. Die Turbane wirkten im Tageslicht noch farbenprächtiger.

Der dunkelhäutige Exporteur aus Madras winkte mich an seinen Tisch, aber ich lächelte ihm nur freundlich zu und suchte mir einen strategisch günstigeren Platz im hintersten Teil des Saals.

Dort saß auch der junge bärtige Mann in seiner Armee-Windjakke mit den zahllosen Taschen und plauderte angeregt mit seiner Gefährtin. Die beiden nickten mir zu. Und ich rechnete mir keine Chance mehr aus, hier unerkannt zu entkommen, mit der frechen Behauptung, ich sei niemals hier gewesen. Mein Gesicht kannten bereits zu viele.

Nur die schöne Inderin sah ich nirgends. Vielleicht war sie unter den ersten beim Frühstück gewesen. Halb acht oder noch früher. Vielleicht wartete sie auch in ihrem Zimmer. Vielleicht sogar auf mich. Und vielleicht brauchte sie Hilfe. Aber ich wußte auch, daß es nichts Gefährlicheres für mich gab, als mit dieser Frau noch einmal Kontakt aufzunehmen.

Die Stunden vergingen, der Nebel blieb, wo er war. Was sich am Flughafen abspielen würde, das konnte man sich ausmalen. Wir wurden informiert, die Zimmer seien weiterhin für uns reserviert, ein ›Check-out‹, obwohl bis spätestens zwölf Uhr zwingend vorgeschrieben, sei für AIR-INDIA-Passagiere nicht vorgesehen.

Was hatten die vor mit uns? Wie lange konnte so ein ›Delay‹ sich noch hinziehen! Tage? Ich beschloß, daß ich keine zweite Nacht in diesem Hotel verbringen würde. Daher war auch das Angebot, die Zimmer stünden weiterhin zu unserer Verfügung, für mich nicht relevant. Ich hatte nicht vor, noch weitere Fahrten mit diesem Lift zu unternehmen, einen Toten über dem Kopf.

Ich richtete mich in der Halle häuslich ein, gleich neben dem Fernsehprojektor, der um diese Zeit noch nicht lief, umgab mich mit Zeitschriften jeglicher Art, las geistesabwesend die gleichen Artikel immer wieder von vorn und behielt die Lifttüren im Auge. Und zählte die Minuten.

Nach dem Mittagessen verdichtete sich das Gerücht, die Maschine aus London würde nun auch direkt nach Bombay fliegen. Aber in Amsterdam stand ja noch eine dritte bereit. Zu irgendeiner Hoffnung bestand immer Anlaß.

Um drei Uhr früh fuhr ich mit dem mittleren Lift nach oben und legte mich aufs Bett. Der Raum war aufgeräumt, die Aufhängung des Vorhangs repariert.

Beim Aufschließen meiner Zimmertür hatte ich mir viel Zeit gelassen. Aber die Inderin erschien nicht zufällig in dieser halben

Minute auf dem Flur. Ich hätte sie anrufen können. Aber auch dazu fehlte mir der Mut. So lag ich also eine oder fast zwei volle Stunden bewegungslos hingestreckt und starrte zur Decke, oder hin und wieder, in unbestimmten Abständen, auch durch das Fenster hinaus in den Nebel.
Bis das Telefon mich jäh aus dieser Meditation riß und mein Puls auf zweihundertfünfzig schnellte.

17

Es war eine Mitteilung an alle Passagiere. In fünfzehn Minuten würden wir mit dem Bus zum Flughafen transportiert.
Ich war bereits drei Minuten später in der Halle. Diesmal war es der linke Lift und ich dankte dem Zufall.
»Einen Augenblick bitte!« Die junge Dame von der Rezeption, die meinen Zimmerschlüssel entgegennahm, hielt mich zurück. Sie wühlte in einer Kartei, kam dann mit einer Karte:
»Herr Schwartz?«
»Ja, bitte?« Ich registrierte, wie mein Blutdruck wieder nach oben ging und meine Hände feucht zu werden begannen.
»Hatten Sie irgendwelche Extras?«
Nein, ich hatte nichts. Keine Extras. Nur eine schöne Frau auf dem Zimmer, heute nacht, und nun liegt eine Leiche auf der Liftkabine Nummer drei! Tut mir leid!
Ach ja: Und die Reste einer zerbrochenen, hauseigenen Gabel trage ich noch immer in meiner Tasche spazieren. Setzen Sie den Verlust der Fluggesellschaft auf die Rechnung.
»Haben Sie telefoniert?« Die Fragestunde war noch nicht zu Ende. Trotz meiner penetranten Schweigsamkeit. Denn wiederum schüttelte ich nur den Kopf.
Nein, ich hatte nicht telefoniert. Ich hatte auch das vergessen und Frau Beckmann und meine Katzen total verdrängt. Aber es war freundlich, mich daran zu erinnern.
Das Gespräch nach München war rasch erledigt. Eine ebenso

dringende wie überraschende Auslandsreise erschien Frau Beckmann plausibel. Sie war Kummer gewohnt. Sie versprach auch Frau Haas, meine Sekretärin, und meine beiden anderen Mitarbeiter zu verständigen, Herrn Weigand, unseren Grafiker und unsere Buchhalterin Frau Friedrich. So einfach war die Liquidierung eines florierenden Unternehmens.

Als einer der ersten saß ich im Bus und registrierte, wie entspannt, fast glücklich die Menschen zu diesem befohlenen Aufbruch drängten. Es gab offenbar kein schöneres Geschenk, als die Aussicht auf baldige Veränderung. Der Mensch lebt mitunter von der Hoffnung allein. Denn der Nebel lag über diesem Land wie eh und je. Das schmutzige Grau ging bereits langsam in die Dämmerung über.

Unser Bus fuhr als erster ab. Als wir den Hoteleingang langsam passierten, kam die Inderin gerade durch die Tür. Sie sah fabelhaft aus und schien die Strapazen dieser Nacht bestens und zumindest äußerlich unbeschadet überstanden zu haben. Ihre Augen waren wieder etwas zu stark getuscht und sie trug nichts in der Hand außer zwei roten Bordkarten, ihrem indischen Paß und der zusammengeknüllten Plastiktüte mit dem Nachlaß ihres Mannes. Inklusive dem Seidentuch, an dem er starb. Wo war die schwere Aktentasche des Inders geblieben, die er doch immer bei sich trug, die er nicht einmal im Speisesaal aus den Augen gelassen hatte?

Nun, wie auch immer, es war nicht mein Problem. Ich saß am Fenster des Busses, hob die Hand zu einem Gruß. Es war mehr ein Reflex. Aber sie schien mich nicht zu bemerken.

Beim Einsteigen in die Maschine sah ich sie wieder. Wie erwartet. Wir waren längst durch die Paßkontrolle zum Flugsteig ›B–42‹ beordert worden. Ich hatte doch noch meine zwei Flaschen echt schottischen Glenmorangie-Ten-Years-Old erstanden, war bei jeder Polizeistreife zusammengezuckt, die mir über den Weg lief, und das sind auf deutschen Flughäfen bekanntlich viele. Die Flutlichter draußen auf dem Vorfeld tauchten von Minute zu Minute deutlicher aus dem sich auflösenden Nebel. Die Maschine aus Amsterdam war glücklich gelandet. Der ganze Laden kam wieder in Schwung. Die nahezu berstenden Warteräume waren erfüllt von einem betriebsamen Gewimmel. Tausende waren plötzlich erwacht aus ihrer Lethargie, und jeder einzelne schien Erleichterung auszustrahlen, war beflügelt von der Aussicht, dieser Gruppenhaft doch noch glücklich zu entkommen.

Und da erschien diese schöne Frau, stolz und unnahbar, und drängte sich mitten hinein in die Schlange der Wartenden. Statt der Plastiktüte mit den Habseligkeiten des Verblichenen hatte sie nun eine neuerstandene, blaue Lufthansa-Tasche über der Schulter hängen, stillos und zu dem Türkisgrün des Sari eine Beleidigung für das Auge.

Mich schien sie zu übersehen. Ich nahm an, das geschah aus taktischen Gründen. Sie schob sich immer weiter nach vorn, sehr geschickt, scheinbar unauffällig und ein wenig rücksichtslos, stand plötzlich neben mir, reagierte nicht auf meinen Blick, drängelte weiter und erreichte kurz vor mir das ›Gate‹. Ich witterte ihr Parfum, betrachtete das Schloß ihres Silberreifens und die schmale Hand, die das Haar ordnete.

Der Angestellte der AIR-INDIA riß die unteren Abschnitte der Bordkarten ab. Eine Groundhostess zählte sie durch.

Die Inderin reichte ihm zwei. Zwei rote.

Er riß beide ab und auf seinen fragenden Blick zeigte sie vor sich hin, ziemlich unbestimmt, in das Gewühl, das in der Fluggastbrücke gerade verschwand.

Das Gedränge war groß. Auch die Ablenkung durch gutgemeinte Abschiedsfloskeln und überflüssige Fragen. Und was hätte ihn stutzig machen sollen? Was war daran denn verdächtig? Wer reist schon allein auf zwei First-Class-Tickets nach Delhi?

Der Strom der Passagiere schob sich durch das Gate, als sei die Verspätung durch Hektik wieder einzuholen.

Und außer dieser Frau wußte nur ich Bescheid: Ein Toter blieb zurück!

18

Als wir abhoben, erfüllte mich ein so grenzenloses, so unbeschreibliches Gefühl der Befreiung, wie ich es nie zuvor erlebt hatte. Der Alptraum der vergangenen Nacht versank unter mir in der Düsternis dieser einbrechenden Nacht, wurde irreal, schemenhaft, verlor seine Bedrohung.

Wir erhoben uns aus dem Zwielicht dieses Schattenreichs, stießen durch eine allerletzte Dunstschicht, und geradezu überwältigend und wie eine langerwartete Verheißung, fielen die Strahlen der untergehenden Sonne in die Maschine, zauberten aufleuchtende, wandernde Kreise auf die exotische Farbenpracht mit ihren orientalischen Ornamenten aus Tausend-und-einer-Nacht, Karminrot, Kobaltblau, Violett, ein intensives, metallisches Gelb und das tiefe Grün tropischer Regenwälder.

Die Sonne versank schließlich hinter dem Horizont dieses zerfasernden Wolkenmeers. Wir nahmen Kurs nach Südost. Der Raum war erfüllt von Sitar-Klängen und den erregenden Rhythmen der ›Tablas‹, der Trommeln, vom Duft nach Räucherwerk, Sandelholz und Myrrhen, und von den geschmeidigen Bewegungen der großäugigen, lächelnden Zauberwesen in ihren bunten Saris, die als Gastgeberinnen um unser Wohl besorgt waren. Das indischste aller möglichen Indien hatte mich bereits in seinen Bann gezogen.

Den ›Welcome-on-board-Drink‹ in der Hand, die Beine bequem ausgestreckt auf diesem mit Kennerschaft zugewiesenen Platz, durchlebte ich meine poetische halbe Stunde, die sich normalerweise in genialen Anzeigentexten und Werbeslogans niederschlägt.

Wir flogen durch die Nacht. Unter uns Jugoslawien oder Griechenland. Der Vorgeschmack auf die indische Küche, die an Bord serviert wurde, war vielversprechend.

Das Glitzermeer von Istanbul zog unter mir vorbei, als auf der Leinwand, und gottlob außerhalb meines Blickfeldes, ›SUPERMAN II‹ seine Hollywood-Abenteuer zu bestehen hatte.

Hoch über den Bergen Anatoliens wickelte ich mich in meine Decke, okkupierte den leeren Platz nebenan und streckte mich aus, so gut es ging. Aus dem Kopfhörer rieselte indische Musik direkt in mein Gehirn und löschte dort, gemeinsam mit einem trockenen Medoc, meine Erinnerung an die vergangene Nacht. Nicht ganz.

Vor genau achtundvierzig Stunden lag ich mit dieser schönen Frau im Bett und wir umarmten uns. Man sollte auch die kleinen Jubiläen feiern. Ich bekam Sehnsucht nach ihr. Nach dieser Stimme, dieser Haut, diesem anschmiegsamen Körper. Warum war sie gekommen? Wegen mir? Wegen dieses Toten? Es gab außer mir vermutlich niemand, den sie um Hilfe hätte bitten können. Weshalb hatte sie zu mir Vertrauen? Und warum zuerst ein Liebesakt vor dieser grausigen Pflicht? Unergründbare Gedankengänge einer Frau.

Ich wünschte mit einem Mal sehr dringend, mit ihr zu reden. Sie saß kaum mehr als zehn Meter von mir entfernt. Aber dazwischen trennten kobaltblaue Vorhänge und unüberbrückbare Schranken die Privilegierten von der Kaste der Billigflieger.

Wenn wir nicht eine gemeinsame Leiche vergraben hätten, wäre es mir ein großes Vergnügen gewesen, die Differenz zur Ersten Klasse aufzuzahlen und bei ihr im vorderen Compartment zu erscheinen. Der Sitz neben ihr war ja vermutlich frei.

Aber Platz zu nehmen, auf dem reservierten Sitz eines zumindest computermäßig anwesenden Toten?

Ich versuchte zu schlafen. Unter uns lag Afghanistan. Und vor vierundzwanzig Stunden polterte eine Leiche auf einen Lift. Die starren Augen gingen mir nicht aus dem Kopf. Warum hatte sie ihn erdrosselt? Und warum habe ich sie nicht danach gefragt? Und nach den Hintergründen dieser Tat? Zeit hatten wir ja genug in dieser Nacht, um miteinander zu reden, aber ich offenbar keinen Mut, den Dingen auf den Grund zu gehen.

Ich war bereit, meine Pflicht zu tun, eine weiß Gott ziemlich große und riskante Gefälligkeit für eine schöne Frau. Trotz aller Neugierde gingen mich die Zusammenhänge nichts an. Ich war nicht bereit, den Komplizen zu spielen. Trotzdem wurde ich das dumpfe Gefühl nicht los, daß man mir in diesem undurchsichtigen Spiel genau diese Rolle zugewiesen hatte. Vielleicht auch ihr, wer weiß. Denn in der Rolle einer Mörderin war sie eine denkbar schlechte Besetzung. Warum war sie so tödlich über die schwarze

Münze erschrocken, die ich jetzt, als grausigen Talisman, ganz pietätlos in meiner Hosentasche mit mir spazierentrug?

Wenn sie nicht getötet hat, warum war sie dann geradezu hysterisch bemüht, die Leiche verschwinden zu lassen? Wer unschuldig ist, ruft die Polizei. Und nicht den freundlichen Herrn aus dem Zimmer 714.

Pakistan. Wir flogen nach Osten, der Sonne entgegen, und so wurde es eine kurze Nacht. Als mich meine Müdigkeit bleiern überfiel, begann schon die Morgendämmerung. Mit zerschlagenen Gliedern und verspannten Muskeln wälzte ich mich hoch. Das fahle Licht schmerzte in den Augen, als ich die Jalousie hochschob, um hinauszusehen in diesen frühen, klaren Tag. Der Blick ging weit. Die Kette der weißen Gipfel des Himalaya begrenzte den Horizont.

Ein Frühstück morgens um zwei ist nicht mein Fall. Die viereinhalb Stunden Zeitverschiebung interessierten meinen Magen nicht. Er war noch zu Hause und würde es auch noch einige Tage bleiben.

Bereits eine halbe Stunde später, kurz nach sieben Uhr Ortszeit, schwebten wir über Delhi ein: Wohntürme und Hütten, freies Feld und verstreute Feuer, Fabriken, Lagerhallen, ein Dorf und mitten hindurch eine Straße, Reklametafeln, Armeegelände mit Baracken und Panzern. Das Tor nach Indien bot keine exotischen Reize.

Leicht verkatert trabe ich in der Reihe der übrigen Morgenmuffel zum Ausgang. Noch ein letztes, bezauberndes Lächeln der Stewardessen. Ein Nicken des Kopfes hinter gefalteten Händen. »Namasteh!« und »Namaskaram!«!

Auf Wiedersehen. Und Willkommen in Indien!

19

Die Sonne war in dieser kurzen Nacht scheinbar um den Rest dieses Planeten gerast, hatte den Atlantik, Amerika, den Pazifik und die Hälfte Asiens unter und hinter sich gelassen und war nun pünktlich zu unserer Ankunft zur Stelle. Als ich die Maschine verließ und die hohe Treppe hinunterwankte zum Rollfeld, blendete sie mir über einen Hangar hinweg voll ins Gesicht. Ich erwartete Blütenduft. Aber die Luft war auch hier geschwängert von Kerosin. Die brütende Hitze, die mich beim Verlassen des Jets überfiel, die durch alle Nähte kroch und mir die Kleider sofort an der Haut kleben ließ, stammte nicht, wie ich irrtümlich annahm, aus den Düsen unserer Maschine. Sie wehte mir entgegen, auf meinem Weg zum Ankunftsgebäude, wie ein glühender Atem, umhüllte mich wie eine unsichtbare, wabernde Wolke, und sollte mich in den nächsten Wochen in diesem Land nicht mehr verlassen. Sie staute sich vor dem Gebäude, hatte sich im Schatten der Mauern ebenso eingenistet wie in der prallen, stechenden Morgensonne. Es war erst früh halb acht!

Drinnen, in der Halle, drehten sich die Ventilatoren, schleuderten Klimaanlagen Böen mit Eiseskälte auf die übernächtigten Ankömmlinge aus Europa, als wollten sie mit dieser Wechseldusche die Überlebenschancen testen.

Stau vor den Bändern mit dem Gepäck. Ich hatte keines, drängte mich durch, raus aus dem stickig unterkühlten Gewühl. Da stieß ich auf die Frau!

Es war Zufall. Und ich hatte sie seit der Ankunft, vielleicht schon seit Stunden völlig vergessen.

Sie wandte sich ab, als hätten wir uns nie gesehen. Ich versuchte weiterzugehen, mich in dieser drangvollen Enge an ihr vorbeizuschieben. Da packte sie mich am Arm. Es war ein kurzer und in diesem Gedränge unauffälliger Kontakt. Ich zuckte zusammen, blieb stehen, ohne mich umzusehen. Sie zog mich einen halben Schritt näher zu sich und ich hörte deutlich ihre Stimme dicht an meinem Ohr: »Sie sind mein Gast hier in Indien! Vergessen Sie das nicht! Warten Sie in der Halle des Maurya-Hotel. Maurya-Sheraton. Es ist ganz in der Nähe. Im Diplomatenviertel. Neh-

men Sie ein Taxi. Warten Sie in der Halle. Ich lasse Sie abholen!«
Das war alles sehr leise und wie in Synkopen gesprochen, bruchstückhaft, hastig. Jeder Satz stand für sich allein, verlor jeden Zusammenhang zum vorausgehenden, zum nachfolgenden. Sie machte überlange Pausen, als müsse sie nachdenken dazwischen, atemholen, Rücksicht nehmen auf Neugierige, die diese Situation heimlich beobachten könnten. Dann lockerte sich ihr Griff, glitt an meinem Arm langsam nach unten. Sie drückte mir die Hand. Eine Geste der Verschwörung und des Abschieds. Sie ließ los, und als ich mich umsah, verschwand sie bereits in der Menge, begann gemeinsam mit einem dunkelhäutigen Träger, um ihr Gepäck zu kämpfen.

Ein Polizist tauchte vor mir auf, schob mich zur Seite, wies mir ungefragt die Richtung zur ›Immigration‹. Dort stempelte mir ein Beamter das Visum für vier Wochen in meinen Paß, dann blätterte er ihn durch, Seite um Seite, ohne das Gespräch mit seinem Kollegen zu unterbrechen.

Der Zoll wünschte, meinen Aktenkoffer genauer zu besichtigen, weil ich zum allgemeinen Erstaunen kein weiteres Gepäck vorweisen konnte. Neben mir wuchtete der junge, bärtige Mann seinen Koffer mit dem aufgeschnallten Schlafsack auf den Tresen. Er warf interessierte Blicke auf die Layouts der Apotheken-Aufsteller mit dem nackten Modell auf dem Badetuch. Ich hätte den Unsinn doch besser mit der Post nach Oberrad schicken sollen. Oder wegwerfen! In irgendeinen Abfallcontainer am Flughafen Frankfurt. Zusammen mit den Überresten der zerbrochenen Gabel. Der Auftrag war futsch, so oder so.

»Sie sind ja doch geschäftlich unterwegs!« bemerkte mein junger Nachbar leichthin und ohne jeden sarkastischen Unterton, wofür ich ihm dankbar war.

»Tourist?« fragte der Zollbeamte fast im gleichen Augenblick.

»Yes, Sir. Tourist.«

Die Entwürfe landeten also wieder unter der schmutzigen Wäsche von gestern, oder war es vorgestern? Oder wann auch immer. Der Überblick über meine jüngste Vergangenheit war mir etwas abhanden gekommen.

Ich fühlte mich auch nicht gerade blendend. Wie man sich eben so fühlt um drei oder vier Uhr früh innerer Zeit und völlig überdreht. Der Zollbeamte verschloß eigenhändig meinen Aktenkoffer und versah ihn mit einem Kreidezeichen. Das waren die Formalitäten.

Hinter der Sperre wurden Ankömmlinge gerade von einem wartenden Familienclan umarmt und mit gelben Blütenkränzen behängt. Die Blumen waren bereits schlaff und verwelkt. Denn ein ›Delay‹ in Frankfurt bedeutete für das Empfangskomitee ebenfalls 24 Stunden Wartezeit hier am Flughafen von Delhi.

Ich schob mich an der Großfamilie vorbei, die Urahnen in klassisch indischer Kleidung, die jungen Frauen im Sari, die Männer konventionell britisch und die Enkel aufgeputzt wie überall in der Welt.

Anzukommen und nicht erwartet zu werden, das vermittelt ein Gefühl der Ungebundenheit. Aber nun war ich bereits ›Gast‹ in diesem Land, Gast dieser schönen Frau und verplant.

Ein Polizist wies mir mit Lächeln und einer höflichen Handbewegung den Weg ins Freie.

Da lag es also vor mir, dieses Indien, diese Wunderdroge für die verstörten, verunsicherten, verkrüppelten Seelen aus dem Wettbewerbs- und Leistungszirkus des Westens, Fluchtpunkt der Aussteiger, Traumziel derer, die auf der Strecke geblieben waren, entmutigt, ausgebrannt, ausgeflippt bei unserem Tanz um das goldene Kalb, das auf die Namen Wohlstand, Wachstum, Vollbeschäftigung und Fortschritt hört.

Es fiel mir unendlich schwer, mir einzureden, mir bewußt zu machen, daß ich nun angekommen war. Ich hatte verbissen und hartnäckig einen spontanen Einfall verwirklicht, hatte eine fixe Idee realisiert. Und fühlte mich entschlußloser als je zuvor.

II
LAKSHMI

20

Er stand vor mir, ganz plötzlich, wie dieser Geist aus der Flasche, hingezaubert in die Mitte dieser feudalen Halle und hielt mir zwei rote Bordkarten entgegen. ›AI–128‹ stand da mit dickem Filzschreiber über dem eingedruckten ›Frankfurt–Delhi‹. Der untere Abschnitt war abgerissen.

Er trug ein schwarzes Jackett über einem Hemd, das bis zur Hüfte über enge, weiße Hosen fiel. Buschige Brauen, ein hochgekämmter Schnurrbart. Schwarzes Käppi auf dem fast kahlen Schädel. Und keine Spur von Charme oder Freundlichkeit.

»You come from Francfort?«

Ich nickte.

Er zögerte noch, schien nachzudenken, ob die Beschreibung, die er von mir erhalten hatte, auch tatsächlich auf mich zuzutreffen schien. Offensichtlich fiel diese Überprüfung zu meinen Gunsten aus. Er streckte seine Legitimation, die beiden Bordkarten, ordentlich gefaltet in die Brusttasche seines Jacketts, ergriff meinen Aktenkoffer und wies mir mit einer kurzen Bewegung seines Kopfes den Weg zur Tür. Ich hatte keine andere Wahl, als ihm zu folgen.

Über eine Stunde hatte ich in der Halle des Maurya-Sheraton-Hotels gewartet, berieselt von sanfter, indischer Folklore-Musik, hatte die Türsteher beobachtet, die aufgeputzt waren wie die Maharadschas im Märchen, die Boys in ihren roten Uniformen, die mit Schaufel und Besen wie Jäger um die Tische und Sitznischen streiften, auf der Suche nach Staub, Abfall, Papier, Zigarettenresten. Aber sie blieben erfolglos bei ihrem Bemühen um noch mehr Reinlichkeit: Die Halle war leer und die penible Ordnung an diesem frühen Sonntagmorgen noch nirgendwo gestört.

Hinter mir wurden zwar hin und wieder ganze Reisegruppen, Deutsche und Amerikaner, laute und aufdringliche Leute, in Rudeln an der Rezeption vorbei zu ihren Bussen getrieben. Aber in der Halle blieb ich allein. Genoß die Ruhe, die Stille, die Kühle dieses hohen, mit edlen Hölzern ausgekleideten Raums. Langsam drehten sich über mir weitausladende Blätter eines Ventilators. Die prüfenden Blicke des Portiers prallten an mir ab.

Mit unendlicher Geduld legte einer der Boys auf dem weißen Marmorfußboden ein Mosaik aus frischen Blüten. Mit einiger Phantasie erkannte man die zum Gruß zusammengelegten Hände, aber es war auch ein großes, indisch verfremdetes ›M‹, das Signet des Hotels in Rot, Orange und Gelb, das ›M‹ der sagenumwobenen Herrscher der Maurya-Dynastie, von denen sich dieses Haus seinen Namen entlehnt hatte.

Ich trank einige Tassen sehr starken, sehr aromatischen Tee, bezahlte mit einem Dollarschein und ließ dem Boy die Handvoll Münzen, die er zurückbrachte, was sicher ein Fehler war, weil es den Sitten des Hauses zuwiderlief. Ein Oberboy brachte sie mir ein zweites Mal, auf einem silbernen Tablett.

Gerade als ich mir Gedanken über das Erbe der britischen Kolonialmacht durch den Kopf gehen ließ, tauchte der Geist aus der Flasche auf, dieser ernste, mürrische ältere Mann und lotse mich aus diesem friedlichen und angenehm klimatisierten Refugium.

»My Name is Chotu!« sagte er, als wir am Wagen standen. Er legte andeutungsweise die Hände zu einem Gruß zusammen, dann öffnete er die Tür. Es war ein Gefährt älterer Bauart, schmal und mit abgewetzten Sitzen und matt gewordenem, schwarzem Lack. ›Ambassador‹ stand in zierlichen, geschwungenen Buchstaben an allen möglichen und unmöglichen Ecken und Enden dieses Wagens. Er sprang, für einen Oldtimer überraschend, schnell an. Der Maharadscha winkte uns aus der Reihe und erhielt Trinkgeld zugesteckt, das Chotu auf seinem Sitz bereitliegen hatte. Hier draußen waren die Sitten also weniger hart.

Ich saß links vom Fahrer, vorn, statt im Fond, was ein Fehler war. An Linksverkehr und Rechtssteuerung hatte ich mich bei der kurzen Fahrt vom Flughafen zum Hotel bereits gewöhnt. Aber als wir die Parks und Avenuen New Delhis hinter uns hatten, als wir die belebten Vorstadtstraßen erreichten, brach um uns die Hölle los.

Ein nicht endender Strom von Radfahrern strömte uns auf der ganzen Breite der Straße entgegen. Dazwischen Mofas, besetzt mit zwei, drei Personen, Motor-Rikschas, Fahrrad-Rikschas, Eselskarren, Lastwagen hochbeladen mit Kisten, Kästen und Säcken, an die sich Menschentrauben klammerten.

Sie alle strömten uns entgegen auf dem Weg in die Stadt, überholten links und rechts die trägen Fuhrwerke, von schwarzgrauen, höckerbewehrten Büffeln gezogen, die Handkarren, die Rotten von Lastenträgern mit ihren dürren, nackten Beinen.

Unabsehbar war auch die Kette dieser schmalbrüstigen Wagen, ›Ambassador‹, die ich für Oldtimer gehalten hatte, und die sich nun hupend und auf Tuchfühlung überholend Platz verschafften.

Und Chotu, der Fahrer, jagte wie ein Teufel gegen dieses Chaos an, beanspruchte möglichst die Mitte dieser extrem gewölbten, schmalen Straße, deren Ziegelsteinbelag in einen staubigen, sandigen Randstreifen überging, den die Fußgänger und Händler beherrschten.

Als Beifahrer auf dem Todessitz diese Fahrt unbeschadet zu überleben, das war vermutlich nur eine Frage der guten Nerven und der Gewöhnung. Mir fehlte beides an diesem Morgen. Und Chotus mürrisch beruhigende Blicke halfen mir kaum über den ständigen Schock von dreißig bis vierzig Beinahe-Kollisionen pro Minute.

Wir schienen uns immer mehr von der Stadt zu entfernen. Zweistöckige, flache Gebäude wichen niederen Hütten. Freistehende Eisenschlote von Ziegeleien schickten schwarzen Qualm über die Landschaft. Tempelartige Heiligtümer mit buntbemalten Figuren standen am Weg. Menschen aller Hautschattierungen drängten sich an den Haltestellen, quollen aus den Einstiegen der entgegenkommenden Busse.

Der Schweiß lief in Bächen an mir herunter, und es war nicht nur die Hitze. Ich drehte an der abgebrochenen Fensterkurbel. Staub wehte herein, beißender Smog, Qualm von brennendem Müll und der Geruch von Verwesung. Kühlung brachte es keine.

Ich war gierig gewesen, hatte versucht, diese ersten Eindrücke Indiens in mich aufzusaugen wie ein Schwamm. Dabei war mir bewußt, daß dies hier nur ein einziges von tausend Bildern sein würde, die sich alle widersprachen. Aber dieses Vorüberhasten an flüchtigen Beobachtungen, dieses hektische Vorbeiziehen fremder und überraschender Entdeckungen, dieses sich ständige Überlagern von Wahrnehmungen und Empfindungen, strapazierte meine überreizten Sinne, bis ich vorübergehend die Augen schließen mußte. Allein der Alptraum der unübersehbaren Menschenmassen, die mir alle auf dieser schnurgeraden schmalen Straße entgegenkamen, mit in sich gekehrtem Blick, ohne sich gegenseitig wahrzunehmen, einem Ziel zustrebten, drängten, hasteten, war mir mit einemmal unerträglich geworden. Ich fühlte mich überschwemmt, niedergewalzt, in die Enge getrieben. Die Stakkato-Fahrt Chotus, der ständig zwischen Vollgas und Vollbremsung hin und her wechselte, verursachte mir zusätzlich Übelkeit. Wie konnte es möglich sein, in dieser brodelnden Masse Mensch Ruhe und Kontemplation zu finden, nach dem Sinn des Lebens und der allerletzten Wahrheit zu forschen? Waren die Neurotiker Europas auf ihrem Indien-Trip und der Suche nach dem Heil schlicht und ergreifend pervers?

Ich versuchte mich zu entspannen. Es mußte eine vernünftige Erklärung geben: Was treibt diese Menschen in die Stadt? Wird in Delhi irgendein kultisches Fest gefeiert, das Hunderttausende anlockt? Ich fragte Chotu. Er sah mich kurz und verzweifelt an und verstand offensichtlich kein Wort. Vielleicht erfaßte er auch die Worte, und begriff nur nicht deren Sinn. Antwort gab er mir keine.

Wir überquerten die Bahnline. Ein Uniformierter stand Wache mit einer roten Flagge. Chotu winkte ihm zu. Der Uniformierte winkte zurück und schaute uns lange nach.

Die Gegend wurde ländlich. Das hieß nichts weiter, als daß die Hütten und Häuser verbranntem, verstaubtem Brachland wichen. Unrat und Plastikfetzen türmten sich, wohin ich sah. In den Bretterstapeln, unter Blechresten und verwitterten Kartons lebten vielköpfige Familien. Kinder spielten im Kot, junge Greisinnen säugten Neugeborene an ausgemergelten Brüsten. Weiße Kühe lagen am Straßenrand, standen mitten auf einer Kreuzung, kauten wieder, langsam und unbeeindruckt von dem sich dahinwälzenden, hupenden, lärmenden Verkehr und strahlten eine geradezu überirdische Ruhe aus.

Und ich begann zu begreifen, daß dies nicht der Sog eines Festes, der die Massen mobilisierte, nicht die Ausnahme, sondern die Regel war. Der Weg in eine Stadt, in der bereits Millionen hausten, war für dieses Land, diesen Tag, diese Stunde normal belebt. Alltäglichkeit, nichts weiter. Wie konnte da Chotu meine schwachsinnige Frage verstehen?

21

Irgendwann bog er ab von der Straße, folgte einem ausgetrockneten Bach, in dessen Bett sich der Abfall sammelte, fuhr auf dem zerbrochenen Asphalt, auf diesem Schotterweg, gesäumt von verdorrten Büschen, über das braune, versengte Land, das keinen einzigen grünen Halm mehr trug.

In der Ferne ragten die Konturen von Fabriken, die Andeutungen von Industrie in den dunstigen Himmel. Die fast senkrecht stehende Sonne tauchte alles in schattenlose Monotonie. Und plötzlich wuchs da eine Mauer neben uns aus dem Boden, ragte vier, fünf Meter hoch auf, durchbrochen von verwitterten Ziegelornamenten, überragt von den Wipfeln verstaubter, schütterer Bäume. Weiß Gott, warum ich auf dieser kahlen, weit überschaubaren Ebene diese Mauer nicht früher entdeckt hatte. Einfach übersehen im graubraunen Nirgendwo, in dieser flimmernden Hitze.

Chotu hielt an, sprang flink aus dem Wagen, überraschend für sein undefinierbares Alter. Er riß den Wagenschlag auf, half mir auf die Beine. Meine Kleider klebten. Der zusammengerollte, schwarze Trenchcoat, der Aktenkoffer auf dem Rücksitz, alles war graubraun überstäubt. Ebenso, vermutlich, mein Gesicht. Bis auf die Spuren, die der Schweiß hinterlassen hatte.

Die Hitze war mörderisch. Die Sonne brannte unerträglich, unbarmherzig auf mich herunter. Und kein Luftzug bewegte sich. Nur ganz fern, irgendwo in dieser verbrannten Steppe, drehten sich staubige Spiralen in den Himmel, wanderten langsam über Gestrüpp, angehäuften Unrat, über Schutt und ausgehobene Gräben, verfallene Fundamente, verlassene Reste von Hütten. Dann sackten sie wieder in sich zusammen.

Hinter der Mauer bellte ein Hund, ausdauernd, drohend und heiser. Das Tor öffnete sich. Es war mit schwarzlackiertem Blech beschlagen und ragte ebenfalls vier, fünf Meter in die Höhe. Der unüberwindbare, uneinnehmbare Zugang zu einer Festung.

Ein altes Paar erschien. Die beiden hatten auffallend gleichgeschnittene, gleichgegerbte, gleichgealterte Gesichter. Sie hoben auch gleichzeitig die beiden Hände zum Gruß vor das Gesicht. Abgearbeitete, schwielige Hände.

Chotu übergab ihnen Aktenkoffer und Mantel, schaute mich an, wie man einen Deportierten ansieht, den man abgeliefert hat am Ort seiner Verbannung, nickte mir zu. Um seine Hände zu heben, schien er plötzlich zu faul. Ich war ihm nicht mehr wichtig genug, war bereits abgeschrieben. Er ließ sich in seinen Oldtimer fallen, schlug die Tür zu, startete, wendete umständlich und fuhr los.

Die Hitze schien, mit Benzindunst und Abgasen gesättigt, noch unerträglicher zu werden. Ich registrierte in mir eine unsagbare Trägheit. Jeder Widerstand gegen das, was mit mir geschah oder geschehen sollte, war gelähmt. Jeder Wille zerbrochen. Wie betäubt sah ich den Wagen abfahren und im Dunst, im Staub, im Flimmern der Hitze langsam verschwinden. Auf dem schmalen Asphaltband hatte sich ein glasiger See gebildet, eine Spiegelung der Luft, auf der der Wagen zu schwimmen schien, eintauchte, um schließlich zu versinken.

Mit einer langsamen Bewegung, um keine zusätzliche Hitze zu erzeugen, drehte ich mich irgendwann um. Der alte Mann machte eine einladende Geste. Dann ging er voraus durch das Tor. Er trug ein weites Hemd und hatte ein Baumwolltuch hosenartig um seine Lenden und die dürren Beine geschlungen. Es war die Tracht, die Mahatma Gandhi einst propagiert hatte, der Dhoti.

Die alte Frau klammerte sich an den Flügel des Tores, hielt sich daran fest, schaute mich ruhig und ohne jedes Interesse an und wartete auf mich.

Ich ließ mir Zeit, betrachtete das Haus. Es war ein zweistöckiger, massiger Bau, graubraun wie alles ringsherum. An den abblätternden Putz krallten sich armdicke Ranken mit verstaubten Blüten, tiefviolette Bougainvilleen wucherten bis hinauf zur

Brüstung eines flachen Dachs. Unten waren die Fenster verhängt mit verwaschenen, hellen Tüchern. Verwitterte Läden aus ausgebleichtem Holz mit schrägen Schlitzen schützten das obere Stockwerk vor Sonne und Hitze. Rings um das Haus zog sich ein schmaler Park.

Verdorrte Blätter rieselten von den Ästen, bedeckten den Sand, das verbrannte Unkraut, Kiesweg und Steinplatten, die hinüberführten zur Treppe.

Ein struppiger Wolfshund zerrte an einer Kette und versperrte den Weg. Er war aufs äußerste gereizt, kläffte in blinder Wut gegen mich an, bleckte die Zähne und Geifer schäumte an seinen Lefzen.

Der alte Mann hatte Koffer und Mantel auf der Balustrade der Eingangstreppe abgestellt und trieb den Hund mit Steinwürfen vor sich her. Er gab mir einen Wink, und ich ging rasch die wenigen Schritte hinüber zum Eingang des Hauses, unbehelligt von diesem Köter, aber auch etwas beklommen und feige.

Hinter mir fiel das Tor ins Schloß, wurde verriegelt, der Schlüssel abgezogen. Die alte Frau schlurfte an mir vorbei, barfuß. Über den Knöcheln waren die engen, schwarzen Hosen zusammengebunden. Darüber trug sie ein ebenso schwarzes, glänzendes, frischgebügeltes Kleid, das locker über ihrem dürren, knochigen Körper hing. Sie verschwand im Dunkel eines Vorraums, ohne weiter Notiz von mir zu nehmen.

Ein Geruch trockenen Moders umgab mich. Hochherrschaftlicher Verfall. Dies also war das Haus. Ihr Haus. Und ich war hier in Indien ihr Gast.

22

Sie war nirgends zu entdecken, meine schöne Gastgeberin, deren Namen ich immer noch nicht kannte. Ich hatte gehofft, sie würde mich am Tor erwarten, auf der Treppe begrüßen, in dieser düsteren Vorhalle. Aber die Sitten waren hier eben anders und mir fremd.

Ich lief hinter dem alten Mann her, quer durch einen großen Innenhof. Ausrangierte Möbel standen herum, mit Plastikfolien abgedeckt, eine ganze Wagenladung Sperrmüll. Batterien leerer Flaschen waren hier gestapelt, Kartons und Kisten, Ölkanister und Gasbehälter und nachlässig aufgeschichtetes Brennholz, Bretterabfälle und kleingesägte Äste.

Eine überdachte Treppe führte nach oben. Die Steinstufen waren abgeschliffen und ausgetreten wie die Tempeltreppen prähistorischer Heiligtümer. So alt wie diese Stufen konnte das Haus nicht sein. Ein kühler Hauch kam von oben, wehte heraus aus einem offenstehenden Raum, einer Halle, die im Dämmerlicht der geschlossenen Läden lag. Über die Möbel waren helle Tücher gebreitet. Es roch nach verstocktem Holz, nach schimmeligen Polstern. Aber nicht nach ihrem herben Parfüm.

Der alte Mann zögerte, blieb stehen, sah sich um, winkte mir zu, ihm weiter zu folgen, noch ein Stockwerk höher, noch einmal drei oder vier Dutzend Treppenstufen. Ich hörte ihn keuchen in diesem engen, hohen Treppenhaus. Stufe um Stufe, Schritt um Schritt kämpfte er sich hinauf.

Da fiel grelles, blendendes Sonnenlicht durch eine schmale, offene Tür. Wir hatten das flache Dach des Hauses erreicht, eine Terrasse, die sich auf verschiedenen, abgestuften Ebenen über das gesamte Gebäude erstreckte.

Über die mit Blüten überwucherte Balustrade hinweg, durch die schütteren Äste der Bäume, ging der Blick weit über das von der Gluthitze versengte Land. In der Ferne schob sich ein Güterzug durch den Dunst. Man hörte das Schleifen der Räder auf den Schienen einer engen Kurve, das dumpfe, rhythmische Zischen der beiden vorgespannten, antiken Dampfloks, eine Warnglocke schrillte ohne Unterlaß.

Auf der anderen Seite zog sich die Straße hin mit ihrem nicht endenden Verkehr. Der Strom der Fahrräder war zu erkennen. Eine Reihe überladener Busse schleppte schwarze Abgaswolken hinter sich her und erfüllte die Gegend mit ihrem Dröhnen.

Immer noch drehten auf dem Brachland die Wirbel erhitzter Luft Staub und Sand zu Spiralen, tanzten im Kreis zwischen den verfallenen Hütten und lösten sich auf. Bis hin zum Bahndamm, bis hinüber zur Straße, war keine Menschenseele zu sehen. Das Brachland mit seinen Resten an Behausungen war entvölkert und leer. Eine tote und verkarstete Steppe. Ein lebensfeindliches Unland.

Auf den glühendheißen Platten der Dachterrasse war Wäsche ausgebreitet. Zwischen den sonnengebleichten Bettlaken und Hemden ging ich zu einer Brüstung, schaute in den Hof, ließ meinen Blick über die Reihe der verhangenen Fenster, der geschlossenen Läden wandern. Aber meine Gastgeberin, um derentwillen ich gekommen war, war auch von hier oben nirgends zu entdecken. Mittägliche Siesta? Die Hitze war unerträglich. Ruhe nach der Rückkehr aus Europa, nach dieser strapaziösen Reise, nach Verspätung, Mord und Liebesabenteuer? Sie hatte sich zurückgezogen, verständlicherweise. Wenn es kühler würde, gegen Abend, zum Essen, würde ich sie sehen. Ich war sicher.

Irgendwo hinter einem dieser verhangenen Fenster war sie zu finden. Und in mir regte sich ein ganz elementares, lang entbehrtes, fast vergessenes Gefühl: Vorfreude und verhaltene Erregung, Begehren und eine Unruhe, wie damals, vor vielen Jahren vor einem Rendezvous.

Sie schien allein hier zu leben, allein mit diesen alten Leuten, die sie bedienten. Wir würden eine schöne und aufregende Zeit miteinander haben. Sie würde mir das Land zeigen, diese Stadt, die irgendwo dort hinten im Dunst verborgen war. Sie würde mir dieses Erlebnis ›Indien‹ unvergeßlich machen.

Ich war mit einemmal glücklich, daß ich dieses Abenteuer tatsächlich gewagt hatte, war stolz über meinen Mut. Und es schien mich tief zu befriedigen, daß ich noch imstande war, nach all den Jahren der Enttäuschung, der Gewöhnung, der Abstumpfung, Gefühle für einen Menschen zu entwickeln, ihm zu vertrauen, ihn zu lieben.

Der alte Mann hatte eine Tür geöffnet. In einer der Ecken dieser weitläufigen Dachterrasse war eine Art ›Penthouse‹ errichtet, zwischen Stufen und Wasserrinnen, Balustraden und Erker. Es bestand aus einem einzigen Raum und hatte Fenster nach allen vier Seiten. Die Läden waren nur angelehnt. Die Illusion eines Windhauchs, von frischer Luft wehte einem entgegen.

Das Bett war gemacht, ein frisches Laken darüber gebreitet. Das war genug bei dieser Hitze. Handtücher lagen bereit. Eine Schale mit Obst stand auf dem Tisch, drei Flaschen importiertes Wasser. Es gab keinen Zweifel, daß ich erwartet worden war.

Der alte Mann hatte meinen Aktenkoffer auf einen Stuhl gestellt. Es war der einzige in diesem sonst kahlen Raum. Er klopfte den Staub von meinem Mantel, hing ihn über einen Bügel aus Draht und den Bügel an einen Nagel, der aus der gekalkten Wand ragte. Einen Schrank gab es nicht.

Dann versuchte er, den altertümlichen Ventilator in Gang zu setzen, der über das Bett mit seinem Moskitonetz genagelt war. Aber ohne Erfolg. Er drehte an einem schwarzen Schalter neben der Tür, dessen Leitungen lose zu einer nackten Birne führten, die an einer Schnur von der Decke hing, genau über dem kleinen Tisch. Nichts geschah. Kein Licht. Kein Strom. Er zuckte resigniert mit den Schultern und sah mich dabei entschuldigend an. Dann nickte er mir zu, hob die Hände zum Gruß vor das Gesicht und ging, schloß die Tür hinter sich, ließ mich allein in dieser spartanischen Behausung.

Ich stand noch einige Minuten lang unschlüssig herum. Dann begann ich auszupacken, warf den Pyjama auf das Bett, Bücher und Zeitschriften daneben, die Wäsche unter den Tisch und hatte plötzlich keine weiteren Aufgaben mehr, keine weiteren Pflichten, keine Ziele, nicht einmal eine Idee.

Fahrräder, die nicht in Fahrt sind, fallen für gewöhnlich um. Ich war jahrelang immer in Fahrt gewesen, Termine und Pläne, selbst der Urlaub war eingeplant, aufgeteilt, eingeteilt, in Sehenswertes, Erstrebenswertes, in Erholung und Bildung und Fitnessprogramm. Und bevor auch nur der kleinste Fetzen leerer, unbeschriebener Zeit aufzutauchen drohte, hatten sich Hunderte von Ideen eingestellt, die alle realisiert sein wollten.

Ich aß zwei Bananen, beschloß, mein Leben von Grund auf zu

ändern, suchte und fand das ›Bad‹ zu diesem Apartment. Es war mehr ein Abtritt, angeklebt neben die Außenmauer. Ein simples, übelriechendes Loch im Boden zwischen zwei niedrigen Podesten für die Schuhe. Papier war keines vorhanden. Nur ein Eimer mit Wasser und ein Plastiknapf. Andere Länder, andere Sitten. Aber ich hatte ja ›DIE ZEIT‹ im Gepäck und die ›FRANKFURTER ALLGEMEINE‹.

Aus dem verrosteten Brausekopf an der Wand lief kein Tropfen. Ich würde mich umstellen müssen. Gezielter Abenteuerurlaub. Verzicht auf die verweichlichenden und entbehrlichen Segnungen unserer Zivilisation. Alles dumme Angewohnheiten und Abhängigkeiten. Bequemlichkeit war im Schöpfungsplan nicht vorgesehen. Es ging drei Millionen Jahre auch ohne.

Plötzlich bekam ich Angst vor diesem absoluten ›Nichts‹. Denn ›Nichts‹ schien mich mehr zu erwarten. ›Nichts‹ konnte mich mehr ausfüllen. Keinerlei Hoffnung, keinerlei Interesse. Ich kroch nackt unter das dünne Laken des Betts. Versuchte die Hitze zu ertragen und meine Ziellosigkeit, starrte auf den Ventilator, der sich plötzlich mit sanftem Kreischen drehte, auf die matt aufleuchtende Glühbirne. Ein Zeichen, daß meine Wahrnehmungsfähigkeit funktionierte, Beweis meiner Existenz.

Ich schob den Rand des Moskitonetzes ordentlich unter das Kissen, vorsichtshalber, und erwachte schließlich schweißnaß und zerschlagen mit rasendem Puls nach vielen Stunden.

23

Es gab auch diesmal keinen Zweifel: Jemand hatte geklopft, hatte an meine Tür geklopft, mehrmals und kräftig. Es war wie in dieser Nacht in Frankfurt. Ich versuchte, mich zu orientieren. Die Glühbirne strahlte in ungewohnter Intensität. Ich rief ›Hallo‹ und ›Komm herein!‹ aber sie antwortete nicht. Ich befreite mich von dem Moskitonetz, wickelte mir eines der Handtücher um die Lenden, entriegelte die Tür. Daß ich sie abgeschlossen hatte, war wohl aus Instinkt geschehen, ganz unbewußt. Ich konnte mich nicht daran erinnern.

Aber draußen vor der Tür stand nicht sie, die ich erwartet hatte. Es war der alte Mann mit einem Tablett und er verbeugte sich:
»Your dinner, Sir.«
Er schien Englisch zu sprechen. Das eröffnete gewisse Möglichkeiten der Kommunikation, der Befragung, der Information. Es war tatsächlich Nacht geworden, aber die Temperatur war kaum merklich gefallen. Ich ließ den Mann eintreten, schaffte Platz auf dem Tisch, schob die Schale mit dem Obst zur Seite, die Wasserflaschen.

Der alte Mann hob einen blankgescheuerten Deckel von einem der Teller. Curryduft stieg auf. Es war ein Reisgericht mit verschiedenfarbigen Gemüsen. Ein Topf mit gulaschähnlichen Fleischstückchen war das nächste Gericht. In der dritten Schale erkannte ich Hühnerschenkel in einer gelben Soße. Ich bekam zu jedem Gang einen ausführlichen Kommentar. Auf Hindi, vermutlich, denn ich verstand kein Wort. Das Gebrabbel aus dem zahnlosen Mund wurde mit entsprechenden Hinweisen versehen. Ein schwieliger Finger zeigte auf Brotfladen, kleine Näpfchen mit roten und giftgrünen Gewürzen, auf ein aufgeblähtes, knuspriggelbes Gebäck, eine Schale mit silberverziertem Yoghurt oder Quark. Das war aber nur ein Teil des reichlichen ›Dinners‹.

Ich wußte nicht, wieviel Gäste hier oben erwartet wurden, zog mein Handtuch um die Hüfte fester, hielt Ausschau nach einer Chance, mich ordentlich anzuziehen, bevor ich Besuch erhielt. Aber dann legte der alte Mann nur ein Besteck auf, ein einziges, dazu eine weiße Damastserviette mit Monogramm. Das war wohl der Beweis, daß ich mich damit abzufinden hatte, heute abend allein zu speisen.

»Where is the Lady?«
Der alte Mann stand bereits in der Tür, war im Begriff, sich zurückzuziehen, als ich ihn ansprach, nach der Dame des Hauses fragte, nach meiner Gastgeberin. Er schüttelte den Kopf. Vielleicht verstand er mich wirklich nicht. Ich versuchte es noch einige Male. Ohne Erfolg. Er lächelte verschämt, zeigte seine rotge-

färbten Zahnstummel, murmelte wieder irgendwelche Worte vor sich hin, winkte ab mit der Hand, immer wieder, ganz stereotyp, dachte sekundenlang nach, dann nickte er plötzlich verständnisvoll, es wirkte wie eine Eingebung, und dann verriet er mir sein Geheimnis:

»My name is Ramu!«

Sein Name war also ›Ramu‹, und er wiederholte es noch unzählige Male und zeigte dabei auf sich: »Ramu! Ramu...!« als müsse er mit meiner Begriffstutzigkeit rechnen und ich mir den Namen einprägen für alle Zeiten.

»Thank you, Ramu!« Ich lächelte ihn an, er lächelte zurück und verschwand in der Finsternis dieser Dachterrasse.

Eine gute Stunde später kam er zurück, brachte heißen Tee, sammelte die Reste dieses köstlichen Mals ein, bückte sich nach der schmutzigen Wäsche, die ich nachlässig unter den Tisch geworfen hatte, klemmte sie sich unter den Arm und verschwand nach einem perfekten »Good night, Sir!« endgültig für den Rest dieses langen Tages.

Das Abenteuer dieses Essens hatte mich mit meiner Einsamkeit versöhnt. Es war ein Spaziergang für Zunge und Gaumen in bisher unentdeckte Gefilde gewesen: Süßsaures gemischt mit Pikantscharfem, Zartbitteres nach blumig Parfümiertem, Herbwürziges, Säuerliches, Sahniges. Der Geschmack jedes einzelnen Bissens war ungewohnt und neu. Und nur ein einziges Mal trieb mir die Schärfe eines fremden Gewürzes den kalten Schweiß in Haarwurzeln und Nacken.

Ich hatte mir nicht die Zeit genommen, für das intime Dinner in meine Kleider zu schlüpfen. Das Handtuch war eine durchaus sinnvolle Bekleidung für diese Temperaturen. Ich öffnete einen der Läden, löschte das Licht und horchte hinaus in die Nacht. Ein leichter Windhauch raschelte durch die welken Blätter und verscheuchte die gröbste Hitze.

Ich nahm den Stuhl und setzte mich hinaus auf die Dachterrasse, dicht neben die Ballustrade. Ein schmaler Mond hing senkrecht über mir. Die Sichel lag waagrecht wie eine geöffnete Schale. Eine Lichterkette zog über die ferne Straße und der Wind wehte das Brodeln des Verkehrs zu mir herüber, das Knattern von Motoren, die abgestuften Kadenzen unzähliger Hupen.

Aus einer offenen Tür fiel Licht in den Hof, drang das Klappern von Geschirr, das Scheppern von Töpfen und Kesseln, auch leise Radiomusik, immerzu in unendlicher Wiederholung die gleiche, schmalzige Melodie einer Sängerin, begleitet von fremdartigen Instrumenten.

Aber mit Ausnahme dieser Küche lag das Haus still und wie tot in der Dunkelheit. Sämtliche Fenster blieben dunkel, kein Raum schien bewohnt.

Nein, hier wohnte sie nicht. Sie lebte nicht in diesem Haus, das wie ein Fremdkörper in diesem unwirtlichen Brachland stand.

Außer mir und dem Dienerpaar war innerhalb dieser Festungsmauern niemand zu finden. Schlagartig und ein wenig erschreckend überfiel mich diese banale Erkenntnis. Ich begann zu frösteln. Die Hitze des Tages war verflogen, außerdem hatte ich Angst vor Moskitos. Ich spülte die Zähne mit Malt-Whisky aus dem Duty-Free-Shop in Frankfurt. Das erschien mir sinnvoll, hygienisch und bekömmlich zugleich.

Ich kroch wieder unter das Laken, ohne die Fensterläden zu schließen. Der Ventilator über meinem Bett rotierte leise vibrierend vor sich hin und ließ das Moskitonetz flattern. Sein Summen mischte sich mit dem fernen Geratter der Güterzüge, mit Signalpfiffen, dem Gebimmel der Warnglocken, dem Kreischen der Räder in der engen Kurve.

Diese Geräusche begleiteten mich durch die ganze Nacht. Es wurden zahllose Nächte. Und die einzige Frage, die mich in dieser Nacht und in den folgenden bewegte, war: Was sollte ich hier ohne sie? Und wann würde sie kommen?

24

Die frühen Morgenstunden waren die schönsten Augenblicke in den träge dahinfließenden Tagen meines Exils. Die Luft war noch kühl und frisch, war noch nicht erfüllt vom Dröhnen der Motoren, von Abgasen, von Smog und Rauch. Die ferne Straße lag noch ausgestorben und ungewöhnlich leer. Das Land schien zu schlafen.

Ich hatte mir den Stuhl wieder an die Ballustrade gestellt und das Laken des Betts über die Schultern gehängt. So erwartete ich das Erscheinen der Sonne. Sie schob sich nicht langsam über den Horizont wie in unseren Breiten. Sie tauchte irgendwo hoch darüber aus dem Dunst. War plötzlich da. Eben ahnte man noch einen Schimmer, dunkles, konturloses Purpur, dann zeichnete sich der Umriß ab, der volle Kreis, ein gigantischer, roter Ball. Ein japanischer Lampion hinter schmutzigbraunem Pergament. Dann durchdrang diese glühende Kugel die grauen Schleier aus Staub und Feuchtigkeit an der verwischten Grenze zwischen Luft und Erde, schien sie aufzusaugen, sich hindurchzubrennen, wandelte sich zu einer strahlend gelben Scheibe, über der sich ein grünvioletter Himmel wölbte, schrumpfte schließlich und begann blendend weiß ihre Wanderung über dieses fahl und farblos werdende Firmament, glühte herunter, unbarmherzig, gnadenlos, alles versengend. Zwölf Stunden lang.

Es fiel mir bei diesem morgendlichen Schauspiel verdammt schwer, keine genialen Werbeeinfälle zu produzieren, Visual-Conception. Das bot sich an für mehrere Dutzend exquisiter Produkte. Aber mit der nötigen eisernen Disziplin gelang es mir von Tag zu Tag besser, meine Emotionen wert- und zweckfrei zu erleben.

Ich blieb sitzen, wo ich saß, trotz der beginnenden Hitze. Die Luft wurde brandig. Beißender Qualm hob sich von Tausenden von Feuerstellen, legte sich wie ein Nebel über das Land. Denn vor Tausenden von Hütten rings um diese Stadt wurden zu dieser Stunde die rußigen Töpfe auf die Glut gestellt, siedete Wasser, kochte Reis und Gemüse.

»Your tea, Sir!«

Ramu kam wie immer barfuß und geräuschlos über die Treppen und Terrassen und immer zu dieser gleichen Zeit, um mir den ›Early-Morning-Tea‹ zu servieren. Und wie jeden Morgen war er erstaunt, mich nicht schlafend unter dem Moskitonetz zu finden.

Später konnte man die Alten beobachten, wie sie Wasser gegen die Tücher sprengten, mit denen die Fenster verhängt waren, bevor sie endgültig den Hof verließen und sich in ihr kleines Reich, in Küche und irgendwelche Kammern verkrochen. Denn die Sonne stieg und die Schatten zwischen den Mauern schmolzen zusammen.

Ich legte mich auf mein Bett und betrachtete die Wasserflecke vom letzten Monsun über mir an der Decke. So trainierte ich meine Geduld und übte mich im Warten.

Aber sie kam nicht, die schöne Frau. Kein Zeichen von ihr, keine Nachricht.

Die üppigen Mahlzeiten verloren ihren Reiz, wenn man sie allein genießt, mit dem Gesicht zur Wand. Ich hätte einen Spiegel aufstellen können, als probates Mittel gegen Einsamkeit und Haftkoller. Aber vermutlich hätte ich diese unrasierte, ungekämmte, ungepflegte Gestalt als Tischgenossen abgelehnt, in die ich mich in diesen wenigen Tagen verwandelt hatte.

Möglicherweise war das Ganze ein Teil der eigenartigen Therapie, die diese Frau mir verordnet hatte: ›Manchmal genügt es, sich einzuschließen, sich abzuschirmen, und die Antworten auf alle Fragen in uns kommen von allein...!‹

Wer war sie eigentlich? Inderin mit deutscher Mutter, Dolmetscherin. Mehr wußte ich nicht. Dieses war offenbar ihr Haus, das Haus ihrer Familie. Aber wo lebte ihre Familie. Sie stammte aus Bombay. ›Fahren Sie nicht nach Bombay... Bombay ist ein Monster.‹ Sie lebte in New Dehli. Dies hier war nicht New Dehli, dies war Nirgendwo an der Straße nach dem Süden.

Ich begab mich auf Entdeckungsreise. Zu irgendeiner schläfrigen Mittagszeit wanderte ich durch das leerstehende Haus. Ich war sicher, das Dienerpaar lag irgendwo in einem kühlen Keller und hielt seine Siesta.

Die Tür zur Halle, ein Stockwerk tiefer, stand offen. Die Fensterläden waren zu, Dämmerlicht fiel auf die hellen Tücher, mit denen sämtliche Möbel abgedeckt waren. Rötlicher Staub hatte sich in den Falten gesammelt.

Eine schmale Tür war unverschlossen und führte zu einem Arbeitsraum. Große Bilder hingen an den weißen Wänden, Porträts in dunklen Rahmen, vergilbte Fotografien. Das Bildnis eines stolzblickenden, bartlosen Inders war mit verwelkten, verdorrten Blumen geschmückt und mit einer Girlande bunter Lämpchen.

Auf dem Schreibtisch lag ein verschnürter Stapel alter Zeitungen. Indische Schriftzeichen, aber ein englisches Datum: 15. November 1979.

Die geschlossene Schreibmappe, das Schreibzeug, alles war mit einer feinen Sandschicht überzogen. Auch das Foto im Metallrahmen. Ein junges Paar lächelte in die Kamera. Er saß auf einem Stuhl, sie lehnte neben ihm, den Arm auf seiner Schulter. Gestellte Innigkeit, eine vom Fotografen inszenierte Pose. Es war ein Schwarzweißbild und nachträglich handkoloriert, das Marzipanrosa der Haut war so unnatürlich wie das aufgesetzte Rouge der Lippen. Die Augen der Frau waren eine Spur zu stark getuscht, als ob sie damit betonen müßte, wirklich Inderin zu sein. Ihr Haar war kurz, war locker und lässig frisiert, wie vom Wind verweht. Eine schmale Hand war im Begriff, es zu glätten, die einzige natürliche und spontane Geste auf diesem Bild. Da überfiel mich das undeutliche Gefühl, beobachtet zu werden.

»Sir?!«

Ramu stand hinter mir, war lautlos eingetreten, irgendwann, betrachtete mich neugierig und mit deutlichem Mißfallen. Ich stellte das Bild zurück, wie ein ertappter Schüler. Um ein Haar hätte ich mich entschuldigt. Aber dann benutzte ich die Gelegenheit, hielt Ramu das Bild hin, zeigte auf die schöne, junge Frau und fragte ihn: »What's her name?« – Wie heißt sie?

Er griff mit einer gewissen Feierlichkeit nach dem Bild, wischte mit seinen derben Fingern sorgsam und fast zärtlich den Staub vom Glas. »Mam Sahib«, sagte er leise mit bewundernder Andacht in der Stimme. »Mam Sahib.«

»Mam Sahib?«

»Yes, Sir!«

Das war doch nicht ihr Name. Das war ihr Titel, die Herrin des Hauses. Ich versuchte es anders:

»You: Ramu! Okay?«
Er nickte.
Ich zeigte auf mich: »Steffen! My Name is Steffen!«
Wiederum nickte er und schien verstanden zu haben. Er senkte voller Ehrerbietung für einen kurzen Augenblick den Kopf.
»And she? Mam Sahib? What's her name?«
Er zierte sich, zögerte, blickte auf das Bild. Wieder begann ich von vorn. Zeigte auf ihn: »Ramu!«, auf mich: »Steffen!«, schließlich auf sie. Dabei zuckte ich fragend mit den Schultern.
»Oh!« Er schien zu begreifen. Dann flüsterte er: »Lakshmi.«
»Lakshmi?«
Er nickte. »Yes, Sir! Lakshmi!« Er strahlte, als er sicher war, daß wir uns verstanden, daß er zu Diensten gewesen war, meine Frage ordnungsgemäß beantwortet hatte, trotz unserer Sprachbarrieren.
Ich setzte das Spiel fort, mit der nun schon bewährten Methode. Zeigte auf mich, auf ihn, auf sie – dann auf den Mann an ihrer Seite.
»Doktor Lakshman Choudhari.« Er sagte es mit Ehrerbietung.
»Lakshman Choudhari?« fragte ich nach und hatte damals nicht die blasseste Ahnung, wie man diesen Namen schreibt.
Wieder nickte Ramu strahlend: »Yes, Sir: Sahib Doktor Lakshman Choudhari!« Aber dann wurde er ernst, zeigte auf das von Blumen und Lämpchen umkränzte Porträt an der Wand und seine Stimme bekam etwas Feierliches, Pathetisches, als er auf Hindi eine unverständliche Erklärung abzugeben begann.
Aber so unverständlich war sie nicht, seine Rede. Seine Gesten, die Blumen, die Lämpchen, sein großer, trauriger Ernst: »Dead? He is dead?« Tot? fragte ich.
Ramu verstand, hob die Hand, nickte, diesmal ohne zu lächeln.
»Dead! Yes, Sir!« Er verbeugte sich vor dem Porträt und stellte dann die Fotografie zurück auf den Tisch, auf den angestammten Platz.
Der Mann, der Ehemann, dieser Doktor Lakshman Choudhari war also tot. War seit Monaten tot oder seit Jahren. Und er war auch nicht der Tote, der in den Liftschacht fiel, war nicht die Leiche auf der Liftkabine drei im Airporthotel in Frankfurt!

Dieser Mann hier war ein völlig anderer, von der Statur, vom Gesicht. Sein Tod lag lange zurück, die vertrockneten, verblaßten Blumen verrieten es. Ramu wollte die Girlande der bunten Lämpchen aufleuchten lassen. Er drehte an einem Schalter, untersuchte den Stecker, ohne Erfolg. Vermutlich war wieder einmal kein Strom in der Leitung.

Aber das Dämmerlicht, das durch die Schlitze der Läden fiel, war hell genug gewesen, um die junge Frau auf dem Foto eindeutig zu identifizieren. Es gab für mich keinen Zweifel. Dies hier war meine unsichtbare, geheimnisvolle Gastgeberin, Reisegefährtin, vielleicht auch eine Mörderin. Zumindest war sie meine Geliebte in einer sehr unruhigen Nacht. Und ihr Name war ›Lakshmi‹.

25

Lakshmi...
Nachgeschlagen in einem englischen Lexikon, das in der langen Reihe der ›Encyclopaedia Britannica‹ in einem offenen Schrank des Arbeitszimmers stand: ›Lakshmi, auch Shri, Hindu-Göttin der Schönheit und des Glücks. Gattin des Vishnu, einer hinduistischen Hauptgottheit, deren zehnte Reinkarnation erwartet wird. Gebräuchlicher indischer Mädchenname.‹

Göttin der Schönheit. Göttin des Glücks. Ich schlich mich in den folgenden Tagen noch etliche Male unbemerkt in das Halbdunkel dieses Arbeitszimmers und betrachtete das Bild dieser Frau. Damals mußte sie etwa zwanzig gewesen sein, kaum älter. Ein paar Jahre hin, ein paar Jahre her, das war ohne Bedeutung. Ich versuchte die kleinen Veränderungen aufzuspüren, die diese fünfzehn oder zwanzig Jahre Leben, die seither vergangen waren, eingeprägt hatten in dieses Gesicht. Aber das reale, das aktuelle Bild begann bereits in mir zu verblassen, wurde überlagert von dieser fotografierten, retuschierten, handkolorierten Scheinrealität, die mich letzten Endes betrog.

Was mich verfolgte, in meinen Träumen, in diesen halbdurchwachten, heißen Nächten oben auf meinem Dach, das war ihr Bild von damals. Ihr Jugendbild. Es wurde körperlich greifbar, wurde zum Zentrum meiner erotischen Phantasien bei dem Versuch, die überhitzte Sinnlichkeit zu befriedigen. Aber die unerfüllten Wünsche wurden zur Folter, wurden quälend wie die Sehnsucht nach ihr und nach ihrer Zärtlichkeit.

Die Erinnerung an die eine Stunde dieser einen Nacht in Frankfurt verselbständigte sich, wurde zum Mittelpunkt dieser Tage des Wartens: Ihre Stimme, ihr Haar, die schmalen Hände, die sandfarbene Haut, das Beben ihres Körpers, der herbe Duft ihres Parfums – zusammen mit diesem um zwanzig Jahre jüngeren Bild.

Als ich mich dabei ertappte, bei meiner heimlichen Anbetungszeremonie vor diesem Bild im Dämmerlicht dieser Gedächtnisgruft, in diesem verstaubten Arbeitszimmer, laut mit mir selbst zu sprechen, oder auch mit ihr, was weiß ich, und dabei ihren Namen nannte, wußte ich, daß es Zeit würde, etwas zu unternehmen. Höchste Zeit. Ich mußte, um bei Verstand zu bleiben, meine Situation grundlegend ändern.

Meine Flucht aus diesem Haus war einfältig geplant und überaus naiv. Ich legte meine inzwischen übliche Kleidung, das um die Hüfte geschlungene Handtuch, ab, steckte Bargeld und Paß in die Tasche meiner Anzughose, schlüpfte in eines der frischgebügelten Hemden, für die Ramu ohne jede Aufforderung Sorge trug, durchquerte den verlassenen Innenhof, die Vorhalle und stieß am Fuß der Eingangstreppe auf den struppigen Wolfshund, der die Zähne fletschte. Er ließ sich auch durch Steinwürfe nicht vertreiben. Die Kette reichte bis vor das Tor, das außerdem verschlossen und unüberwindbar war.

Ramu erschien nicht auf meine Rufe, er war nirgends zu finden. Seine Frau kehrte Sägemehl über den blankgescheuerten Küchen-Estrich, starrte mich fassungslos an, um mich anschließend ehrfurchtsvoll zu begrüßen. Sie legte ihre Fingerspitzen auf ihre Lippen, auf ihr Herz, auf die Stirn und verneigte sich.

Ich ließ mich auf keine langwierigen Rituale und Verständigungsspiele mit ihr ein, nahm sie am Arm, führte sie hinaus, und sie war viel zu ängstlich, zu überrascht, um sich zu widersetzen.

Der Hund bäumte sich auf an seiner Kette. Ich zeigte auf ihn und auf das verschlossene Tor. Meine Gesten, es zu öffnen, und zwar jetzt, unmittelbar, sofort, waren unmißverständlich. Ich führte sie also wieder zurück in die Küche. Dort hing der Schlüssel an einem Haken neben dem Herd. Sie zerrte den Hund an seiner Kette mit ihrer ganzen Kraft einige Schritte zurück, während ich mich bemühte, das Tor selbst aufzuschließen. Es gelang mir sogar, die reißende Bestie fast im Genick. Durch einen fußbreiten Spalt zwängte ich mich hinaus. Hinter mir fiel das Tor ins Schloß. Der Köter heulte dahinter auf. Meine Hände zitterten, aber ich war frei.

So einfach war das, so unkompliziert. Meine Gefangenschaft existierte in meinem Kopf, sie war eine Fiktion.

Ich grüßte Ramu freundlich, der mir auf einem uralten Fahrrad, starr und aufrecht sitzend, entgegenkam. Er hatte prallgefüllte Leinensäcke am Lenkrad hängen und einen Karton mit Gemüse hinter sich festgezurrt. Er strauchelte, stürzte fast vom Rad vor Überraschung, als er mich erkannte. Noch lange sah ich ihn stehen, mir nachblicken, an der gleichen Stelle, an der ich ihm begegnet war.

Diesmal wehte Wind über das Brachland, trieb Sand durch die dürren Büsche, über die schmale Straße, den ausgetrockneten Graben und in mein Gesicht. Es war ein heißer Abendwind, aber die Hitze war nicht mehr so unerträglich wie bei der Ankunft. Vielleicht weil die Luft sich bewegte, weil ich auf der Flucht war, ausgebrochen aus einem Gefängnis, gleichgültig, ob es real existierte oder nicht. Vielleicht gewöhnt man sich auch tatsächlich an dieses mörderische Klima. Irgendwann, nach zehn, zwölf Tagen.

Ich lief auf die Landstraße zu, rannte fast. Das Hemd klebte naß auf meiner Haut und kühlte mich, wenn auch auf unangenehme Weise. Der Staub auf meinen Lippen schmeckte bitter und knirschte zwischen meinen Zähnen. Ich hätte auf Vorrat trinken sollen. Morgens aufbrechen statt abends. Proviant mitnehmen. Den Koffer mit Necessaire und Rasierzeug. Mantel, Jackett. Die ganzen Habseligkeiten.

Ich war auf der Suche nach ›Lakshmi‹. Eine deutschsprechende Dolmetscherin mit deutscher Mutter, Lakshmi Choudhari, Witwe des verstorbenen Doktor Lakshman Choudhari, mußte in

New Delhi doch zu finden sein. Telefonbuch. Einwohnermeldeamt, sofern es in Indien so etwas gibt. Vielleicht arbeitete sie auf einer Behörde. Bei der deutschen Botschaft. Die konnten einem zumindest weiterhelfen.

Die Hauptverkehrsstraße hatte ich bald erreicht. Ein Bus fuhr gerade ab, brechend voll, und an die zwanzig junge Männer klammerten sich an die offenen Eingänge, hatten sich ineinander verkrallt, hingen dort in akuter Lebensgefahr, eine Traube aus Menschenleibern. Die zurückgebliebenen zwei Dutzend enterten die Ladefläche eines Lieferwagens, der an der Haltestelle zufällig hielt. Ein Taxi kam vollbesetzt vorbei. Ein zweites. Der Greis mit den ausgemergelten, dürren Beinen, der gebückt die Pedale einer Fahrrad-Rikschah trat, witterte ein Geschäft und hielt an. Er zeigte mit dem Finger auf mich, machte dann eine einladende Handbewegung zu dem zerfetzten Sitz seines Gefährts. Diese ausgezehrte Gestalt als Kuli auszubeuten, erschien mir als Frevel gegen die Menschenwürde. Mit dieser weltfremden Einstellung machte ich seine Existenz überflüssig und beraubte ihn eines kargen Verdienstes. Ich winkte höflich ab.

26

Eine Motor-Rikschah hielt neben mir an. Ein stolzer, sehr elegant und konservativ gekleideter Sikh reichte mir die Hand, zog mich zu sich auf die plastikbezogene Bank des offenen Gefährts, rückte mit einem jungen Paar, das neben ihm saß, noch dichter zusammen, um mir genügend Platz zu schaffen. Er lachte und begrüßte mich wie einen alten Freund. Auf seinen Zuruf hin reihte sich der Fahrer mit halsbrecherischer Geschicklichkeit und ohrenbetäubendem Geknatter in den dahinfließenden Verkehr wieder ein. Wir hockten viel zu dicht, um herausgeschleudert zu werden. Trotz dieser drangvollen Enge kramte der Sikh endlos in der Innentasche seines dunklen Nadelstreifenjacketts und überreichte mir schließlich seine Karte: ›*Narula Surinder Singh*,

GOLDEN-TEMPLE -SILK Ltd.‹ Und dann irgendeine Adresse in Delhi. Nachdem ich gelesen hatte, schüttelte er mir noch ein zweites Mal die Hand.

Die Karten meiner Firma lagen im Aktenkoffer auf der Dachterrasse einer verfallenden Villa, die hinter Staub und Dunst gerade am Horizont verschwand. Ich konnte mich also nicht revanchieren, murmelte lediglich meinen Namen und erwiderte ihm, ich sei hocherfreut, seine Bekanntschaft zu machen.

Die Spitzen seines zusammengedrehten, hochgesteckten, lackschwarz glänzenden Bartes verschwanden unter einem leuchtend grünen Turban. Vermutlich war er aus Seide. Aus ›GOLDEN-TEMPLE-SILK‹.

»Was machen Sie in Indien?« wollte er wissen. Ein sehr oberflächlicher Einstieg in eine Konversation mit einem so offensichtlichen Fremdling. »Geschäfte?«

Er wartete meine Ausflüchte nicht ab. »Lassen Sie nur!« Er winkte abschätzig mit der Hand. »In Indien kann man nichts machen außer Geschäften. Nichts anderes. Leben kann man hier nicht!« Er lachte verschmitzt durch seine Brille mit den runden, dunkelgefaßten, kleinen Gläsern. Er erwartete Zustimmung auch von dem jungen Paar. Aber der junge Mann blickte nur etwas dümmlich erstaunt, und seine Begleiterin versteckte ihr Lächeln hinter dem vorgehaltenen Schleier ihres Sari und reagierte sehr verhalten auf diesen Scherz.

Dann sah mich der Sikh kritisch von der Seite her an. »Sie müssen zugeben, wie ein Tourist, der durch die Hitze rennt, um alte Ruinen zu fotografieren, sehen Sie nicht aus.« Ich dachte an mein unrasiertes Gesicht, die verstaubte, dunkle Anzughose, die ehemals schwarzen Schuhe.

Aber der Sikh beharrte nicht auf Auskünften. Er wühlte wieder in seinen Taschen und brachte weitere Geschäftskarten zum Vorschein. Er sortierte sie, wählte aus, fächerte einen Teil auf wie Spielkarten, Skat oder Poker. Dann ließ er mich ziehen. »Hier, das sind einige meiner Partner:« ›THE GURU OF INDIA‹ las ich. Ein Modehaus in Amsterdam. ›TAJ MAHAL‹, Import-Export in Sharjah in den Vereinigten Arabischen Emiraten. Dann folgten Adressen in Düsseldorf, London, Johannesburg und Nairobi.

»Nehmen Sie diese Adressen! Meine Freunde sind auch ihre Freunde. Wer weiß, wohin Sie das Leben noch verschlägt. Und ohne Freunde sind Sie verloren!«

Er kam von einer Besorgungsfahrt zurück, von der er nun berichtete, hatte Seidenstoffe geordert in Handwebereien im Süden Delhis: ›GOLDEN-TEMPLE-SILK‹. Die verkaufte er an seine Partner in Europa und Afrika. Er reiste ständig hin und her, sagte er. Vor drei Tagen Dubai und London nächste Woche. Anschließend Kenia. »Und dabei träume ich immerzu von meiner Heimat, dem Punjab. Amritsar müssen Sie besuchen!« schwärmte er. » Es ist die schönste Stadt Indiens!« Verständlich, denn dort steht er, der Goldene Tempel, das Heiligtum aller Sikhs.

Auf dem quäkenden Radio des jungen Mannes, eines dieser schrecklichen, nervtötenden Spielzeuge in Zigarettenschachtelformat, suchte er nun einen bestimmten Sender. »Von morgens um fünf bis zehn Uhr abends überträgt man für uns die heiligen Gesänge, die Lesungen aus unserem Buch, direkt aus dem Tempel.« Er summte leise und feierlich vor sich hin, ohne zu finden, was er suchte. Das Radio produzierte nur indische Schlagermusik, nichtendendes Gejammer nach westlichem Zuschnitt.

»Jede Nacht wird das Heilige Buch aus dem Tempel gebracht, in einer feierlichen Prozession, und für sieben Stunden zur Ruhe gebettet.« Seine Augen glänzten feucht. Er redete sich in eine sentimentale Begeisterung. »Amritsar und diese Zeremonie dürfen Sie sich nicht entgehen lassen«, beschwor er mich. »Sie fliegen dorthin nur eine knappe Stunde ab Delhi.«

Sein Englisch war mustergültig, es klang sogar ein wenig nach Oxford. Nur das Geknatter des Motors, direkt vor unserem Sitz, störte die Konversation empfindlich. Auf der ausgeschlagenen Federung dieses Vehikels wurden wir durchgerüttelt und bei den waghalsigen Überhol- und Ausweichmanövern unseres jungen Fahrers hin- und hergeschleudert. Aber trotz allem war es eine heitere Fahrt, ganz im Gegensatz zu meiner Ankunft, die ich als bedrückenden Einstieg in ein höllisches Spektakel empfand. Damals hatte mich der nackte Horror gepackt. Vielleicht war die frühe Stunde daran schuld oder Chotu, dieser mürrische Fahrer. Vielleicht beansprucht Indien eine gewisse Zeit der Einstimmung, der Anpassung, der Gewöhnung. Die Menschenmassen, die einen überfielen, förmlich niederwalzten, verdichteten sich für einen, der aus der Enge Europas geflüchtet war, zu einer apokalyptischen Horrorvision. Jetzt, nach zehn oder zwölf Tagen Einsamkeit, sah ich das bunte Getümmel, diese verwirrende Vielfalt von Eindrücken, mit anderen Augen. Ich empfand dieses Chaos nicht mehr als beängstigend, als erschreckend. Ich hielt neugierig, ja geradezu süchtig, Ausschau nach Menschen, nach Gesichtern, die offen und interessiert mich anblickten. Sie schauten durch die staubigen Scheiben der Busse, die neben uns hielten, von den aufgetürmten Lasten der überladenen Lieferwagen herunter. Sie kamen uns zu Fuß und auf Rädern entgegen und standen wartend am Straßenrand.

Der Fahrtwind wehte mir ins Gesicht und ich empfand ihn als kühlend und angenehm, trotz der Staub- und Abgaswolken, die uns einhüllten, trotz der Rauchschwaden der offenen Feuer vor den Hütten längs der Straße. Und ich fühlte mich wohl in der sympathischen Gesellschaft dieses kultivierten Geschäftsmannes und seiner beiden stummen Begleiter. Wir erreichten die Stadt.

Im Stau der Kreuzungen krochen Kinderhorden als fliegende Händler durch die Reihen der Fahrzeuge. Zigaretten und Kaugummi, Betelnüsse und Gebäck. Sie schleppten die schweren Zeitungsstapel mit ausgelassener Fröhlichkeit, übertönten sich gegenseitig in ihren Anpreisungen, waren nicht zu bremsen in ihrer Aktivität und von ihrer Karriere bereits überzeugt.

Der Sikh benutzte eine Wartepause, um mit zierlicher Schrift eine Adresse auf eine seiner Karten zu schreiben. »Hier, ein sehr sauberes, sehr billiges Hotel in der Altstadt. Es gehört einem Freund. Egal, wo Sie wohnen, ziehen Sie dort aus. Gehen Sie zu ihm. Er wird es sehr schätzen, ihr Gastgeber zu sein.«

Vor einem gesichtslosen Geschäftshaus hielten wir an. »Mein Office!« verkündete er und zeigte hinauf zum vierten Stock. »Besuchen Sie mich, wenn Sie Zeit haben für eine Tasse Tee!«

Er bezahlte den Rikschahfahrer und weigerte sich, meine Beteiligung anzunehmen. Wir waren alle seine Gäste auf dieser Fahrt und er bedankte sich per Handschlag für die angenehme Gesellschaft. Er winkte noch in der Tür und legte die Handflächen aneinander. Als ich mich umwandte, war das junge Paar längst im Menschengewühl verschwunden.

27

Ziellos schob ich mich durch das Gedränge der Gassen, wich zweirädrigen Karren aus, eiligen Lastenträgern und den phlegmatisch dahinwandernden Kühen, die aus langbewimperten Augen nachdenklich und konsequent an mir vorbei blickten.

Der Schutzpanzer, den die Einsamkeit der letzten Tage um mich aufgebaut hatte, begann in dieser Bedrängnis durch die fremden Leiber zu bröckeln. Mein interessierter Blick in diese vielen Hundert Gesichter wurde von Minute zu Minute irritierter, wanderte von den Menschen hinauf zu den offenen Balkonen, deren Geländer, über alle drei Etagen hinweg, lückenlos mit Reklameschildern zugenagelt waren. Hin und wieder eine Ankündigung in Englisch: Kleider und Stoffe, Werbung für eine Apotheke, für Glaswaren, Antiquitäten und Schreibmaschinen. Aber die krausen, ornamentalen Leisten der Hindi-Schrift überwogen, auch auf den schwülstig bunten Kinoplakaten mit den gemästeten Stars.

Es begann zu dämmern. Nackte Birnen strahlten in den offenen Läden, in den Bazaren und Gewölben über teuerste Seiden und billigen Plunder. Tausend verschiedene Gerüche vermischten sich auf einer Strecke von knapp einhundert Schritten zu einer Duftsymphonie. Curry und Moschus, Räucherwerk und die Süße fremder Früchte.

Die flossen zu Saft gepreßt in hohe, dickwandige Gläser. Dieser Geruch, die staubige Luft, die Hitze, die ausgetrocknete Kehle, ich konnte jedenfalls nicht widerstehen. Als ich den Kübel mit der schmutzigen Brühe unter der Theke sah, in dem die leeren Gläser geschwenkt und gespült wurden, war es bereits zu spät. Ich sollte mich später noch oft an dieses Bild erinnern.

Der Menschenstrom in den verwinkelten Gassen wurde dichter. Statt mich treiben zu lassen, schwamm ich gegen diesen Strom, gegen dieses unglaublich reiche Spektrum an Gesichtern in allen Hautfarben.

Ich flüchtete in ein Gewölbe, das leer, kühl und einladend wirkte, und erstand drei sehr lange, sehr luftige, helle Baumwollhemden, die mir bis an die Kniekehlen reichten. Dazu ein paar enge, weiße Leinenhosen, die rund waren wie Röhren, aus weichem, locker gewebtem Material. Der Bund war offen und weit und passend für jede Größe, jeden Umfang, jede Art von Bauch, einfach mit einer Kordel zu binden.

Ich zog mich um, verwandelte mich mit meinem dunklen Stoppelbart, der gebräunten Stirn und dieser hellen Tracht in einen auf Inder getrimmten Edelhippie, genoß diese Mimikry vor dem Spiegel und wanderte weiter, die Hose meines Arbeitgeber-Anzugs, das konventionelle Hemd, die schwarzen Schuhe in einer Plastiktüte verpackt in der Hand.

Die Bänder der handgenähten Sandalen hinterließen rote Striemen auf meinen verweichlichten Füßen, ich fühlte mich ungeschützt, dem Straßenschmutz, den Tritten anderer, den Berührungen mit nackter, schrundiger, pilzbefallener Haut preisgegeben und dem roten Speichel der Betelkauer. Keine gute Idee, dachte ich noch, diese verkrampfte Form der Anpassung um jeden Preis. Aber dann spürte ich bereits, wie sich die Distanz verringerte, aus der ich diese exotische Welt beobachten wollte, wie der Voyeur in mir hineingestrudelt wurde in diese erregende Form von ganz elementarem Leben.

Der Geruch exotischer Gewürze lockte mich in eine Garküche am Straßenrand. Alle Vorsichtsregeln waren vergessen. Die Tandoori-Hühnchen, die rot und verbrannt aus dem Lehmofen kamen, mußten zu Lebzeiten die unglücklichsten und ausgemergeltsten Geschöpfe dieses Landes gewesen sein. Sie bestanden nur aus gutgewürzter Haut und aus Knochen. Bier gab es keines, nur Wasser oder Tee. Und die Rechnung lag auf einer offenen Schale mit duftendem Anis. »Gut für Ihre Winde, Sir!« sagte der Kellner. Er nahm sich eine reichliche Portion davon zwischen die Fingerspitzen und schob sie zwischen seine vom Betelkauen abgefressenen, roten Zähne.

Ich folgte seinem Beispiel und ekelte mich, als das Wechselgeld, diese abgegriffenen, billigen Münzen und die schmutzigen Scheine auf diesem Anisteller landeten, was wohl so üblich war, und die Schale weiterwanderte zum nächsten Tisch.

Eine ordentliche Durchseuchung, dachte ich mir, macht irgendwann immun. Die Frage war nur, was bis dahin mit mir geschehen würde.

Noch erfüllte mich eine unheimliche Euphorie und der perverse Wunsch, in dieses pralle, hektische, schmutzige, vielleicht auch tödliche Leben voll einzutauchen, aufzugehen in dieser fremden Welt, ein Teil von ihr, von dieser fließenden Masse zu werden, sich und seine verdammte Individualität endlich und endgültig auszulöschen und eine Art Heimat, eine Behausung zu finden.

Es war wie eine Infektion. Ein Virus war in mein Gehirn geraten und hatte meine Seele gespalten. Ich konnte mir selbst in aller Ruhe zusehen, wie ich langsam verrückt zu werden begann. Es war weiß Gott noch nicht lange her, daß ich mich über die Neurotiker lustig machte, die hier in diesem Hexenkessel des Menschseins vorgaben, ihr Heil zu suchen und zu finden. Wie kaputt mußte man sein, hier Genesung oder gar Erlösung zu erhoffen? Und welche Art Hoffnung gab es für mich? War mein Leidensdruck tatsächlich schon groß genug gewesen, mich in dieses Abenteuer zu treiben? Hatte ich denn überhaupt jemals Einblick gehabt in die Schwere meines Leidens? In die abgrundtiefe Depression, die sich meiner bemächtigt hatte, klammheimlich, zugedeckt durch Arbeitswut und Erfolgsstreben? Hatte ich die erschreckenden Dimensionen meines Überdrusses nicht bemerkt? War das, was ich für schlichte und midlife-bedingte Orientierungslosigkeit gehalten hatte, nicht ein gravierendes Symptom für eine weit schrecklichere Erkenntnis: nämlich einer absoluten Sinn- und Nutzlosigkeit meiner Existenz?

Statt Antworten auf alle Fragen zu finden, die in der Einsamkeit sich nicht einstellen wollten, lebte ich als Teil dieser wogenden Masse vor mich hin, existierte ich einfach weiter, litt ich wie jede Kreatur. Mir war übel. Die Füße schmerzten in diesen verdammten Sandalen. Ich wußte nicht wohin mit dem Inhalt meiner übervollen Blase, aus Scham und aus Ekel. Die Hitze machte mir immer noch zu schaffen, trotz der Illusion, ich hätte mich an dieses Klima nun endgültig gewöhnt. Ich sehnte mich nach Ruhe und nach der Einsamkeit dieses Penthouses, nach dieser weiten Terrasse über der dunklen, menschenleeren Villa in ihrer Todesstarre, nach dem Blick auf diesen Mond, der in diesen Nächten blutrot und voll aufstieg aus dem Dunst, nach den vertrauten Geräuschen, dem Schleifen und Stampfen der fernen Güterzüge, dem singenden Kreischen des Expreßzugs, dessen Lichterkette wie eine phosphoreszierende Raupe durch die Finsternis kroch, in einer weiten Kurve um das Brachland herum mit seinen glimmenden Feuern, dem melancholisch heiseren Bellen dieses Köters unten im Hof, Stunde um Stunde. Und nach dem Bild von Lakshmi, auf diesem Schreibtisch im Dämmerlicht.

28

Die Nacht über dieser Stadt war nicht schwarz, sie kannte keine Finsternis, sie leuchtete, denn der Staub in der Luft reflektierte das Licht von unzähligen Lampen und bildete über mir einen rotglühenden Dom, der die Sterne verschluckte. Die Ausdünstung von Millionen Leibern hing stickig und sauer zwischen den von der Sonnenglut des Tages aufgeheizten Mauern. Und in meinen Ohren fing sich das Brodeln der Stimmen, der Schreie, der Musikfetzen aus Lautsprechern und Radios, der knatternden Motoren und machte mich taub.

Sich selbst zuzusehen, klar erkennen, wie der Wahnsinn einen überfällt, hochkriecht in einem und die Seele überwuchert wie ein bösartiges Geflecht, trotzdem nicht eingreifen, nichts tun und nichts lassen, weitergetrieben werden in der Menge, Ausschau halten nach einem Pissoir, einer verschwiegenen Ecke, um zu kotzen, nichts wahrnehmen außer ganz elementaren und niederen Bedürfnissen, das wurde mir zu einer insgeheimen Lust.

Ich wurde gestoßen, angerempelt, weiter geschoben. Man starrte mich an aus neugierigen, feindseligen Augen, als Eindringling abqualifiziert, denunziert als Fremder. Ziellos irrte ich weiter und fürchtete mich, irgendwo anzukommen, schließlich doch noch ein Ziel zu finden, den Endpunkt meiner Wanderung. Und es war auch die Angst vor dem Morgen.

Ein Sikh vor seinem kleinen Laden, einer von Dutzenden in der langen Reihe dieser Gasse, die nur Schmuck verkauften, entzifferte die zierliche Schrift seines Glaubensbruders und zeigte mir den Weg zum Hotel. Nach einigen vergeblichen Versuchen hielt er mich schließlich für ebenso vernagelt, wie ich im Augenblick tatsächlich war. Er schloß seinen Laden ab mit den schimmernden und funkelnden Kostbarkeiten, voller Vertrauen in das Gute im Menschen, nahm mich am Arm und schleppte mich durch die Menge. Zehn Minuten später schob mir ein anderer Sikh das Anmeldeformular für Ausländer über den klebrigen Tresen der Rezeption.

»Your passport, Sir...«

Er hatte mich willkommen geheißen wie einen langerwarteten, altbekannten Gast. Mit einem entschuldigenden Lächeln bat er mich, die leidigen Formalitäten nicht allzu ernst zu nehmen. Meinen Paß stellte er, ohne einen Blick hineinzuwerfen, in das Fach mit der Zimmernummer ›8‹. Es war das letzte Fach. Mehr Zimmer gab es nicht in diesem Hotel. Dann nahm er einen der Schlüssel vom Brett. Die hingen dort ordentlich und vollzählig in zwei Reihen an ihren Haken.

»Your key, Sir!«

Dem Schlüsselbrett nach zu urteilen, war ich der einzige Gast für diese Nacht.

Ich starrte also auf das vor mir liegende Formular und versuchte, mich an meinen Namen, an Tag und Ort meiner Geburt zu erinnern. Daß es lange Sekunden dauerte, bis ich mich soweit gesammelt hatte, die Daten meiner Existenz fehlerfrei in die dafür vorgesehenen Rubriken einzutragen, machte meiner Meinung nach eine gänzlich neue Form der Diagnose meines Leidens erforderlich. Ich schien nun nicht mehr gespalten, nicht mehr doppelt als Patient und Beobachter gleichzeitig, sondern zeitweilig überhaupt nicht mehr vorhanden zu sein. Es war mir tatsächlich gelungen, mich auszulöschen. Mit diesem ersten Erfolg meiner Therapie zur Bewältigung einer Krise konnte ich wahrhaft zufrieden sein.

Vorsichtig schlich ich die steile Treppe nach oben, um meine Blase nicht übermäßig zu strapazieren. Auf halber Höhe stand die Tür zu einem Abtritt offen. Eine helle Klosettschüssel in europäischem Stil leuchtete mir entgegen. Da kein Licht brannte in diesem Kabinett, ließ ich die Tür offen und den drängenden Bedürfnissen freien Lauf. Und wenn die Beendigung von Leiden bereits Glück bedeutet, dann war ich für die nächsten Minuten glücklich zu nennen.

Im Flur des zweiten Stocks schmolz der Lärm der Straße zu einem untergründigen Brodeln zusammen. Die Glühbirne schwankte an ihrem Kabel im Luftstrom eines Ventilators, der sich auf seiner Konsole zwischen den Zimmertüren langsam hin und her bewegte. Ich blieb stehen und genoß den kühlenden Hauch auf meinem glühenden, schweißnassen Gesicht.

Ich öffnete die Tür zu meiner Kammer mit der Nummer ›8‹. Da brandete mir wieder der Lärm, der aus der engen Gasse heraufquoll, unbarmherzig und brutal entgegen. Die beiden schmalen Schiebefenster waren hochgeschoben. Die Luft war trotzdem stickig und heiß. Ein Propeller an der Decke drehte seine Flügel unendlich langsam und ohne jeden Effekt. Und unten brodelte das Leben vorbei, dem ich gerade und mit knapper Not entkommen war. Zwei dunkle Ströme von Menschen bewegten sich gegeneinander, schoben sich aneinander vorbei, durchmischten sich, durchdrangen sich, ohne sich in ihrer Zielrichtung gegenseitig aufzuheben. Ich konnte das am Zickzackkurs einiger heller Turbane verfolgen, die über der Menge zu schweben schienen, an den weißen Kitteln und Hemden, die sich abhoben von dieser grauschwarzen Masse.

Halb verborgen stand ich hinter dem Fenster, hatte kein Licht gemacht. Der kalte, bläuliche Schein der Straßenlampen, der Schimmer bunter Leuchtreklamen, warfen genügend Helligkeit in den Raum.

Ich beobachtete die Gasse, die erleuchteten Fenster gegenüber, Menschen, die sich in buntgestrichenen, karg möblierten Räumen bewegten, vor Fernsehgeräten hockten, die angestrahlt wurden von dem zuckenden Schimmer der schwarzweißen Bildröhren, die an überladenen Schreibtischen saßen, Stoffballen zerschnitten, mit gekrümmten Rücken hinter ihren Nähmaschinen fast verschwanden. Aber es gab nichts zu sehen, was einem Voyeur das Herz hätte höher schlagen lassen.

Es war in dieser Kammer natürlich kein Bad, keine Dusche vorhanden. Nur eine flache Messingschüssel und ein Blechkrug mit lauwarmen Wasser. Ich tauchte das Gesicht unter, bis ich nach Atem ringen mußte, verteilte Wasser mit der flachen Hand über meinen nackten Oberkörper, in die Achselhöhlen, in den Nacken. Die bereitliegenden Handtücher rochen parfümiert. Ich schob die Fenster nach unten, aber das dämpfte das Dröhnen, das aus der Gasse heraufdrang, nur unwesentlich. Mehrere Läden gegenüber verkauften Musikkassetten und überboten sich gegenseitig in der Demonstration ihres Angebots.

In Erwartung einer schlaflosen Nacht legte ich mich nackt auf das Bett und beobachtete die bunten Lichtreflexe an der Decke. Das Glas mit Valium lag im Aktenkoffer, weit draußen vor der Stadt, der restliche Whisky stand auf dem Tisch daneben. ›Zuhause‹, dachte ich fast, in Erinnerung an den kahlen Raum auf der Dachterrasse, der mir in diesen Augenblicken der Unbehaustheit so heimatlich vertraut erschien.

Ich hätte mich für die Illusion frischer Luft und damit für den Lärm entscheiden sollen. Der Propeller über mir verteilte den feuchtheißen Dunst nur gleichmäßig über den ganzen Raum, und seine einzige Funktion schien in den bizarren Schatten zu liegen, die vervielfacht und zu unförmigen Mustern geknickt über die Wände geisterten.

29

Irgendwann wurde es ruhig, das Gesumme der tausend Stimmen unten in dieser Gasse war fast erstorben, das Geknatter vorbeiziehender Motorfahrräder seltener geworden, das sich endlos wiederholende Gejammer der Sängerinnen auf den Kassetten war sogar schlagartig verstummt.

Auch die Luft erschien mir kühler und wehte angenehm gegen meine nackte, naßgeschwitzte Haut, als ich die Fenster nach oben schob. Ich kroch unter ein dünnes Laken und versuchte es mit autogenem Training. Was hatte man nicht alles für Tricks gelernt, um als gestreßter Mini-Manager eines Zwergunternehmens das tägliche Gerenne zu überleben.

Das Klopfen an der Tür kam mir ungelegen und riß mich aus

dem ersten Schlaf. Ein junges Mädchen stand auf dem Flur, artig zurückgekämmte Haare, ein buntes Kleid über engen Hosen, und reichte mir eine Zeitung. »Evening-Newspaper, Sir!« Sie war auf Englisch und auf rosa Papier gedruckt.

Ich stand nackt und verschlafen hinter der nur einen Spalt weit geöffneten Tür und nahm die Zeitung als einen Service des Hauses in Empfang.

Ob ich sonst noch irgendwelche Wünsche hätte, fragte das Mädchen und lächelte ebenso höflich wie unschuldig.

Nein danke, leider nicht. Man hätte mir Bedenkzeit einräumen sollen. Auf gewisse Überraschungen war ich nicht vorbereitet. Vielleicht war das Ganze auch nur ein Mißverständnis, eine harmlose Höflichkeitsfloskel.

Ich warf die Zeitung auf meine Kleider und ließ mich wieder auf die knarrende Matratze fallen. Gegenüber zog ein Ladenbesitzer den eisernen Rolladen herunter, Stück um Stück. Das ächzende Knirschen des Metalls beherrschte die Gasse, die endlich zur Ruhe gekommen war. Ich stand wieder auf und schaute hinunter. Dunkle Gestalten kauerten in Decken gewickelt längs der Mauern und Läden. Nackte Füße und dürre Arme ragten aus diesen menschlichen Bündeln und lagen seltsam leblos und bizarr auf dem fleckigen Asphalt.

Eine hochschwangere Frau, ein Kind auf dem Arm, ein zweites an der Hand, stieg vorsichtig über diese obdachlosen Schläfer. Vorn an der Ecke hatte sich eine Gruppe Männer um einen Wagen der Polizei versammelt. Ein Greis gestikulierte wild – und die Menge umstand ihn stumm und teilnahmslos. Und dann entdeckte ich hoch über den flachen Dächern der gegenüberliegenden Häuserreihe, unwirklich, schemenhaft, vom Mondlicht sanft überglänzt, die Kuppeln einer Moschee.

Lange stand ich vor dem Fenster, sehr lange, und starrte auf dieses Traumbild, auf diese Fata Morgana. Natürlich lebten in dieser Millionenstadt nicht nur Hindus, sondern auch Moslems. Nicht alle sind damals in das islamische Pakistan geflüchtet. Soviel an Allgemeinbildung hatte ich gerade noch in meinem Kopf. Aber eine derart prächtige Demonstration an Macht und Größe des Islam hatte ich an dieser Stelle nicht vermutet.

Der Glanz des Mondes auf den Kuppeln verblaßte. Wolkenfetzen hatten sich wie Schleier über den immer noch rotleuchtenden Himmel geschoben. Die Frau mit den Kindern war in einem Hausflur verschwunden. Die Gruppe um den Polizeiwagen hatte sich stillschweigend aufgelöst. In der Häuserzeile gegenüber waren alle Lichter verlöscht, die Fernseher und Radios verstummt. Alle Fenster lagen im Dunkeln, standen weit offen, waren mit Tüll und Tüchern verhängt und eine Art erschöpften Schlafs hing über dieser Gasse, über dieser Stadt.

Ich hatte Durst. Ich hätte das Mädchen nach einer Flasche Bier oder Wasser schicken sollen, statt zweideutige Gedanken zu haben. Aber jetzt war ich zu müde, zumindest zu träge, um die zwei Treppen zur Rezeption hinunterzuklettern. Vermutlich hatte der Sikh hinter dem Tresen längst Feierabend und das Hotel dichtgemacht. Um diese Stunde fanden sich keine Reisenden mehr ein, mit Empfehlungsschreiben in zierlicher Schrift auf der Rückseite von Geschäftskarten.

Reichlich spät fiel mir ein, daß ich nicht hätte barfuß herumlaufen sollen. Indischer Fußpilz war kaum angenehmer als einer aus Frankfurt.

Aber es war mir plötzlich gleichgültig, was jetzt oder irgendwann mit mir geschieht oder geschehen würde. Es zählte nur noch dieser eine, einzige Augenblick. Die Zeit schien stehenzubleiben. Was gewesen war, verblaßte. Was morgen kommen würde, interessierte mich nicht. Und die Gegenwart sog mich auf wie ein Schwamm.

Wieder hatte es geklopft. Und ich hätte nicht sagen können, ob Minuten vergangen waren, Stunden oder Tage.

Hinter den Fensteröffnungen dämmerte es grau. Kühler Wind wehte ins Zimmer, als ich die Tür öffnete. Der Sikh von der Rezeption stand persönlich draußen:

»Your tea, Sir!«

Ich griff nach dem Tablett mit Kanne und Topf und bedankte mich, so gut es mir in diesem noch halb bewußtlosen Zustand gelang.

Der Tee war mir willkommen gegen den quälenden Durst, der eine Nacht lang durch meine Träume gegeistert war.

Wieder klopfte es. Diesmal war es ein Knabe mit strahlendem Lächeln. Sein langes, blütenweißes Hemd war ebenso frisch gebügelt wie die helle Röhrenhose, die bis auf seine nackten Füße fiel.

»Newspaper, Sir!«

Diesmal war es die Morgenzeitung. Ein Ritual jagte das andere. Ob ich noch irgendwelche Wünsche hätte?

Danke, nein. Auch ohne Bedenkzeit. Obwohl, wer weiß, was einem alles so entgeht. Aber programmiert ist eben programmiert.

Ich stellte mich nackt vor den fleckigen Spiegel, fand mich insofern noch ganz passabel, wartete vergeblich auf die nächste Störung, aber niemand interessierte sich mehr für meine Wünsche, weder das naiv lächelnde Mädchen noch der unschuldige Knabe in Weiß.

Die Titelseiten der beiden Zeitungen hatte ich rasch überflogen und festgestellt, daß die Welt noch immer in Unordnung war. Und dann fiel mir ein: Ich hatte nicht von Lakshmi geträumt, hatte in dieser Nacht zum ersten Mal seit meiner Ankunft, vermutlich sogar seit unserer ersten Begegnung, keinen einzigen Gedanken mehr an sie verschwendet. Und ich registrierte das befriedigt als ein Symptom beginnender Befreiung.

30

»Sie stehen zwischen zwei Frauen, aber nur eine lieben Sie wirklich!« flüsterte eine Stimme hinter mir.

Ein schmächtiger, alter Mann mit einem dunkelblauen Turban auf seinem dürren Schädel hatte mich mit einem Stöckchen angetippt, das eine glänzende, silberne Kugel trug.

»Verzeihen Sie, Sir, daß ich Sie anspreche. Aber ich habe auf Sie gewartet. Hier an dieser Stelle. Bereits gestern abend. Ich weiß, Sie konnten nicht früher kommen. Sie hatten gewichtige Gründe!«

»Wer sind Sie?« Ich war irritiert. Aber er schüttelte nur den Kopf:

»Das ist unwichtig im Augenblick. Es geht nicht um mich. Es geht ausschließlich um Sie. Und um Ihre Zukunft!«

Wir standen vor dem riesigen Tor, das hineinführt in das Rote Fort von Delhi, inmitten von Pilger- und Touristenhorden, und ich fragte diesen Greis wohl ziemlich barsch, was er von mir wolle.

»Ich will antworten auf die Fragen, die Sie sich nicht selbst zu stellen wagen«, flüsterte er sehr verbindlich, sehr leise, als könne einer aus der vorbeitrabenden Besucherschar Interesse haben an unserer geheimen Konversation.

»Sagen Sie schon, was wollen Sie mir verkaufen?!« Irgend etwas an dieser leisen Freundlichkeit reizte mich, machte mich ärgerlich. Aber der Alte war nicht zu erschrecken, auch nicht abzuschütteln:

»Ich habe nichts, was Sie mit Geld bezahlen könnten«, vertraute er mir an. Und seinem verschwörerischen Gehabe zufolge mußte es sich um das kostbarste aller Geheimnisse handeln, und um das intimste!

»Sie sollten mir zuhören, Sir«, fuhr er fort, »Sie sind einen weiten Weg gereist, um hier bei mir die Wahrheit zu erfahren. Nun liegt es an Ihnen. Sie sollten Geduld haben. Denn das, was Sie quält, quält jeden. Früher oder später. Auch die Fragen sind immerzu die gleichen. Nur die Antworten sind verschieden. So verschieden wie das Schicksal der Menschen. Da ich Ihr Schicksal kenne, weil es deutlich auf Ihrer Stirn geschrieben steht, weiß ich auch die Antworten. Und Sie sollten mitkommen mit mir, Sir, dort hinüber in den Schatten dieses Baumes und die Antworten hören.« Er zeigte mit dem Stöckchen, das jedes seiner Worte unterstrichen und begleitet hatte, in die angegebene Richtung.

Er faßte nach meinem Arm, aber ich wich ihm aus, trat sehr demonstrativ einen Schritt zurück.

»Ich habe keine Zeit für so etwas!«

»Sie haben Zeit für so etwas, Sir. Sie haben unendlich viel Zeit. Sie wissen nicht einmal, was Sie mit Ihrer vielen Zeit anfangen sollen. Soviel Zeit haben Sie. Und Sie verschwenden Ihre Zeit, Sir, mit der Suche nach Antworten. Antworten, die ich bereits weiß. Und ich werde sie Ihnen sagen, wenn Sie Geduld dafür haben und die Güte, mir zuzuhören.«

»Ich fürchte, ich habe keine Geduld!«

Der Alte lächelte milde. »Sie fürchten es nicht nur. Sie sind davon überzeugt! Weil Sie aus Europa kommen, Sir, aus Deutschland, wie ich sehe. Daher glauben Sie, keine Geduld zu haben. Aber das ist ein Irrtum, Sir. Sie haben sehr, sehr viel Geduld. Sie haben es die letzten Tage bewiesen, wieviel Geduld in Ihnen steckt. Sie haben sich in unendlicher Geduld geübt, Sir. Sie haben gewartet. Auf ein Zeichen gewartet. Aber das Zeichen wird kommen, Sir. Wird heute noch kommen, vor Mitternacht. Sie sind einer Frau hierher gefolgt. Einer Frau, mit der Sie sehr viel verbindet. Unaussprechliches! Aber über Liebe kann man sprechen. Auch über Leidenschaft. Und ihre Liebe, Sir, wird leidenschaftlich erwidert. Und noch heute werden Sie den Beweis dafür erhalten, Sir. Noch heute. Noch vor Mitternacht. Denn die Göttin des Glücks ist Ihnen hold, Sir. Nicht immer, Sir. Aber heute. Heute ist Sie Ihnen hold, die Göttin des Glücks!«

»Lakshmi?«

Ich war verdutzt, lachte, aber der sich so geheimnisvoll gebende Greis blieb ernst, nickte nur und bestätigte mir:

»Ja, Sir. Lakshmi.« Er hob das Stöckchen, und die Silberkugel funkelte in der Sonne. »Ihr Name ist Lakshmi! Die Göttin des Glücks!«

31

Erstaunt und verwirrt folgte ich dem Alten in seinem abgetragenen, dunkelblauen europäischen Anzug hinüber in den Schatten eines Baumes. Es war ein uralter Baum, unter dem zwei verwitterte Klappstühle für uns bereitstanden. Er hatte einen Diener daneben postiert, einen verwegen dreinblickenden, vierschrötigen Mann in einem tadellosen, weißen Anzug in jenem indischen Schnitt, wie Nehru ihn immer trug. Der Schnauzbart des Dieners überragte den seines Meisters um ein Beträchtliches an Länge.

»Sie zweifeln an mir, nicht wahr?« begann der mutmaßliche

Scharlatan die zweite Runde. »Das ist nicht gut, Sir! Das habe ich nicht verdient. Aber ich kann versuchen, das zu ändern. Geben Sie mir eine Chance.«

Er winkte seinem Gehilfen. Der brachte ihm unaufgefordert eine abgegriffene, europäische Aktentasche. Er nahm eine Zeitung heraus, eine englischsprachige Zeitung, gedruckt auf rosa Papier. Vielleicht war es die Abendzeitung von gestern, die ich schon kannte. Ich konnte keinen Blick auf die Titelseite werfen, denn mein Gegenüber hatte rasch und geschickt vom Rand einen Streifen abgerissen.

Er reichte mir diesen Fetzen Papier, dazu einen Kugelschreiber der billigsten Sorte.

»Hier, Sir. Ein kleines Experiment. Das sollte Sie überzeugen von meiner Bemühung. Schreiben Sie auf das Papier: den Namen Ihres Herrn Vater. Und das Datum seiner Geburt. Schreiben Sie, Sir. Aber ich will es nicht sehen!«

Er wandte sich ab, drehte mir den Rücken zu, kramte in seiner Tasche, blätterte in einem Buch. Auch sein Adlatus hatte sich abgewandt, beobachtete interessiert eine Gruppe von Pilgern, abenteuerlich gekleidete Leute. Die hockten auf der Erde im Schatten vor ihrem ebenso abenteuerlich bunt lackierten Bus, der schon unzählige Male über den Khaiber-Paß gefahren sein mußte. Diese Sippe mit ihren mongolisch, nepalesisch geschnittenen Gesichtern, hatte mitten auf dem Parkplatz ein Feuer entzündet und die Frauen hatten bereits damit begonnen, in einem riesigen Blechtopf eine Mahlzeit zu kochen.

Unter einem Baum, knorriger und gewaltiger als der, unter dem wir saßen, hockte ein Heiliger mit zottigen, verfilzten Haaren. Drei schneeweiße, fingerdicke Striche zierten seine Stirn. Er war nackt bis auf ein Tuch um seine Lenden, tauchte, als ich vorüberging, gerade seine Handflächen in die Asche des Feuers, das vor ihm glimmte, und verteilte das helle Grau nachdenklich über seine dunkle Haut.

Die ersten Touristen waren zur Stelle und filmten und fotografierten schamlos dieses doch sehr intime Schauspiel. Aber dieser Heilige beachtete sich nicht. Auch nicht die Münzen und Scheine, die ihm zugeworfen wurden. Kinder sammelten sie ein und steckten sie dem Alten unter seine Matte. Dann schauten sie ihm weiter ehrfurchtsvoll zu.

Ich wollte Zeit gewinnen, sah mich um, dachte nach. Die Ruhe dieses Heiligen schien sich auf mich zu übertragen. Schließlich schrieb ich doch noch etwas auf das Papier, das in meiner Handfläche verborgen lag: ›Leonhard Schwartz, 16. 2. 01‹.

»Sind Sie fertig, Sir?« Der alte Mann hatte das wohl geahnt, drehte den schmalen Kopf mit dem überschweren Turban in meine Richtung, ohne mich oder meine Hand anzusehen. »Legen Sie das Papier zusammen, ganz klein. Rollen Sie es zu einer Kugel.«

Ich tat ihm den Gefallen, ohne zu ahnen, was das Spiel zu bedeuten hat.

»Sir, schließen Sie die Faust!«

Ich gehorchte. Da wandte er sich voll zu mir um, sah sekundenlang und sehr intensiv in meine Augen, betrachtete meine Faust, berührte sie mit der Silberkugel seines Stöckchens, dann schloß er die Augen, bedeckte sie mit dem Rücken seiner linken Hand, atmete schwer, ließ nach einigen Sekunden die Hand wieder sinken, blickte mich durchdringend an, und ich muß gestehen, daß mir die Situation unheimlich zu werden begann.

Aber das Spiel war plötzlich zu Ende, hatte anscheinend keine rechte Pointe.

»Denken Sie sich eine Farbe, Sir!«

Ich dachte mir ›Blau‹.

Der Alte blätterte in seinem Buch. Es war ein dickes Notizbuch mit karierten Seiten, zum Teil bereits eng beschrieben, zum größten Teil jedoch leer. Er fand schließlich, was er suchte, zeigte mir die Seite. Es war nur ein einziges Wort darauf geschrieben, in der Mitte des Blattes mit großer, geschwungener Schrift: ›BLUE‹ stand dort, ›BLAU‹. Sonst nichts.

Wir lachten uns beide an, wie nach einem gutgelungenen Scherz.

»Eine Blume!« befahl der Magier. »Denken Sie sich eine Blume, Sir!«

Ich dachte ›Rose‹. Nicht sehr originell. Aber ich wollte ihm den Spaß nicht verderben mit ›Bougainvillea‹, den Blüten, die über die Brüstung der Dachterrasse wucherten, die ich liebte, und die mir auch in diesem Augenblick nicht aus dem Kopf gehen wollten.

»Ich hatte gebeten, nur an eine Blume zu denken, Sir«, mahnte der Zauberkünstler und blätterte nervös in seinem Buch. Aber dann zeigte er mir schließlich doch die Seite, auf der ›Bougainvillea‹ stand. Nichts war es mit der Rose. Auch gut. Ich klatschte diskret Beifall. Schließlich liebe ich Tricks. Besonders solche, die man nicht erklärt bekommt. Das inspiriert, hält wach, zwingt zum Nachdenken und hat vielleicht irgendwie auch mit meinem Beruf zu tun.

»Haben Sie noch das Papier in Ihrer Hand, Sir«, wollte der Künstler wissen. Ich nickte und spürte die kleine Kugel zwischen Mittelfinger und Ballen.

Er schien befriedigt und blätterte intensiv in seinem Buch. Er blätterte lange, hin und her, eine Spur zu nervös, zu hektisch. Der Witz der Zauberei besteht doch in der Souveränität, mit der Unmögliches als Realität präsentiert wird.

Schließlich zuckte er resignierend die Schultern. »Ich weiß nicht, Sir. Sehen Sie selbst. Ich fürchte, ich habe einen Fehler gemacht: ›Leonhardt Schwarz, 16. 2. 01‹ stand dort quer über einer Seite. Ich war einen Augenblick zu verblüfft, um den Fehler sofort zu entdecken. Aber irgend etwas war falsch, war vertauscht. Und dann sah ich es: Das fehlende ›t‹ bei ›Schwartz‹ hatte sich an das ›Leonhard-t‹ angehängt, wo es nichts zu suchen hatte. Ich sagte ihm, wie sehr ich beeindruckt sei. Ich war es wirklich und zermarterte mir mein Gehirn, wie diese Information aus meiner Hand in sein Notizbuch gelangt sein könnte.

»Wir wollen den Fehler suchen«, sagte er mit seinem mir nun schon bekannten, milden Lächeln und deutete auf meine Hand. Ich öffnete sie, entrollte das Papier. Aber da stand nichts darauf, das Papier war unbeschrieben, war leer.

Er nahm das Papier, zerriß es und warf die Fetzen in den Wind. »Ich hoffe, Sir, ich habe nun Ihr Vertrauen.« Er holte eine Brieftasche aus seinem Jackett, schlug sie auf, präsentierte mir eine gedruckte und amtlich gestempelte Karte, die einen Mister ›Ramesh Chander Sharma‹ als offiziell lizensierten ›Fortune-Teller‹, als Wahrsager und Zukunftsdeuter auswies. Auch die Gebühren waren ausgedruckt. Eine kleine Beratung kostete zehn US-Dollar, eine große fünfzig. Wobei die amtliche Karte ebenfalls aus seiner Trickkiste stammen konnte.

»Geben Sie mir, was Sie wollen, Sir. Sie wissen es selbst, für Indien sind Sie ein reicher Mann!«

Wenn man beeindruckt ist, läßt man sich ungern lumpen. Ich gab ihm zwanzig. Zwanzig US-Dollar. Der Eintrittspreis für ein teures Varieté.

Für Antworten auf brennende Fragen, die seit geraumer Zeit durch meine Seele zu geistern schienen und die mich bis hierher nach Indien katapultiert hatten, hätte ich sogar noch mehr bezahlt. Aber die Vorstellung war wohl zu Ende.

Der Wahrsager und Taschenspieler nahm das Geld mit einem höflichen Nicken des Kopfes, legte den Schein sorgfältig in die Brieftasche zu dem amtlichen Ausweis und steckte sie wieder ein.

»Sir, ich danke Ihnen. Das Geld war für den exzellenten Trick, den Sie nicht herausfinden werden, auch wenn Sie glauben, Sie kämen mir auf die Spur.« Er lächelte wieder milde, nun schon zum dritten Mal.

»Meine Prophezeiungen waren umsonst. Ich sagte Ihnen ja zu Beginn, Sie sind nicht mit Geld zu bezahlen. Und vergessen Sie nicht: Sie erhalten das Zeichen noch heute. Wenn es Abend geworden ist. Noch vor Mitternacht. Vorausgesetzt, Sie sind zu der richtigen Zeit am richtigen Ort!«

32

Ich war zu der richtigen Zeit am richtigen Ort. Die Prophezeiung traf ein, und ich habe auch diesen Trick nicht durchschaut. Vielleicht war es auch keiner. Aber ich glaube immer noch lieber an Zufall als an Hexerei!

Chotu, Lakshmis mürrischer Fahrer, lehnte an der Rezeption meines Hotels und schien auf mich gewartet zu haben. Es war halb elf Uhr nachts, ich hatte weiß Gott einen turbulenten Tag hinter mir und war über das unvermutete Auftauchen dieses Mannes völlig entgeistert.

Der Sikh griff in das Fach Nummer ›8‹, überreichte mir meinen Paß und ein verschlossenes Kuvert. Ich hielt das zuerst für eine diskrete Art, die Hotelrechnung zu präsentieren. Aber dann las ich die zwei Zeilen, die mit kleiner, etwas fahriger Schrift auf einer Karte standen: ›Bitte, komm zurück! Lakshmi.‹

Nichts weiter sonst. Keine Adresse, kein Datum. Nur diese zwei Zeilen. Auf deutsch.

Ich nickte Chotu zu, erhielt meinen Schlüssel, packte meine paar Habseligkeiten zusammen, stand drei Minuten später wieder an der Rezeption, verlangte zu zahlen, aber der freundliche Sikh schüttelte den Kopf. Das sei bereits erledigt. Eine beiläufige Handbewegung zu Chotu, der schweigend meine Plastiktüte übernahm und hinaustrat auf die Gasse.

Wieder schwamm ich gegen den Strom. Wir drängten uns durch die Menge, stiegen über die am Boden ausgebreiteten Waren der Händler. Chotu lotste mich durch Gassen, überquerte mit mir Plätze und Straßen im dichtesten Verkehr, fahrlässig und im Vertrauen auf seine Unsterblichkeit.

Sein Wagen parkte am Tor zum Roten Fort, dem Platz der Wahrsagung. Mir schwante einiges, aber so einfach liegen die Dinge selten und vermutlich niemals in Indien.

Die beiden Klappstühle waren verschwunden, der ›Fortune-Teller‹ ebenso wie sein Gehilfe. Mit zwanzig Dollar ließ sich in Delhi vorzüglich leben, wenn man nicht in eines der internationalen Hotels gerät. Dort kostet ein Scotch fast soviel wie der Tageslohn eines Fabrikarbeiters.

Chotu schwieg, als wir im Wagen saßen, schwieg auf der ganzen Strecke nach Süden. Ich habe nie erfahren, wie er mich in dieser Millionenstadt aufgespürt und gefunden hat.

Seinem Fahrstil begegnete ich inzwischen mit Fatalismus. Die stoische Ruhe, die die Menschen dieses Landes in allen Lebenslagen zur Schau trugen, begann sich bereits in mein eigenes Nervenkostüm einzunisten. Chotu jagte mit höchstmöglicher Geschwindigkeit in der Mitte dieser nächtlichen Landstraße dahin. Fahrzeugen, die uns entgegenkamen, wich er erst in der allerletzten Sekunde aus. Wie Schatten tauchten Radfahrer auf, kreuzten durch das Licht unserer Scheinwerfer und verschwanden wieder in der Nacht. Zweirädrige Karren, von Büffeln gezogen, zwangen Chotu zu hektischen Ausweichmanövern. Immer noch brannten die Feuer vor den Hütten, und es blieb mir rätselhaft, woher sich diese Menschen in dieser baumlosen, versteppten Landschaft das Brennmaterial besorgten.

Gegen Mitternacht erreichten wir die Bahnlinie. Ein Uniformierter schwenkte eine rußige Lampe und sperrte damit die Straße für jeden Verkehr. Hinter ihm zog schattenhaft eine endlose Reihe von Güterwagen vorbei.

Wir warteten lange. Hell gekleidete Gestalten huschten durch die Dunkelheit, sprangen auf den langsam dahinkriechenden Zug, klammerten sich an Leitern und Luken fest, kletterten auf die Dächer, aber der Uniformierte nahm keine Notiz davon.

Der Zug war längst verschwunden, da gab er endlich den Weg für unsere Weiterfahrt frei. Aber Chotu blieb stehen, ignorierte die geduldig wartende Schlange anderer Fahrzeuge, die sich hinter ihm gebildet hatte, kurbelte das Fenster herunter und begann mit dem Uniformierten ein intensives Gespräch.

Keiner wagte zu hupen, keiner drängte sich vor. Die hektische Raserei war entspannter Ruhe gewichen. Ein Ochsenfuhrwerk, das Chotu halsbrecherisch umfahren hatte, überholte uns nun gemächlich auf der Sandspur neben der Straße. Irgendwann erstarb der Motor unseres Wagens und sprang erst nach zahllosen vergeblichen Versuchen Chotus wieder an. Dann fuhr er weiter, ebenso rasant, ebenso hektisch wie zuvor. Dabei kam der Abzweig dieser schmalen Straße bereits in Sicht. Und schon jetzt, von hier aus, war das einsame Haus, umgeben von seiner hohen Mauer, inmitten dieses weiten, flachen, dunklen Umlands zu erkennen und bot einen gespenstischen Anblick in seiner Verlorenheit. Sämtliche Fenster waren hell erleuchtet, die Bäume des Parks angestrahlt. Es lag da wie eine Festung im Meer.

Das Tor stand offen, Licht fiel heraus auf den Weg. Und zwei Gestalten warteten bereits zur Begrüßung. Ramu, der alte Mann und seine Frau.

Er griff nach meiner Plastiktüte mit den Kleidern. Ein Sahib trägt nichts selbst. Aber ich winkte ab, trat durch das Tor, der Hund war nirgends zu sehen, die Kette lag im Sand. Eine seltsame Erregung hatte mich gepackt, sie mußte im Haus sein, irgendwo, mußte mich erwarten, Lakshmi, die Mam Sahib des Hauses, aber ich hatte keinen Mut, nach ihr zu fragen.

Die Eingangstür war nur angelehnt, die Vorhalle leer, niemand war im Hof. Ich stieg die Treppe nach oben, nahm zwei Stufen auf einmal, spürte mein Herz klopfen, als sei dies bereits eine sportliche Höchstleistung für mein Alter. Aber es waren sicher andere Gründe.

Auch in der großen Halle brannten alle Lampen. Die weißen Tücher waren von den Möbeln entfernt. Frische Blumen standen in zwei Schalen auf dem Tisch. Dazwischen brannten Räucherstäbchen in einem flachen, mit Sand gefüllten Messingteller. Der süßliche Geruch vermischte sich mit dem Duft der Blüten. Aber ich nahm noch etwas anderes wahr: Ein schweres, herbes Parfum. Und es war mehr Intuition, daß ich der Treppe weiter nach oben folgte, hinaustrat auf die Terrasse, auf das flache Dach.

An der Balustrade der Vorderfront, wo die violettblühenden Bougainvilleen wucherten, stand eine helle Gestalt. Sie trug ein weit fallendes, langes, weißes Kleid, hatte von dort oben meine Ankunft beobachtet und wartete.

Was tut man in solchen Augenblicken als erwachsener Mann jenseits der Vierzig? Rennt man los im Überschwang seiner Gefühle, geht man lächelnd und gemessenen Schritts aufeinander zu? Ich weiß es nicht mehr so recht, was ich damals tat. Ich erinnere mich nur noch daran, daß diese Gestalt sich nicht von der Stelle bewegte. Ich war fortgelaufen, heimlich weggerannt, war nun zurückgekehrt und hatte gefälligst zu ihr zu kommen. Reumütig. Zerknirscht.

Aber dann lagen wir uns doch in den Armen. Ich ertastete ihren Körper unter dem dünnen Seidenstoff, spürte, wie sie sich zögernd und sacht mir entgegenbog, sich plötzlich an mich preßte. Meine Fingerspitzen fuhren durch ihr störrisches, stets windzerzaustes Haar. Und wir preßten unsere Lippen aufeinander, bis wir beide fast erstickten.

Atemlos und lachend lösten wir uns voneinander und sahen uns um. Aber wir waren wirklich allein. Die Terrasse lag verlassen und leer wie immer im Licht des Mondes, das durch ausgefaserte Wolkenschleier fiel. Niemand hatte uns beobachtet.

Das Personal dieses Hauses hielt offensichtlich auf Diskretion. Die Tür zu meinem ›Penthouse‹ stand offen. Das Zimmer lag im Dunkeln.

Ich nahm diese Frau, die mir gleichermaßen so fremd und so vertraut erschien, bei der Hand und führte sie in den kleinen, niederen Raum.

Nichts hatte sich verändert, seit ich ihn verlassen hatte. Ich erkannte im Zwielicht meinen Mantel an der Wand, wie einen bedrohlichen Schatten, das Jackett über der Lehne des Stuhls, meinen Aktenkoffer aufgeklappt auf dem Tisch. Nur eines berührte mich eigenartig, war seltsam und überraschend: Ihr Duft, dieses schwere, herbe Parfum, erfüllte bereits diesen Raum, bevor wir ihn betraten, hing greifbar wie eine farbige Wolke zwischen diesen vier Wänden, entströmte der Nackenrolle, dem zur Seite geschlagenen Moskitonetz.

Sie war also hier gewesen, hatte sich hier aufgehalten während meiner Abwesenheit, hatte hier gewartet, hatte vielleicht auch die letzte Nacht hier verbracht.

Dieser Geruch hüllte uns ein, als wir uns umarmten, als wir uns mit einer zärtlichen Leidenschaft umklammerten, als hätten wir ein Leben lang nur auf diesen einen Augenblick gewartet. Die Sehnsucht nach ihr, aus diesen einsamen Tagen und Nächten, war aufgestaut in mir, dazu die Erwartung, der Wille, sie zu besitzen und die Hoffnung, sie nie mehr zu verlieren.

Irgendwann bäumte sie sich auf, preßte die eigene Faust gegen den halboffenen Mund, um ihren Schrei zu ersticken. Ihre Fingernägel tanzten über meinen Rücken und bohrten sich tief in meine Haut. Und ich schien in ihr zu explodieren.

Als unser Atem sich langsam beruhigte, hörte ich wieder das singende Schleifen der fernen Güterzüge in der Kurve, das heisere Bellen des Hundes irgendwo im Haus und das Summen der Moskitos an meinem Ohr.

Wir standen auf, ließen den Luftstrom des Ventilators unsere nassen Körper kühlen, dann schlang sie hektisch, ganz impulsiv, ihre Arme um meinen Nacken und preßte sich an mich, bückte sich nach dem weißen Kleid, das irgendwo auf dem Boden lag, und huschte hinaus.

Draußen auf der Terrasse streifte sie es über, fuhr mit den

Händen einige Mal durch das Haar und lief davon, barfuß, ohne sich umzusehen.

Durch die halboffene Tür hatte ich sie beobachtet, dann folgte ich ihr nach draußen, schaute ihr nach, bis sie im Treppenaufgang verschwunden war.

Ich lag immer noch wach und nackt auf dem Bett, das Moskitonetz nachlässig darübergehängt, als Ramu in der offenen Tür erschien, zögernd klopfte, halbblind und geblendet ins Dunkel starrte, ohne mich zu erkennen, und mich zum Dinner bat. Es war zwei Uhr nachts.

33

Auf dem Tisch brannten Kerzen. Wir speisten allein an dieser riesigen Tafel, in dieser leeren Halle.

Lakshmi, Göttin der Schönheit und des Glücks, hatte wieder ihren türkisgrünen Sari angelegt, trug den Silberschmuck um den Hals, und um ihren Mund spielte ein kaum wahrnehmbares, wissendes Lächeln.

Ich saß ihr gegenüber, sie reichte mir die zahllosen Speisen, füllte meinen Teller immer wieder mit neuen Köstlichkeiten, überraschenden Soßen und Gewürzen und ich betrachtete sie dabei in Ruhe und ohne Scheu.

Sie war mir immer noch vertraut und doch sehr fremd zugleich. Ihr Gesicht wirkte müde, fast ein wenig traurig und weniger jung, als ich es in Erinnerung hatte. Vielleicht waren meine Stunden der Meditation von ihrem Jugendbild daran schuld, dieser unfaire Akt der Verehrung. Vielleicht lag es auch an meiner Erinnerung, an der Verklärung durch meine Phantasie. Vielleicht auch einfach an dieser späten Stunde.

Jetzt wäre die Möglichkeit gewesen, sie zu befragen, Informationen einzuholen, die mir zustanden. Schließlich hatte sie mich in ihr Leben mit einbezogen, als Helfershelfer, als Komplize, ohne mir das Spiel, seine Regeln und den Einsatz zu erklären und mir die Mitspieler vorzustellen.

Wer war der Tote? Ihr Mann war es nicht! Wer war ihr Mann? Woran starb er? Und wann?

Welche Aufgaben hatte sie? Welche Funktion? Was taten sie und der Ermordete in Europa? In Deutschland? Und warum mußte er sterben?

Hatte sie ihn getötet? Oder wer? Kannte sie, wenn sie unschuldig war, den Mörder? Und warum versuchte sie, ihn zu decken? Den Mord zu verschleiern? Den Toten verschwinden zu lassen?

Und weshalb war ich ihr Gast? Weil sie mich liebte? War eine Nacht wie diese, ein Akt wie eben, der Beweis? Beweis genug? War es Liebe oder Leidenschaft? Oder Dankbarkeit, weil ich ihr aus dieser fatalen Lage geholfen hatte, weil ich unermeßlichen Ärger und den Verlust meiner Freiheit dafür riskierte. Oder einfach nur Gelegenheit? Gelegenheit zu einem lustvollen Abenteuer?

Ich habe ihr keine dieser Fragen gestellt. Vielleicht, weil ich den schönen Augenblick nicht zerstören wollte, dieses festliche Essen, diese fast familiäre Harmonie. Weil ich auf günstigere Gelegenheiten hoffte. Weil ich der irrigen Meinung war, dies sei erst der Anfang einer Beziehung und wir beide hätten noch unendlich viel Zeit füreinander.

Wir waren keine Partner, wir taten nur so. Im Bett vielleicht für Minuten, für eine Stunde oder zwei. Aber vielleicht war auch das nur ein Irrtum. Ein Spiel von vielen. Verstellung und Rollenverhalten.

Ich lachte plötzlich auf, ganz spontan, ganz unkontrolliert und sie schaute mich fragend, fast belustigt an. Aber hätte ich ihr sagen können, gestehen dürfen, welch absurdes archetypisches Bild mir durch das nicht mehr ganz wache Gehirn gegeistert war?:

Eine Göttin, die sich mit einem Sterblichen paart. Eine altbekannte Situation der Mythologie. Oder war es in den alten Sagen umgekehrt gewesen? Er ein Gott, sie eine Sterbliche? Wie auch immer. Fatal hatte es letzten Endes für den Irdischen immer geendet. Ich lächelte also entschuldigend, winkte ab, nicht so wichtig, nichts von Bedeutung, und sie nickte, senkte kurz die Augen, war damit zufrieden.

Nach dem Essen wurde Tee serviert. Und als Ramu gegangen

war, holte sie eine Flasche Scotch aus einem verschlossenen Schrank, nahm zwei Gläser von einem Tablett und goß ein. Sehr großzügig, sehr routiniert. Nach einer eher beiläufigen, einladenden Geste in meine Richtung nahm sie eines der Gläser. Sie trank es in drei Zügen leer. Und dann schenkte sie nach. Es wirkte keinesfalls gierig, nur sehr gedankenlos, gewohnheitsmäßig. Und sehr menschlich. Sehr irdisch. Sehr sterblich. Und gar nicht göttlich, was mich tief befriedigte.

»Oh, entschuldige. Vielleicht willst du Wasser. Und Eis?« Sie sah mich erschrocken an, wie eine perfekte Gastgeberin, der nun doch ein kleines Mißgeschick unterlaufen war. Aber ich schüttelte den Kopf. »Weißt du, was die Schotten sagen?«

Sie wußte es nicht.

»Kaltes Wasser, sagen die Schotten, ist in den Schuhen schon scheußlich genug!« Sie lachte und ich trank und ich hatte das Gefühl, daß es die ersten Worte waren, die wir miteinander wechselten, die ersten Worte, seit meiner Ankunft heute abend. Die ersten Worte, seit ich dieses Land betreten hatte, zu dieser Frau, deren Gast ich war.

Oder irrte ich mich? War alles andere, was an Floskeln und Sätzen gefallen war, so banal gewesen, daß ich es vergessen hatte, völlig verdrängt, weil das, was gesagt und vor allem gefragt und beantwortet werden mußte, was so entscheidend war, so existentiell wichtig, nicht zur Sprache kam? Totgeschwiegen wurde. Spielten wir die Stummen, weil wir nicht reden durften? Weil wir uns sonst verraten hätten? Oder weil der Zauber dieser spröden Beziehung sofort zerbrochen wäre?

Wie war das doch im Märchen gewesen? In welchem Märchen? Mir fiel es nicht mehr ein. Aber wer nicht schweigen konnte, wer die Frage aller Fragen stellte, verlor sein Leben oder wurde verhext.

Oder Babylon. Um zu verschleiern, daß unsere Sprachen verwirrt waren, daß wir beide uns nicht und auch niemals verstehen würden, schwiegen wir lieber. Weil es weniger schmerzhaft war, als diese wesentliche Erkenntnis.

Und da wir uns vielleicht wirklich nichts zu sagen hatten, außer dem Unsagbaren, für das die Zeit noch nicht reif war, schwiegen wir wieder, tranken, sahen uns an, umarmten uns plötzlich, spürten unsere gegenseitige Geilheit aufsteigen, dieses offenbar unstillbare Verlangen unserer Körper, miteinander zu reden, zu kommunizieren. Faßten uns an den Händen, wie Kinder, die sich fürchten, verließen den Raum, hörten hinter uns das Klappern des Geschirrs, das Ramu vom Tisch abräumte, nahmen ihn nicht mehr zur Kenntnis, küßten uns auf dem Weg nach oben mit speichelfeuchten Lippen, verknoteten fast unsere Zungen, bohrten sie uns gegenseitig in den Schlund, schickten unsere Hände auf Entdeckungsfahrt, gierig und unbeherrscht, jeder krallte sich fest am Fleisch des anderen, wir schoben uns gegenseitig die Kleider vom Leib, bevor wir noch das Dach erreichten, hätten uns fast auf dem nackten Beton gepaart, auf diesen abgetretenen Platten der Terrasse, die noch heiß waren vom Tag, umklammerten uns im Gehen, mehr oder weniger nackt, die verlorenen und erbeuteten Kleidungsstücke in der Hand wie wertlose Fetzen, wie Trophäen, erreichten die Tür zu der Kammer, saugten uns wieder aneinander fest, atmeten den Atem des anderen, fielen auf diese Lagerstatt und brachten diese Raserei zwischen abgerissenem Moskitonetz und zerknüllten Kleidern schließlich zu Ende.

So schliefen wir auch. Quälten unsere Körper gegenseitig mit aufgestauter Hitze. Klebten aneinander mit schweißnasser Haut. Wälzten uns gegeneinander und fast aus dem Schlaf, waren zu erschöpft, um aus dieser Bewußtlosigkeit hochzutauchen, und konnten nicht voreinander fliehen.

Irgendwann fanden sich unsere Hände, in einem dieser halbwachen Augenblicke voller Zärtlichkeit, voller Vertrauen. Die Finger verschränkten sich ineinander. Wir hielten uns fest. Glaubten vielleicht sogar, daß uns das für die Zukunft gelingen könnte. Und schliefen weiter durch diese lange, heiße, tropische Nacht.

34

Als es zu dämmern begann, war sie verschwunden. Sie mußte irgendwann gegangen sein. Ich hatte es nicht bemerkt, hatte sie nicht festgehalten. Nicht fest genug.
Ramu erschien. »Your tea, Sir!«
Ein Imperium war geschrumpft, war untergegangen, hatte sich aus diesem Teil der Welt zurückgezogen wie nach einem Bankrott. Aber die kolonialen Rituale lebten weiter, unausrottbar und vielleicht bis in alle Ewigkeit.
Ramu stellte das Tablett mit dem ›Early-Morning-Tea‹ auf einen Hocker und schob ihn neben mein Bett. Es war das erste Mal, daß er ihn mir nicht draußen auf der Terrasse servierte, anläßlich meiner Morgenandacht beim Aufgang der Sonne. Dann ging er rasch und, ohne sich weiter umzublicken, hinaus.
Ich lag auf diesem zerwühlten, zerstampften Bett, hatte meine Blößen instinktiv mit irgendeinem Tuch bedeckt. Es war Lakshmis türkisgrüner Sari, zerknüllt und faltig und verknotet mit dem Laken. Sie hatte also nichts mitgenommen, war geflohen, so wie sie war, nackt, über die Terrasse, durch das Treppenhaus und die Flure, hatte sich zurückgezogen in eines ihrer zahllosen Zimmer. Es war schließlich ihr Haus, ihr Personal, wozu also diese Prüderie.
Ich trank meinen Tee, zog mich an, setzte mich hinaus an die Ballustrade, wie vorher in den Tagen vor meiner Flucht. Die Sonne hing bereits über dem Dunst, rot und riesig, und ich atmete den brandigen Geruch der tausend Feuer. Und dann entdeckte ich in mir ganz plötzlich und ganz unvermutet ein bisher kaum erahntes Gefühl. Das Gefühl der Geborgenheit, das Gefühl von Heimat.
Später, als die Sonne höher stand, als es meiner Meinung nach Zeit wurde für das Frühstück, stieg ich die Treppe hinunter, wanderte durch das Haus. Aber die Halle war leer, die Läden waren geschlossen, die Möbel abgedeckt mit den hellen Tüchern. Wenn ihr Parfum nicht noch im Raum gehangen hätte, der Duft nach Blüten und Räucherwerk, hätte ich an einen sehr schönen, sehr intensiven, sehr fernen Traum geglaubt.

Ich suchte sie im Arbeitszimmer, in den angrenzenden Räumen, aber ich fand sie nicht.

Die Tür zum Innenhof war verschlossen. Sie hatte immer offen gestanden, all die Tage. Jetzt tobte hinter dieser Tür der Hund.

Ich hörte die Stimme von Ramu, den hohen Diskant seiner Frau. Aber die Bestie war wohl nicht zu bändigen.

Endlich öffnete sich die Tür. Ramus Frau hielt den Hund an einem kurzen Strick. Und Ramu selbst brachte das Frühstück auf dem Tablett, auf dem er es jeden Morgen hinauf auf die Terrasse getragen hatte. Er schob sich durch den Spalt und zog die Tür wieder hinter sich zu. Er redete leise auf mich ein, deutete an, ihm zu folgen, ging voraus, wie immer schwer und asthmatisch keuchend, Stufe um Stufe.

Er deckte den Tisch in meiner Kammer. Nur ein Gedeck. Für mich allein.

»Wo ist Mam Sahib?«

Er sah mich an und versuchte schwachsinnig zu lächeln.

»Wo ... ist ... Mam Sahib?«

Keine Reaktion. Er deutete irgendwohin, ins Ungewisse, brabbelte wie üblich ein paar Sätze Hindi in seinen Bart. Dann war er bereits wieder auf dem Weg aus dem Zimmer.

»Stop, Ramu! Where is Mam Sahib? Where? Where is she?«

Wo ist sie, zum Teufel, das war doch zu verstehen. Soviel Englisch begreift schließlich jeder Inder. Aber wie oft ich auch fragte, er schüttelte nur den Kopf, winkte ab mit der Hand und zog sich rückwärtsgehend aus der Affäre.

Ich hockte allein vor Porridge und Rührei, vor Pfannkuchen und Joghurt und Hammelcurry, und einem dreiviertel Liter parfümierten schwarzen Tee, brachte vor Unruhe so gut wie nichts herunter, hörte den Hund jaulen im Hof, seinem neuen Jagdgebiet, wußte, daß mir nun jede Möglichkeit einer Flucht verbaut war, und hatte den Bauch voller Sehnsucht nach dieser Frau. Wie ein pubertierender Pennäler. Denn ich war sicher, was ich nun nicht mehr ertragen würde, das war die Einsamkeit.

Doch ich ertrug den monotonen Gleichklang der Tage, dieses nutzlose Verrinnen der Zeit, allein, festgehalten durch ein Versprechen, eingekerkert auf dieser Terrasse mit dem hohen Himmel und dem weiten Blick, ausgesetzt der nicht nachlassenden Hitze, den langen und inzwischen mondlosen Nächten. Ich lebte wie in einem Zustand der Hypnose, voller Hoffnung, voller Erwartung, fixiert auf die Wiederkehr dieser Frau. Aber mir entfuhr kein Aufschrei der Verzweiflung, und es stellte sich auch kein Gedanke mehr ein an Protest oder gar an Flucht.

Jede Zeile meiner mitgebrachten Reiselektüre, die zerfledderten Zeitungen, Magazine und Taschenbücher, hatte ich irgendwann bereits zwei oder gar dreimal durchgelesen. Stundenlang fügte ich die dunklen Wasserflecke an der Zimmerdecke über meinem Bett zu immer neuen Formen, Gestalten und Fratzen zusammen, um meine Phantasie zu beschäftigen. Ich führte Tagebuch, bis das Notizpapier zur Neige ging und ich Seite um Seite wieder zerfetzte. Denn es gab nichts zu berichten außer dem starren Ritual, in das die Tage zerfielen. Vom Betrachten des Sonnenaufgangs, dem Servieren des ›Early-Morning-Tea‹ bis zum nächtlichen Klappern der Töpfe und Kessel, das aus dem Hof heraufklang. Denn die Reinigung der Küchengeräte war die allerletzte Verrichtung des Personals, dieser beiden uralten Leute, die als Gesprächspartner für mich nicht vorhanden waren, bevor das Haus endgültig im Schweigen versank.

35

Aber dann tanzten eines Abends die Lichter von Scheinwerfern auf der weißen Wand über meinem Bett, vervielfachten sich, wanderten weiter. Motorengeräusche kamen näher, mehrere Fahrzeuge hielten vor dem Haus, brachen ein in diese Abgeschiedenheit.

Ich hörte das Jaulen und Kläffen des Hundes, der weggeschlossen wurde, die raschen, schlurfenden Schritte von Ramu über den Kies, das Knirschen der schweren Torflügel in den Angeln und war Sekunden später auf der Terrasse, beugte mich über die Balustrade und sah, wie draußen vor dem Tor einige Wagen parkten.

Sieben oder acht Männer waren ausgestiegen, ältere, seriös wirkende Inder, dunkel gekleidet in europäischen Anzügen oder im Nehru-Look.

Sie sprachen leise und intensiv miteinander, kamen langsam in verschiedenen Gruppen herein in den Park, versammelten sich vor der Eingangstreppe und schienen zu warten.

Dann erschien sie, Lakshmi, gefolgt von Chotu, ihrem Fahrer, der sich auffällig im Hintergrund hielt.

Sie schritt durch das Tor mit einer geradezu fürstlichen Attitüde. Der Kreis öffnete sich. Gesten der Höflichkeit, aber auch des Respekts. Sie schien eine Bemerkung gemacht zu haben, die beifällig aufgenommen wurde. Ein Anflug von Heiterkeit, bei ihr, aber auch bei ihren Begleitern. Dann gab sie ein Zeichen, die Gruppe formierte sich zwanglos neu. Man machte sich auf den Weg ins Haus. Aber bevor sie als erste die Treppe betrat, warf sie einen kurzen, prüfenden, fast warnenden Blick hinauf zu mir.

Niemand sonst schien es bemerkt zu haben, keiner folgte ihrem Blick. In gemessenem Abstand, sich gegenseitig nach einer ungeschriebenen Rangordnung den Vortritt lassend, verschwanden die Gäste in der Eingangstür, zwei Stockwerke tiefer, direkt unter mir.

Einige Minuten später erschien sie oben auf der Terrasse. Etwas atemlos und dominierender als sonst.

»Bitte, geh hinein! Geh in das Zimmer und bleib dort heute Nacht! Niemand darf dich hier sehen!«

Unsere Wangen hatten sich nur zaghaft berührt. Sie faßte mich am Arm, sah mir in die Augen. »Versprich mir das!« flüsterte sie, und es klang wie ein Befehl, nicht wie eine Bitte.

»Wer sind diese Leute?« Ich fand, ich hätte endlich das Recht, Fragen zu stellen.

»Geschäftsfreunde meines Mannes.«

»Ich denke, dein Mann ist tot!« Diese Feststellung von mir war ein Reflex, eine Reaktion ohne nachzudenken, ohne abzuwägen. Sie war sicher taktlos und undiplomatisch.

Aber sie antwortete ganz sachlich: »Seine Geschäfte gehen weiter!«

Sie schien in diesem Augenblick keine Lust und auch keine Zeit mehr zu haben, diese Konversation weiterzuführen.

»Bitte geh hinein! Laß dich nur nicht blicken hier draußen!«
Wieder ein angedeuteter Wangenkuß, flüchtig, wie zu Beginn. Sie ließ meinen Arm los und wandte sich ab.

»Wann sehen wir uns wieder?« Vielleicht hatte ich ihr diesen Satz etwas zu laut nachgerufen, etwas zu spontan, zu unkontrolliert. Sie blieb stehen, hob die Hand zum Mund. Dann flüsterte sie zurück: »Ich komme zu dir. Bestimmt. Bevor ich zurückfahre in die Stadt.«

Sie kam wirklich. Es war gegen Morgen. Ich war wachgelegen, Stunde um Stunde. Hatte die Stimmen dieser Männer gehört, die sich an den Mauern des Hofes brachen. Irgendwo tagten sie und tafelten. Die Stimmung wurde unmerklich lauter und fröhlicher. Ich hatte die Tür zu meinem ›Penthouse‹ offengelassen und konnte zur Not einige englische Worte verstehen, aber sonst keinen Sinn und keinen Zusammenhang.

Die Abschiedszeremonie vor dem Haus war laut und lang. Dann schlugen Wagentüren, starteten die Motoren, einer nach dem anderen fuhr ab, die Lichter der Scheinwerfer tanzten wieder kurz über die Wand, die Geräusche entfernten sich, erstarben irgendwo in der Nacht, und zurückblieb eine geradezu erschreckende Ruhe.

Das Haus schien den Atem anzuhalten. Kein Lärm drang mehr zu mir nach oben, keine Stimmen, keine Schritte. Die Bäume des Parks, die eben noch angestrahlt waren von dem Licht, das aus den Fenstern fiel, lagen im Dunkel. Und plötzlich stand sie in meiner Tür.

»Bist du noch wach?« fragte sie leise in diese Finsternis hinein.
»Natürlich bin ich wach. Ich habe gewartet.«

Sie schloß langsam die Tür, drückte sie vorsichtig ins Schloß, drehte zweimal den Schlüssel. Eigenartig, dachte ich, das letzte Mal liebten wir uns bei offener Tür, bei weit geöffneten Fenstern. Diesmal zog sie jedes einzelne der Schiebefenster nach unten, behutsam, um jedes Geräusch zu vermeiden, und darüber die dunklen Papierjalousien, die ich nie benutzt hatte, seit ich hier hauste.

Das Ganze hatte etwas von Konspiration, von Verbotenem. Sie machte kein Licht. Ich sah sie nur schemenhaft sich durch diese Dunkelheit bewegen, ahnte, wie sie aus ihren Kleidern schlüpfte, hörte sie näherkommen, rückte zur Seite, um ihr Platz zu machen auf diesem breiten Bett, schlug das neue Moskitonetz hoch, da das alte bei unserer letzten Liebesnacht in Fetzen gegangen war, witterte ihr Parfum und den fremden Dunst, der sie umgab, kalter, abgestandener Zigarettenrauch, und spürte endlich ihre Nähe.

Und dann umarmten wir uns, müde und ein wenig routiniert. Keine Woge der Leidenschaft schlug über uns zusammen. Mir schien, als sei sie gekommen, um ein Versprechen zu erfüllen. Sie tat es, weil sie nun schon einmal da war. In Eile. Voller Hemmungen. Und überraschend stumm.

»Was ist los mit dir?« Ich hätte besser nicht fragen sollen. Im Schweigen waren wir einfach besser.

»Was soll sein?«

Sie machte sich aus meiner Umarmung frei. Die Sache war ja nun getan. Ich spürte, wie sie wegstrebte von mir und von diesem körperlichen Kontakt.

»Irgend etwas ist anders heute...« Ich war unbelehrbar. Oder schlicht um ein Erfolgserlebnis betrogen.

»Nein«, sagte sie leise. »Es ist nichts!«

Und nach einer verkrampften Pause des Nachdenkens oder Lauschens: »Wir sind heute nicht allein in diesem Haus!«

»Deine Gäste sind abgefahren«, behauptete ich.

»Nein, nicht alle.« Sie lag immer noch halb aufgerichtet neben mir, und ich tastete nach ihrer Hand. Sie griff auch nach der meinen, hielt sie fest.

»Er ist hiergeblieben«, sagte sie schließlich.

»Wer ist hiergeblieben?«

»Der Mann, mit dem ich lebe. Er ist hiergeblieben, heute nacht.«

»Du lebst mit einem Mann?« Das sollte nicht erstaunt klingen oder vorwurfsvoll oder gar überrascht. Es war schließlich die normalste und selbstverständlichste Sache der Welt. Es wäre sogar pervers gewesen anzunehmen, daß eine Frau von diesem Kaliber frei herumläuft, um auf Steffen Schwartz zu warten, der ihr zufällig im Warteraum eines Flughafens begegnet und der ihr behilflich ist, eine Leiche wegzuräumen.

Sie setzte sich auf und antwortete nicht.

»Und wer ist dieser Mann?« Alberne Fragerei, dachte ich. Sie wird mir einen Namen nennen, der mir nichts bedeutet. Dabei war es nur Eifersucht, plötzliche, bohrende Eifersucht, die mir wieder einmal, wie in allen Streßsituationen, den sauren Schweiß aus den Poren trieb. Aber es war wichtig, die Anonymität des anderen zu durchbrechen, den Feind konkret werden zu lassen, um ihn einzukreisen.

»Ein Freund.« Sie hatte sich Zeit gelassen für diese Antwort. »Ein Freund von Lakshman. Sein bester Freund!« Wieder machte sie eine Pause, aber dann sprach sie weiter, abgehackt, in halben Sätzen, machte eigentlich nur Andeutungen: »Er hat sich gekümmert. Damals. Hat sich sehr gekümmert um mich. Nach Lakshmans Tod. Vor mehr als zwei Jahren. Es war Mitte November. Und er war auch dabei, als einziger dabei. Hier unten. Vor dem Tor. Nachts. Kurz nach eins. Sie waren beide gerade aus dem Wagen gestiegen. Und die anderen haben ihm aufgelauert und ihn niedergeschossen. Sie haben nur Lakshman getroffen und getötet. Gulshan haben sie verfehlt.« Sie atmete einmal tief durch, und dann sagte sie noch: »Lakshman war mein Mann!«

»Ja. Ich weiß.«

Ich spürte ihren Blick in der Dunkelheit. Sie sah mich an und überlegte wohl, woher ich das wußte. Aber sie fragte nicht.

»Ich war hier oben, damals«, erzählte sie weiter. »Saß hier auf dem Bett, so wie jetzt, als die Schüsse fielen. Ich war sehr viel hier oben. Es ist mein Zimmer. Hier hat man Luft. Ich hatte geschlafen, die Ankunft des Wagens gehört. Dann fielen die Schüsse. Drei Schüsse, dann war alles still. Ich lief hinaus. Aber es war nichts zu sehen. Es geschah draußen und das Tor war verriegelt. Und als ich unten ankam, da war es zu spät. Lakshman war tot.«

Sie hat mir den Vorfall berichtet, scheinbar ohne Emotion. Eine Geschichte, die abgeschlossen war, die sie nicht mehr betraf. Aber am Zucken dieser Hand spürte ich, wie sehr sie das alles noch beschäftigte. Jetzt fiel es mir leichter, den harten Zug zu deuten, der ihrem Gesicht manchmal den Anflug unbeherrschter Autorität verlieh.

Wir schwiegen wieder einmal. Dafür, daß sie vor einer halben Stunde bereits spürbar in Eile war, sogar ziemlich lang.

»Ich werde jetzt gehen«, sagte sie abschließend und stand auf.

Aber meine Hand ließ sie nicht los, als brauche sie noch einen Halt.

»Er wartet auf dich? Unten im Haus?« Dieser andere ging mir nicht aus dem Kopf, dieser fremde, unbekannte Mann, zu dem sie jetzt hinunterging, zu dem sie jetzt ins Bett kroch, der sich jetzt über sie hermachte mit älteren Rechten, der einfach mehr Macht über sie hatte als ich. Ich fand diese Vorstellung zum Kotzen.

»Vielleicht schläft er schon. Vielleicht liest er noch und wartet auf mich. Ich weiß es nicht.«

»Und er wird nicht fragen, wo du solange gewesen bist?«

»Er weiß, daß ich manchmal allein sein muß. Er respektiert das. Er wird nicht fragen.« Sie ließ meine Hand los und suchte in der Dunkelheit nach ihrem Kleid.

Wir waren plötzlich getrennt voneinander durch diese undurchsichtige, unüberbrückbare Finsternis. Und der Augenblick erschien mir günstig:

»Lakshmi!?«

»Ja?« Ich hörte, wie das Rascheln der Seide verstummte, wie sie den Atem anhielt.

»Wer war der Tote in Frankfurt?«

Ich hatte nicht erwartet, daß sie antworten würde. Aber dann kam sie näher, trat dicht vor mich hin an das Bett. Ich konnte nichts von ihr sehen, keinen schemenhaften Umriß, nichts. Dabei brannten meine Augen bereits, weil ich so angestrengt und sinnlos in diese Schwärze starrte.

»Dharmendra Choudhari«, antwortete sie ganz überraschend und ganz dicht an meinem Gesicht. »Es war Dharmendra Choudhari, der älteste von fünf Brüdern, mein Schwager, das Oberhaupt der Sippe. Er leitete die Geschäfte. Und wenn hier irgendjemand von seinem Tod erfährt, dann bricht alles auseinander.«

Ich begann ganz plötzlich und ganz langsam zu begreifen, daß es damals offenbar nicht darum ging, den Mord an diesem Mann vor den deutschen Behörden zu vertuschen, nicht in erster Linie, vermutlich. Die Interessen waren hier zu suchen, in den für mich undurchsichtigen und unverständlichen Verfilzungen eines indischen Sippenverbandes. Und in den Geschäften, die sie hier trieben. In welchen Geschäften?

»Wer hat ihn umgebracht? Du, Lakshmi?«

Sie reagierte nicht überrascht, nicht entrüstet. »Nein«, sagte sie nur einfach und setzte sich wieder neben mich auf das Bett. »Nein, das waren die gleichen Leute, die Lakshman getötet haben. Und die auch mich töten werden. Oder Gulshan, der unten auf mich wartet. Oder dich . . . «

Ein neuer Aspekt. Nicht sehr beruhigend. »He, wieso mich?«

»Wenn du nicht vorsichtig bist. Nur hier in diesem Haus bist du sicher. Bleib hier. Geh' nicht weg. Wenn du wegläufst, kann ich nichts für dich tun!«

Sie hatte wieder, sehr zögernd, nach meiner Hand gefaßt, als könnte sie ihrer Beschwörung Nachdruck verleihen oder mir sogar den Eid abnehmen, keine Flucht mehr zu wagen. Aber ich sah immer noch keinen Sinn in der Geschichte. Wenn hier eine Sippe ausgelöscht werden sollte, weil einigen Leuten deren Geschäfte nicht passen, was hatte das mit mir zu tun? Und war ich nicht hier in diesem Haus, im Dunstkreis dieser Familie, viel gefährdeter als anderswo?

Sie schien meinen unausgesprochenen Gedankengängen gefolgt zu sein: »Außer den Mördern wissen nur zwei Leute von Dharmendras Tod: Du und ich!«

Ein Mitwisser-Schicksal. Das hat man also von seiner Hilfsbereitschaft.

»Hat man ihn noch nicht gefunden?« wollte ich wissen.

»Nein. Ich glaube nicht. Und wenn, dann weiß man nicht, wer der Tote ist. Dharmendra wird in Amerika vermutet. Ich habe hier alle Vollmachten. Ich muß nur Zeit gewinnen, die Zeit nutzen. Er war der letzte Choudhari. Alle Brüder sind tot. Er hat keinen Nachfolger. Wenn sein Tod bekannt wird, erlöschen meine Vollmachten. Ich habe dann keine Möglichkeiten mehr, die Sache zu Ende zu bringen.«

Sie ließ meine Hand los und stand abrupt auf. Ihr Geständnis war ja ziemlich erschöpfend gewesen, nach dieser langen Zeit des Schweigens und der Heimlichkeiten. Ich hätte gerne weitergefragt, welche Geschäfte denn hier so tödlich wären. Aber dann hörte ich, wie sie den Schlüssel vorsichtig im Schloß bewegte. Und ich wußte, daß die Zeit um war für weitere Fragen. Außer vielleicht einer:

»Lakshmi . . . «

»Ja?« hauchte sie. Durch die Tür fiel ein heller Schimmer, trotz der mondlosen Nacht.
»Warum bist du gekommen? Hier herauf? Zu mir?«
Ich hätte hinzufügen müssen: heute, trotzdem, obwohl dich unten ein Mann erwartet, mit den berühmten älteren Rechten, und so weiter. Aber sie hatte mich auch so verstanden.
»Ich habe es dir versprochen, deshalb...«
Geahnt hatte ich das. Schmerzlich so etwas. Aber sie war wenigstens ehrlich.
»Und weil ich wußte, du würdest warten...« fügte sie noch leise hinzu. Gut, das war ein menschlicher Zug, das war wahre Nächstenliebe.
Aber dann flüsterte sie noch: »Und weil ich Sehnsucht hatte nach dir...« Damit schloß sie die Tür, fast ohne jedes Geräusch. Und ich stellte mir vor, wie sie jetzt barfuß über den noch immer warmen Beton der Dachterrasse huschte. Und ich hatte das angenehme Empfinden, daß es offenbar doch noch Wichtigeres gab als ältere Rechte.

36

Ich hatte wieder eine ganze Woche Zeit, über Lakshmi und ihre Sehnsucht nachzudenken. Und über diese vielfältigen Informationen, die ich ihr abgerungen hatte.
Meine Sicherheit auf dem Dach dieses Hauses war in meinen Augen nicht viel wert. Die beiden uralten Menschen waren kaum ein verläßlicher Schutz. Eher schon diese Bestie von Hund. Aber der war in erster Linie darauf abgerichtet, mich am Verlassen meines goldenen Käfigs zu hindern. Auch das eisenbeschlagene Tor dieser Festung war eher ausbruch- als einbruchsicher.
Aber davon einmal abgesehen: Was sollten die Meuchelmörder ihres Mannes und dieses Sippenchefs für ein Interesse haben, mich, den uninformierten, an den Geschäften dieser ehrenwerten Familie unbeteiligten Helfershelfer aus dem Weg zu räumen? Wenn ich hier irgendwo stören konnte, wenn ich tatsäch-

lich eine Art Risikofaktor darstellte – dann doch ausschließlich bei Lakshmis Plänen.

Sie hatte alle Vollmachten, wie sie sagte. Sie stand unter Zeitdruck, um irgendeine Sache zu Ende zu bringen. Alles würde ihrer Meinung nach auseinanderbrechen, sobald der Tod des Sippenchefs bekannt werden sollte.

Wenn also irgendwelche Leute einen Mord begangen hatten, nur um dunkle Geschäfte zu verhindern, dann würden sie auch nicht zögern, diesen Mord, den Tod des Oberhaupts der Sippe, öffentlich zu verkünden.

Die Logik ihrer Geschichte stimmte einfach nicht. Es war inkonsequent, eine Leiche verschwinden zu lassen, ohne die Mitwisser zum Schweigen zu bringen: die Mörder – falls solche überhaupt existierten – und mich!

Hatte sie mich deshalb in Schutzhaft genommen? Und wie lange würde diese Art von Gastfreundschaft dauern? Bis die Geschäfte abgewickelt waren? Bis zum Erlöschen ihrer Vollmachten? Bis zur Auffindung und Identifizierung des Toten? Bis sie freiwillig von ihrem Posten als stellvertretender Sippenchef abtrat? Bei dem Ehrgeiz, den ich in ihr vermutete, konnte das lange dauern. Und niemand würde mich hier vermuten. Indien war groß. Offiziell war ich bis Bombay geflogen. Mein Visum war längst abgelaufen. Und zwischen 680 Millionen verschwindet schon mal einer.

Das war doch auch eine Lösung des Problems. Steffen Schwartz in Indien verschollen. Auf einem Aussteigertrip. Melodramatisches, aber nicht ungewöhnliches Schicksal für einen Mann kurz nach den allerbesten Jahren.

Ich begann die Geschichte mit einemmal in einem anderen Licht zu betrachten. Ich hatte dazu eine ganze Woche Zeit. Und eine ganze lange Woche ging es mir nicht aus dem Kopf, daß ich in einer ganz vertrackten Lage steckte. Der Hund tobte wie ein Wahnsinniger, wenn ich nur einen Blick hinunterwarf in diesen Hof. Ich fühlte mich plötzlich matt und total geschwächt und hielt das für eine sehr subtile Form der Angst. Mein Magen fing an zu rebellieren. Da half auch nicht das raffinierteste Menü. Mir wurde kotzübel nach jedem Essen und diese Schwäche, diese heimliche Furcht, diese Übelkeit nahmen zu von Tag zu Tag.

Der Himmel überzog sich schon morgens mit flusigen, weißen Schleiern. Es herrschte Treibhausluft, zehn, zwölf Stunden am Tag. Melancholie kroch mir durch die Adern, eine unbestimmte Schwermut, eine abgrundtiefe Depression und eine alles umfassende, alles mit sich reißende Traurigkeit.

Mein Alkoholvorrat, die beiden Flaschen Malt-Whisky aus dem Frankfurter Duty-free-Shop, war längst geleert. Und Ramu verstand meine Wünsche nicht. Auf die Pantomime ›Durst‹ brachte er Tee oder importiertes Wasser. Zum Glück, wie ich erst später begriff. Den Schlüssel zum Geheimschrank in der Halle hatte die Mam Sahib in sicherer Verwahrung. Blieb mir nur das Valium in meinem Aktenkoffer. Aber eine Lösung meiner Probleme brachte es nicht. Im Gegenteil. Die Depressionen, die Müdigkeit, diese unerklärliche Erschlaffung nahm nur noch weiter zu.

In diesem Zustand kam mir Lakshmi, die unheimliche Göttin der Schönheit und des Glücks, höchst ungelegen. Ich schämte mich meiner Schwäche, meines Argwohns. Aber ich wurde den Verdacht nicht mehr los, der sich in mein Gehirn eingenistet hatte wie ein Geschwür.

Ich registrierte voller Mißtrauen die Mütterlichkeit, mit der sie mich umsorgte. Wieso konnte sie ahnen oder auch wissen, wie beschissen es mir ging, wo ich mir doch keine Blöße gab? Kein klagendes Wort kam über meine Lippen. Ich war voll da, heiter, guter Dinge und ihr gegenüber so unbeschreiblich glücklich wie noch nie.

Sie saß mir gegenüber und betrachtete mich mit skeptischem Ernst, schien mich zu studieren, registrierte offenbar sehr sensibel irgendwelche Veränderungen, die ich nicht verbergen konnte. Und sie glaubte mir nicht.

Vielleicht hatte sie einen ganz bestimmten Grund, über meinen Zustand besser Bescheid zu wissen als ich selbst. Dann war es leicht für sie, meine Verstellung zu durchschauen. Ich fühlte mich unsicher, hintergangen und mir war so mies, so schlecht, so armselig zumute wie noch nie.

Sie erwartete wieder einmal Gäste. Die üblichen Vorbereitungen. Die üblichen Ermahnungen, nicht in Erscheinung zu treten. Keine Sorge. Ich lag, wo ich lag, und hatte keinerlei Absichten, in die illustre Runde der Geschäftspartner zu platzen und ihr die Pläne zu vermasseln.

Später hörte ich Stimmen im Hof. Es waren nicht die beiden Alten. Auch nicht Chotu, der Chauffeur. Es war die Stimme eines jungen Mannes.

Lakshmi war also nicht allein gekommen. Vielleicht war das der andere, dieser unsichtbare Rivale. Doktor Lakshman Choudharis bester Freund!

Ich schleppte mich zu der Mauer, die den Innenhof begrenzte, lehnte mich über die Brüstung und schaute nach unten, vorsichtig, halb verborgen hinter der Säule eines baufälligen Kamins.

Da stand tatsächlich ein fremder, junger Mann mit dem Rücken zu mir am Kücheneingang. Er trug Jeans und ein weißes, offenes Hemd, tänzelte unruhig von einem Fuß auf den anderen, verschränkte die Arme, ließ sie wieder sinken, hob sie wieder mit einer fahrigen Geste, verschränkte sie von neuem. Er schwieg gerade und hörte zu. Lakshmis Stimme drang aus der Dunkelheit der Eingangshalle. Sie klang energisch und sehr autoritär.

Der junge Mann nickte nur hin und wieder, senkte den Kopf, als würde er zurechtgewiesen, als hätte sein Verhalten Anlaß zur Kritik gegeben. Aber dann lösten sich seine Arme ganz plötzlich, abrupt wandte er sich ab und verschwand in der Küche. Sein Gang war ebenso hastig, ebenso fahrig und hektisch, wie seine Gesten es gewesen waren.

»Rajesh!« rief Lakshmi ihm nach und trat heraus auf den Hof. Und noch einmal »Rajesh!« Es klang zornig. Aber der junge Mann ließ sich nicht mehr blicken.

Ich hätte gern sein Gesicht gesehen. Obwohl wozu? Lakshmis Liebhaber konnte das nicht sein, der hieß nicht ›Rajesh‹. Und dieser Mann hier war kaum über zwanzig.

Vielleicht war er der Sohn dieser alten Leute, oder besser, der Enkel. Also Personal. Demnach gab es Veränderungen. Meine Bewachung wurde wohl verstärkt und verjüngt. Aber ich zeigte dafür kaum noch Interesse, schlich zurück in meinen Raum, legte mich hin und versuchte, den Zwischenfall zu vergessen. Denn wenn mein Verdacht, diese absurde und erschreckende Vermutung, begründet sein sollte, dann durften mich solche Details nicht mehr interessieren, dann war es zu spät und jeder Widerstand vergeblich. Dann war es unwichtig, was um mich herum und hinter meinem Rücken in diesen allerletzten Tagen noch geschah.

Ramu kam mit dem Abendessen. Er brachte nur ein Gedeck, aber wieder diese Vielzahl an Gerichten, Soßen und Gewürzen. Mir verursachte dieser Essensdunst, den ich früher als appetitanregende Einstimmung auf ein kulinarisches Abenteuer empfand, nur noch Übelkeit. Ich aß mit Widerwillen. Der Mensch muß bei Kräften bleiben. Aber ein eigenartiger, dumpfer Druck im Oberbauch nahm zu, ich übergab mich wo ich saß, es überfiel mich schlagartig und überraschend, es blieb mir keine Zeit, auf diesen Abtritt, draußen am Ende der Terrasse, zu flüchten.

Mit einem feuchten Handtuch wischte ich das Erbrochene sorgfältig auf, warf das Tuch vor die Tür. Aber der Geruch nach Saurem hing weiter im Raum, zusammen mit dem mir plötzlich so widerwärtigen Duft nach Curry und süßem Chutney.

Ich spülte den Mund mit Tee. Der war inzwischen kalt geworden und schmeckte bitter. Als ich aus Gier und Durst und Verzweiflung die Kanne fast leergetrunken hatte, spürte ich, wie mir der Angstschweiß ausbrach: Ich würde dieses Haus nicht mehr lebend verlassen.

37

Ich glaubte nicht mehr an die Version eines geheimen Mörderkommandos. Folglich gab es nur zwei Menschen, die von dem Toten in Frankfurt wußten. Nur zwei und keinen einzigen mehr: Lakshmi und mich. Und ich mußte verschwinden, mußte ausgelöscht werden, zum Schweigen gebracht, und sei es durch Gift!

Es war alles so einfach. So durchsichtig. So unausweichlich. Ich stand ihren ehrgeizigen Plänen im Weg. Wie vorher dieser Dharmendra, der Sippenchef, dieser Leichnam im Lift. Nun war sie das Oberhaupt dieser Sippe. Die Geschäfte liefen vermutlich gut. Sie war aktiv. Sie hatte kaum Zeit für sich, kaum für mich.

Sie mußte ja gewisse Dinge zu Ende bringen. Sie hatte ihre Aufgaben, ihre Ziele und Pläne. Vielleicht ging es ihr auch nur um die Macht.

Ich war eine Gefahr. Und diese Gefahr wurde nun beseitigt. Langsam. Fast unmerklich. Und in aller Liebe.

Daß die Dinge so unausweichlich auf ein Ende zutrieben, daß es keinen Ausweg mehr gab, keine Möglichkeit mehr zur Flucht, das hatte, so paradox es schien, sogar etwas ungemein Beruhigendes. Alle Zweifel waren beseitigt. Alle Fragen beantwortet. Die Angst war weg und die Ungewißheit. Ich sah den weiteren Gang der Ereignisse ganz klar, und es schien mir, als hätte ich es immer so gewollt. So und nicht anders. Die Katastrophe hatte ihre eigene Logik. Und ich hatte wieder ein Ziel.

Die Gäste kamen an. Ich sah die Lichterspiele an der Wand, hörte die Vorfahrt, das Knarren des Tors, das Geplauder vor dem Haus, die Stimmen über dem Hof, sah das Licht in den Bäumen, ohne mich aufrichten zu müssen, schlief ein paar Stunden, wurde wach durch die Abschiedszeremonie, dieses ausgelassene, heitere Geschwätz. Aber das alles ging mich nichts mehr an, betraf mich nicht mehr. Für mich war die Entscheidung gefallen.

Die Ruhe, in die das Haus zurückfiel, als die Gäste gegangen waren, dieses Atemanhalten, hatte nichts Überraschendes mehr. Ich wartete mit Gleichmut auf das Erscheinen meiner Todesgöttin. Sie würde kommen. Ich wußte es. Sie hatte es versprochen. Und vielleicht hatte sie auch wieder Sehnsucht nach mir.

Es dauerte lange, sehr lange. Irgendwann blickte ich zur Türe, es war mehr eine Ahnung, denn ich hatte nichts gehört. Da stand die dunkle Gestalt, gerahmt vor dem nur unmerklich helleren Himmel. Möglicherweise stand sie schon lange dort. Sehr lange. Und hatte mich beobachtet. Hatte meinen Zustand kontrolliert.

»Du schläfst nicht?«

Nein, Lakshmi, ich schlafe nicht. Ich habe gewartet auf dich. Wie immer schon. Tag für Tag. Wie ich auch weiterhin warten würde. Bis die Zeit eben um ist. Bis das Gift, das du mir verabreichst, mich zerfressen haben wird. Solange werde ich auf dich warten, auf deine Nähe, auf den Klang deiner Stimme, auf den Geruch deines Parfums, auf die Weichheit deiner Haut.

»Warum sprichst du nicht? Ich weiß, du bist wach!« Sie war

näher gekommen, war in den dunklen Raum getreten. »Hörst du mich nicht?«

Doch, ich hörte sie. Aber woher wußte sie, daß ich wach war! Und war ich überhaupt wach? Träumte ich nicht? Und hatte ich nicht gerade mit ihr gesprochen? Ihr alles zu erklären versucht?!

Sie kam näher, setzte sich auf mein Bett. Auf ihr Bett, das ich im Augenblick noch benutzte, ein paar Stunden noch, ein paar Tage lang. Dann war das Bett, der Raum, die Terrasse wieder frei. Niemand mußte mehr versteckt werden, wenn die geheimnisvollen Gäste kamen. Niemand konnte mehr verkünden, daß das geliebte Oberhaupt der Sippe tot war und Lakshmi, die Göttin der Schönheit und des Glücks, seine Mörderin.

Sie hatte nach meiner Hand gefaßt, und die Berührung tat mir gut. Sie legte ihre andere Hand auf meine Stirn, diese schmale, kühle Hand. Und es war tatsächlich ein Augenblick des Glücks. Diese liebevolle Geste, dieses Ausgeliefertsein an diese schöne Frau. Aber was mich störte, was diese Harmonie verletzte, das war dieser fremde Geruch. Nicht dieser abgestandene Zigarettenqualm ihrer Gäste, der im Stoff ihres Kleides, in ihren Haaren hing. Es war ein ganz animalischer Geruch, der ihrer Haut, vielleicht auch ihrem Schoß entströmte, und der sie wie eine geradezu feindliche Witterung umgab.

»Er ist wieder im Haus?« Ich wollte es wissen.

»Wer ist im Haus?« fragte sie. Aber sie hatte genau verstanden, wen ich meinte.

»Der andere. Der Mann, mit dem du lebst...«

Sie ließ sich Zeit. Dann faßte sie meine Hand fester, mit beiden Händen, drückte sie gegen ihre Brust. »Ja, er ist unten.« Und nach einer Pause fügte sie hinzu: »Aber es ist nicht wichtig!«

Schön, daß es ihr nicht wichtig war. Das schien sogar die Wahrheit zu sein. Sie hatte die Tür offengelassen, die Fenster, die Jalousien nicht heruntergezogen, nicht abgeschlossen.

»Du hast eben geschlafen mit ihm!« Oder betrog mich mein Instinkt? Es gab keinerlei Beweis dafür. Vielleicht war es die Witterung. Signale für längst verschüttete, längst vergessene Sinnesorgane, die in gewissen Situationen aktiviert werden. Und dies hier war so eine Situation.

»Stört es dich?« fragte sie nach einer Weile.

Störte es mich? Nein, es störte mich nicht. Daß sie trotzdem gekommen war, jetzt neben mir saß, meine Hände hielt, war ein Zeichen, daß ich Macht hatte über den anderen, und daß er vielleicht wirklich nicht wichtig war.

»Nein«, sagte ich leise, »ich glaube, es stört mich nicht.«

Sie ließ meine Hand los, knotete das dunkle Baumwolltuch auf, das sie um ihren Körper geschlungen hatte, und kroch unter meine Decke. So, als stünde zwischen uns nicht der Tod, sondern nur die Liebe.

Sie war von einer unendlichen Zärtlichkeit, ihre Finger wanderten langsam über meine Haut, ihre Nägel hinterließen erregende Linien und Kerben, zogen feine Spuren bis zur innersten Mitte.

Ich genoß dieses Spiel in meiner somnambulen Mattigkeit, wunderte mich, wie es ihr gelang, in meine erschöpfte, kranke Erschlaffung noch Leben zu bringen, sah ihren Schatten über mir gegen die weiße Decke, umfaßte ihren Leib, als sei es das letzte Mal, und es war mir, als verströmte ich in sie mein Leben.

Es war ein eigenartig perverser Gedanke, der mich erregte: Sich auslöschen, sich einbringen, neu erstehen in seiner Mörderin, aufgehen in dieser Frau, in ihren Wünschen, in ihrem Willen zur Macht, mit aller Lebenskraft, die ich hatte. Das war nicht der Tod. Das war Weiterleben. Eine Form der Unsterblichkeit, der Reinkarnation, und ganz im Sinne dieser fremden Welt.

38

»Ich muß gehen!« Sie war aufgestanden, hatte sich aus der Umarmung gelöst, tastete am Bettrand sitzend nach ihrem Tuch, faßte wieder nach meiner Hand.

»Hast du Fieber?« fragte sie ganz unvermittelt und legte ihre Hand wieder auf meine Stirn.

»Es geht mir gut!« Es ging mir wirklich gut. Wenn das Leiden nicht schlimmer würde, war der Tod durchaus zu ertragen.

»Ich bleibe bei dir«, flüsterte sie. »Das ganze Wochenende werde ich bei dir bleiben. Und vielleicht die nächste Woche auch! Aber jetzt muß ich gehen. Ich muß ihn wecken. Er muß in der Stadt sein, bei Tagesanbruch...«

Wer mußte in der Stadt sein? Er, der andere? Was ging mich das an? Existierte der überhaupt noch? Hatte ich ihn nicht soeben ausgelöscht?

Sie wickelte sich wieder in das weite, fast schwarze Tuch, huschte davon, ließ die Tür offenstehen. Der Himmel war heller geworden, das Grau erhielt die erste Farbe, ein zartes Grün, kaum wahrnehmbar. Und die hellen Mauern reflektierten das Licht.

Ein neuer Tag brach an. Das war neues Leben. Aber auch neue Hoffnung. Ein neuer Wille. Ich quälte mich hoch, kroch aus diesem verschwitzten Laken, ignorierte die Übelkeit, die immer noch in mir steckte, und wußte mit einem Mal, daß es noch nicht zu spät sein konnte!

Ich tauchte die Arme in den Eimer mit lauwarmem Wasser, wusch das Gesicht, die Brust, die Genitalien, um die Witterung dieser Frau, dieses Anderen, loszuwerden. Dann nahm ich eines meiner frischgebügelten Hemden, die an der weißgekalkten Mauer seit drei oder vier Wochen hingen, Anzughose, Jackett, alles wie neu, entstaubt und aufgefrischt. Das Personal hier in diesem Haus war verläßlich.

Ich merkte, wie ich schwankte, wie diese heimtückische Schwäche mir in den Knochen saß. Den restlichen Tee aus der Tasse spie ich aus nach dem ersten Schluck. Eine versiegelte Wasserflasche war noch da. Ich öffnete sie und versuchte, wie ein Kamel auf Vorrat zu saufen. Aber die Hälfte kam wieder hoch und spritzte mir aus dem Schlund, über die Wand und das Bett, und wieder war der Raum voll saurem Dunst.

Die enge Anzughose über die tauben, zittrig schwachen Beine zu ziehen, war eine Tortur. Ich strauchelte, verlor das Gleichgewicht. Ich mußte mich setzen. Und sitzend schlüpfte ich in die Socken, in die viel zu engen, schwarzen Schuhe. Meine Füße mußten in diesen Wochen zur Unförmigkeit aufgequollen sein.

Krawatte, Jackett. Der Schweiß brach mir aus. Der Knebel um den Hals raubte mir fast die Besinnung. Die Hitze staute sich in meinem Kopf. Aber der Überlebenswille war stärker. Und die Disziplin.

Die restlichen Kleidungsstücke, Baumwollhemden, Leinenhose und Sandalen landeten im Aktenkoffer neben Rasierzeug, Zahnbürste und den verdammten Layouts, ›Reductan-Depot‹, die ich längst als Papierflieger hätte segeln lassen sollen.

Ohne einen allerletzten Blick in die Runde geworfen zu haben, auf das angekotzte, zerwühlte Liebeslager, auf das unabgeräumte Geschirr mit den angetrockneten Speiseresten, auf den Teetopf mit dem mutmaßlichen Gift, trat ich hinaus in die frische Morgenluft, die immer noch geschwängert war von der Hitze des Vortags, auf diese weite Terrasse mit dem noch weiteren Blick. Das stinkende Handtuch lag noch herum zwischen violetten Blüten, abgefallen von den Ranken am Geländer.

Im Hof winselte der Hund. In einem Zimmer brannte Licht. Ich konnte das Fenster nicht sehen, aber der Lichtschein fiel auf die gegenüberliegende Mauer. Und dort beobachtete ich seinen Schatten.

»Können Sie mich mitnehmen in die Stadt?« würde ich ihn fragen. Diesen Wunsch konnte er mir kaum abschlagen. Schließlich verband uns ja nun allerlei. Und die schöne Frau würde danebenstehen und keine Erklärung wissen.

»Bringen Sie mich am besten zu einem Krankenhaus. Und schicken Sie mir die Polizei. Und einen Anwalt. Ich habe da einige Aussagen zu machen!« Ich wußte bereits, wie sie reagieren würde: stumm und versteinert.

Und der andere würde Fragen stellen. Und ich würde nicht antworten. »Später!« würde ich sagen. »Fahren wir doch erst einmal los! Wie ich höre, sind Sie in Eile!«

Aber es gab keinen Weg zu ihm hinunter, in die Vorhalle, zur Eingangstreppe, zum offenen Tor. Dazwischen lag der Hof mit dieser vertrackten Bestie, die mich irgendwann in die Nase bekommen würde, und dann wäre die Flucht rasch zu Ende.

Oder um Hilfe schreien. Im Augenblick, wenn er das Haus verläßt, oben vom Dach herunter nach ihm rufen: »Gulshan!« So hieß er wohl, wenn ich mich recht erinnerte. Und daß mir das in diesem Augenblick tatsächlich einfiel, obwohl ich den Namen und die Erinnerung an diesen Mann pausenlos zu verdrängen versuchte, fand ich erstaunlich.

»Helfen Sie mir«, würde ich rufen. »Man hält mich hier fest, mit Gewalt, gegen meinen Willen!«

Da wurde ich in meinen Phantasie-Dialogen abrupt unterbrochen: Der Hund hatte angefangen zu bellen, tobte im Hof herum, und ich rannte nach vorn, zur Vorderseite des Hauses, und kam gerade zur rechten Zeit. Die Haustür wurde geöffnet, aber nicht Ramu schlurfte heraus, nicht Lakshmi erschien mit ihrem Gefährten. Der junge Mann in Jeans mit seinem offenen, weißen Hemd sprang über die Stufen der Treppe, lief rasch den gepflasterten Weg zum Tor, schloß auf, drückte einen der schweren Flügel zur Seite, hakte ihn fest an der Mauer und lief wieder zurück zum Haus.

Die Morgendämmerung hatte begonnen. Unter dem zartblauen Himmel lag das Land im grauen Dunst. Das Licht war noch zu schwach, um Einzelheiten zu erkennen, wie zum Beispiel ein Gesicht. So blieb mir nur seine schlanke Gestalt in Erinnerung, die fahrige Behendigkeit seiner Bewegungen, seine nervöse Hektik, aber nicht mehr.

Der ›andere‹ erschien Sekunden später. Zusammen mit Lakshmi. Beide gingen langsam und schweigend die Treppe hinunter, erreichten das Tor, ein flüchtiger Wangenkuß von ihr, er legte die Handflächen aneinander, sie übereichte ihm die schwere Aktentasche, die sie für ihn getragen hatte, seine dicken Brillengläser reflektierten das Morgenlicht, er wandte sich ab und verschwand hinter der Mauer.

Ein Durchschnittsmann in einem glänzenden, blauen Anzug von der Stange. Schwarze Krawatte. Uninteressant. Angepaßt an die Masse der Geschäftsleute, wie man sie überall findet. Keiner, den man um Hilfe ruft. Keiner, den man einweiht in ein Komplott. Keiner, der einem beistehen würde.

Verwirrungen, Vorurteile, Feigheit. Der günstige Augenblick zu einer Flucht war längst vorbei, als mir die vertane Gelegenheit zu Bewußtsein kam. Die Faszination, dem Rivalen, der bisher nur in meiner Phantasie und in seiner Witterung existierte, leibhaftig zu begegnen, war zu groß gewesen.

Ich hätte schreien können, vor Angst und vor Wut und vor Enttäuschung. Draußen wurde ein Motor angelassen, Scheinwerfer geisterten durch die Dämmerung. Lakshmi stand im Tor, bewegungslos, die Arme seltsam verschränkt und schaute dem Wagen nach, dessen Geräusch sich rasch entfernte.

Mir war noch übler als zuvor. Die Mutlosigkeit wurde zur Schwäche. Ich ging in die Knie, kauerte mich hinter die Balustrade, saß inmitten der abgefallenen Blüten auf dem warmen Beton und wartete darauf, daß Lakshmi ihren Beobachtungsposten aufgab, zurückging ins Haus, ohne mich zu bemerken, und daß irgend jemand für mich eine Entscheidung traf.

Unter mir fiel eine Tür ins Schloß. Ich richtete mich auf, kniete mich hinter die niedere, durchbrochene Mauer der Terrasse und blickte durch das Gewirr aus Blütenzweigen. Lakshmi war verschwunden. Aber der Torflügel stand noch offen. Das Tor, das hinausführte in das Brachland, wo der Rauch aufstieg von den Feuerstellen, wo die Lichter der Fahrzeuge herüberleuchteten von der fernen Straße, wo sich, kaum zu erkennen, aber unüberhörbar, die Waggons der Güterzüge über diesen Schienenstrang schoben, der den Horizont zu begrenzen schien.

Dies war die einzige, die allerletzte Sekunde um zu handeln! Die Mattigkeit schien verflogen. Der Aktenkoffer flog über die Brüstung und landete mit einem harten Aufschlag auf dem Pflaster neben der Treppe. Ich schwang mich, ohne groß nachzudenken, wie hypnotisiert von diesem offenen Tor, in die Ranken der Bougainvillea und stellte fest, daß es ein Dornenstrauch war, der sich zwei Stockwerke hoch an die Fassade krallte.

Ein Strauch ohne Blätter, nur übersät von Tausenden dieser violetten Blütenkelche, die nun mit jedem Tritt, jedem Griff in die schwankenden, brechenden Äste hinunterrieselten auf mich. Die langen Dornen bohrten sich in mein Fleisch. Aber ich spürte es nicht. Das Jackett verhakte sich. Die Hose wurde aufgeschlitzt. Schließlich löste sich ein Teil dieses Strauchs unter meinem Gewicht langsam vom Mauerwerk ab. Steine rieselten herunter, Sand, handtellergroße Stücke von Putz und Mörtel. Ich schwebte rückwärts, klammerte mich immer noch in panischer Verkrampfung an das brechende Geäst und landete ein Stockwerk tiefer in einem Gewirr aus Zweigen und Dornen.

Ich riß mich los und ergriff den Koffer, lief durch das Tor, hörte den Hund noch hinter mir toben, rannte die Mauer entlang, um nicht entdeckt zu werden, dann über das freie Land.

Dort hockten Männer auf der Erde, eine Flasche mit Wasser in der Hand, ein Stück weiter entfernt auch Frauen und Kinder, und verrichteten ihre Notdurft. Sie blieben alle sitzen, wo sie saßen, unbeweglich, wie erstarrt, und blickten mich an mit erstaunten, erschrockenen Gesichtern.

Ich lief über dieses vollgekotete Feld, sprang über Gräben, kletterte über Mauerreste, verbarg mich im Laufen hinter den Hütten aus Brettern und Wellblech, aus denen Menschen krochen. Sie tauchten aus Erdlöchern auf, die überall gegraben waren wie Fallen, aus Stapeln leerer Tonnen, aus Kistenbergen, schauten unter Matten aus Strohgeflecht hervor.

Dieses Brachland mit seinen Feuerstellen, dieses unwirtliche Gelände, das aus der Höhe meiner Dachterrasse so lebensfeindlich wirkte, so gänzlich unbelebt, war ein einziges, dichtbesiedeltes Gebiet. Kaum ein Mensch war von oben zu erkennen gewesen, kaum eine Gestalt. Und jetzt rannte ich durch das Gewimmel von Zehntausenden.

Ich hatte mich kein einziges Mal umgesehen, nicht nach dem Haus mit dem offenen Tor, nicht nach der sich entfernenden Straße, nicht nach Verfolgern.

Die Panik trieb mich weiter und die Angst. Das Herz klopfte bis zum Hals. Jeder einzelne dieser hastigen Atemzüge war wie ein Messerstich in die Lunge. Aber wenn ich stehenblieb, das wußte ich, würde ich zusammenbrechen, irgendwo im Kot zwischen den Hütten, zwischen den Feuern. Und ich würde mich nicht mehr aufraffen können.

Ausgemergelte Ziegen bevölkerten den Bahndamm, suchten zwischen Steinen nach den Wurzeln verdorrter Pflanzen. Ich trieb sie durch mein Auftauchen auseinander, kletterte hinauf zum Schotterbett der Schienen, rutschte ab zwischen Schutt und Unrat, aber dann taumelte ich schließlich über die Gleise, als würde die Überwindung dieses Schienenstrangs schon meine Rettung bedeuten.

Auf dem Bahndamm rannte ich weiter. Mitten auf den Gleisen, immer diesen Schienen nach. Völlig idiotisch. Dort oben war ich weithin sichtbar für alle möglichen Verfolger. Aber wer sollte mich jagen? Lakshmi? Chotu der Fahrer? Die beiden Alten mit dem Hund?

Zwischen dem Haus und mir lag das Niemandsland, die Slum-Siedlung. Sie bot für den Augenblick genügend Sicherheit vor Nachstellungen. Aber die einzige Möglichkeit, auf den Beinen zu bleiben, war weiterzulaufen, immerzu weiterlaufen, gleichmäßig, motorisch, auf den Boden zu schauen, um die Schwellen nicht zu verfehlen. Die waren glitschig vom angetrockneten Öl und vom Tau. Die Abstände waren zu kurz für einen normalen Schritt. Aber um eine Schwelle zu überspringen, dafür reichte meine Kraft nicht mehr. Denn die Sonne kam durch den Dunst, und mit ihr legte sich wieder die Tageshitze über das Land.

39

Die ersten Pfiffe hatte ich überhört. Das Brausen in meinen Ohren war stärker als das warnende Signal. Als ich zufällig den Kopf hob, war die Lok nur noch hundert Meter von mir entfernt. Mit gleichmäßigem Dröhnen kam sie direkt auf mich zu.

Der nächste gellende Pfiff riß mich aus meiner Trance. Ich sprang zur Seite, rutschte den sandigen Abhang des Bahndamms hinunter. Und langsam zog über mir dieses Ungetüm einer vorsintflutlichen, britischen Dampflok vorüber mit einer unübersehbaren Zahl Güterwaggons im Schlepp.

Es war gleichgültig, in welche Richtung ich floh. Ich hatte kein Ziel. Ich sah auf den Trittbrettern, auf Plattformen, Eisenleitern und Puffern die blinden Passagiere stehen, hängen und hocken, kämpfte mich die steile Böschung wieder nach oben, immer noch den Griff meines Aktenkoffers fest umklammernd, lief einige Schritte neben einem Tankwagen her, faßte nach einer Haltestange, strauchelte, ließ nicht los. Helfende Hände packten mich, zogen mich nach oben. Ich landete auf einer schmalen, schmierigen Plattform zwischen Halbwüchsigen, die mich ungläubig bestaunten. Und dann ging die Fahrt langsam den gleichen Weg zurück, den ich vor Minuten erst rennend und keuchend hinter mich gebracht hatte.

Ich lächelte meine Mitreisenden an, dankbar für die erwiesene Hilfe, aber auch als einen Akt der Anpassung, des Sich-Anbiederns, mich für meinen Aufzug entschuldigend, der mich eindeutig als ›Sahib‹ auswies: Aktenkoffer und dunkler Anzug, wenn auch nicht mehr in besonders guter Verfassung. Dann legte ich mich zurück, spürte das kühle Metall durch den Stoff meines Jacketts, schloß die Augen und war am Ende.

Es dauerte lange, bis sich mein Atem beruhigte. Mein Puls klopfte schmerzhaft in den Schläfen. Meine Knie zitterten. In mir würgte es, aber ich war zu schwach, um mich zu übergeben. Ich lag auf dem Rücken, mein Kopf schlug mit jedem Schienenstoß gegen eine Eisenstange. Ich hätte mich nur ein wenig drehen müssen, um dieser Tortur zu entgehen. Aber die Kraft hatte ich nicht mehr.

Irgendwann hielt der Zug. Ich blickte auf und sah, wie meine Mitreisenden ihre Plätze fluchtartig verließen. Ich blieb liegen. Es war mir gleichgültig, was geschehen würde, gleichgültig, wohin die Reise ging.

Da wurde ich wachgerüttelt, unsanft aus irgendeiner Art Halbschlaf gerissen. Zwei fast schwarzhäutige Bahnarbeiter beugten sich über mich, redeten Unverständliches auf mich ein. Aber ich begriff, daß ich zu verschwinden hätte.

Ich sah keinerlei Anlaß für mich, Widerstand zu leisten. Sie zerrten mich von dieser Plattform herunter, die ich jetzt und für alle Ewigkeit als Unterschlupf akzeptiert hätte. Anscheinend hielten sie mich für betrunken, stützten mich links und rechts, und einer trug sogar meinen Koffer. Ich ließ alles mit mir geschehen, solange es nur meine zitternden Knie entlastete. So brachten sie mich zu einer Art Bahnhofsgebäude, das eine gewisse Ähnlichkeit mit einem Seitentrakt des Kings-College in Cambridge hatte. Aber auf einem großen eisernen Schild stand ›Ghaziabad‹.

Neugierige fanden sich ein, um die Szene zu bestaunen, wie der fremde Sahib abgeführt wurde. Diese Vorortstation war offensichtlich arm an Sensationen.

Ein Uniformierter kam uns entgegen. Sein faltiges Gesicht zierte ein gigantischer, weißer Schnurrbart. Der Bahnhofsvorsteher, vermutlich. Er grüßte militärisch-britisch, die zusammengepreßten, abgewinkelten Fingerspitzen seiner rechten Hand wiesen stramm auf seinen braunen Turban mit dem glänzenden Emblem der Indischen Eisenbahn. Er nahm mich in Augenschein, wie ein Unteroffizier einen eingefangenen Deserteur betrachtet. Vielleicht hatte er noch in einem Gurkha-Bataillon gedient.

»Sie fühlen sich nicht gut, Sir?« fragte er in tadellosem Englisch. Er hob die Brauen, und die Spitzen seines Schnurrbarts zitterten vor verhaltener Erregung.

»Nicht gut. Nein. Ich fühle mich krank...!« Es klang wohl überzeugend, denn seine Miene veränderte sich, verlor diese militärische Strenge und wurde fürsorglich mild.

»Brauchen Sie einen Arzt? Sir?« wollte er wissen.

»Nein, keinen Arzt, danke!« Die Ablehnung war ein Reflex. Aber es war wohl richtiger so. Arzt, Vergiftung, dann Polizei. Das führte zu Verwicklungen, die man besser vermeiden sollte. Ich war ja nun in Sicherheit, war den Giftmischern entkommen. Es war nur eine Frage der Zeit, bis die Übelkeit nachließ und diese gottverdammte Schwäche.

»Wenn ich mich, bitte, irgendwo setzen könnte...«

»Aber natürlich, Sir!«

Die drei Männer geleiteten mich hilfsbereit in eine Art Warteraum für VIPs: viktorianisches Interieur, Stuck, Polstermöbel und der Duft nach Mottenkugeln. Ich wurde zu einer Couch geführt und dort sorgfältig abgesetzt. Ein riesiger Ventilator begann über mir zu kreisen.

Die beiden Arbeiter entfernten sich stillschweigend und diskret und warfen mir in der Tür noch einige ehrfurchtsvolle, fast um Entschuldigung bittende Blicke zu: Sie hätten ja nur ihre Pflicht getan.

Dann begann eine Art Verhör: »Sie wurden auf einem Tankwagen gefunden, Sir?!« Die Schnurrbartspitzen wippten bei jeder Silbe.

Ich nickte. »Das ist richtig!«

Nach dem Gesetz der ›Indian Railways‹ ist es nicht gestattet, auf diese Art zu reisen, Sir!«

»Ich habe das vermutet. Aber ich hatte einfach keine andere Wahl.«

»Wir haben Expreßzüge, Sir, mit vier Kategorien. Auch mit Pullman-Compartments, air-conditioned!« Er war stolz darauf. Sein Schnurrbart hob sich sichtlich.

»Ich habe das nicht bezweifelt. Nur dort, wo ich herkomme, gab es keinen Bahnhof. Das ist alles. Und mir wurde übel. Es tut mir leid.«

Er sah das alles durchaus ein. »Von welchem Ort kommen Sie her, Sir?«

Ich wußte es nicht. Hatte den Namen vergessen oder auch nie gehört. Ich war ein Fremder, und ein Fremder hat das Recht, keine Ahnung zu haben und sich wie ein Idiot aufzuführen.

»Nun, Sir«, er machte eine Pause, »hier haben Sie nun einen Bahnhof. Oder ist es ein finanzielles Problem?«

Ich fingerte meine Brieftasche heraus und zeigte ihm das Bündel Dollarnoten, das noch fast komplett war seit Frankfurt. Er war beeindruckt.

»Ich werde Ihnen die günstigste Verbindung heraussuchen lassen, Sir!« Er stand auf und führte die Finger wieder ganz militärisch an den Rand seines Turbans. »Welches ist ihr Reiseziel, Sir?«

»Ich möchte nach Bombay!«

III
RAJESH

40

Das Land zog an mir vorüber in ermüdender Eintönigkeit. Niedere Hütten, einzeln oder zu Dörfern zusammengeklumpt, dazwischen Felder, immer wieder Felder, brachliegend, ausgedörrt, ausgebrannt durch Trockenheit und gnadenlose Hitze.

Die Sonne stand senkrecht und schien diesen dichtbesiedelten Landstrich entvölkert zu haben. Nur wenige weiße Gestalten wanderten barfuß auf den sandigen Straßen, trieben Ochsengespanne vor sich her, standen auf den kleinen Stationen herum, die unser Expreßzug als die einzige Abwechslung des Tages ohne Halt durchfuhr.

Die anderen hockten vermutlich im Schatten ihrer Häuser, warteten, bis die Glut des Tages vorüber war.

Ich saß allein in diesem angenehm klimatisierten Abteil. Mein Reisegefährte hatte mich beim ersten Halt des Zuges bereits wieder verlassen.

Es war eine seltsame Begegnung: Der junge Mann ohne Gepäck, in Jeans und offenem Hemd, war mir bereits am Bahnhof aufgefallen. Er streifte mit einer nervösen Behendigkeit um das Gebäude, schaute durch das Fenster meines Warteraums, starrte mich sekundenlang durch die staubigen Scheiben an, und ich hatte das unbestimmte Gefühl, dieses Gesicht schon einmal gesehen zu haben, dieser Art sich zu bewegen, dieser nervösen, fahrigen Behendigkeit schon einmal begegnet zu sein.

Das war Unsinn, natürlich. Junge Inder gleichen sich vor unseren untrainierten Augen erschreckend. Auch Chinesen, sagt man, können uns Europäer kaum unterscheiden. Aber trotzdem blieb von dieser Begegnung ein Zweifel zurück, der mir unerklärlich war. Vielleicht erzeugte dieses Gift in mir Halluzinationen, Wahnbilder, und eine gehörige Portion Paranoia. Sofern die Situation, in die ich geraten war, nicht schon genügend Impulse für Verfolgungswahn in sich barg.

Der Stationsvorsteher war bei mir erschienen und brachte einen offiziellen Geldwechsler mit. »Schade, Sir, daß Sie sich keinen Indrail-Paß besorgt haben. Ich nehme an, Sie sind doch Tourist?« Die Spitzen seines Schnurrbartes wippten, und ich nickte nur beiläufig zu dieser Unterstellung. »Für zweihundert Rupies hätten Sie einen ganzen Monat durch unser Land fahren können«, fuhr er fort. »Kreuz und quer. Und es kostet sie keine Paisa mehr!«

Ich hatte nicht das Bedürfnis, kreuz und quer durch Indien zu fahren. Jetzt zahlte ich also mehr als das Dreifache für ein einzelnes Ticket, allerdings mit Luxuskomfort, inklusive Mahlzeiten und Bett.

»Sie sollten für Bombay Rupies einwechseln«, riet er mir noch. »So viele Dollars in der Tasche, das ist nicht gut für Bombay!«

Ich wechselte hundert Dollar, und die beiden zogen ab. Mein Gastgeber schickte mir noch Tee und einen Schuhputzer. Es war ein Junge von acht oder zehn Jahren, der mit seinen Bürsten spielte wie ein Artist und nebenbei englische Konversation mit mir trieb.

Sein Bruder sei Schneider, verriet er mir. Der würde für ein paar Rupien den Riß in der Hose reparieren. Ob er sie gleich mitnehmen soll, und das Jacket dazu, zum Ausbürsten und Aufbügeln. Ich war zu schwach, um Vertrauen zu haben, zu entschlußlos. Mein Anzug war, wie er eben war.

Der Stationsvorstand erschien wieder, diesmal als Bürge. Eine Stunde später kam der Anzug zurück und wirkte im Dämmerlicht dieses spätviktorianischen Apartments wie neu.

Es ging bereits auf elf. Bis zur Ankunft des Expreßzuges war noch eine halbe Stunde Zeit. Er kam aus Delhi, und es war hier an dieser Station, zumindest fahrplanmäßig, kein offizieller Halt vorgesehen. Aber der Stationsvorstand versprach mir, das zu regeln, während seine Schnurrbartenden voller Tatkraft vibrierten.

Ein weißgekleideter Boy erschien mit einem Tablett. Hammelcurry, Reis und Tee und einige Näpfchen mit Gewürzen. Er verstand meine Ablehnung nicht. Der Station-Officer hätte ihn geordert. Und ich müßte nichts bezahlen. Es sei der Service der Eisenbahn.

Die Übelkeit, die sich einstellte, als ich den Deckel hob und der köstliche Curryduft mir in die Nase stieg, war hartnäckig und störend. Man mußte mir ein Gift mit Langzeitwirkung verabreicht haben. ›Reductan-Depot‹ fiel mir ein: ... vertreibt den Hunger für den ganzen Tag. Ich würde schlank wie ein Dressman von dieser Reise heimkehren, sofern es überhaupt eine Rückkehr gab.

Ich aß mit Disziplin. Als der Krampf in meinem Magen nicht mehr zu ertragen war, suchte ich nach einer Toilette. Kein Problem, sie zu entdecken, es war lediglich eine Frage des Geruchssinns. Und meiner war mehr als intakt, er schien in den letzten Tagen sogar noch übersensibilisiert worden zu sein.

Als ich den Ort in Augenschein nahm, wurde ich spontan von einem Zwiespalt überfallen. Es ist überaus peinigend, wenn sich der Körper nicht entscheiden kann, nach welcher Richtung er sich zuerst zu entleeren wünscht. Es gab auch keinen Kompromiß. Die Hockstellung über dem Loch im Beton ist für einen Mitteleuropäer, dessen Knie nicht zittern, bereits eine quälende Angelegenheit. Als ich zu meinem Warteraum zurückwankte, kraftlos und voller Depressionen über meinen Zustand, sah ich wieder diesen jungen Mann. Er plauderte mit dem Stationsvorsteher und wippte dabei immer auf den Füßen. Er trug Turnschuhe und schien im Begriff zu sein, auf Startschuß loszuspurten. Er sah mehrmals kurz zu mir herüber. Vielleicht war ich tatsächlich der Gegenstand dieses Gesprächs. Sehr viel war nicht los an dieser Station an diesem Sonntag mittag.

Der Expreßzug erschien fast pünktlich und hielt tatsächlich. Der Stationschef holte mich ab und brachte mich zu einem der dunkelbraun lackierten Waggons. Es gab davon nur zwei. Und die Scheiben waren blau getönt.

Ein Schaffner wartete an der Tür. Ich wurde persönlich übergeben, von einem Uniformierten zum anderen. Fast wie ein Gefangener. Aber ich hatte ja nun gelernt: Auch Gastfreundschaft konnte zur Gefangenschaft werden.

»Ich wünsche Ihnen eine gute und komfortable Reise durch unser schönes Land!« Die Schnurrbartspitzen wippten, diesmal vor Rührung, die Handbewegung zum Turban entfiel, der Stationsvorsteher schüttelte mir die Hand, mit seinen beiden Händen.

Ich hatte in der linken einen Zehndollarschein vorbereitet, um ihn meinem hilfsbereiten Gastgeber diskret zuzustecken.

Ich kenne kein Land der Welt, wo mir das nicht gelungen wäre. Aber der Stationschef hatte so etwas wohl erwartet, vielleicht befürchtet. Ohne sein bezwingendes Lächeln zu verlieren, trat er einen kleinen Schritt zurück, hob beide Hände, und sagte ebenso laut, wie er seine Abschiedsworte gesprochen hatte: »Das ist nicht nötig! Das ist auch nicht üblich! Ich danke Ihnen, daß Sie mein Gast gewesen sind! Es war mir ein außerordentliches Vergnügen!«

Ich sah in seinem zerfurchten Gesicht: Er meinte es ehrlich, seine Freude war echt. Dann griff er mit beiden Händen nach meiner Schulter und deutete eine Umarmung an. Und ich wußte, ich hatte einen Freund.

Als der Zug sich in Bewegung setzte, den kleinen Bahnhof mit seinem so überbritischen Gebäude verließ, sah ich ihn immer noch stehen. Er schaute mir nach mit zusammengelegten Handflächen, bis eine Kurve mich endgültig seinem Blick entzog.

Die zehn Dollar hatte ich immer noch in der Hand. Sie waren feucht geworden, die Aufregung, die Hitze, die Schwäche, die ich leichtfertig überspielen wollte.

Ich gab das Geld dem Schaffner, der meinen Koffer in ein leeres Abteil stellte und der den Schein widerstandslos akzeptierte.

»Sie haben das Abteil für sich allein, Sir«, verkündete er, »bis Bombay!« Er drehte noch ein wenig an den Schaltern der Klimaanlage, erklärte mir den Gebrauch der Jalousien und holte ein frisch überzogenes, weißes Nackenkissen aus dem Bettkasten über meinem Kopf. Dann zog er sich zurück und wünschte eine angenehme Fahrt. Sie sollte zweiundzwanzig Stunden dauern.

Nach etwa zwanzig Minuten kam mir die Gegend, die wir durchquerten, erschreckend bekannt vor. Langsam umfuhr der Zug auf einem Halbkreis ein weites Brachland, das übersät war von Hütten und Erdhöhlen und Feuerstellen, zwischen denen sich Menschen bewegten wie graue Maden. In der engen, überhöhten Kurve begannen die Räder zu kreischen. Und auch dieses Geräusch war mir vertraut, wenn auch aus einer anderen Perspektive.

Ich hielt Ausschau, preßte das Gesicht gegen die getönte Scheibe, und dann erkannte ich das Haus, die hohe Mauer, die Bäume des Parks, die Terrasse. Ich war zu weit entfernt, um durch Dunst und flimmernde Hitze Einzelheiten oder gar Gestalten zu erkennen. Aber diese überraschende Begegnung mit diesem Ort erzeugte in mir einen Anflug von Sentimentalität. Auf der Terrasse sitzend, hatte ich die Züge beobachtet, wie sie auf ihrem hohen Damm am Horizont vorüberzogen, Symbole der Freiheit, Auslöser für Fernweh und Ausbruchsideen. Jetzt hatte ich also meinen Traum wahr gemacht und fühlte mich plötzlich beschissen, heimatlos und entsetzlich feige nach dieser Flucht ohne Abschied. Zugegeben, es war lächerlich: einem Mordanschlag glücklich entronnen, und jetzt ein Blick zurück in Wehmut, mit schlechtem Gewissen und heulendem Elend.

Ein letzter Blick. Dann schoben sich Mauern vor mein Fenster. Wir durchfuhren ein Fabrikareal, häßliche Ziegelfassaden und gesichtslose Fertighallen, die Höfe gähnend leer und ausgestorben. Ich lehnte mich zurück und kramte in meinem Aktenkoffer nach dem Terminkalender. Es war müßig, nach dem heutigen Datum zu fahnden. Lakshmi hatte von einem freien Wochenende gesprochen. Es war zweifellos Sonntag. Irgendeiner zwischen Ende Mai und Mitte Juni. Aber alles andere waren Mutmaßungen.

Welche tiefgreifenden Veränderungen hat dieser Ausbruch aus Europa, aus der Tretmühle meines Jobs, hat dieses Land an mir vollzogen. Früher lief ein Jahr so an einem vorüber. Werbung für Messen, für das Weihnachtsgeschäft, für die Frühjahrs- die Herbstsaison. Dazwischen ein paar saure Wochen, ein bißchen Urlaub mit Frau und Kindern, bis auch diese Unterbrechung des Arbeitsrhythmus entfiel und jeder seine eigenen Wege ging.

Und jetzt war ich unvorbereitet in eine Art Zeit-Loch gefallen, ohne Skrupel, ohne größere Gewissensbisse zu haben. Ich hatte wochenlang in den Tag hinein gelebt, hatte versucht, die Knoten in meiner Seele zu lösen, und mich dabei in neue verstrickt. Aber zum erstenmal, so schien es, hatte ich die Zeit nicht totgeschlagen mit Geschäftigkeit, sondern sie einfach ignoriert und damit, vielleicht, am besten genutzt.

41

Da ich mich außerstande fühlte, die vergangenen Wochen auch nur annähernd zu rekonstruieren, schlug ich den Terminkalender zu und packte ihn weg. Dabei fiel mein Blick hinaus auf den Gang. Dort stand der junge Mann, der mir heute schon einige Male aufgefallen war, und den ich hier nicht vermutet hatte.

Er tänzelte draußen auf und ab, schien nach dem Schaffner Ausschau zu halten, benahm sich nervös und ein wenig verdächtig, schaute in mein Abteil, zögerte, als müßte er erst einmal Mut schöpfen, dann öffnete er schließlich die Tür. Ein Schwall heiße Luft wirbelte herein in den unterkühlten, klimatisierten Raum. Ich hatte mich bereits an die Kälte gewöhnt und empfand nun die Hitze als störend, fast als unerträglich.

»Darf ich hereinkommen?« fragte er sehr höflich und etwas schüchtern. Er blieb in der offenen Tür abwartend stehen. Wenn ich die Hitze vermeiden wollte, die ungehindert weiter eindrang, mußte ich ihn wohl oder übel hereinbitten. Ich beschränkte mich auf eine Handbewegung. Die Versicherung des Schaffners, das Abteil sei bis Bombay für mich allein reserviert, hatte etwas Beruhigendes. Ich war in den vergangenen Wochen menschenscheu geworden. Und dieser Einbruch in meine Sphäre war mir lästig. Ich hatte keine Lust zu reden. Schon bei der Konversation mit dem Stationsvorsteher war mir aufgefallen, daß mein Englisch in dieser Einsamkeit gelitten hatte. Es stellten sich permanent Aussetzer ein. Mir fehlten die einfachsten Worte und Begriffe, obwohl ich sie fast auf der Zunge hatte. Das machte mich unsicher. Dazu kam eine lähmende, bleierne Müdigkeit. Es machte mir unendliche Mühe, klare Gedanken zu fassen. Ich war unfähig, mich zur Wehr zu setzen, mich gegen diese Art von Zugriff zu verteidigen. Ich fühlte mich schutzlos und ich wollte, verdammt nochmal, allein sein. Und weiter nichts.

Aber dann lächelte ich verbindlich, aus anerzogener Höflichkeit, aus Hilflosigkeit vermutlich, und der junge Mann nahm mir gegenüber Platz.

Er legte die Beine übereinander, lehnte sich in die Ecke, schwieg und schaute hinaus. Er schien auf eine günstige Gelegenheit zu warten. Vielleicht wollte er mir etwas verkaufen. Vielleicht brauchte er Geld. Ich war ihm körperlich auf jeden Fall unterlegen. Wenn er von meinem Bündel Dollarnoten erfahren haben sollte, war es jetzt ein Kinderspiel, sie zu erbeuten. Ich würde die Notbremse ziehen, und er würde das Weite suchen. Wir fuhren durch verstepptes, hügeliges Land. Krumme, abgewetzte Baumstämme ragten in den Himmel. Vermutlich waren es Brunnen-Schwengel. Aber jetzt, zur Trockenzeit, war keine Menschenseele auf den Feldern zu sehen. Es wäre für ihn kein besonderes Kunststück gewesen, hier unbehelligt zu entkommen.

Trotz der Kälte spürte ich, wie mir der Schweiß ausbrach. Ich wußte, daß man die Angst bei mir riechen konnte. Wenn der andere über die entsprechenden Instinkte verfügte, hatte er jetzt ein leichtes Spiel.

Aber der junge Mann rührte sich nicht. Die Arme verschränkt, wie zum eigenen Schutz, die Schultern ein wenig angehoben, schaute er unverwandt nach draußen.

Er ließ sich Zeit. Denn daß er nicht gekommen war, nur den klimatisierten Raum und die exklusiven Polster zu genießen, verriet seine ganze Haltung.

»Was suchen Sie in Bombay?« fragte er unvermittelt und sah mich dabei höflich, aber auch sehr provozierend an.

Ich war zu überrascht, um sofort zu antworten. Es dauerte eine ganze Weile, die mir außerordentlich lang erschien, bis der Sinn seiner Frage in mein Gehirn gesickert und verstanden worden war.

»Mich interessiert die Stadt.«

Mit dieser Antwort gab er sich fürs erste zufrieden, schaute wieder hinaus und schwieg.

Telegrafendrähte zogen vor dem Fenster vorbei wie Notenzeilen, wanderten auf und ab, hingen locker zwischen den ausgebleichten, silbergrauen, krummen Masten. Aus den Düsen über unseren Köpfen zischte die eisige Luft. Wie Raumfahrer in ihrer Kapsel hockten wir abgeschottet von den Hitzeschwaden eines feindlichen Planeten in unserer eigenen Atmosphäre und schwiegen.

»Warum fliegen Sie nicht?« wollte er nach einer Weile von

mir wissen. »Sie fahren über zwanzig Stunden, bis morgen früh. Fliegen ist komfortabler und dauert nur zwei Stunden. Und Sie könnten es sich leisten.«

»Ich möchte das Land sehen, die Menschen, die Dörfer und Städte...«

Er lächelte. »Dann reisen Sie zur falschen Jahreszeit. Wenn Sie nach dem Monsun kommen, dann ist alles grün. Die Menschen ernten und sind glücklich. Jetzt ist alles verbrannt, die Hitze ist schlimm, sogar für uns. Warum reisen Sie jetzt?«

So redet kein Taschendieb, kein Zugräuber. Er hatte einen eigenwilligen Charme, dieser Bursche, mit seinen vielleicht achtzehn oder neunzehn Jahren und wirkte, als er zu schwärmen begann, von den grünen, den reichen Zeiten, überraschend sympathisch.

»Und wann kommt der Monsun?«

»Mitte Juni in Bombay. Hier im Norden später. Zwischen dem zehnten und dem fünfzehnten Juli.«

»So exakt?«

»Ja, der große Regen kommt pünktlich. Aber manchmal auch gar nicht. Vor zwei Jahren fiel der Monsun hier im Norden aus. Fast völlig. Es war eine Katastrophe. Nicht nur für die Landwirtschaft. Die Staubecken am Rand des Himalaya blieben leer. Wir hatten keinen elektrischen Strom. Auch nicht die Fabriken. Es war nicht herauszufinden, weshalb der Regen ausgeblieben ist. Vielleicht haben wir bereits zuviel manipuliert, die tropischen Wälder abgeholzt. Vielleicht sind das die ersten Zeichen einer Versteppung. Wie im Süden der Sahara. Die Wüsten dieser Erde wachsen jährlich um die Größe Ihres Landes!«

»Meines Landes?«

»Sie sind doch Deutscher. Nicht wahr?«

»Das ist richtig. Und Sie sind Meteorologe?«

»Nein, ich studiere Wirtschaftswissenschaft. Aber wir leben alle mit dem Regen. Und vom Regen. Und die Zerstörung dieser Welt geht uns alle an!«

Er wirkte sehr engagiert. Mir tat es leid, daß ich ihn verdächtigt hatte. Vielleicht gehört aber auch ein bestimmtes Maß an Angst und Vorsicht zum Überlebensprogramm, wenn man sich auf fremdem Territorium bewegt.

»Und wo studieren Sie?« Es war Neugierde, nicht Mißtrauen. Und es sollte keinesfalls klingen wie ein Verhör.

»In Delhi, natürlich. Ich lebe hier.«

»Und jetzt verreisen Sie so einfach?«

»Wir haben Semesterferien. Alle Schulen sind geschlossen während der Hitze. Bis zwölften Juli. Außerdem ist Sonntag.«

Also doch. »Und wohin fahren Sie?«

Er verlor etwas an Selbstsicherheit, als ich ihm diese Frage stellte, lächelte verlegen, schaute kurz hinaus, dann blickte er mich an und ich sah, daß er rasch improvisierte: »Nach Jaipur!«

»Das liegt hier auf der Strecke?«

Er dachte nach. »Nein. Ich steige in Mathura um.« Es mußte ihm rechtzeitig eingefallen sein. Aber er fing sich rasch wieder. »Mathura sollten Sie unbedingt sehen. Und Agra, natürlich. Das Taj Mahal. Das besucht jeder Tourist. Sikandra, das Mausoleum des Kaiser Akbar, Fatehpur Sikri, die verlassene Stadt der Großmogule. Und vor allem Jaipur, die rote Stadt. Kommen Sie mit mir. Ich zeige Ihnen mein Land und seine große Vergangenheit!«

»Wieso nehmen Sie an, daß ich Tourist bin?« unterbrach ich ihn. »Mich interessiert die Gegenwart dieses Landes, nicht seine Vergangenheit.«

Er stutzte. Nach Indien reist man wegen Baudenkmälern oder auf der Suche nach dem Sinn des Lebens. Jede andere Erklärung war offenbar undenkbar. Ich hätte bei meinem Äußeren auch weder auf Tourist noch auf den Jünger irgendeines Heiligen getippt, eher und ganz prosaisch auf Geschäftsmann, Verkäufer von irgendwelchen Industrie-Erzeugnissen: »Made in Germany«.

Aber offenbar hatte ich den jungen Mann völlig mißverstanden. »Ich wollte nicht taktlos sein.« Er wirkte plötzlich außerordentlich selbstsicher. »Ich weiß, was Sie tun, und warum Sie hier in Indien sind. Aber bevor Sie Ihre Geschäfte mit uns machen, sollten Sie etwas mehr über dieses Land und seine Menschen erfahren, finden Sie nicht?«

Er benahm sich mit einemmal überaus aggressiv, fast missionarisch. Und als er weitersprach, kamen die Fakten flüssig über seine Lippen, wie nach einem oft gehaltenen Referat: »Zweihunderttausend Dörfer, das sind mehr als ein Drittel aller Dörfer Indiens, in denen einhundertachtzig Millionen Menschen leben, haben kein Trinkwasser. Das Problem wäre zu lösen. Es kostet nur Geld. Soviel wie ein einziges U-Boot!«

Er sah mich erwartungsvoll an. Aber ich nickte nur. Was sollte ich zu einem solch absurden Vergleich auch sagen. »Wozu braucht Indien U-Boote?« fragte ich. Aber es muß für ihn sträflich naiv geklungen haben.

»Wozu braucht Indien Panzer?« fragte er dagegen. »Für den Kaufpreis von nur fünf sowjetischen Panzern vom Typ ›T–72‹ kann man in zwölftausendfünfhundert Dörfern Schulen errichten. Und was sind schon fünf Panzer. Indien hat Hunderte! Aber vielleicht ist auch beabsichtigt, daß die Masse dumm und rückständig bleibt und dadurch leichter regierbar. Fast siebzig Prozent aller Inder sind Analphabeten. Und zweihundert Millionen sind ohne Job. Und dreihundertfünfzig Millionen, fast die Hälfte aller Einwohner dieses riesigen Landes, leben unter dem amtlichen Existenzminimum. Achtundvierzig Prozent unserer Menschen sind ständig unterernährt. In den letzten Jahren haben wir Millionen Tonnen Weizen in den USA gekauft. Aber Indien ist ein Faß ohne Boden geworden. Siebenhundert Millionen sind eben zuviel. Die sind nicht mehr zu ernähren. Was schlagen Sie vor? Was sollen wir tun? Der Westen ist doch sonst immer schnell bei der Hand mit guten Ratschlägen, wenn es um andere Völker geht!« Er hatte sich vorgebeugt und sah mich scharf und prüfend an. Aber ich wußte keine Antwort.

»Zur Zeit sind einhunderttausend Kinder an Polio erkrankt. Aber es ist kein Geld für Impfstoff da. Wir sind das zweitgrößte Land der Erde, wenn es nach der Zahl der Bewohner geht. Und eines der ärmsten! Das alles sollten Sie wissen, wenn Sie mit Indien Ihre Geschäfte machen.«

Wieder beobachtete er mich sehr genau, sehr intensiv. Er wollte wohl wissen, wie ich auf seine Informationen reagieren würde. Aber ich reagierte zuerst einmal gar nicht. Hätte ich ihm beipflichten sollen, oder ihn aufklären über meinen wirklichen Job, ihm diese lächerlichen Layouts zeigen mit ihren zynischen Sprüchen, im Zusammenhang mit dreihundertfünfzig Millionen hungernder Inder? Als Beweis, daß er mich und meinen Job offenbar in die falsche Kiste steckte.

»Sie sehen krank aus«, sagte er ganz unvermittelt. »Wirklich. Ich muß Ihnen das sagen! Bitte, entschuldigen Sie, aber mir fiel das schon am Bahnhof auf. Sie sollten in Bombay einen Arzt konsultieren.«

Eigentlich war diese Diagnose keine besonders scharfsinnige Entdeckung, nach unserer Begegnung auf dem Bahnsteig, nach allem, was ich dem Stationsvorsteher über meinen Zustand berichtet hatte. Ich hielt es für unwahrscheinlich, daß man mir den teilweise geglückten Giftanschlag an der Nasenspitze ansah.

»Habe ich Sie jetzt erschreckt?« wollte er wissen. Ich schüttelte nur den Kopf. »Den meisten Menschen ist es unangenehm, wenn man ihnen so etwas sagt«, fuhr er fort, »aber Sie müssen zugeben, Sie fühlen sich nicht besonders gut.«

Ich gab es zu und nickte. Andererseits war das mit dem Arzt in Bombay keine schlechte Idee. Da war ich weit genug entfernt von Delhi und von irgendwelchen Nachforschungen. Ich versuchte, das Thema zu wechseln.

»Wann ist nun die beste Jahreszeit, um hier zu reisen?«

Er nagte kurz an seiner Lippe. Dann verlor er seine ernste, forschende Miene, diese sorgenvolle Falte auf seiner jungen Stirn. Und in diesem Augenblick hätte ich schwören können, dieses Gesicht, diese Augen, diese Falte schon einmal gesehen zu haben. Diese schmale Gestalt mit ihren nervösen, fahrigen Bewegungen, den tänzelnden Schritten. Ich war ihm begegnet. Irgendwo. Früher einmal. Aber vielleicht war das nur eine Täuschung, ein Schabernack, den das angeschlagene Gedächtnis mit mir spielte.

»Die beste Zeit hier, das ist Oktober bis Februar.« Er hatte sich also von meinem besorgniserregenden Zustand abbringen lassen. »Da sind die Nächte kühl und die Tage sommerlich warm, wie bei Ihnen zu Hause.«

»Woher wissen Sie, wie das Wetter bei uns zu Hause ist, im Sommer? Waren Sie schon in Europa?« Das war als freundliche Konversation gedacht, ohne Hintergedanken. Ich hatte nicht vor, ihn auszuhorchen oder schon wieder mißtrauische Fragen zu stellen. Aber zu einer Antwort blieb keine Zeit. Der junge Mann wandte den Kopf, sah mit einem kurzen, entsetzten Blick in Richtung der Tür und spannte sich wie vor einem Sprung.

42

Der Schaffner war überraschend eingetreten, ließ die Abteiltür weit offenstehen, durch die nun die Hitze ungehindert eindringen konnte, und betrachtete feindselig meinen ungebetenen Gast.

»Hat dieser Herr Sie belästigt?« Er fragte mich mit einem drohenden Unterton, der mich zur absoluten Offenheit zwingen sollte.

»Nein, im Gegenteil!« Ich war trotz meiner Schwäche von Uniformträgern nicht ohne weiteres einzuschüchtern. »Der junge Herr ist ein Freund. Wir trafen uns wieder, durch Zufall. Und ich habe ihn gebeten, mir Gesellschaft zu leisten!«

Der Blick meines Reisegefährten war ebenso irritiert wie der des Schaffners. Weiß Gott, welche Veranlagung er mir jetzt unterstellte.

Vorsorglich wandte er sich an mich: »Ich hoffe, dieser Herr hat ein Ticket für diese Kategorie!« Der Ton, in dem diese Frage gestellt wurde, war bereits wesentlich höflicher. Sie wirkte nun keinesfalls mehr inquisitorisch. Möglicherweise waren dem Beamten die zehn Dollar eingefallen.

Ich kam meinem Gegenüber mit einer Antwort zuvor: »Mein Freund begleitet mich bis Mathura. Das ist in Ordnung.«

Davon war nun auch der Schaffner überzeugt. »Verzeihen Sie die Störung, Sir Sahib!« Er tippte an seine Dienstmütze und zog sich zurück. Und unsere Kühlschrankluft pfiff wieder durch die Ritzen der geschlossenen Abteiltür hinaus auf den Gang.

»Warum haben Sie das getan?« Der junge Mann lächelte verdutzt, fast eingeschüchtert.

»Ich habe es nicht gern, wenn Menschen in meiner Umgebung in Schwierigkeiten geraten. Oder haben Sie ein Ticket für diese Kategorie?«

Er war von einer bemerkenswerten Offenheit: »Ich besitze überhaupt kein Ticket. Ich bin einfach eingestiegen, von der rückwärtigen Seite.« Er unterbrach sich, schaute hinaus, wirkte irgendwie peinlich berührt, bemühte sich aber trotzdem, den Fall wahrheitsgemäß darzustellen. »Es ist nämlich so: Ich habe keine einzige Rupie in der Tasche!«

Also doch. Es ging, wie ich vermutet hatte, um Geld. Aber er winkte bereits ab, bevor ich nachhaken konnte: »Nein, nein! Ich brauche nichts. Wirklich nicht. Verstehen Sie mich, bitte, nicht falsch. Ich will Sie nicht anpumpen. Ich bin auch kein Schwarzfahrer. Es ist das erste Mal. Ich fuhr los von zu Hause. Sehr früh. Sehr überraschend. Ein Auftrag...« Er lachte verlegen. »Ja, eine Arbeit, die ich offenbar nicht erledigen kann. Ich bin zu naiv für so etwas. Zu schüchtern oder zu dumm. Ich hatte kein Geld eingesteckt. Konnte nicht ahnen, daß ich in einem Expreßzug landen würde, der nirgendwo hält.«

Die Angelegenheit machte ihm zu schaffen. Ich hatte das Gefühl, er wäre am liebsten aufgestanden und gegangen. Aber irgend etwas, das ich nicht durchschaute, hatte ihn hierher geführt, in diesen Zug, in mein Abteil. Und eine warnende Stimme in mir wollte nicht verstummen, die mir pausenlos einflüsterte, auf der Hut zu sein.

»Was machen Sie in Jaipur ohne Geld?«

»Ich habe überall Freunde!« Das klang nicht etwa prahlerisch, sondern überzeugend. »Dieses Land«, fuhr er fort, »mit seinen sechshundertachtzig Millionen, vielleicht sind es auch schon weit über siebenhundert, dieses Riesenland ist nicht regierbar. Nichts funktioniert mehr. Eine gigantische Verwaltung, die uns die Engländer hinterlassen haben, ein Heer von Bürokraten, die alles nur verhindern. Zwei Dutzend Sprachen, sieben verschiedene Schriften, eine Vielzahl von Völkern, die nichts miteinander zu tun haben wollen, Hindus und Muslim und Parsen, Buddhisten und Christen und Jainas. Und ein paar tausend Götter. Das fügt sich nicht ineinander. Nicht als Staat. Nur eines funktioniert: Familie und Freundschaft. Die Sippen halten zusammen. Und für Freunde, auch für die Freunde der Freunde, tut man alles. Sie wollen wirklich nach Bombay?«

In diesem Zusammenhang war die Frage seltsam absurd und scheinbar ohne jede Beziehung gestellt.

»Ja, ich will wirklich nach Bombay!«

Er dachte nach, suchte nach Argumenten. »Bombay ist schrecklich«, sagte er. »Bombay ist ein Monster!«

Halt. Genau so hatte ich es schon einmal gehört. Genau in diesem Tonfall, in fast den gleichen Worten. Wenn nicht ein ganzes

Volk so dachte, zumindest die Vertreter der ›well educated‹-Elite, dann war es ein unfaßbarer Zufall, oder es gab irrwitzige Zusammenhänge, die nur mein krankes Gehirn ausgebrütet haben konnte.

An Zufall oder Aberwitz mochte ich nicht glauben. Blieb nur die Erklärung, daß es modisch war, diese Stadt in dieser Form zu verleumden. Es soll schon ähnliche Fälle gegeben haben, wenn ich mich recht erinnerte. Aber gerade mit meiner Erinnerung war es teuflisch schlecht bestellt. Mein Gedächtnis war wie vernagelt. Da waren Dinge, Worte, Begriffe und Bilder fast greifbar vor mir, aber nicht faßbar. Ich tauchte immer wieder in Leere, in Schwärze. Das verunsicherte mich, machte mich reizbar und nervös. Und vor allem mißtrauisch.

»Haben Sie etwas zum Schreiben?« Er hatte offensichtlich einen spontanen Einfall.

Ich suchte in meinem Aktenkoffer, gab ihm eines der letzten Blätter von meinem Notizblock, mit den eingeprägten, blauen Initialen meiner Firma, dazu einen Filzstift in Grün. Und er begann auf dem Polster des freien Nebensitzes in die Mitte des Blattes etwas zu schreiben. Dann gab er mir das Papier zurück:

»Eine Adresse. Freunde in Bombay. Das heißt, es sind Verwandte. Ein Teil meiner Familie. Das Haus meines Großvaters: ›Yashpal Malhotra‹. Meine Schwester lebt dort. Ein schönes Mädchen. Sie heißt Nadira.«

Ich betrachtete die zierliche Schrift, geschult an den krausen Kringeln und Schwüngen des Hindi. Die Adresse sagte mir nichts. Der Name ›Yashpal Malhotra‹ noch weniger.

»Es sind freundliche Leute. Und eine gute Gegend. Am Malabar Hill. Dort wohnen auch Filmstars.«

Ich muß wohl sehr unentschlossen gewirkt haben. Denn er nahm das Papier zurück, faltete es sorgfältig in handliche Größe zusammen, und hielt es mir, fast beschwörend, wieder entgegen:

»Hier! Wenn Sie Probleme haben. Wenn Sie Freunde brauchen. Wenn Sie nicht im Hotel wohnen wollen...«

Ich nickte, lächelte ihm dankbar zu, steckte das Papier in die linke Tasche meiner Hose und stieß dort auf die Münze. Ich hatte sie völlig vergessen. Sie hatte dort die Flucht überstanden, den Schneider überlebt. Ich brachte sie zum Vorschein und war selbst erstaunt: die schwarze Münze dieser Göttin, die ich bei dem Toten im Hotel gefunden hatte.

»Was ist das?« Ich hielt meinem Reisegefährten die Münze hin, und er betrachtete sie mit einer gewissen Überraschung.

»Wer hat sie Ihnen gegeben?«

»Niemand. Ich habe sie gefunden!«

»Gefunden?« Er sah mich skeptisch an. »So etwas findet man nicht!«

»Ich möchte wissen, was das ist?!«

»Eine Münze!«

»Ja, ich sehe. Aber was für eine Münze?«

»Eine alte Münze. Sie wird nicht mehr benutzt, ist nicht mehr im Umlauf.«

Ich schwieg, war mit dieser Antwort keineswegs zufrieden, hielt ihm die Münze entgegen und wartete.

»Eine Kali-Münze«, sagte er schließlich. »Die Göttin Kali ist darauf abgebildet, glaube ich. Die Göttin des Todes. Aber es ist fast nichts mehr darauf zu erkennen. Sie ist sehr alt, die Münze, zu sehr abgegriffen.«

»Und weiter?«

Er schaute mich mißtrauisch an, wußte wohl genau, worauf ich hinauswollte, hatte aber keinen Mut, es mir zu sagen.

»Ich glaube«, half ich ihm schließlich aus der Klemme, »mit dieser Münze hat es eine ganz bestimmte Bewandtnis.«

Er nickte, wollte nach ihr greifen, zuckte aber zurück, bevor er sie berührte. »Sie sollten Sie wegwerfen!« sagte er nur.

»Wegwerfen? Warum? Ist sie nichts wert?«

»Es ist nicht gut, wenn man so eine Münze bei sich trägt. Ich bin modern und halte mich für aufgeklärt. Aber alte Leute sagen: Die Münze bedeutet den Tod.«

»Sind Sie abergläubisch?« wollte ich wissen.

»Nein, überhaupt nicht!« Er wehrte ab, aber es klang im Angesicht dieser Münze nicht recht überzeugend.

»Ich schenke sie Ihnen!« Ich hielt sie ihm immer noch entgegen. Aber wieder zuckte er zurück, sah mich an, und ein Hauch von Entsetzen huschte über sein Gesicht.

»Nein. Danke. Ich möchte sie nicht!«

»Ich dachte, Sie sind aufgeklärt und modern!«

Er griff zögernd zu, nahm die Münze, betrachtete sie nun genauer und sagte, ohne mich dabei anzusehen: »Alte Leute behaupten, wer sie einem anderen gibt, der gibt ihm damit den Tod!«

Dann lachte er, steckte sie ein, als sei das Ganze nur ein makabrer Scherz gewesen. Er hatte offenbar nicht den Mut, mir diesen unheilbringenden Talisman zurückzugeben. Lieber behielt er den Fluch für sich. Auch eine Form indischer Gastfreundschaft, dachte ich.

»Die Thugs haben damit gemordet«, gestand er mir nach einer schweigsamen Minute.

»Die Thugs?«

»Eine Bruderschaft. Ihre Mitglieder kämpften gegen Unterdrückung und Ungerechtigkeit. Mit allen Mitteln – ohne Blut zu vergießen! Sie lockten ihre Feinde in den Tempel der Göttin Kali und brachten sie dort um. Erdrosselten sie. Mit einem Seidentuch. In das so eine Münze geknotet war.«

43

Ich hätte sie ihm nicht überlassen sollen, diese Münze. Nicht einmal zeigen. Ich hatte sie vergessen und wiederentdeckt.

Ein Ritualmord also? Kaum. Mein Zustand war eindeutig, und nach einem Ritualmord einer militanten Bruderschaft im Namen der Göttin des Todes bestand für die Göttin der Liebe und des Glücks keinerlei Veranlassung, mich aus dem Weg zu räumen. Die Methode mochte wohl ihre mythologische Bedeutung haben, zumindest Tradition. Und vielleicht war sie auch nur als perfekte Tarnung gedacht, als falsch ausgelegte Fährte.

Der Zug verlangsamte seine Fahrt. Weißgekalkte, flache Häuserwürfel wuchsen übereinander, türmten sich zu einer Stadt. Rechts und links der Geleise machte sich Kultursteppe breit, Industrieanlagen wechselten mit häßlichen Wohnblocks, Wäsche wehte über alle Stockwerke vor schwärzlichen, stockfleckigen

Fassaden. Lagerschuppen, Fabrikhöfe, Schutthalden, Bauruinen, diese vielfältige, eintönige, importierte Häßlichkeit begleitete uns bis ins Zentrum hinein.

»Mathura. Eine der schönsten Städte Nordindiens«, erfuhr ich von meinem Begleiter, ohne das vom Zug aus überprüfen zu können. »Hier wurde Lord Krishna geboren!«

Noch ein Gott, wie ich annehmen mußte. Und mein junger Begleiter hielt sich für aufgeklärt und modern. Er stand auf, trat zum Fenster und bekannte, ohne mich anzusehen: »Ich habe Sie angelogen, vorhin. Ich habe gesagt, ich fahre nach Jaipur.«

»Und?« Ich maß seinem Geständnis offenbar nicht den Wert bei, den es für ihn besaß.

»Ich fahre zurück. Nach Delhi. Auf dem gleichen Weg. Mit dem nächsten Zug.«

»Ohne Geld?«

»Vielleicht per Anhalter.«

Ich suchte in der Tasche meines Jacketts und hielt ihm fünfhundert Rupien hin. Knapp fünfzig Dollar. Damit kam man durch das halbe Land. Aber er wehrte ab, ging zur Tür des Abteils. »Ich nehme kein Geld von Ihnen!«

»Nur geliehen! Schicken Sie es mir, oder das, was übrigbleibt, an die Adresse in Bombay.«

Er schaute mich zweifelnd an. »Sie werden hingehen?«

»Ja, ich werde hingehen!«

Da nahm er das Geld, wie ein Faustpfand, um sich mein Erscheinen bei seinen Freunden, bei seiner schönen Schwester zu erkaufen.

»Gut!« Er warf einen kurzen Blick auf die Scheine. »Fünfhundert Rupies. Ende nächster Woche wird das Geld dort sein!« Er öffnete die Tür. Die Hitze, die sich mit unserer Kühlhausatmosphäre mischte, empfand ich nun nicht mehr als unangenehm. Er wandte sich draußen noch einmal um. »Ich danke Ihnen! Obwohl ich die Geschäfte, die Sie betreiben, zutiefst verachte!« Er versuchte martialisch dreinzuschauen. Statt dessen lächelte er wieder etwas linkisch, federte nervös auf seinen Tennisschuhen und verschwand dann aus meinem Blick.

Woher kannte er meine Geschäfte?

Der Zug hielt mit kreischenden Bremsen. Ein Meer von Köpfen zog draußen vorbei, Stimmengewirr drang herein, einzelne, laute Rufe. Ein panikartiges Gerenne und Geschiebe setzte ein, steigerte sich, als der Zug endlich stand. Das drängte sich vorüber mit Sack und Pack und Familie, alles war in Bewegung. Und mich, in meiner exklusiven Einsamkeit, überfiel eine große Schläfrigkeit und Erschöpfung.

Ich sah ihn noch ein letztes Mal, diesen jungen Mann, wie er auftauchte in der Menge und sich mit der ihm eigenen Behendigkeit durch das Gedränge schob. Er sah sich nicht mehr nach mir um, obwohl ich nur wenige Schritte von ihm entfernt hinter dem Fenster saß. Aber die blaugetönte Scheibe spiegelte dieses grelle Mittagslicht und hätte ohnehin jeden Einblick verwehrt.

Er hatte sich mir nicht vorgestellt. Wozu auch. Eine flüchtige Reisebekanntschaft. Ich hatte ja auch nicht meinen Namen genannt, mich nicht nach seinem ›Auftrag‹ erkundigt, den er als so bedeutsam herausgestellt und anscheinend nicht erfüllt hatte. Wichtigtuerei, vermutlich.

Ich holte den zusammengefalteten Zettel aus der Tasche und studierte den Namen und die Anschrift dieser Freunde, die er mir so sehr ans Herz gelegt hatte, daß mir die Empfehlung, dieses abgetrotzte Besuchsversprechen, bereits wie eine Falle erschien, in die ich keinesfalls tappen würde. Ich hatte nicht die Absicht, dieses Haus, diese Leute aufzusuchen. Trotz der schönen Schwester mit dem noch schöneren Namen ›Nadira‹. Einmal fünfzig Dollar waren genug und zu verschmerzen. Und verpflichtende, meine Bewegungsfreiheit einengende Gastfreundschaft, hatte ich nun lange genug genossen.

›YASHPAL MALHOTRA‹, las ich noch einmal. ›157, BAL GANGADHAR KHER MARG, MALABA HILL, BOMBAY‹. Darunter war ein Zeichen gesetzt wie ein Signet, eine zum Kürzel geschrumpfte Unterschrift. Sein Name? Oder ein Code? Eine geheime Anweisung, wie man mit mir zu verfahren habe?

Wieder diese Unsicherheit, dieser Wahn, verfolgt zu werden, manipuliert von unsichtbaren, unangreifbaren Mächten, die hinter den Dingen standen. Aber diese Dinge waren bisher auch nicht gerade harmlos gewesen. Meine schlechten Erfahrungen saßen mir noch in den Knochen, die bei jeder Bewegung schmerzten.

Der Zug schob sich langsam aus dem Bahnhof hinaus, aus diesem zurückbleibenden Menschengewühl. Ich genoß meine Einsamkeit, meine Privilegien in einem Land der Massen, döste hinüber in einen eintönigen Nachmittag, wies das Essen zurück, das mir ein weißbetreßter Unformierter mit Silberbesteck und Damastserviette servierte, trank Unmengen an Tee, registrierte mit Erleichterung, daß die Übelkeit ausblieb, das Gift offenbar seine Wirkung verlor, die Mattigkeit, das Desinteresse an meiner Umwelt hingegen zunahm. Die Sonne ging unter über den Wüstenhügeln Rajasthans, ein Name, der einen verzaubern konnte und den ich der im Abteil ausliegenden Karte entnahm. ›Sawai-Madhopor‹, ›Kota‹ und ›Nagda‹ hießen die Städte, die der Expreßzug mit seinem Halt beehrte, und deren Gesichter ich aus der Perspektive des Bahnreisenden jeweils vergeblich suchte. Menschenmengen drängten sich hier wie dort. Die über siebenhundert Millionen Inder schienen längs dieser Bahnlinie gesiedelt zu haben und von unserer Ankunft aufgeschreckt worden zu sein.

Um sieben kam das Abendessen. Ich schaufelte gierig den nackten, weißen Reis in mich hinein und wartete vergeblich und etwas irritiert auf eine negative Reaktion. Eine zusätzliche Flasche Wasser orderte ich für die Nacht. Über mir flackerten zwei trübe Birnen in einem steten Rhythmus und verleideten mir das Lesen. Ich kapierte ohnehin nicht mehr den Sinn des Gelesenen. Mein Erinnerungsvermögen reichte nur für knapp drei Zeilen.

Der Schaffner erschien. Es war immer noch der gleiche Mann wie am frühen Morgen. Er machte anscheinend Dienst rund um die Uhr, klappte die Rückenlehne der Sitzbank nach oben, kramte Bettzeug aus dem Kasten, das nach Mottenpulver roch und nach Räucherwerk, bereitete mir ein etwas spartanisches Lager, zog die Vorhänge vor sämtliche Scheiben, auch vor die Tür zum Gang, wünschte eine angenehme Nacht und verschwand.

An der Schläfrigkeit des Tages gemessen, war ich nun hellwach, starrte auf die mattblaue Lampe über mir, auf die Lichtreflexe, die durch die Ritzen der Vorhänge fielen und über die weißlackierte Decke des Abteils huschten, horchte auf das monotone Geräusch der Räder, auf das Singen der Schienen und war bereit, mich in den Schlaf schaukeln zu lassen. Aber es wurde nichts daraus. Mein Gehirn versuchte, gegen seine eigene Blokkierung anzudenken, statt sich mit seiner begrenzten Leistungsfähigkeit abzufinden.

Ich versuchte vergeblich zu ergründen, weshalb ich nach Bombay fuhr, statt zurück nach Europa zu fliehen. Irgend etwas hielt mich in diesem Land. Diese schöne Frau, diese Glücksgöttin Lakshmi konnte es kaum noch sein.

Bruchstückhaft flossen Erinnerungsfetzen, Zitate, Schlagworte durch mein Halbbewußtsein, tauchten auf wie die fettgedruckten Überschriften einer Zeitungsseite und verblaßten wieder. ›Fliehen oder standhalten‹. Ein Buchtitel? ›Todessehnsucht‹. Titel eines Films? Dazwischen blendete sich das Gesicht dieser Frau ein. Ihre Fotografie. Titelbild. Sie sprach englisch mit mir, eine Sprache, die ich nicht mehr verstand. Sie lächelte wissend und war mir bereits auf der Spur.

Die Jagd führte durch Slums. Ich drängte mich durch Millionen Leiber, die aneinander klebten. Es war kein Durchkommen. Aber ich hatte ja den Schlüssel zu jeglicher Freiheit in meiner geschlossenen Hand. Das Geheimnis brannte wie Feuer, und ich ließ es nicht los. Bis die Bedrängnis übermächtig wurde und ich zum letzten Mittel greifen mußte, den Fluch und die Verfolgung zu bannen.

Ich öffnete die Faust. In meiner Hand lag die schwarze Münze. Göttin Kali. Todesgöttin. Und ihr Bildnis hatte sich eingebrannt in die Haut, eingeätzt, unauslöschlich, wie ein Urteil.

Die Verfolger wichen zurück, die Jagd wurde abgeblasen, ich hatte das Urteil angenommen und aufgehört zu existieren. So einfach war das, so endgültig, daß ich weinen mußte.

In diesem Augenblick beschloß ich, davon auszugehen, daß ich trotz allem eingeschlafen war und diesen ganzen Unsinn nur geträumt hatte. Trotzdem war ich tief beeindruckt und lag die nächsten Stunden wach.

Da drang fahle Helligkeit durch die Vorhangritzen, der Schaffner schlug mit seinem Schlüssel gegen den Griff der Abteiltür, ich wälzte mich hoch, schwach, matt und apathisch. Ich fühlte mich krank, unausgeschlafen und bis zum Rand gefüllt mit Depressionen. Draußen zogen die schmutziggrauen Vorstädte Bombays vorbei. Der Zug schlich dahin in einem Gewirr sich überschneidender Schienen. Langsam überholte er überquellende Vorortzüge. Vor den offenen Türen hingen die üblichen Menschentrauben. Hunderte glotzten teilnahmslos herüber zu unserem Luxus hinter den blauen Scheiben.

Ich zwang mich zu einem Gang auf diese keinesfalls luxuriöse Toilette, registrierte, wie das Gift langsam meinen Körper verließ, mein Stuhlgang war grau wie Beton, mein Urin goldbraun wie alter Cognac. Als ich zurückwankte in mein Abteil, kam der Weißbestreßte mit dem Frühstück.

Wir fuhren immer noch durch die Vorstädte dieser Riesenstadt – nun bereits eine dreiviertel Stunde. Und es sollte noch einmal so lange dauern, bis wir das Ziel, einen spätviktorianischen Märchenbahnhof, erreichten.

44

Bombay war ein Monster. Zweifellos und wahrhaftig. Vor dem gepflegten Bahnhof, diesem Zuckerbäcker-Ziegelbau, drängte sich der Rest der siebenhundert Millionen, den ich bisher übersehen hatte. Es war früher Morgen. Die Züge spien die Legionen der Pendler aus. Das strömte in jeweils Fahrbahnbreite in alle Richtungen davon, ein träger Fluß, der sich teilte, auffächerte, unübersehbar. Sich treiben lassen, mitschwimmen, fortgespült werden, diese Vorstellung wurde zum Alptraum, und die Beklemmung raubte mir die letzte Kraft.

Ich fand ein Taxi, fiel auf die speckglänzende Plastikbank im Fond und schloß die Augen. Der Fahrer zeigte Geduld. Offenbar war meine exzentrische Reaktion kein bestaunenswerter Einzelfall. Vielleicht gab es auch in Bombay keinen irgendwie gearteten Anlaß mehr, der Staunen hervorrufen konnte.

»Wohin, Sir Sahib?« Die Frage drang irgendwann an mein Ohr und ich versuchte, sie zu begreifen. Ich war angekommen. Ich war in Bombay. Ich hatte kein weiteres Ziel mehr. Ich war wunschlos, hatte keine Vorstellung, was mich erwarten könnte, keine weitere Idee. Sich in ein Hotel zurückzuziehen, jetzt, sofort nach der Ankunft, erschien mir wie Fahnenflucht. Man desertierte nicht, wenn das ersehnte Abenteuer gerade erst beginnt.

Ich hätte zu einem Arzt fahren können. Zu welchem Arzt? Zu irgendeinem? Krankenhaus der Barmherzigen Schwestern? Ein britisches Hospital? Eine amerikanische Klinik? Der Fahrer mußte wissen, ob es so etwas gab. Aber ich fühlte mich nicht mehr krank. Nur erschöpft, apathisch, ziellos. Und das würde sich geben.

»Sie wollen die Stadt sehen, Sir Sahib?«

Daß ich zustimmte, war die bequemste und damit die einzige Lösung, die sich mir anbot. Und die Entscheidung für den Wahnsinn.

Aber der Schock blieb aus. Was ich auch sah, es betraf mich nicht. Die Bilder dieser Stadt zogen an mir vorüber wie ein Film, der keine Emotionen mehr weckt. Vielleicht, weil das Maß an Eindrücken voll war, die Sensibilität abgestumpft, die Wahrnehmungsfähigkeit erschöpft. Meine Empfindungen waren reduziert auf jenes Minimum, das dem eigenen Überleben dient. Eine Abkapselung hatte stattgefunden. Ein unsichtbarer Schutzpanzer schien mich zu umgeben. Die Zugriffe der Außenwelt prallten ab. Mein Kopf schien eingesponnen in einen lichtdurchlässigen Kokon, der mir zwar die harten Kontraste von hell und dunkel nicht ersparte, die mir bereits genügend Schmerzen bereiteten, der auch einen undefinierbaren, quälenden Geräuschpegel ungehindert passieren ließ, aber jede Kontur verwischte, jede Artikulation der Umwelt verschluckte und eine Verständigung unmöglich machte.

Selbst jetzt, nach Wochen, produziert mein Gehirn nur bruchstückhafte Fragmente einer Erinnerung, flüchtige Bilder, zusammenhanglos, ohne rechten Sinn. Die Fähigkeit, das Gesehene einzuordnen, war für diesen und die nun folgenden Tage verlorengegangen. Dabei war die Touristentour, die ich zu absolvieren hatte, nicht willkürlich gewählt. Sie war dramaturgisch aufgebaut, psychologisch durchkomponiert.

Es begann mit einer lächerlich harmlosen Kuriosität: Eine endlose Zahl roter, doppelstöckiger Busse bewegte sich langsam vor viktorianischen Fassaden und suggerierte dem Fremdling die Illusion eines trüben, schwülen Montagmorgen in der Londoner

City. Der Himmel war bedeckt. Eine grauschwarze Wolkenwand schob sich über die verspielten Giebel.

Staub und Smog wirbelte durch die offenen Fenster des Taxis. Exotische Gestalten, adrett und sehr europäisch zurechtgemacht, auf ihrem Gang in die Büros, kreuzten unseren Weg, strömten an uns vorüber, wenn wir steckengeblieben waren im Stau, und wären so und nicht anders auch in manchen Gegenden Londons zu finden gewesen. Nur nicht in dieser erdrückenden Zahl.

Der Taxifahrer sah sich zu mir um und lächelte. Er zeigt hinaus auf ein massiges Tor, das unvermittelt am Kai des Hafens stand. »Gateway of India«! Richtig. Hier an dieser Stelle betrat man jahrhundertelang indischen Boden. Hier, im Hafen von Bombay. Nach vielwöchigen Strapazen zur See. Voller Hoffnungen und Abenteuerlust näherte man sich der Küste dieses Kontinents, wurde nicht einfach ausgespien nach einem Flug zwischen Sonnenuntergang und frühem Morgen auf einem See aus öligem Beton, irgendwo im Innern dieses Landes, am Rande einer Stadt.

»Taj-Mahal-Hotel!« Der Fahrer zeigte auf den würdigen Prunkbau, vor dem ein Dutzend Touristenbusse parkten. Reisegruppen mit Kameras schwärmten aus und würden uns für den Rest dieses Tages nicht mehr verlassen. Wie Jäger pirschten sie sich durch diese Stadt. Wurden in Rudeln hin und her transportiert, auf die besten Abschußplätze gelotst und vollbrachten dort ihr indiskretes Tun mit stumpfer Verbissenheit.

Sie huschten vor dem Kühler unseres Taxis aufgeregt durch die Falckland Road, wo Zuhälterinnen ihre minderjährigen Straßendirnen hinter buntlackierten Gittern feilboten. Sie standen fotografierend und filmend auf der Brücke über der riesigen Wäscherei, wo Hunderte halbnackter Männer vor ebenso vielen Betontrögen standen und die zusammengedrehten Wäschestücke gegen Steinplatten schlugen. Sie streiften durch die Slums, die sich über viele Meilen an Straßenrändern entlangzogen, angeklebt an die Mauern der Baumwollspinnereien, der Fabriken, die Bombays Reichtum einst begründet hatten. Diese wilden Siedlungen der zugewanderten Millionen hatten die Ufer der Lagunen überwuchert, sich über unbebautes Brachland ausgebreitet, weitläufig, unüberbrückbar, aber auch hineingedrängt in schmalste Baulücken zwischen Apartmenthäusern und Bankpalästen. Es waren die üblichen Bretterverschläge, abgedeckt mit Plastik- oder Blechresten und mit aufgeschnittenen Teertonnen. Dazwischen standen ausgeschlachtete Autowracks, umfunktioniert zu Eigenheimen für vielköpfige Familien. Die Kinder spielten in der blauschimmernden Kloake, die am Straßenrand träge und stinkend dahinfloß. Der Geruch von schwelenden Feuerstellen verfolgte einen auch hier. Und wieder diese bildersüchtige Horde von Amateurfotografen, die sich auf dieses Elend stürzten wie Schmeißfliegen, verfolgt von Bettlern, ausgezehrten Frauengestalten, die als Beweis ihrer Not ihre halbverhungerten Babys mit sich herumschleppten und einen bereits wieder schwangeren Bauch. Stumm und mit anklagendem Blick hielten sie ihre dürren, knochigen Hände diesen reichen, feisten Fremden entgegen.

Verkrüppelte Kinder krochen über den Asphalt auf verknoteten Beinen, haschten mit verstümmelten Händen nach Münzen, streckten an den Rotlichtern ihre dünnen Ärmchen durch die offenen Fenster des Taxis. Ein Gekreische und Gejammer setzte ein. Finger zeigten auf mich, auf offene Münder. Unmißverständliche Gesten für Hunger. Und ich verteilte in Ermangelung von kleinen Münzen Rupien-Scheine und erntete statt Begeisterung der so reich Beschenkten nur die Verwunderung des Taxifahrers wegen dieser offensichtlichen Verschwendung.

Aber alles das erlebte ich durch den Schleier einer extremen Distanz. Es ging mich nichts an. Es betraf mich nicht. Ich klammerte mich an meinen Koffer, in dem noch immer die Layouts zu dem Thema ›Ein Dragée zum Frühstück vertreibt den Hunger für den ganzen Tag!‹ schlummerte.

Der Taxifahrer schleppte mich in den Laden seines Bruders. Ein Souvenir-Shop, wie man ihn zu Hunderten findet. Der übliche Kitsch, Airport-Art, Kunstgewerbe und Talmi. Dazwischen auch, halbversteckt unter dem Ramsch, Echtes und Wertvolles, Antikes aus Silber und Elfenbein, aus Jade, kostbarer Seide und Halbedelsteinen. Aber ich nahm nichts davon wahr. Der Raum war erfüllt vom Geplapper und Gefeilsche auf deutsch, amerikanisch und diesem harten, gutturalen, indischen Englisch.

Ich wankte wieder ins Freie, in diesen trüben, schwülen Tag. Der Wind fegte durch die Straßen, machte die Hitze zwar erträglich, trieb einem aber auch Staub und Dreck in die Augen.

Das pausenlose Gerede meines Fahrers, seine Erläuterungen und Kommentare, diese aufdringliche Form der Konversation, diese Fremdenführer-Beflissenheit mit Hinblick auf Erfolgshonorar, hatte ich die ganze Zeit über weitgehend ignoriert. Ich war in Bombay gelandet. Aber nun interessierte mich das Monster nicht mehr. Weder die Hauptpost noch das Parlament in seinem ›neugotisch-byzantinischen Spätbarock‹, weder Filmstudios noch die Villen der Stars, die einen von gigantischen Plakatwänden fett, rundgesichtig und kuhäugig, knallbunt und freundlich lächelnd anstarrten. Die Tempel und Schreine beeindruckten mich ebensowenig wie die Türme des Schweigens, auf deren Plattformen die Parsen ihre Toten den Geiern zum Fraß vorlegen. Ich wußte auch mit dem Oberpriester im Jain-Tempel wenig anzufangen, der in stiller Selbstversenkung auf dem Marmorboden aus geweihten Reiskörnern eine ›Swastika‹ legte, das uralte Symbol, das als Hakenkreuz bei uns traurige Popularität erfuhr.

Neben ihm, am Eingang, verkündete ein Schild in vielen Sprachen, daß menstruierenden Frauen der Eintritt in den Tempel verboten sei. Für die plötzlich auftauchenden Mitglieder einer europäischen ›Indien-Foto-Safari‹ ein willkommenes Objekt und Quell überschäumender Heiterkeit.

Die Straße führte weiter steil nach oben. Ein Berg erhob sich über die Stadt. Verschnörkelte Villen mit geschwärztem, stockfleckigem Verputz standen etwas abseits in tropisch verwilderten Vorgärten. Am Scheitelpunkt des Hügels ragte neben einem kleinen Restaurant eine Terrasse über den Abhang hinaus. Weit fiel der Blick von hier oben über diese berüchtigte Metropole, die Tag für Tag Tausende anlockte, hier ihr Glück zu machen, und die wie eine Hand hineinragte ins Meer, eingeschnürt von Buchten und Lagunen.

Schwarze Wolkenwalzen trieben von See her auf das Festland und die Inseln zu. Sonnenlöcher rissen unvermittelt auf. Goldschimmernde Lichtflecke wanderten über die flachen Dächer und ließen die Wasserarme und Hafenbecken aufglänzen.

Von hier oben verlor diese Stadt jegliche Monstrosität. Ich setzte mich an einen freien Tisch, dicht an das rostige Geländer. Tief unter mir wucherten bizarre Blüten zwischen dem nachlässig hinuntergekippten Müll.

Am Nebentisch tafelte eine zehnköpfige, kinderreiche Familie. Der Duft des Hammelcurry war verführerisch. Ich fühlte mich auf dem Weg der Besserung, bestellte das gleiche. Und eine große Portion Tee.

Der Kellner sah mich nachdenklich an: »Sie sollten Joghurt trinken, statt Tee, Sir!« Der gute Rat kam kommentarlos und erlaubte weder Frage noch Widerspruch. In dem niederen Gebäude erstarb das Klappern der Töpfe. Neugierige, braune Gesichter erschienen am Fenster der Küche und blickten stumm in meine Richtung. Offenbar blieb dieser Ort von den Touristen-Karawanen weitgehend verschont. Trotz der einmaligen Lage.

Das Hammelfleisch war zäh und schmeckte süßlich fad. Aber nach einigen Löffeln Reis mit Currysoße, nach drei Bissen Fladenbrot, hatte sich mein Appetit ohnehin verflüchtigt und wieder der bekannten Übelkeit Platz gemacht. Nur das säuerliche Joghurtgetränk stimmte meinen Magen wieder versöhnlich.

Der Taxifahrer wartete geduldig in seinem Wagen, beobachtete mich gelangweilt durch seine weit offenstehende Tür, bis ich aufstand und ihn ausbezahlte. Der geforderte Preis war um ein Vielfaches überhöht, was man der überraschten und zufriedenen Miene des Fahrers entnehmen konnte, als ich ihm widerspruchslos die geforderten Scheine auf das Dach des Wagens blätterte. Aber ich hatte weder Kraft noch Lust, mit ihm zu feilschen.

Ich wandte mich ab, ging wieder zurück zu meinem Aussichtsplatz, als der Fahrer angeschlendert kam, mir den vergessenen Aktenkoffer brachte, sich am übernächsten Tisch niederließ und eine Cola bestellte. Dort blieb er für die nächsten zwei Stunden, in der Hoffnung, die für ihn lukrative Fahrt würde eine Fortsetzung finden. Aber ich hatte genug erlebt, genug gesehen. Und so gut wie nichts begriffen.

Träge und entschlußlos saß ich auf meinem unbequemen Plastikstuhl und genoß den Blick, das ständig wechselnde Spiel von Licht und Schatten. Das waren Eindrücke, die ich noch gerade verarbeiten konnte.

Eine Regenbö wanderte von See her langsam auf die Küste zu. Man konnte die blaugrauen Schleier beobachten, wie sie den breiten Uferboulevard mit seinen Apartmenthäusern erreichten und eine immer dichter werdende Schleppe über das Häusermeer zogen. Die Straßen, die in Längsrichtung auf meinen Beobachtungsplatz zuliefen, begannen zu glänzen. Die Scheinwerfer langer Wagenkolonnen flammten auf, spiegelten sich auf dem nassen Asphalt. Mitten am Tag machte sich Dämmerung breit.

Der Wind und mit ihm der Regen erreichte unseren Hügel. Blätter fetzten von den Ästen. Tropfen trommelten auf das Plastikdach der Terrasse. Die Kinder waren aufgesprungen, tanzten zwischen leeren Tischen herum und kreischten vor Vergnügen. Auch die Erwachsenen erhoben sich, fast feierlich, und traten ans Geländer. Das Personal kam aus der Küche, fette, schwitzende Weiber und dunkelgesichtige, hagere Männer. Und alle blickten sie andächtig über die im Regendunst verschwindende Stadt.

Nach wenigen Minuten war alles vorüber. Blendend und heiß brach die Sonne durch aufreißende Wolken und ließ die Feuchtigkeit neblig verdampfen. Ein unerträgliches Treibhausklima breitete sich aus. Die Kleider wurden steif und klebrig und der Atem schwer in dieser stickigen Waschküchenluft.

Aber dann frischte der Seewind wieder auf, vertrieb die feuchten Schwaden aus den Häuserschluchten, wirbelte sie über unseren Hügel herauf, brachte Kühlung und die Illusion von Frische. Und so viel hatte auch ich, der träge, in seiner Schlaffheit und Passivität befangene Fremde begriffen: Der Monsun hatte soeben eingesetzt. Ein erster, zögernder Beginn. Langerwartete Erlösung für das durstige Land. Hoffnung für Millionen auf Ernte und Nahrung. Beweis für die Verläßlichkeit der Naturgesetze und der Erhörung der Gebete durch die zuständigen Götter.

Stunde um Stunde saß ich allein auf dieser Terrasse und betrachtete wie im Halbschlaf die mal fern, mal näher durchziehenden Schauer, die tief dahinziehenden Wolkenbänke in ihrer blauschwarzen Bedrohlichkeit.

Ich war angelangt am Ziel meiner Flucht, hatte keine weiteren Pläne mehr, keine weiteren Entscheidungen mehr zu treffen. Ein Hotel für die Nacht würde sich irgendwo finden. Ich zahlte und verließ die Terrasse, als die Stadt endgültig in der Dämmerung versank und Millionen Lichter aufglühten. Die ›Hängenden Gärten‹ müßte ich gesehen haben, riet mir der Kellner. Er kannte offenbar alle die mit drei Sternen markierten Lokalitäten der europäischen Reiseführer, die gefälligst abzuhaken waren.

›Hängende Gärten‹ fanden an diesem Tag ebensowenig mein Interesse wie die übrigen Sehenswürdigkeiten auf der obligatorischen Liste. Aber ein Park dieses Namens lag dem Restaurant schräg gegenüber. Ein paar gelbliche Lampen beleuchteten ihn spärlich. Nur bizarre, in Tierform zugestutzte Büsche hoben sich vor dem ausgefransten Abendhimmel ab.

Die bleierne Müdigkeit aus meinem Kopf sackte langsam tiefer, lähmte meine Knie. Ich legte mich auf eine steinerne Bank, den Kopf auf meinen Aktenkoffer, schaute hinauf zu den von der Stadt rosa angestrahlten Wolken und schreckte tödlich betroffen aus einem abgrundtiefen Schlaf, als mich zwei Laternen blendeten.

Es waren Polizisten mit weißen Tropenhelmen. Weiß Gott, was sie vermuteten. Alkohol oder Drogen. Sie redeten auf mich ein, aber ich war plötzlich unfähig, ihre Fragen zu dechiffrieren.

Ich suchte meinen Paß, im Jackett, im Koffer, ohne ihn zu finden. Präsentierte ihnen schließlich den Zettel mit der Adresse, den ich in meiner Hosentasche trug. Der Zettel, den mir der junge Mann im Zug förmlich aufgedrängt hatte. Jetzt erschien mir diese Adresse als Alibi meiner lauteren Absichten.

Die Uniformierten versuchten, im Schein ihrer Lampen die Schrift zu entziffern. Dann verständigten sie sich untereinander, langsam und zögernd. Sie schienen sich zu orientieren, diskutierten auf Hindi oder was weiß ich in welcher Sprache die Situation und meinen Zustand. Dann packten sie mich wie einen Volltrunkenen links und rechts an den Armen, zogen mich hoch von dieser Bank, die ich um keinen Preis verlassen wollte. Einer trug meinen Koffer. Schweigend schleppten sie mich aus dem nächtlichen Park hinaus auf die Straße, vorbei an ihrem wartenden Streifenwagen, den Neugierige umstanden. Der Parkwächter, den ich bis zu diesem Augenblick nicht wahrgenommen hatte, da er sich ganz konsequent im Dunkeln hielt, war uns nachgelaufen, rief ihnen oder mir noch etwas zu.

Denunziert also, angezeigt und um seine Ruhe betrogen, schwach und kraftlos ließ ich mich weiterschleppen. Vorbei an dem Restaurant. Ein Helfer aus der Küche schüttete gerade Abfälle in den Rinnstein neben der Straße. Ein Rudel Weiber und Kinder huschte aus dem Gebüsch, in dem es auf diesen großen

Augenblick gelauert hatte und machte sich über die Essensreste her, vertilgte alles noch Genießbare in hektischer Eile an Ort und Stelle. Aber der Küchenhelfer, der mit seinem leeren Plastikeimer neben der Treppe stand, hatte für diese Abfallbeseitiger keinen Blick. Nur für mich und meine Begleiter.

Aus dem Jain-Tempel drang Musik. Flötenspiel und Sitar. Und durch die schmalen Fensterdurchbrüche fiel kaltes, bläuliches Licht. Im Vorhof hatten sich mit hellen Tüchern vermummte Gestalten versammelt, standen dort stumm und unbeweglich und warfen lange Schatten auf die weiße Mauer gegenüber.

Da brach unvermittelt, von einer Sturmbö begleitet, ein Wolkenbruch über uns herein. Die Tropfen waren schwer und warm und peitschten mir schmerzhaft ins Gesicht. Innerhalb von Sekunden war ich durchnäßt bis auf die Haut. Den beiden Uniformierten erging es kaum besser. Aber sie beschleunigten nicht ihren ruhigen, trägen Gang.

Irgendwann blieben sie stehen, leuchteten wieder auf den durchnäßten Zettel, dessen Schrift zu zerfließen begann, diskutierten laut und scheinbar ohne Eile miteinander. Dann steuerten sie ein einzelnstehendes, dunkles Haus an, das nur wenige Schritte von der Straße zurückgesetzt hinter einer von niederen Palmen umsäumten Einfahrt lag.

Einer der Beamten klopfte mit seinem weißen Schlagstock gegen die Tür. Der andere wartete mit mir im strömenden Regen. Wir warteten lange. Immer wieder klopfte der Polizist, voller Geduld, ohne die Stärke der Schläge, den Rhythmus, die Pausen dazwischen zu verändern.

Das Wasser sprudelte aus durchrosteten Regenrohren, floß über die fleckige Fassade, die noch schwärzer wurde, staute sich an der Einfahrt in wenigen Minuten zu einem knöcheltiefen See, in dessen Mitte wir standen. Und der Regen fiel weiter auf uns nieder wie eine Wand.

Da flammte schließlich an einem der Fenster des ersten Stocks Licht auf, drang schwach durch die schräggestellten Lamellen der Läden. Ein zweites Fenster wurde erleuchtet. Schließlich öffnete sich die Tür.

In der mich blendenden Helligkeit, die aus dem Flur ins Freie fiel, stand ein junges Mädchen.

IV
NADIRA

45

Malaba Hill. Der Hügel über der Stadt. Das Viertel der Reichen, der Privilegierten: Filmstars, Industrielle, Politiker. Die ›Hängenden Gärten‹, ein Restaurant mit exquisitem Blick und mäßiger Küche, der Tempel der ›Jains‹, Villen in Parks mit verwitterten Fassaden. Hochherrschaftliche Häuser mit großzügig geschwungenen Auffahrten. Und tief unten das Monster, die Megalopolis der sieben oder neun oder zwölf Millionen. Zusammengedrängt auf einer Insel. Zwischen verseuchten Buchten und verschmutzten Lagunen.

Es gibt keine Zufälle in diesem Land. Ich hatte in den Tag geträumt und in die Nacht. In der Tasche einen zusammengefalteten Zettel mit der Adresse eines gewissen ›Yashpal Malhotra‹, auf Bombays Malaba Hill, ›Bal Gangadhar Kher Marg‹. Ich hatte die Ankunft des großen Regens erlebt. Und war scheinbar ziellos genau dort gelandet, wo ich erwartet wurde.

Yashpal Malhotra kam mir auf der Treppe entgegen. Im Morgenmantel. Es ging auf zwei Uhr nachts. Weiß Gott, wie viele Stunden ich wie ein Toter auf der Steinbank im Park geschlafen hatte.

Er war ein hagerer Mann von etwa siebzig Jahren, mit schütterem, immer noch schwarzem Haar und dunklem Teint, der mich begrüßte wie einen verlorenen Sohn. Mit einer souveränen Handbewegung verscheuchte er die freundlichen Polizisten in ihren durchnäßten Uniformen.

Das junge Mädchen, seine Enkelin, offensichtlich die schöne Schwester meines Reisegefährten, stand etwas verlegen und übernächtigt herum, betrachtete mich mit großen, fragenden Augen, blieb aber stumm.

Personal kam aufgeschreckt und dienstfertig aus dem Keller. Ein jüngerer und ein älterer Mann und eine asthmatisch keuchende Frau. Sie nahmen mir meinen aufgeweichten Aktenkoffer und mein nasses Jackett ab. Auch am Leib trug ich keinen einzigen trockenen Faden mehr.

Ich beantwortete Fragen mit Routine-Antworten, lächelte verkrampft und kraftlos.

»Sie fühlen sich nicht gut?« Mister Malhotra sah mir prüfend in die Augen. Ich wurde kommentarlos nach oben gebracht: ein Gästezimmer mit aufgedecktem Bett. Warmes Wasser im Bad. Ein trockenes, langes Baumwollhemd, eine viel zu weite Hose.

Auf dem Flur gab es eine europäische Toilette, auf die mich mein Gastgeber persönlich und nicht ohne Stolz hinwies.

Alle bemühten sich um mich, Mister Malhotra und seine Enkelin, das dienstbereite Personal. Diese gastfreie Liebenswürdigkeit, die mir wieder einmal das Gefühl der Freiheit raubte, beunruhigte mich. Ich hatte das Haus aus seinem nächtlichen Frieden aufgeschreckt, und es kam vorläufig nicht mehr zur Ruhe.

Nur fünf Minuten ließ man mich allein. Ich fiel auf das Bett, erschöpft und kraftlos. Meine nassen Kleider, Hemd, Hose und Wäsche, lagen irgendwo verstreut im Raum, wurden aufgesammelt und fortgebracht. Ebenso der Inhalt meines Koffers. Baumwollhemden und Leinenhose aus Delhi, ein zusammengeknüllter Trenchcoat und aufgeweichte Layouts: ›Reductan-Depot‹.

Einer der Diener löschte schließlich das Licht. Aber bereits nach wenigen Minuten flammte der Kronleuchter wieder auf, der an der hohen, stuckverzierten Decke hing, und blendete mich quälend. Mein Gastgeber trat ein in Begleitung eines untersetzten Mannes mit getönter Brille. Das Mädchen mit den dunklen, samtenen Augen blieb scheu vor der Tür.

»Doktor Khurana ist unser Arzt.« Ich nickte und murmelte meinen Namen, während dieser späte Besucher meine Hand ergriff, um meinen Puls zu fühlen.

Ich hatte die wenigen Minuten der absoluten Dunkelheit sehr genossen. Jetzt schleppte mein Gastgeber eigenhändig eine Stehlampe an mein Bett, während der Arzt aus seinem schwarzen Ölmantel schlüpfte, auf dem die Nässe glitzerte. Auch sein Gesicht, seine Haare glänzten feucht und die getönten Brillengläser waren fast blind geworden durch einen Schleier von Wassertropfen.

Ich hörte den Regen rauschen vor dem Fenster neben meinem Bett, blickte auf den sich langsam drehenden Propeller über mir und in die grelle Unteruchungslampe des Arztes. Er leuchtete abwechselnd in meine Pupillen, bis ich rote Kreise auf der weißen Zimmerdecke sah, die sich langsam grün verfärbten.

Der Arzt flüsterte mit meinem Gastgeber, der stumm zu nikken schien, beriet sich mit ihm, während das Mädchen, das neugierig ins Zimmer geschlichen war, ängstlich und besorgt zu mir herüberblickte.

Dann wandten sich die beiden Männer an mich. »Sie können hier bleiben!« beruhigte mich Mister Malhotra. »Hier in diesem Haus. Solange es nötig sein wird. Sie sind mein Gast!«

Und der Arzt ergänzte im feinsten und britischsten Englisch, während er ganz entspannt die Gläser seiner Brille reinigte: »Sie haben das Schlimmste bereits hinter sich. Die infektiöse Phase. In Deutschland hätte man Sie jetzt für viele Wochen in die Klinik gesteckt. Infektionsabteilung. Wir sind hier in Indien nicht so hysterisch. Und auch nicht so ängstlich. Vielleicht haben wir einfach mehr Erfahrung bei dieser Erkrankung.« Er lächelte und nahm einem der Diener den schwarzen Koffer ab, den dieser ihm bis zur Zimmertür getragen hatte.

»Mir fehlt nichts! Wirklich.« Ich hatte das Gefühl, ich müßte auf dieser Behauptung bestehen und blickte in etwas verständnislose Gesichter. Als sei die Diskussion meines Zustands absurd und längst nicht mehr aktuell. »Ich fühle mich ausgezeichnet!« fügte ich noch hinzu, um irgendwelche Zweifel an meinem beschissenen Befinden zu zerstreuen.

»Das glaube ich Ihnen nicht«, sagte der Arzt und trat wieder an mein Bett. »Sie haben eine hochgradige Leberentzündung. Infektiöse Hepatitis. Sehr häufig in diesem Land. Und Europäer sind besonders gefährdet, wenn sie unvorsichtig waren: Unsauberes Wasser, schmutziges Geschirr, ein unreines Glas genügt bereits. Haben Sie nicht gewußt, was mit Ihnen los ist?«

Ich schüttelte den Kopf. Kein Wort über das Gift, hatte ich mir geschworen. Keine unbewiesenen Verdächtigungen, die eine endlose, zermürbende Kette von Nachforschungen mit sich bringen würden.

»Haben Sie sich heute noch nicht angesehen?« Der Arzt nahm seinen runden Untersuchungsspiegel aus dem Koffer und hielt ihn mir dicht vor die Augen. Aber ich konnte nichts erkennen, außer diesen wandernden, grünen Flecken, die langsam verblaßten, gräßlich verzerrt und vergrößert meine Pupillen, die in rotgeränderten, dottergelben Augäpfeln schwammen. Der Arzt betrachtete nachdenklich die Innenflächen meiner Hände. Sie waren weißlichgelb wie gebleichtes Leder. »Sie sehen es selbst: Gelbsucht. Ein Nebeneffekt Ihrer Leberentzündung.«

Hepatitis? Eine ganz simple Virusinfektion? Kein Giftanschlag? Kein Mordkomplott? Oder doch? Gab es da Zusammenhänge? Oder existierten die nur in meinem Kopf? Leberentzündung und Verfolgungswahn. Auch gut. Die Konsequenzen dieser Diagnose waren erst noch zu bedenken. Aber nicht jetzt. Nicht mehr heute, nicht mehr in dieser Nacht. Die Müdigkeit schnürte mein Gehirn ab und blockierte den letzten, verfügbaren Rest logischen Denkens.

»Die Leber steuert nicht nur Ihren Stoffwechsel«, hörte ich mit geschlossenen Augen den Arzt dicht über meinem Gesicht dozieren, »versorgt nicht nur das Blut mit Nährstoffen, sondern damit auch Ihr Gehirn mit Nukleinsäuren. Mit der Biochemie Ihres Körpers kommt auch Ihre Psyche aus der Balance. Denken Sie daran, wenn Sie in Depressionen fallen, wenn Ihre intellektuelle Leistung zurückgeht. Die Melancholie, das wußte schon Paracelsus, kommt von der Leber. Und von zu dickem Blut.«

Ich spürte einen schmerzhaften Stich in der Beuge meines Armes und sah das erschrockene Gesicht des Mädchens hinter dem Rücken des Arztes. Er fädelte die Kanüle in meine Vene und zapfte mir Blut ab. »Wir müssen wissen, welcher Virustyp Sie erwischt hat und Ihre Leberwerte bestimmen. Bleiben Sie ruhig, bleiben Sie liegen. Nein, nicht nur jetzt im Augenblick, sondern die nächsten zwei, drei Wochen. Die Krise ist schon vorüber. Sie haben Sie ohne Koma überlebt. Daß Sie in diesem Zustand durchgehalten haben, ist ein gutes Zeichen. Sie sind robust und bald wieder auf den Beinen. Rauchen Sie?«

Ich schüttelte den Kopf.

»Sehr gut! Und Alkohol?«

»Hin und wieder.«

»Die nächsten Wochen werden Sie darauf verzichten.« Er zog die Kanüle aus meiner Ader und ich hatte die gräßliche Empfindung, daß ein unendlich langer, kalter Fremdkörper nur widerwillig aus meinem Körper glitt, der bereits ein Teil meines Gewebes geworden war und sich dort verhakt hatte.

»So, das war es schon!« Der Arzt erhob sich und packte den

Kolben mit meinem Blut sehr vorsichtig in die Tasche zu seinen Instrumenten.

Irgendwann war ich allein. Das Licht erlosch. In der erleuchteten Tür zum Nebenzimmer stand noch das Mädchen und blickte in meine Richtung, starrte unverwandt in das Dunkel des Raums. Unbeweglich stand sie dort. Hinter ihr erklang eine Stimme, ein Ruf: »Nadira!« Sie reagierte zögernd, und langsam schloß sich die Tür.

Der Rest dieser Nacht versank in Dunkelheit. Und der nächste Tag tauchte nicht auf aus der Dämmerung, die durch die halbgeschlossenen Läden drang. Der Regen rauschte auf die großen, grünen Blätter vor dem Fenster. Diener schlichen herein, servierten Joghurt und weißen Reis und einen süßen, klebrigen Saft.

»Zuckerrohrsaft«, flüsterte das Mädchen aus der anderen Ecke des Zimmers und verschwand wieder zwischen zwei Tagträumen aus meinem Blick und meinem Bewußtsein.

»Sie fühlen sich gut, ja?« Auch Mister Malhotra flüsterte, ohne seinen Platz in der offenen Tür zu verlassen. »Sie fühlen sich besser?«

»Es geht aufwärts!« flüsterte schließlich der Arzt, der überraschend an meinem Lager aufgetaucht war, meinen Puls fühlte, mir in die Pupillen leuchtete, bis die roten Kreise sich wieder grün verfärbten. »Sie haben Glück gehabt«, fügte er nach einer geschäftigen Weile hinzu. »Keinerlei Komplikationen!« Damit verließ er mich in der irrigen Annahme, daß gute Nachrichten mich ermuntern würden.

Aber es gab nichts, das mich ermuntert hätte. Nichts, das angemessen oder akzeptabel gewesen wäre. Ein Giftanschlag hätte einen gewissen Sinn in mein Leben gebracht. Eine gewisse Dramatik auch in die Sinnlosigkeit meiner Existenz. Aber eine Leberinfektion? Schmutziges Geschirr. Ein unsauberes Glas. Der frischgepreßte Saft in Old-Delhi. Die Gläser ausgespült in einem Eimer mit brauner Brühe. So einfach, so phantasielos schlug das Schicksal zu. Jetzt lag ich festgekettet in bester Obhut. Gastfreundschaft, wohin man blickte. Aufopferung. Einen infizierten Kranken unter dem eigenen Dach. Ohne Angst vor Ansteckung. Die barmherzigen Samariter. Ein unbekannter Reisegefährte des

Enkels. Eine Zufallsbekanntschaft. Verstrickung ebenso unglaublicher wie glücklicher Umstände. Hängengeblieben nach einer Stadtrundfahrt durch das Monster Bombay. Gestrandet auf einem Hügel bei einsetzendem Monsun. Hier oben auf dem Malaba Hill. In den ›Hängenden Gärten‹. Nur ein paar hundert Schritte von diesem Haus entfernt.

Und der Regen rauschte Stunde um Stunde, Tag um Tag, Nacht um Nacht. Der Propeller drehte sich über mir ohne Unterlaß. Die Feuchtigkeit sickerte durch die Mauern, durch die verhängten Fenster, durch das dünne, leinerne Bettzeug. In einer Ecke des Raumes, an der Decke über den Fenstern, bildeten sich dunkle, nasse Flecke.

Hin und wieder, in einer abrupt einsetzenden und gespenstisch stillen Regenpause, wanderte ein Sonnenfleck über die Wand. Ein überraschendes Aufleuchten erfüllte dann den Raum. Und die Tropfen am Rand der breiten, fleischigen Blätter dicht vor dem Fenster zerlegten das Licht in seine Farben wie Diamanten.

Aber dann setzte der Wind wieder ein, fuhr durch die Bäume, daß die Tropfen zerstoben, ließ die Läden und die Scheiben erzittern. Und der Regen fiel wieder in seiner einschläfernden Monotonie.

46

Das Verstreichen der Zeit registrierte ich mit nur halbem Bewußtsein. Die Gefangenschaft, die auf der Dachterrasse in Delhi begonnen hatte, fand nun hier in Bombay ihre quälende Entsprechung. Ich war in eine Folge sich verkettender Abhängigkeiten geraten. Auf der Suche nach Freiheit.

Ich lebte in die Tage hinein, ohne die vertane Zeit zu bereuen. Sozusagen von Mahlzeit zu Mahlzeit. Es war immer die gleiche Diät, die mir wie ein Drei-Sterne-Menü in Silberschalen und auf damastbelegten Tabletts serviert wurde: weißer Reis und

Joghurt. Und als Getränk verdünnter Saft ausgepreßten Zuckerrohrs.

Dazwischen empfing ich die regelmäßigen Visiten dieses Doktor Khurana, der mir Mut zusprach, mich um Geduld bat und den mein Zustand offenbar beglückte.

Mit meinem Gastgeber betrieb ich eine etwas mühselige Konversation. Er nahm an, mir diese täglichen Aufwartungen von wenigen Minuten, diesen Beweis seiner Anteilnahme, schuldig zu sein.

Worauf ich wirklich wartete, voller Ungeduld sogar, diese nicht endenden, trüben Regentage lang, war das Auftauchen von Nadira. Sie war an der Schwelle zum Erwachsensein, aber von einer überraschend intelligenten Reife, gemischt mit unverdorbener Naivität und Unbekümmertheit. Vielleicht idealisierte ich sie auch in meinem reduzierten Zustand, in meinen Tagträumen und in meiner Einsamkeit.

Die Diener brachten mir Zeitungen. Ich versuchte zu lesen, mich abzulenken. Aber bereits nach wenigen Zeilen hatte ich den Anfang eines Artikels wieder vergessen und kurz darauf auch den Sinn.

Ich versuchte, Nadira das zu erklären. Sie sah mich mit ihren großen Augen verständnisvoll an, nickte, warf einen Blick über die Titelseite und gab mir einen kurzen Überblick über das Weltgeschehen, über den Horror des Tages, über Konflikte und Krisen, über Machtkämpfe, Mord und Totschlag rund um den Planeten. Und ich erkannte meine Zurückgezogenheit, das Indiz meiner Flucht aus der Gegenwart, mein Ausflippen aus der Realität daran, wie wenig mich diese aktuellen Informationen letztendlich interessierten.

Aber Nadira beim Lesen, beim Nachdenken, bei ihren kurzen, präzisen Referaten zu beobachten, ihr zuzuhören, bereitete mir ein sinnliches Vergnügen.

Sie war ein schönes Mädchen. Das lackschwarze, lange Haar war streng nach hinten gekämmt und betonte die schlanke Kontur ihres Gesichts. Die Farbe ihrer Haut war von einem matten Olivbraun. Und wenn sie die Augen aufschlug, wenn sie aufblickte von ihrer Lektüre, wenn sie mich ansah, ernst blieb oder schelmisch lächelte, war mir, als würden wir uns bereits viele

Jahre kennen. Wir hatten Vertrauen zueinander gefaßt. Und vielleicht auch mehr als das.

Ihre Besuche in meiner Abgeschiedenheit wurden von Tag zu Tag länger. Sie erschien bereits nach dem Frühstück und leistete mir bis zum Mittagessen Gesellschaft. Am späten Nachmittag, nach der üblichen Siesta, kam sie zurück.

»Hast du nicht Angst, Nadira, angesteckt zu werden? Du weißt, ich bin ziemlich schwer krank?«

Sie schüttelte nur den Kopf. »Doktor Khurana sagt, es sei nicht mehr sehr schlimm. Ich habe ihn gefragt. Und er meint, Sie sind ungefährlich für mich!« Anschließend lachte sie über diesen Satz und seine mögliche, doppelte Bedeutung.

Eines Tages öffnete sich leise die Tür. Es ging bereits auf Mitternacht. Das Haus lag in geradezu atemloser Stille, nur der Regen rauschte vor dem Fenster.

»Störe ich Sie?«

»Nein, Nadira, du störst mich nicht!«

»Ich konnte nicht schlafen und ich sah, Sie haben noch Licht!«

Ich hatte vergessen, die Stehlampe hinter meinem Bett zu löschen. Vielleicht war ich auch nur zu träge gewesen. Den Schalter zu erreichen, das erforderte bereits eine winzige Anstrengung, die ich mir in meinem ständigen Halbschlaf ersparen wollte.

Nadira holte sich wie selbstverständlich ihren Stuhl aus der Ecke und setzte sich dicht an mein Bett.

Sie hatte wieder ihre Jeans angezogen, wie üblich, und die helle Baumwollbluse war nur nachlässig zugeknöpft. Dazwischen schimmerte ihre olivbraune Haut und der zarte Ansatz ihres Busens. Sie fummelte noch an ihren Manschettenknöpfen und schaute mich seltsam und fragend an.

»Was denkst du, Nadira?«

»Warum schlafen Sie nicht? Haben Sie Heimweh?«

»Nein, eigentlich nicht.«

»Ich habe Heimweh. Immerzu. Nach unserem Haus in Delhi. Nach meiner Mama. Sie ist immer unterwegs, sie kommt niemals hierher. Ich lebe bei meinem Großvater seit dem Unglück.«

Sie spielte immer noch an den Knöpfen ihrer Manschette herum.

»Mein Vater ist umgekommen. Und seither lebe ich hier. Allein. Mein Bruder ist in Delhi geblieben. Rajesh. Sie kennen ihn ja.

Und ich mag dieses Bombay nicht. Haben Sie denn keine Familie?«

Ich dachte einige lange Augenblicke intensiv darüber nach, ob ich noch eine Familie hatte. »Ja. Eine Frau und zwei Kinder.«

»Zwei Kinder?«

Ich nickte. »Die sind jetzt in deinem Alter, Nadira. Und sie leben in einem Internat in England.«

»Wie schrecklich! Dort müssen sie ja sterben vor Heimweh!« Sie knöpfte ihre Manschetten wieder auf, schob die Ärmel nach oben, als müßte sie sich Luft machen. »England kommt in zwei Jahren auf mich zu«, gestand sie mir. »Mama sagt, mein Englisch ist zu indisch. Mit ›Punjabi-Akzent‹. Was meinen Sie: Stört Sie das sehr?«

»Ich habe das bisher nicht bemerkt. Ich finde, dein Englisch ist okay!«

Sie war zutiefst befriedigt von dieser Feststellung. Es war ehrlich gemeint. Ihr Englisch war wesentlich besser als meines. Auch wenn ich das ›you‹ ihrer Konversation mit ›Sie‹ übersetzte. Denn in ihrer Zuneigung lag eine geheime Distanz.

»Wie alt schätzen Sie mich eigentlich?« Sie sah mich fragend, fast provozierend an und verbarg ein kokettes Lächeln.

»Achtzehn, ungefähr. Vielleicht noch nicht ganz.«

Da wurde sie mit einemmal sehr ernst und nickte nur zustimmend, wenn auch zögernd. Aber sie korrigierte mich nicht. Ich hatte nicht den Eindruck, mich verschätzt zu haben.

»Lieben Sie Ihre Frau?« wollte sie sehr unvermittelt wissen.

»Warum fragst du das?«

»Weil Sie allein reisen. Weil sie ihr noch nicht geschrieben haben. Nicht telefonieren wollten. Man kann durchwählen von unserem Haus. Fast überall hin. Soll ich sie verbinden mit ihr?«

Nein, sie sollte es nicht. »Meine Frau ist nicht zu Hause. Sie hat ihre eigenen Interessen. Wir mögen uns. Aber wir treffen uns nicht mehr sehr oft.«

Nadira nickte nachdenklich. Sie hatte vermutlich andere Vorstellungen von einer Ehe.

»Weiß sie denn, daß Sie sehr krank sind?«

»Ich werde ihr alles erzählen, wenn ich zurück bin.«

»Alles? Auch von mir?«

Nadira sah mich mit einem eigenartigen Lächeln an, und ich war versucht, meine Hand nach der ihren auszustrecken. Nadira folgte meinem irritierten Blick und knöpfte ihre Bluse ordentlich zu. Da saßen wir nun eine ganze Weile, betrachteten uns freundlich und schwiegen uns an.

»Woran hast du bemerkt, daß noch Licht brennt in meinem Zimmer?« wollte ich von ihr wissen. Es war eine törichte und überflüssige Frage. Aber ich hatte es verlernt, mit dem freundlichen Schweigen sehr junger Mädchen richtig umzugehen.

»Ich habe es gesehen. Ganz einfach. Wenn ich auf dem Balkon stehe, auf eine Kiste steige und mich über das Geländer beuge, kann ich direkt auf das Fenster schauen.«

»Du hast auf dem Balkon gestanden? Bist auf eine Kiste gestiegen? Hast dich über das Geländer gelehnt und heruntergeschaut auf mein Fenster? Mitten in der Nacht? Bei diesem Regen?«

Es war unfair von mir, das zu sagen. Ich sah, wie sie rot wurde unter ihrem olivbraunen Teint. Sie stand sehr plötzlich auf und ging. Ohne Gruß, ohne Blick. Aber nach einigen Minuten kam sie zurück und legte mir einen kleinen Stapel zerlesener Kinderbücher auf die Decke. Deutsche Kinderbücher. Die ich alle noch kannte. Aus meiner eigenen Jugend. Alle vierzig oder fünfzig Jahre alt.

»Von Großmutter. Sie stammte aus Deutschland. Sie hat sie mitgebracht hierher. Für ihre einzige Tochter, meine Mama!«

Ich blätterte die bunten, abgegriffenen Seiten um. Eigene Kindheitserinnerungen stiegen auf. Altbekanntes begegnete mir, Längstvergessenes. Nicht vorhandene Gerüche drängten sich mir auf, Klänge, Empfindungen, Farben.

»Ich lasse Ihnen die Bücher, bis morgen. Wenn Sie wollen. Oder auch länger. Bis Großvater zurückkommt aus Delhi. Er ist heute abgereist, heute mittag. Er wollte sich noch verabschieden, aber Sie haben geschlafen. Und einen Schlafenden weckt man nicht auf!« Sie war mit ihrem Stuhl nähergerückt, schaute über meine Schulter in die aufgeschlagenen Kinderbücher. »Großvater ist Abgeordneter in der Kongreßpartei«, verkündete sie mir, nicht ohne Stolz. »Kennen Sie Indira Gandhi?«

»Ja sicher. Aus Zeitungen. Vom Fernsehen«

»Fernsehen haben wir keines. Großvater lehnt das ab. Aber

Indira kennen wir persönlich. In Delhi war sie öfter unser Gast. Auch einmal hier in Bombay. Sie sagte, sie sei Großvater sehr zu Dank verpflichtet. Auch der Mama. Auch meinem Vater, als er noch lebte. Seit er tot ist, habe ich sie nur einmal gesehen.«

»Und deine Großmutter war Deutsche?« Abgesehen von der politischen Prominenz, die hier ein- und aus zu gehen schien, war mir diese Verflechtung unserer Naionalitäten bemerkenswert. Auch Lakshmi hatte eine deutsche Mutter.

Nadira war wieder aufgestanden, hinausgegangen und kam nun mit einem kleinen Ölgemälde in einem schweren, geschnitzten Rahmen zurück: das Porträt einer jungen, sehr hellhäutigen europäischen Frau.

»Grandmama«, sagte sie.

Die junge Frau trug ihr rotblondes Haar in der Tracht der dreißiger Jahre. Und sie hatte die gleiche, ausdrucksvolle Augenpartie wie Nadira, einen Wesenszug, den ich schon bei ihrem Bruder damals im Zug bemerkt hatte, zusammen mit einer sehr eigenwilligen Falte auf der Stirn, die mir so vertraut erschienen war.

»Eine gutaussehende Frau, deine Großmutter.«

»Ja, sie war schön!« Nadira setzte sich wieder, stellte den Rahmen des Bildes auf ihre Knie und betrachtete es sehr intensiv und für sich allein.

»Großvater hat sie sehr geliebt. Sie starb jung. Gleich nach der Geburt meiner Mutter. Sie hat das Klima hier in Bombay nicht ertragen. Sie wurde krank. Die gleiche Krankheit, die Sie jetzt haben. Sie starb daran.«

Das klang tröstlich. Der Haß auf Bombay, auf diese Monster-Stadt, hatte in dieser Familie anscheinend Tradition und sehr konkrete Gründe.

Und nicht nur in dieser Sippe, fiel mir ein. Denn auch Lakshmi haßte diese Stadt...

»Ja«, sagte Nadira nach einer langen, schweigsamen Pause, »dann werde ich wieder gehen!« Sie stand auf, nahm das Bild, wünschte eine gute Nacht und verließ den Raum. Leise schloß sich die Tür und schnappte ins Schloß. Und ich blieb zurück mit einer unbestimmten Traurigkeit, einem ungelösten Rätsel in meinem Kopf und einem Stapel alter, zerfledderter deutscher Kinderbücher auf dem Schoß.

47

Es war nur ein Traum. Aber er hätte mich warnen müssen. Vor meiner Lüsternheit. Vor den Konsequenzen. Vor den Zusammenhängen: ›Nadira in meinen Armen. Die kindhafte Geliebte, die Traumfrau, aufgeblüht zu sinnlicher Weiblichkeit.‹

Es war wie ein Rausch. Eine Orgie der Phantasie. Bilder und Empfindungen, die mich über diese Nacht hinaus auch am Tag nicht verließen. Ich sah dieses Mädchen plötzlich mit anderen Augen, erkannte hinter ihrem Lächeln die Koketterie, hinter ihrer scheinbaren Naivität das Spiel mit dem Feuer, hinter ihren verträumten Blicken die uralte Macht der Verführung.

Im Traum hatte sich Nadira die Augen mit glühenden Kohlen getuscht, war in die Maske von Lakshmi geschlüpft. Aber es war nicht die Göttin des Glücks und der Schönheit, die sich mit mir vereinte, sondern die der Rache und der Eifersucht. Und die Göttin des Todes.

Sie überwältigte mich, wie eine Welle einen verschlingt, ein Brecher in der Brandung. Ihr Körper umfloß mich, saugte mich in sich auf. Und mich durchströmte eine ungeahnte Lust. Aber es war die Lust am Tod. Paarung mit einer Urgewalt, einer unversöhnlichen Urmutter, ein Weib, das mich auslöschte, mit dem Versprechen, mich irgendwann neu zu gebären.

Und ich erlebte diesen Traum mit einer wachen Geilheit, die ich bis zu dieser Stunde nicht gekannt und niemals zuvor erlebt hatte.

Die Angst vor dieser Frau, dieser sphinxhaften Geliebten in Delhi, saß mir offenbar noch immer in den Knochen. Es war das Schreckensbild der archetypischen Urmutter, die Macht hatte über mich, über Leben und Tod, über Liebe und Haß. Ich hatte ihr einen Giftanschlag auf mich ebenso zugetraut wie einen Gattenmord damals in Frankfurt. Der Schock hatte sich tief in mein Bewußtsein gegraben.

Doktor Khurana zeigte mir voller Begeisterung die Werte seines Labors. Mein Blut entsprach wieder der Norm, die Leber reagierte nach Vorschrift. Und meine Libido war ebenfalls wieder intakt. Was ich Doktor Khurana mitzuteilen unterließ.

Zentrum meiner erotischen Phantasien war Nadira, die Kindfrau, die mich jetzt mit den gleichen Augen betrachtete wie damals Lakshmi, in diesen heißen Nächten auf dem Dach des Hauses.

Die Begierde, Nadira irgendwann zu besitzen, stand zwischen diesem Mädchen und mir und lähmte jede Aktivität, erstickte jegliche Initiative. Ich hatte nicht den Mut, sie zu umarmen, keinerlei Courage, ihr meine Leidenschaft zu gestehen, ihr meine geheimen Wünsche auch nur anzudeuten. In der Furcht, mich zu verraten, benahm ich mich linkisch und verkrampft, redete schwachsinnige Phrasen, ekelte mich vor der eigenen, senilen Munterkeit, die wie eine brüchige, grellbemalte Fassade meine Lüsternheit kaschieren sollte.

Ein Mädchen im Alter meiner Tochter. Inzestuöse Phantasien eines reifen Mannes. Vor Wochen hätte ich noch über solche Ideen gelächelt. Jetzt war es zum Schreien, aus Verzweiflung und vor Scham. Aber dieser Rest an Selbstkritik, dieser mühselige, schmerzhafte Kampf um Selbstachtung, machte den Fall nicht akzeptabler. Im Kampf um meine verlogene Moral blieb mir nur die Flucht aus der vollen Verantwortung mit der Behauptung, der Tatbestand der Verführung kenne keine Alleinschuld.

Nadira kam jede Nacht. Weil sie nicht schlafen konnte, weil der Regen rauschte, weil das Licht brannte hinter meinem Fenster. Und jede Nacht tasteten wir uns einen winzigen Schritt näher aneinander heran. Keiner gab sich eine Blöße. Keiner zeigte sein Verlangen. Es waren die kleinen Gesten, die uns verrieten. Die dem anderen Bereitschaft signalisieren sollten, daß seine Wünsche erwidert würden, daß er leichtes Spiel hätte, wenn er es nur wagen würde, und daß uns nichts mehr trennte außer der Furcht vor der Konvention.

Wir trennten uns nach langen Gesprächen, nach langen Blicken, viele Stunden nach Mitternacht, ohne uns auch nur berührt zu haben. Leise schloß sich die Tür hinter ihr. Ich löschte das Licht und kämpfte den Rest der Nacht gegen diesen Schmerz in der Brust, etwas endgültig verloren zu haben. Ein Stück Leben. Ein Stück Liebe. Vorbei. Nacht für Nacht.

Als Junge von fünfzehn oder sechzehn hat man solche Schmerzen mehr oder weniger mannhaft ertragen. Schließlich hatte man eine Zukunft vor sich und beide Hände voller Zeit. Aber nun begann für mich der Endspurt. Es kam auf die Erwartungen an, die man an den Rest des Lebens stellte. Bei zu hoch gesteckten Zielen drohte zwangsläufig ein Fiasko. Man sollte in diesem Alter seine Grenzen kennen. Aber wer lernt schon aus gescheiterten Erwartungen, aus enttäuschten Hoffnungen? Wer akzeptiert schon freiwillig die Aussichtslosigkeit von Illusionen?

So wartete ich auf den Morgen. Auf den Beginn der Dämmerung. Auf das erwachende Leben in diesem Haus. Das Ritual des ›Early Morning Tea‹ wurde inzwischen mit ärztlicher Billigung wieder zelebriert, die Zeitungen kamen mit dem Frühstück und blieben ungelesen, undiskutiert. Ich zählte die Minuten, bis Nadira erschien. Wir lächelten uns vielsagend an, wünschten uns einen wunderschönen Tag. Der Regen rauschte. Wind und Gewitterböen tobten ums Haus. Und ich verzehrte mich vor Sehnsucht.

48

Es war meine letzte Nacht in diesem Haus. Nadira wirkte verändert. Wie abwesend. Sie kam früher als sonst und flüsterte mir zu, sie würde nicht lange bleiben. Sie holte ihren Stuhl und stellte ihn näher als sonst an mein Bett. Irgendwo im Haus schlugen Türen, Nadira erstarrte, horchte angestrengt in diese sonst lautlose Nacht. Es gab keinen Wind, keinen Regen. Nur den fernen Lärm des Verkehrs, dieses dumpfe Raunen, das heute über jeder Stadt hängt wie eine Glocke.

Nadira wirkte ernst. Ihre Munterkeit war verschwunden, dieses sonst so heitere, unbeschwerte Geplauder einer fast schwermütigen Schweigsamkeit gewichen. Etwas bedrückte sie, als würde ihr eine Entscheidung abverlangt. So saßen wir uns gegenüber. Sprachen kein Wort. Sahen uns an. Keiner lächelte. Keiner machte den Anfang, diese fast unerträgliche Spannung zu lösen. Wir schienen zu warten und wußten nicht worauf. Viel-

leicht wußten wir es auch, ahnten es zumindest und verleugneten es.
 Da preßte sie plötzlich die Lippen aufeinander. Es wirkte für Augenblicke wie ein verkrampftes Lächeln. Aber dann schloß sie die Augen. Die Tränen glitzerten an ihren Wimpern, fielen in ihren Schoß, liefen über ihre Wangen, hinterließen glänzende Spuren. Aber sie wischte sie nicht fort, wandte ihr Gesicht nicht ab, blieb bewegungslos sitzen auf der Kante ihres Stuhls, aufrecht und starr, kämpfte gegen das Schluchzen an, das ihr den Atem raubte, tapfer und mit ihrer ganzen Kraft.
 »Was ist? Nadira? . . .«
 Sie öffnete die Augen, wirkte fast blind hinter dem Tränenschleier. Ich streckte ihr die Hand entgegen, sie faßte danach, klammerte sich fest mit beiden Händen. Dann kam sie zu mir.
 Sie schlang die Arme um meinen Nacken, preßte ihr Gesicht an meine Stirn. Ich spürte die Feuchtigkeit ihrer Tränen auf meiner Haut. Den heißen Atem. Meine Hände tasteten über ihren schmalen Rücken. Ich versuchte sie zu trösten, spürte, wie dieser Krampf sie langsam verließ, das unterdrückte Schluchzen und wie sich ihr Atem beruhigte. Aber sie klammerte sich weiter an mich, aus Scham, vermutlich. Jetzt sich aufrichten, auftauchen aus diesem Kummer, sich zeigen, in die Augen schauen lassen, Auskunft geben, vielleicht erklären und reden, nach all dem, was eben geschehen war, das schaffte sie nicht.
 Aber der Bann war nun gebrochen. Jeder hatte die Nähe des anderen gesucht und schließlich gefunden. Und keiner von uns war bereit, den anderen wieder preiszugeben.
 Mit der freien Hand tastete ich nach dem Schalter der Lampe. Die Dunkelheit machte uns schließlich mutig. Mit Schuhen und Jeans und T-shirt kroch sie auf mein Bett, schmiegte sich an meinen Körper. Aber der Griff ihrer Arme um meinen Nacken löste sich nicht.
 So lagen wir lange Minuten. Dann hob ich ihren Kopf, suchte mit meinen Lippen ihren Mund, küßte sie und war erschrocken über ihre Unerfahrenheit.
 Nichts weiter war geschehen zwischen uns. Nur der Zauber war mit einem Mal verflogen. Der Schleier, der unser Geheimnis und unsere Gefühle verhüllte, war zerrissen. Ein Funke war

übergesprungen. Und die Spannung, die in jeder Minute dieser zwei oder drei Wochen uns in Atem gehalten hatte, löste sich auf, fiel in sich zusammen in einer einzigen Sekunde.

Ob Nadira die Situation ebenso empfand, wußte ich nicht. Sie löste plötzlich ihre Arme, richtete sich auf, fuhr mit den Spitzen ihrer Finger zärtlich über mein Gesicht, als sei es ein Abschied. Und dann verließ sie mich. Stumm, ohne ein Wort zu sagen.

Das Licht vom Nebenraum fiel kurz in mein Zimmer. Die Tür schloß sich fast geräuschlos. Ich blieb in dieser Dunkelheit zurück und hatte nun viel Zeit, über das, was geschehen und nicht geschehen war, nachzudenken.

Morgendämmerung, Tee, Zeitung und Frühstück.

Es wurde ein langer, trüber Vormittag, denn Nadira blieb verschwunden. Ich wartete weiter vergeblich bis zum Essen.

Siesta. Die obligatorische Phase der Ruhe. Da sickerten von irgendwoher Stimmen in den Raum, Schritte, das Schlagen von Türen. Aber nichts geschah. Und irgendwann erstarb dann doch jedes Geräusch in diesem Haus.

Ich wartete immer noch. Hielt den Atem an, lauschte und mußte schließlich eingeschlafen sein. Denn eine Hand weckte mich. Sie berührte kurz und angenehm kühl meine Stirn, dann meine Schulter. Ich blickte auf. Und es war kein Traum: Neben mir stand Lakshmi. Und sie betrachtete mich mit einem hintergründigen, skeptischen Lächeln.

49

»Ich bin sehr glücklich, daß es dir wieder gutgeht.« Lakshmi holte sich den einzigen Stuhl dieses Zimmers, Nadiras Stuhl, und setzte sich neben mein Bett.

»Ich danke dir, Lakshmi. Ja, ich glaube, ich bin über dem Berg.« In meinem Kopf begannen sich in geradezu panischer Schnelle die Zusammenhänge zu addieren.

»Über dem Berg. Ja, wie man hört. Mein Vater hat mir berichtet. Er ist jetzt in Delhi. Die Parlamentsferien sind vorüber. Er war sehr von dir angetan. Und er läßt dich grüßen.«

Jetzt nur keinen Fehler machen! Sich die Überraschung nicht anmerken lassen. Die Verflechtungen einer indischen Sippe nicht zu durchschauen ist verzeihlich. Aber die eindeutigen Indizien dieser Familienbeziehung einfach zu ignorieren, die Ähnlichkeiten zu übersehen, war sträflich.

Lakshmi ergriff meine Hand. »Du hast also die Herzen der ganzen Familie erobert! Nadira hat mir gerade erklärt, sie hätte beschlossen, dich zu heiraten!« Lakshmis Lächeln erhielt einen etwas süffisanten Zug. »Nach indischem Recht ist das durchaus denkbar. Sofern ich meine Einwilligung gebe. Aber ich schlage vor, wir lassen uns Zeit mit einer Entscheidung. Nadira ist erst fünfzehn!«

»Fünfzehn?«

»Seit zwei Monaten. Ja. Also noch ein rechtes Kind mit Träumen und Phantasien und Illusionen. Was hast du dir dabei gedacht, ihr den Kopf zu verdrehen?«

»Sie hat mir gesagt, sie sei achtzehn.«

»Das hat sie nicht! Sie hat dich gefragt, wie alt du sie schätzen würdest. Und sie hat dir nicht widersprochen. Ich habe sie heute morgen in ihrer Schule besucht. Die Ferien sind zu Ende. Ab heute regiert wieder der Ernst des Lebens. Sie hat mir zwei Schulstunden geopfert, Sozialiehre und Geschichte. Und sie hat mir alles erzählt.«

»Dann wird sie dir auch berichtet haben, daß nichts zwischen uns geschehen ist...«

»Nichts?« Lakshmi ließ meine Hand los, lehnte sich zurück, wurde ernst. »›Nichts‹ war es vielleicht für dich. Für ein fünfzehnjähriges, indisches Mädchen unserer Kreise, das abgeschirmt und behütet aufgewachsen ist, war es schon viel zu viel. Ein Stück vom großen Geheimnis. Und vom wirklichen Leben. Sie ist völlig durcheinander. Und ich habe ihr gesagt, die Entscheidung läge nun bei dir. Wenn dich also der Altersunterschied nicht stört...« Sie stand auf, stellte den Stuhl zurück an seinen Platz. »Ich bestehe allerdings darauf«, fuhr sie fort, »daß Nadira die Schule zu Ende bringt. Und zwar diese Schule hier in Bombay. Dann ist sie wirklich achtzehn und kann tun und lassen, was sie will.«

»Lakshmi! Ich hatte wirklich nicht vor...«
»Ja, das habe ich befürchtet.« Sie trat wieder an mein Bett und betrachtete mich nachdenklich. »Irgendwann wirst du sie wiedersehen. Und dann wirst du es ihr erklären. Nadira sagt, du hast selbst Kinder? Bist du noch verheiratet?«
Ich nickte nur. Peinlichkeiten und Erkenntnisse stürzten über mich herein und produzierten ein Chaos aus Gedanken und Empfindungen. Unfreundliche Gedanken. Unangenehme Empfindungen.
»Wenn du wieder zur Vernunft gekommen bist, können wir uns auf etwas einigen: Wenn mir etwas zustößt, kannst du Nadira adoptieren!«
War das Sarkasmus? Sie wandte sich ab, öffnete die Tür zum Nebenraum und rief hinüber: »Rajesh!«
Rajesh kam. Der junge Mann aus dem Zug. Der Bruder des Mädchens. Er hielt ein Kuvert in seiner Hand und begrüßte mich mit einer freundlichen Geste.
»Mein Sohn schuldet dir Geld! Fünfhundert Rupien. Er hatte von mir den Auftrag, dich zurückzubringen. Statt dessen kommt er mit Geld.« Es klang sehr abschätzig. Sie hatte wohl keine besonders gute Meinung von ihm. »Er wollte es unbedingt mit der Post schicken. Aber ich habe ihm gesagt, er würde dich hier treffen.«
Ich versuchte abzuwinken, das Geld zurückzuweisen. Da griff Lakshmi nach dem Kuvert, reichte es an mich weiter, duldete keine Weigerung, keinen Widerspruch:
»Er hat sich Geld geliehen. Und er zahlt es zurück! Du bist hier in Indien mein Gast. Vergiß das nicht! Und du wirst mein Gast bleiben, gleichgültig, was geschehen ist und was noch geschieht!«
Sie ging zur Tür, öffnete, schob Rajesh nach draußen, drehte sich noch ein letztes Mal zu mir um: »Bitte steh auf, mach dich fertig. Wir fahren in einer halben Stunde zurück nach Delhi!«

V
FLUCHT

50

Wir verließen das gastliche Haus des Yashpal Malhotra in hektischer Eile. Ohne ein letztes ›Good bye‹ für Nadira. Ich sah keine Chance, sie jemals wiederzusehen.

Chotu, der mürrische Fahrer, hatte vor dem Portal gewartet, die randlose Mütze tief in die regennasse Stirn gezogen. Er öffnete mir die Tür, ohne mich eines Blickes zu würdigen, ohne mir das obligate, servile Lächeln zu schenken, auf das man als Fremdling in diesem Land ein Anrecht zu haben glaubt. Gute Domestiken übernehmen sehr sensibel die Stimmungen und Ansichten ihrer Herren. Ich war demnach bereits verurteilt. Vielleicht hatte er auch bemerkt, daß ich dem älteren Diener das Kuvert mit dem Geld zugesteckt hatte, die Fünfhundert-Rupien-Rückzahlung von Rajesh. Der nahm es verdutzt, ohne den Inhalt zu kennen, ohne zu wagen, in meiner Gegenwart oder im Beisein der ›Mam Sahib‹ einen Blick hineinzuwerfen. Indien war ein freies Land mit freien Bürgern. Die Annahme von Almosen und Bakschisch war unter Chotus Würde. Er war alt genug, um sich noch an die Zeiten der britischen Kolonialherren zu erinnern. Als Westeuropäer rechnete ich zwangsläufig zu dieser verhaßten Clique. Feinere nationale Unterschiede zählten für Chotu nicht.

Wir fuhren vom Malaba Hill hinunter in die Stadt. Als wir den Fuß des Hügels erreichten, versanken die Straßen in Wasser und Schlamm. Nach einer Pause von knapp achtundvierzig Stunden hatte der große Regen wieder eingesetzt. Der Wolkenbruch stand wie eine massive Wand aus Wasser zwischen Himmel und Erde. Zwischen uns und Delhi! Doch Chotu durchbrach sie mit wahrer Kamikaze-Gesinnung. Er pflügte mit dem alten ›Ambassador‹ durch die überschwemmten Kreuzungen. Überschüttete die Bewohner der Slums am Rande der Straße, die unter Säcken und Plastikfetzen Schutz gesucht hatten, mit Fontänen braunschwarzer Brühe. Die Regenfluten hatten sich mit der Kloake vermischt, sprudelten aus den Gullies, kamen lehmig gelb von den höher gelegenen Stadtvierteln heruntergeschossen und schienen das Monster Bombay in einer allerletzten Sintflut endgültig zu ertränken.

Wir fuhren nach Norden. Lakshmi an meiner Seite. Schweigsam. In sich gekehrt. Offensichtlich verstimmt. Ich akzeptierte ihre Verdrossenheit. Wie ich mein Ausflippen akzeptierte. Diese Affäre, die keine war. Mit einem halberwachsenen Kind, das keines mehr sein mochte und ewig eines bleiben würde unter dieser dominanten Mutter. Ebenso wie Rajesh, der Sohn, mit seinen etwas linkischen, nervösen Bewegungen. Er saß vorn neben dem Fahrer, starrte in die Regenfluten und wandte kein einziges Mal den Kopf. Und Chotus Mißbilligung fand in seinem narbig faltigen Nacken genügend Ausdrucksmöglichkeiten.

Zweiundzwanzig Stunden hatte der Expreßzug benötigt, von Delhi bis Bombay. Ich machte mich für diesen Rückweg auf die doppelte Fahrzeit gefaßt. Nach anderthalb Stunden hatten wir die Stadt mit ihren regengeschwärzten Fassaden hinter uns. Der Wolkenbruch ließ nach. Wir erreichten das flache, zersiedelte Land.

Längst war es Nacht geworden. Chotu umfuhr die unbeleuchteten Hindernisse mit Bravour. Unsere Scheibenwischer kreischten, setzten hin und wieder eine Runde aus und waren kurz vor dem Exitus. Die Scheinwerfer entgegenkommender Fahrzeuge vervielfachten sich samt ihren Spiegelungen auf der verschlierten Scheibe zu einem blendenden Lichterspiel. Seit unserer Abfahrt lastete um mich herum tödliches Schweigen, das keiner meiner Begleiter durchbrach. Mißstimmung erfüllte den engen, stickigen Raum, der nach feuchten Kleidern roch, nach Benzin und Öl und nach den Abgasen, die durch alle Ritzen krochen.

Ich spürte, wie mein Magen, meine gerade erst genesene Leber sich verkrampften. Diese Fahrt wurde zur Vorhölle. Zum Fegefeuer für alle meine Sünden. Ich habe sie Meile um Meile, Stunde um Stunde abgebüßt. Und es war nun die Frage, was schwerer wog: meine Verfehlung oder Lakshmis Eifersucht.

Wir durchfuhren einen kleinen Ort. Lakshmi rief Chotu etwas zu. Es war eine kurze, klare Anweisung auf Hindi. Er nickte und antwortete auf Englisch: »Yes, please, Mam Sahib!« Dann reduzierte er das Tempo, wischte über die beschlagenen Scheiben, hielt Ausschau, verließ schließlich die Straße und fuhr durch aufsprühendes Wasser in einen Hof.

Es war ein Restaurant dritter Klasse, Lakshmi kannte den

Wirt. Kaum saßen wir an einem der Tische in diesem absolut leeren, kahlen Raum, wurde bereits ein frisches Tischtuch aufgelegt, wurden Tee und Wasser serviert. Bis zum nächsten Gang dauerte es dann allerdings länger als eine Stunde: ›Tandoorichicken‹ erklärte Rajesh, als eine Schüssel mit diesen dürren, rotgefärbten Hühnerskeletten vor uns landete. Es waren seine ersten Worte, seit wir uns im Zug vor vier Wochen verabschiedet hatten.

»Ich weiß«, sagte ich nur und nagte die gewürzte Haut von den Knochen. Dazu gab es mit Linsen vermischten Reis und aufgeblähte, heiße Fladenbrote. »Sie heißen Nan!« sagte Rajesh und reichte mir eines über den Tisch. Mit dieser Bereicherung meines Sprachschatzes bemühte er sich, unseren erstarrten Kontakt wieder aufleben zu lassen.

Anschließend fuhren wir weiter durch die Nacht und durch den Regen, schweigend, müde, gestreßt von der endlosen, hektischen Kurverei, die einen krank machte und aggressiv und deren Sinn ich nicht begreifen wollte. Was hatte ich in Delhi zu suchen? Weshalb hatte ich mich einschüchtern lassen, wie Rajesh, der in Gegenwart seiner Mutter seine ganze Persönlichkeit eingebüßt zu haben schien. Warum hatte ich nicht gegen diese sinnlose Reise revoltiert? Welchen Zwang übte diese schöne Frau auf ihre Umgebung aus, daß es keinem gelang, sich ihren Plänen zu entziehen oder zu widersetzen?

Es war gegen Mitternacht. Der Regen hatte endgültig aufgehört. Die Straße war leer und übersichtlich. Rajesh war eingenickt. Sein Kopf fiel ihm auf die Brust. Ich kämpfte noch gegen den Schlaf. Nur Lakshmi saß aufrecht und wach und voller Disziplin an meiner Seite und schaute unbeweglich hinaus in die Nacht.

Ich hatte sie lange und nachdenklich betrachtet, ihr schönes Profil mit dem energischen Mund. Die großen, zu stark getuschten Augen. Die eigenwillig zerzausten Haare. Die seltsame Falte auf der Stirnpartie, die auch das Gesicht ihrer Kinder prägte. Das Bild der ›Grandmama‹ fiel mir ein, Nadira mit ihrem Charme, Rajesh in seiner Verklemmtheit. Und ich fühlte mich fremd und überflüssig in diesem Kreis, ausgeschlossen und über Gebühr bestraft.

Da wandte Lakshmi den Kopf, sah mich an, lange, ganz ernst. Dann griff sie über meinen Koffer hinweg, den ich wie eine Barriere zwischen uns beide aufgerichtet hatte, nach meiner Hand. Eine liebenswürdige Geste. Eine Geste der Versöhnung, des Verzeihens, des Verständnisses.

Sie rückte näher, begann zu sprechen, leise, gedämpft, so als könnten Rajesh oder gar Chotu sie belauschen und ihr Deutsch verstehen.

»Hast du begriffen, worum es geht?«

Worum sollte es gehen? Und wobei?! Ich hatte nichts begriffen, nichts verstanden und schüttelte vorsichtshalber den Kopf.

»Die Mission, von der ich sprach? Unsere Arbeit, unsere Bestrebungen? Du weißt, warum Dharmendra Choudhari, warum mein Mann sterben mußten?«

Ich wußte es nicht. »Du hast nie darüber gesprochen!«

Sie nickte. »Und du hast nie danach gefragt. Ich fand das fair von dir!«

Sie machte eine lange Pause. Einsame, helle Rinder tauchten im Scheinwerferlicht auf, und der Wagen schlingerte fast, als Chotu sie umfuhr.

»Unser Geld ist nicht viel wert«, begann sie. »Das Land ist arm. Eine industrielle Produktion ist erst im Aufbau. Unsere Rupies werden nicht gehandelt auf dem Weltmarkt. Wir müssen überall mit Dollars bezahlen, die wir nicht haben. Nur ein einziges Land nimmt uns die Rupies ab und liefert uns dafür Waren: die Sowjetunion. Was die Russen mit den für sie wertlosen Scheinen machen, weiß ich nicht. Vielleicht werfen sie sie weg. Oder kaufen dafür im Gegenzug ein paar Ladungen Tee oder Baumwolle oder billige Textilien bei uns. Wir haben nicht viel zu bieten. Aber eines haben wir mit diesem Handel verspielt: unsere Unabhängigkeit! Denn die Waren, die sie uns liefern, sind Waffen!«

»Ich denke, Indien ist ein freies Land?«

»Ja. Ein freies Land der Dritten Welt. Als ob es viele Welten gäbe und nicht nur eine einzige!«

Sie ließ meine Hand los, fuhr sich über das Haar, übers Gesicht. Dann sprach sie weiter, lauter unkontrollierter: »Ja, wir sind frei, und wir wollen es bleiben. Und um diese Freiheit zu bewahren, brauchen wir Waffen! Und Ersatzteile. Und Munition. Und Instruktionen. Aber nicht von den Sowjets. Denn die halten uns damit in einer Art subtiler Abhängigkeit.«

Nach einer Pause fügte sie wiederum leise hinzu: »Das war sie schon, die ganze Geschichte!«

Sie schwieg wieder, als hätte ich die Pointe selbst herauszufinden.

»Wer bedroht euch? Gegen wen müßt ihr euch wehren? Mit Waffengewalt? Ein armes Land, wie du sagst?« Ich sah keine Logik in diesem Wettlauf um Prestige und Macht, in diesem archaischen Steinzeitdenken, in dieser Steinbeil-Mentalität. Indien war nach meiner Empfindung, oder besser in der Phantasie der Europäer, eine Insel der Friedfertigkeit, der Gewaltlosigkeit. Bodhisattva, Mahatma Gandhi, Nehru. Als hätte es die erste indische Atombombe von 1974 nicht gegeben, sondern nur Meditation und Yoga und heilige Kühe, echte und falsche Gurus, vernünftige und absurde Antworten auf die Frage nach dem Sinn des Lebens.

»Wir sind ein geteiltes Land. Wie ihr.« Lakshmi antwortete routiniert, und ich dachte an ihren Vater, den Parlamentsabgeordneten. »Im Westen Pakistan, im Osten Bangladesch. Willkürlich auseinandergerissen nach der Befreiung von der britischen Herrschaft. Aufgeteilt nach windigen Kriterien, hier Hindus, dort Moslems. Eine Gleichung, die nicht stimmt und die niemals aufgehen wird. Flüchtlingsströme zogen hin und her, Bruderkrieg. Millionen ohne Heimat. Jetzt haben sich die Spannungen zwar gelegt, aber der Konflikt ist da, nach wie vor. Und die Ruhe ist trügerisch. Jeder mißtraut dem anderen. Wie bei euch, wie in Korea, wie damals in Vietnam. Wahnsinn, auch wenn er Methode hat, auch wenn er irgendwann zur Tradition geworden ist, zum Gewohnheitsrecht, garantiert nicht den Frieden. Außerdem hatten wir mehrere Gefechte mit chinesischen Invasoren. China ist unser Nachbar im Norden. Indien ist arm. Aber den, der Macht über diesen Subkontinent erlangt, den macht es reich.«

Rajesh war aufgewacht, sah sich erstaunt nach uns beiden um. Er war verwundert über das veränderte Klima, auch wenn er nicht verstand, worum es ging.

Auf Hindi sagte ihm Lakshmi ein paar Worte. Er nickte beiläufig und müde und sank wieder in sich zusammen. Chotu reagierte nicht. Er fuhr wie ein Roboter, ohne Emotionen, ohne sich ablenken zu lassen, ohne uns wahrzunehmen.

»Du hast nun begriffen?« fragte Lakshmi.

»Ja, ungefähr.« Aber auch wirklich nur ungefähr. Die politische Situation dieses Landes war mir in etwa bekannt, wenn auch nicht immer bewußt. Jetzt hatte ich also eine Schilderung aus einer anderen Perspektive erhalten.

»Wir sind Politiker«, fuhr Lakshmi fort. »Konservative Politiker. Meine ganze Familie. Mein Vater. Aber auch mein Mann und seine Brüder. Das heißt, sie sind Politiker gewesen. Und für ihren Patriotismus haben sie mit dem Leben bezahlt.«

Sie machte eine Pause, wandte sich ab, malte Muster auf die beschlagene Scheibe an ihrer Seite.

»Mein Vater hat uns gewarnt«, fuhr sie fort. »Es gibt keinen Weg zwischen dem reißenden Tiger und dem reißenden Fluß. Man muß sich entscheiden. Töten oder schwimmen. Kämpfen oder fliehen.« Sie lachte ganz plötzlich und griff wieder nach meiner Hand. »Wir haben trotzdem einen Weg gesucht, zwischen Tiger und Fluß, einen Weg am Ufer, und ihn nicht gefunden! Wir haben nicht gekämpft! Und der Tiger hat zugeschlagen.«

Ein anschauliches Bild. Nur die Pointe wollte immer noch nicht in meinen Kopf, nicht ohne Erklärung, nicht ohne Kommentar. »Und was hat euch nach Deutschland geführt?«

»Waffen!« sagte sie nur. »Wir wollen Waffen kaufen. Ganz einfach. Waffen aus dem Westen. Aber nicht aus den USA. Wir wollen ›blockfrei‹ bleiben, was man auch immer darunter versteht. Also Waffen aus Europa. Aus Deutschland, aus Frankreich, aus Italien: Alphajet, Tornado, Leopard, Milan-Raketen und so weiter. Dazu das Know-how, das Zubehör, Munition und Ersatzteile. Und das alles möglichst zum Nulltarif, also auf Kredit, Weltwährungsfonds, oder für Rupien. Dafür garantieren wir unsere Neutralität, Anlehnung an den Westen Europas. Indien wird kein Afghanistan!«

»Besteht in dieser Richtung denn irgendeine Gefahr?«

»Ja. Meiner Meinung nach, ja. Auch nach der Meinung der Leute, die mit uns den Weg gesucht haben zwischen Tiger und Fluß.«

»Also neue Abhängigkeiten?«

»Das nehmen wir in diesem Fall in Kauf.« Sie atmete tief und öffnete das Fenster einen Spalt. Laue, schwüle Luft wirbelte in den Wagen und machte das Klima im Innern erträglicher.

Ich hatte verstanden: »Es gibt also Leute, denen eure Aktivität auf der Suche nach dem neuen, dem anderen Weg nicht paßt?«

»Ja! Viele! Viel zu viele!« Sie lehnte sich zurück, preßte ihre Finger kurz gegen die Schläfen, wirkte plötzlich nervös, es schien, als überfiele sie die Angst. »Aber es würde ja schon eine kleine, entschlossene Gruppe von Opponenten genügen, uns matt zu setzen. Wir haben zuwenig Rückhalt in unserer Partei. Ein Wechsel unserer ›unabhängigen‹ Abhängigkeit stört das mühsam ausbalancierte System unserer Außenpolitik. Daher die subversive Methode unserer Arbeit: Geheimverhandlungen. Vorsichtige Kontakte. Inoffizielle Unterredungen. Bereits das war unseren Gegnern zuviel. Sie wehren den Anfängen. Sie schlagen zu, bevor unsere Überlegungen öffentlich diskutiert werden können. Und sie waren sehr erfolgreich mit ihrer Methode. Ohne Zweifel.«

Ich war nachdenklich geworden. Die missionarischen Äußerungen von Rajesh fielen mir ein, damals im Zug. Auch er sprach über Waffen. Allerdings unter einem völlig anderen Vorzeichen. Mutter und Sohn schienen bei diesem Thema nicht einer Meinung zu sein. »Warum erzählst du mir das alles, Lakshmi? Ich nehme an, deine Arbeit ist streng geheim und . . .«

Sie unterbrach mich. »Ja, und ich weiß, du wirst schweigen! Du sprichst zu niemandem darüber. Kein Wort. Keine Andeutung. Darauf verlasse ich mich.« Sie verschränkte die Arme. Und erst nach einer ganzen Weile wandte sie sich zu mir um, sah mich prüfend an und beendete ihr Gespräch mit einer Erklärung, die mich zutiefst erschreckte: »Ich habe Vertrauen zu dir! Sehr großes Vertrauen! Ich habe dir das alles erzählt, weil ich deine Hilfe brauche, deine Mitarbeit!«

51

Nein! So war das nicht geplant! Dies war *meine* Flucht nach Indien, *mein* persönlicher Ausbruch aus einem gutbürgerlichen Leben, in Wohlstand, Glück und Streß! Weg von Job und Familie, von Beengung und Verantwortung und jeglichem Zugriff. Ich hatte dieser Frau eine Leiche aus dem Weg geräumt, war, ohne groß zu klagen, einige lange Wochen meines Lebens in ihrer Schutzhaft gehockt, entlohnt mit ein paar Liebesstunden und einer Virusinfektion. Man hatte mich gastfrei umsorgt, und ich hatte mich offenbar skandalös benommen. Schön und gut. So war das Leben. Aber nun war Schluß.

Ich fühle mich nicht zum Helden berufen. Ich habe auch nicht das Zeug für einen kalten Krieger. Dies ist nicht *mein* Indien. Die Freiheit dieses Landes ist nicht meine Freiheit. Ich habe genügend Probleme mit mir selbst, mit meinem Kopf, mit meiner Krise. Und ich werde versuchen, irgendwo auf diesem Planeten ein Fleckchen Erde zu finden, das nicht Zankapfel der Großmächte ist, das nicht meine Mitarbeit und Hilfe für seine Unabhängigkeit benötigt. Was ich suche, ist ein Ort mit zehn mal zehn Metern, wo wirklich Frieden herrscht, wo keine profitable Ausbeutung stattfindet, weder an Bodenschätzen noch an Menschen. Und wo man mich in Ruhe läßt. Ich weiß, das ist zuviel verlangt. Aber ich leide inzwischen tatsächlich an Verfolgungswahn und schweren Depressionen.

Ich bin auch keinesfalls bereit, für irgendwelche fremde Interessen zu kämpfen. Meine eigenen genügen mir völlig. Politik mit Waffenschiebereien ist nicht mein Fall. Und ich habe daher beschlossen auszusteigen, möglichst bald und hoffentlich endgültig, aus diesem Wagen und aus dieser Geschichte.

Vorläufig jedoch gab es keinerlei Möglichkeiten zur Flucht. Chotu jagte durch die Nacht auf schnurgeraden, noch von den Briten geplanten Straßen. Das Erbe der Kolonialzeit war vielfältig.

Ich versuchte zu schlafen, um Kräfte zu sammeln für meinen geplanten Ausbruch. Das Dröhnen des Motors, der Reifen auf dem Ziegelsteinpflaster, das Scheppern der losen Blechteile dieser original-indischen Karosserie schläferte mich tatsächlich ein, bohrte sich aber auch als störendes Geräusch in die kurzen Traumfetzen meines Halbschlafs. Mein Kopf schlug gegen das Polster, mit jeder Bodenwelle, die der Wagen überfuhr, schwankte hin und her mit bei jeder Bewegung dieser ausgeschlagenen Lenkung. Und wenn ich auftauchte, aus der oft nur Minuten dauernden Abwesenheit, sah ich Lakshmi auf ihrem Platz. Sie saß unbeweglich, aufrecht und wach mit offenen Augen. Welche Haltung für eine Frau! Welche Selbstkontrolle! Welche Disziplin! Menschen mit dieser Kraft jagen mir Angst ein. Was mich betraf, ich war nicht nur total übermüdet, ich hatte diesen ganzen mörderischen Schwachsinn einfach satt.

Wozu diese lebensgefährliche Geheimbündelei? Haben sie Angst, die Russen marschieren bei ihnen ein, oder die Chinesen? Oder die pakistanischen Brüder? Wegen ein paar lausigen Tornados oder Jaguar-Panzern? Die sie für sauer verdiente, mühsam erbettelte Entwicklungsdollars im Westen kaufen wollen?

Je länger ich über diesen ganzen Weltmacht-Schwachsinn nachdachte, desto unglaublicher erschien mir die Zumutung, mich in dieses Spiel einzuspannen. Als was? Als Kurier? Als Dolmetscher? Als Unterhändler? Als Kugelfang oder nächstes Opfer für die Seidenschlinge, in die eine Kalimünze eingewickelt ist? Hat dieses geheime Tötungskommando tatsächlich den nötigen Humor oder das entsprechende Traditionsbewußtsein, um seine Morde derart makaber zu garnieren? Anstatt seine Feinde einfach, ehrlich und kunstlos abzuknallen? Wie den Ehemann dieser schönen Frau?

Mein ganz persönliches Überleben war mir wichtiger als die Zuneigung dieser Göttin der Schönheit und des Glücks. Wichtiger als alle Liebesstunden mit ihr. Wichtiger auch als jegliche Bewunderung, Hochachtung oder Dankbarkeit, die sie für mich empfand, auf Grund meiner aufopfernden Tätigkeit in ihren Diensten.

Mehr war zu alledem nicht zu sagen. Der Fall war erledigt für mich, endgültig und unwiderruflich abgeschlossen. Als es zu dämmern begann, wußte ich, was zu tun war.

52

Eine Menschenmenge blockierte die Straße, verhinderte unsere Weiterfahrt durch ein Dorf ohne Ende, mit seinen Läden und Werkstätten, seinen Verkaufsständen und Garküchen unter freiem Himmel und seinem unübersehbaren Gewimmel.

Vor uns stauten sich Lastwagen, Ochsenkarren und Rikschas. Neugierige stellten ihre Räder ab, ließen sie mitten auf der Fahrbahn liegen, schlossen sich diesem erregten Gerenne und Geschiebe an.

Niemand wußte, was geschehen war. Aber allein schon dieses Zusammenströmen der Massen heizte die Sensationsgier an.

Chotu war ausgestiegen, Rajesh ihm gefolgt. Wir saßen allein im Wagen, Lakshmi und ich, und schwiegen uns wieder einmal an.

Ich wußte, das war nun die Chance, auf die ich gewartet hatte. Aber mir fehlte der Mut. Entschlußlosigkeit kroch wieder einmal in mir hoch, die Angst, jetzt eine Entscheidung treffen zu müssen, sie selbst zu treffen, statt sie anderen zu überlassen. Ich blieb also sitzen, wo ich saß, übte mich weiter in Geduld und sah den richtigen Augenblick zu einer Flucht zerrinnen.

Der Himmel war bewölkt, aber es regnete nicht. Schon seit dem frühen Morgen fuhren wir durch verbranntes, ausgetrocknetes Land. Bis hierher war der Monsun noch nicht vorgedrungen. Die Küste ertrank im Überfluß. Hier herrschte Mangel.

In einer Stadt namens ›Ajmer‹ hatten wir eine Pause eingelegt, hatten gefrühstückt in einem Hotel im nachempfundenen islamischen Stil der Mogulzeit. Die originalen Prachtbauten des Kaisers Akhbar beherrschten die ganze Stadt.

Der Frühstücksraum war angenehm klimatisiert. Aber schon auf dem Weg zurück zu unserem Wagen trieb mir die Hitze wieder den Schweiß aus den Poren.

Seit achtzehn Stunden saß Lakshmi nun aufrecht neben mir im Wagen und zeigte keine Spur von Ermüdung. Nur als die Wartezeit sich hinzog, als dieser Menschenknäuel sich nicht auflöste, als weder Chotu noch Rajesh zurückkehrten, spürte ich ihre nur mühsam unterdrückte Nervosität. Ich registrierte die kleinen Gesten: das Spiel der Finger, der Griff ins Haar, ein Blick auf die Uhr.

»Wo sind wir?« wollte ich wissen.

»Jaipur«, sagte sie nur. Und erst nach langen Minuten fügte sie hinzu: »Ein paar Kilometer vor Jaipur. Und wir fahren noch vier bis fünf Stunden bis Delhi. Sofern es gelingt, hier durchzukommen.«

Ich nickte. Das war der richtige Augenblick. »Ich werde sehen, was passiert ist!« Damit verließ ich den Wagen, ignorierte ihr »Bleib hier!«, das sie mir nachgerufen hatte, und warf die Tür hinter mir zu.

Es war kein Abschied mit Stil.

Als ich die Menschenmenge erreichte, hatte sich die Aufregung bereits gelegt. Ein Verkehrsunfall, weiter nichts. Ein Todesopfer. Die ersten Neugierigen kamen mir bereits wieder entgegen, darunter Chotu und Rajesh. Aber sie bemerkten mich nicht in dem Gedränge. Und bis dieses Verkehrschaos entwirrt war, konnte noch viel Zeit vergehen.

Ich drängte mich weiter nach vorn. Ein Kind war überfahren worden. Von einem Touristenbus. Zwei Frauen knieten neben dem Leichnam und kreischten ihre Totenklage gegen eine Wand teilnahmsloser Zuschauer.

Die Touristen waren aus dem Bus gestiegen und fotografierten. Der Busfahrer sammelte bei ihnen Geld. Ein Bündel Scheine brachte die Totenklage der beiden Frauen zum Verstummen. Der Leichnam wurde zur Seite geschafft, die Touristen stiegen wieder in ihren Bus, die Umstehenden zerstreuten sich, der Fall schien erledigt.

Ich lief den Bus entlang, die Straße hinunter, verschwand zwischen den Häusern und Hütten, rannte durch Gassen, über Höfe, an Ziegenpferchen entlang, überquerte ein Feld. Alte Frauen sahen mir nach, aufgestört in ihrer Geschäftigkeit, an offenen Feuerstellen, an einem Tankwagen mit Wasser, an dem sie in langer Reihe mit ihren leeren Eimern warteten. In den Türen, in den halbverhängten Fensteröffnungen der Hütten, erschienen mißtrauische Gesichter, beobachteten mich, verfolgten meine Flucht mit ihren Blicken: Ein Fremder lief querfeldein wie ein Verbrecher, wie ein gehetzter Dieb.

Ich erreichte eine Straßenkreuzung. Von einem Lastwagen wurden Betonsteine abgeladen. Die Träger waren uralte Männer mit dürren Armen und Beinen und einer eingefallenen Brust. Um Lenden und Schenkel hatten sie ein Tuch geschlungen, sonst waren sie nackt. Sie transportierten die schweren Steine auf ihrem Kopf, auf einem aus Stoffetzen geflochtenen Ring, schleppten sie balancierend, aufrecht und mit hocherhobenem Haupt zu einer Baustelle weitab von der Straße. Frauen hockten auf dem Boden und zerschlugen mit Hämmern Steine zu Split. Kinder schaufelten ihn mit bloßen Händen in Körbe und schleppten diese anschließend hinter den Männern her. Ein heißer Wind wirbelte mir Zement und roten Staub ins Gesicht. Es knirschte zwischen meinen Zähnen und schmeckte bitter.

Hunderte waren hier beschäftigt, luden ab, schleppten und klopften, ein einziges Gewimmel rot verstaubter Gestalten. Dem Fundament nach zu schließen, das bereits fertig über den Boden ragte, wuchs hier am Rand des Dorfes eine Fabrik mittlerer Größe in Handarbeit aus dem versteppten Land.

»Delhi?«

Der Lastwagenfahrer, der gerade in die Kabine seines schrottreifen Fahrzeugs kletterte, betrachtete mich mit ungläubigem Erstaunen. Ein europäischer Sahib, bärtig zwar und ein klein wenig verwahrlost, der sich zweifellos ein Taxi leisten konnte, bat ihn, den verschmutzten, armseligen Underdog, um einen Platz an seiner Seite. Er zögerte mit einer Antwort. Dann schüttelte er den Kopf:»Jaipur!« sagte er nur und schlug die verbeulte Tür hinter sich zu.

Auch gut. Ich ging um den Wagen herum und stieg zu ihm ein, ohne lang um Erlaubnis zu fragen. Hinter mir, auf der Straße, hatte der Verkehr wieder eingesetzt. Ich hatte keine Lust, hier und in dieser Situation noch einmal Lakshmi und ihren Begleitern zu begegnen. Obwohl der Wagen vermutlich immer noch am gleichen Platz stehen würde. Wahrscheinlich hatte sie Chotu ausgeschickt, um mich zu suchen. Rajesh würde sich irgendwann auf den Weg machen. Und sie würde warten, ungeduldig, nervös. Das unerklärliche Verschwinden ihres Gastes würde viel Zeit kosten und mir einen Vorsprung sichern.

Der Lastwagenmotor sprang zögernd an, schüttelte das uralte

Vehikel an allen Nahtstellen durch. Dann fuhren wir, eine Staubfahne hinter uns herschleppend, auf die Stadt Jaipur zu, die am Horizont bereits zu ahnen war.

Ich reichte dem Fahrer ein paar Geldscheine, abgegriffene Rupien, ohne sie groß anzusehen oder abzuzählen. Es war ohnehin mein billigster Urlaub seit langem. Der Mann winkte ab. Aber nach einer Weile nahm er die Scheine, zählte nach, betrachtete sie skeptisch, anschließend mich. Dann schüttelte er den Kopf, reichte sie mir zurück, redete dabei auf mich ein, lange und sehr überzeugend. Aber ich verstand ihn ja nicht, lächelte nur höflich, zuckte die Schultern. Da resignierte er und steckte das Geld in seine Tasche. Und dann schlug er mir anerkennend und kräftig auf die Schulter. Vielleicht um seine Beschämung zu verbergen. Dieses Spiel hatte fünf Minuten gedauert. In dieser Zeit erreichten wir die Mauern der Stadt.

»Ich brauche ein Hotel! Hotel!!«

Er nickte, schien zu verstehen und fuhr laut hupend durch eines der Tore.

Es war eine Stadt wie aus einem Märchen! Die Häuser mit ihren verspielten Fassaden, mit ihren kunstvollen Simsen, Balkonen und reichen Fensterfronten, die Mauern und Tore in ihrer bezwingenden Symmetrie, alles war mit einem erdigen Orangerot getüncht. Ausnahmslos! Die Farbe war verwittert, abgewaschen von den Regenfluten, war Schicht um Schicht abgeblättert und immer wieder neu aufgetragen worden. Das ergab eine Vielfalt an Nuancen und Tönen.

Der Lastwagenfahrer spürte meine Bewunderung. Er fuhr langsam eine der Hauptstraßen hinunter, die belebt war wie ein riesiger Bazar. Er überquerte Plätze, fuhr an Palästen vorüber, an reichen Portalen, an Giebelfronten mit Hunderten durchbrochener Erker, an einem Park mit Riesenspielzeug. Die gigantischen, bizarren Bauwerke waren offenbar für astronomische Beobachtungen errichtet. Denn die zementüberstäubten, schwieligen Hände des Fahrer deuteten zum Himmel und beschrieben die großen, langsamen Kurven der Gestirne.

Das Hotel, in das er mich fuhr, war ein ehemaliger Palast. Vielleicht nicht sehr alt, aber bei Kulissen für ein Märchen aus Tausendundeiner Nacht zählt nicht so sehr der Jahrgang.

Die beiden Türsteher in ihren phantastischen Uniformen, in Goldschärpe und unter einem hahnenkammartigen Kopfputz, schienen überrascht. Ein potentieller Gast ihres Hauses stieg aus einem verwahrlosten Baustellenfahrzeug. Ich hätte mein Jackett mitnehmen sollen. Der Koffer mit den Layouts hätte Lakshmi als Pfand genügt.

Eine letzte Geste, ein letztes ›Good-bye‹ für den freundlichen Lastwagenfahrer, dann betrat ich durch das Portal diesen Traum aus Gips und Marmor und suchte die Rezeption. Sie lag etwas abseits und versteckt. Die Paläste der enteigneten Maharadschas waren vom Grundriß her nicht auf künftige Hotels zugeschnitten.

»Ein Zimmer mit Bad, bitte!«

Die junge Dame blickte mich irritiert aus großen Augen und durch noch größere, getönte Brillengläser an.

»Sie haben vorbestellt?«

»Nein. Natürlich nicht. Jaipur ist eine Überraschung für mich. Ich bin zufällig hier angekommen.«

Um Zeit zu gewinnen, suchte sie in ihrem Plan. Ein Gast mit staubigen Hosen, verschwitztem Hemd, ungekämmt und bärtig und ohne Gepäck. Das entsprach nicht ganz dem Stil des Hauses.

»Ich fürchte, es ist alles besetzt!«

»Sie fürchten? Ich bin sicher, Sie werden mir helfen! Ich habe bereits genügend Ärger gehabt. Mein Gepäck wurde gestohlen, mein Paß. Nur meine Kreditkarte habe ich gerettet! Hier.«

Ich legte sie auf den feinen Marmor. Grün auf schwarzem Grund. Ich hoffte, das würde sie überzeugen. Aber nach einem kurzen entsetzten Blick auf mich als Opfer eines peinlichen Zwischenfalls, verständigte sie vorsichtshalber ihren Chef in seinem Office.

»Ich höre, Sie hatten größere Probleme, Sir?« Er war der typische, smarte, indische Geschäftsmann, wie man ihn rund um diesen Planeten findet.

»Mein Gott, ja, das kann überall passieren!« Ich versuchte, den Fall herunterzuspielen. Ich wollte kein Aufsehen. Nur ein Zimmer mit Bad. Nichts weiter. Keinen Zuspruch. Keine Hilfeleistung. Keine Anteilnahme. Von Samaritern hatte ich fürs erste genug.

»Sie haben die Polizei verständigt, Sir?«

»Meine Freunde haben das für mich erledigt.« Ich begann meinen Einfall mit diesem Raubüberfall bereits zu verfluchen. »Ich brauche nur ein anständiges Zimmer. Und Ruhe. Um mich zu erholen!«

Der Manager war zu Diensten. Das Zimmer war eine Suite zum Discountpreis. Drei Räume in einem der Türme. Ein Bad wie aus einem Serail. Ein gelbüberzogenes Bett unter einem nachtblauen Baldachin. Schreibzimmer, Leseecke, Boudoir, Ankleideraum. Blick über den Park. Hinter Springbrunnen und blühenden Bäumen die rosa Zinnen der Stadt.

Ich hatte Rührei mit Toast und ein Bier bestellt. Und einen Rasierapparat. Der Zimmerkellner schob sein lächelndes Gesicht, das unter einem monströsen Turban verschwand, diskret durch die halbgeöffnete Tür. »Your Lunch, Sir!« Statt Bier gab es Wasser. »Dry day in Jaipur!« Alkoholfreier Tag. Er bedauerte zutiefst. Meine Leber wußte es ihm zu danken.

Dann fiel der Bart. Er war zwar der sichtbare Beweis meines Aussteiger-Schicksals. Aber er begann lästig zu werden, heiß und kratzend. Außerdem wurden die Strähnen von Tag zu Tag grauer. Seine Jahresringe so weithin sichtbar spazierenführen zu müssen, ist schmerzlich. Man kann Masochismus auch übertreiben.

Dann erschien ein Schneider. Der Hotelmanager hatte ihn alarmiert! »Sie hatten ein Problem, Sir?«

Er nahm Maß, und ich entschied mich für helles Leinen und zwei Hemden aus Rohseide. »Noch heute abend, Sir! Wenn Ihnen das genügt?«

Es genügte mir. Allmählich hatte ich den leisen Verdacht, in diesem unverschuldet über mir hereingebrochenen Luxus überzuschnappen! Ich fühlte mich durchaus standesgemäß untergebracht. Und ich weigerte mich, wie jeder gute Tourist, daran zu denken, daß jenseits dieser Mauern bereits wieder das Elend regierte, die Unterernährung, die Überbevölkerung, die Hoffnung auf den Monsun. Und daß in geheimen Zirkeln die Diskussion über die Beschaffung von Waffen wichtiger war als die Bewässerung des Landes, der Anbau von Weizen oder Geburtenkontrolle.

Bei Kerzenlicht wurde in der offenen Halle zum Park das Dinner serviert. So ließ es sich leben: neu eingekleidet, ausgeruht, frisch gebadet und rasiert. Statt Wein servierte man mir Joghurt. Der ›Dry-day‹ war noch nicht vorüber. Wobei ich nicht nachforschen wollte, was einige Gäste in ihren Silberbechern verbargen, die sie aus ihren Zimmern mitgebracht hatten.

So ging ein langer, ereignisreicher Tag zu Ende. Ich hatte, zumindest für heute, endlich einen friedlichen Ort gefunden, fühlte mich wunschlos, ziellos und frei und von einer großen, überlegenen Ruhe erfüllt. Und ich schlief bis in den späten Morgen.

Es schien ein klarer Tag zu werden, als ich auf der überdachten Veranda erschien, um mein Frühstück einzunehmen. Vermutlich war ich einer der letzten Gäste. Die Veranda war leer. Indienreisende haben für gewöhnlich ein sehr umfangreiches, tägliches Pensum abzudienen, waren also früh auf den Beinen und längst unterwegs, zwischen rosa Tempeln und Palästen, zwischen Slums und Souvenirs. Daher war es erstaunlich, daß ein einzelner Herr die leeren Tische ignorierte und mich bat, an meiner Seite Platz nehmen zu dürfen. Er war offensichtlich kein Tourist, dieser auffallend dunkelhäutige Inder mit seinem öligen Scheitel. Er wirkte sehr offiziell, in seinem glänzend blauen Anzug und mit seiner schwarzen Krawatte. Vielleicht war er einer der Manager des Hotels, der zu meiner Person und zu meiner fingierten Diebstahlsgeschichte einige Fragen hatte. Aber er fragte nicht, bestellte nichts. Er ließ sich Zeit und vermied meinen Blick.

Ich vertilgte mein Frühstück so gut es ging, etwas irritiert und nervös, während mein Gegenüber in seiner Zeitung blätterte. Nach meinem letzten Schluck Tee ließ er sie sinken, faltete sie zusammen, schaute mich erwartungsvoll an und stellte fest: »Sir! Sie sind also fertig!« Und auf meinen indignierten Blick hin fügte er noch hinzu: »Sie haben Ihre Mahlzeit beendet!?«

Ja, ich hatte sie beendet, meine Mahlzeit, zweifellos. Ich nickte zustimmend. Diesen Augenblick schien dieser höfliche Mann abgewartet zu haben. Er griff in die Innentasche seines Jacketts und brachte einen grünen Reisepaß zum Vorschein. Er blätterte nachdenklich von Seite zu Seite, warf einen flüchtigen, prüfenden Blick auf mich und ließ sich weiterhin nicht aus seiner Ruhe bringen.

»Ihr Paßport, Sir?« fragte er schließlich und hielt mir die Seite mit meinem Bild entgegen.

Durch das lange, genußvolle Blättern war ich auf diese Frage fast schon vorbereitet. Ich nickte also nur und griff nach dem Paß. Aber er zog ihn zurück, suchte eine bestimmte Seite und schlug sie auf: »Ihr Visum für dieses Land ist bereits seit vielen Wochen abgelaufen. Sie haben versäumt, eine Verlängerung zu beantragen, Sir!«

»Ich weiß. Tut mir leid. Ich war krank.«

»Ja, das ist uns bekannt.« Er blickte auf. Ein zweiter Herr war erschienen und an unseren Tisch getreten. Vielleicht stand er auch schon eine ganze Weile unbemerkt hinter mir, bereit, um auf einen Wink oder ein Stichwort hin aufzutreten. Er war ähnlich gekleidet wie sein Kollege, in dieses glänzende Blau, und schleppte meinen Koffer mit sich herum. Das war doch mein Aktenkoffer? Oder etwa nicht?

Ich hätte nun die Komödie erwartungsgemäß weiterspielen müssen, zum Beispiel mit der Frage, woher haben Sie meinen Paß? Woher meinen Koffer? Schließlich hatte ich beides als gestohlen gemeldet. Aber nun hatte ich plötzlich ein verdammt flaues Gefühl im Magen, trotz Tee und reichlichem Frühstück, mit Papayas und Mangos und frischem Gebäck. Und trotz relativ guten Gewissens. Eine Notlüge, um noch ein akzeptables Zimmer zu bekommen, wird wohl noch erlaubt sein. Oder etwa nicht?

Woher hatten die beiden wirklich meinen Paß und meinen Koffer? Ich hatte beides in Lakshmis Wagen zurückgelassen. Was waren das für obskure Querverbindungen? Wer waren die beiden Typen mit ihrem etwas beklemmenden Charme?

Nun, das würde sich aufklären. Jetzt kam es zu allererst darauf an, die Nerven zu behalten. Denn hier entwickelte sich offenbar ein Pokerspiel unter Profis, bei dem meine Partner, zumindest fürs erste, die besseren Karten besaßen, außerdem gewisse Vollmachten, den Heimvorteil, mehr Informationen und unbegrenzt viel Zeit.

»Schön, daß Sie meinen Koffer mitgebracht haben!« Ich versuchte es auf die dummdreiste Methode.

»Es war uns ein Vergnügen, Sir! Sie werden ihn für den Rest

Ihrer Reise benötigen.« Mein Gegenüber war immer noch von ausgesuchter Höflichkeit, händigte mir aber weder meinen Paß noch meinen Koffer aus.

»Was waren Ihre Absichten für diese Indienreise, Sir?« wollte er wissen. »Darf ich Sie das fragen?«

Er durfte. Warum auch nicht! »Urlaub! Nichts weiter! Ich bin Tourist. Warum interessiert Sie das?«

»Es ist meine Aufgabe, Sir, mich danach zu erkundigen. Sie haben Geschäftsfreunde hier in Indien?«

»Freunde, ja! Aber ich betreibe keine Geschäfte! Ich bin als Privatmann nach Indien gereist.«

»Natürlich, Sir!« Die beiden Herren sahen sich an, nickten sich zu, ohne meine Behauptungen in Frage zu stellen, ohne mir zu widersprechen. Mein Gegenüber steckte meinen Paß wieder in seine Tasche und stand auf. Beiläufig hielt er mir einen vergilbten Ausweis hin, der in einer zerkratzten Plastikhülle steckte und den sein Jugendbildnis zierte.

»Ich handle nur im Auftrag, wie Sie sehen. Verzeihen Sie daher meine Bitte, Sir: Kommen Sie mit uns nach Delhi. Ihre Maschine fliegt morgen früh um vier Uhr zwanzig zurück nach Deutschland. Wir müssen Sie auffordern, zu Ihrer eigenen Sicherheit, dieses Land innerhalb der nächsten vierundzwanzig Stunden zu verlassen!«

53

Ausgewiesen! Abgeschoben als unerwünschte Person. Ohne Erklärungen, ohne Kommentar. Der freundliche Herr mit der schwarzen Trauerkrawatte bedauerte außerordentlich und berief sich auf seine Instruktionen. Die kamen aus Delhi. Dort jemand zu erreichen, der zuständig wäre, jetzt und um diese Zeit, an einem Freitagmittag, das sei schwierig. Er tue nur seine Pflicht, handle auf Anweisung, und ich möge ihm verzeihen.

Wir saßen von zwölf bis fünf im Flughafen Jaipur. Warteliste.

Die Flüge nach Delhi waren von Touristengruppen ausgebucht. Da half auch kein amtlicher Plastikausweis weiter.

Die ganze Zeit über beteuerte dieser Mann mir seine Unschuld. Ich hatte Mitleid mit ihm. Bereits nachts hatte man ihn informiert und um fünf Uhr morgens in sein Amt in New Delhi bestellt, um ihm meinen Koffer samt Paß zu übergeben. Über die Herkunft und Hintergründe wußte er ebesowenig Bescheid wie sein schweigsamer Begleiter.

Ich nahm diese Ausweisung als einen Wink des Schicksals. Kein langwieriges Herumquälen mit einer eigenen Entscheidung. Kein zeitraubendes Pläneschmieden. Man hatte über mich verfügt, wie seit Wochen über mich verfügt worden war. Vermutlich steckte Lakshmi hinter dieser Affäre. Wenn ich ihr schon nicht zu Diensten sein wollte, dann war es wohl besser, ich verschwand. Ohne Aufsehen. Ohne großen Abschied. Ohne Emotionen.

Die mir zugesicherte Gastfreundschaft besaß allerdings immer noch Gültigkeit. Bis zur allerletzten Minute. Die Rechnung des ›Rambagh-Palace-Hotel‹ in Jaipur wurde von meinen Begleitern ebenso diskret und stillschweigend beglichen wie der Flug nach Delhi und die ungenießbaren Sandwiches mit Cola im Warteraum. Es gab wieder kein Bier. Diesmal war es ein ›Dry-day‹ im ganzen Staat ›Rajasthan‹, nicht nur in der Stadt Jaipur.

Der Flug dauerte eine knappe Stunde. Die untergehende Sonne begleitete uns. Als wir in Delhi das Flughafengebäude verließen, war es Nacht.

Meine Begleiter hatten noch meinen Rückflug nach Frankfurt zu organisieren. Mein ›Gruppen-Arrangement‹ war längst verfallen. Am AIR-INDIA-Schalter lag der Erste-Klasse-Flugschein schon bereit. Bezahlt und bestätigt. Wie auch die Zimmer-Reservierung für meine letzte Nacht in Indien, im Maurya-Sheraton-Hotel, von dem ich, vom Ankunftstag her, nur die Halle kannte.

Meine Begleiter verabschiedeten sich von mir bis zum nächsten Morgen um drei. Drei Uhr früh. Ich möchte, bitte, pünktlich in der Halle stehen. Abflugbereit. Sie behielten den Paß. Ich erhielt meinen Koffer und die strikte Anweisung, das Hotel nicht zu verlassen. Unter keinen Umständen. Zu meiner eigenen Sicherheit, natürlich.

Ich fuhr hinauf in mein Zimmer im fünften Stock. Bereits beim ersten Halt des Lifts stieg ich aus, schaute von der Galerie hinunter in die Halle. Der schweigsamere meiner beiden Begleiter war zu einer Nachtschicht verurteilt worden. Er hatte sich hinter seine Zeitung verschanzt, saß in der Nähe des Aufzugs und hatte Treppenhaus und Hotelportal ebenfalls gut im Blick. Sehr viel Vertrauen zu mir schien man nicht zu haben.

Ich ignorierte seine Anwesenheit, als ich noch einmal durch die Halle ging, keine zwei Schritte von ihm entfernt, und seinen Blick in meinem Nacken spürte.

In einem der Restaurants des Hauses setzte man mir die Spezialität des Abends vor. Auf Hickory-Holz gegrillten Hammelrücken. Die Portion für eine Person hätte zwei indische Familien drei Wochen lang glücklich gemacht.

Eine leichte Schizophrenie ist bisweilen ein Segen. Mir jedenfalls raubte der Überfluß, der auf die Elends-Bilder in meiner Erinnerung stieß, den Appetit. Ich blieb auch sonst völlig nüchtern. ›Dry-day‹ auch hier, in Delhi, im Staat ›Uttar-Pradesh‹. Vielleicht auch nur hier in diesem Hotel. Es war nicht zu erfahren.

Ob die Gäste einer indischen Hochzeit ebenso nüchtern blieben, war fraglich. Im Park hinter dem Hotel war ein großes Areal mit riesigen, bunten Tüchern abgegrenzt und mit teuren Teppichen ausgelegt. Ich konnte von meinem Zimmer im fünften Stock das farbenfrohe Spektakel in Ruhe betrachten. Zwei Dutzend weißbemützter Köche bewachten eine lange Reihe mit mehr als fünfzig silbernen Schüsseln. Für die Musikkapelle war ein Pavillon errichtet worden und für die goldglitzernde Braut ein offenes Zelt. Dort saß sie und wartete regungslos, bewundert von den glücklichen Schwiegereltern, denn nun kam Vermögen ins Haus. Angestarrt und beneidet von Freunden und Verwandten und von über fünfhundert Gästen. Denn es sollte eine große Hochzeit werden!

Ich hatte mir einen Stuhl an das Fenster gestellt, saß dort oben im Dunkeln, schaute lange und etwas wehmütig hinunter auf dieses prächtige Treiben einer reichen Tradition. Der Bräutigam ritt gerade ein, in seinem roten Kostüm, auf einem weißen Pferd, mit einem Knaben hinter sich. Die Musikkapelle folgte ihm und

der Applaus seiner Gäste. Auch das hier war Indien. Und ich war in Abschiedsstimmung.
 Ich hatte zuwenig erlebt, zuwenig gesehen. Oder auch bereits zuviel. Ich hatte plötzlich das Gefühl, in dieses Land, zu diesen Menschen, niemals wieder zurückzukehren. Die letzten Stunden dieser langen Reise verbrachte ich eingesperrt in einem Hotelzimmer im fünften Stock eines internationalen Hotels. Aufbruch morgen früh um drei. Anschließend abgeschoben, wegkatapultiert aus dieser fremden, farbigen Welt, die mich anzog und einschüchterte, abstieß und nie mehr loslassen würde, zurück in das übliche und verhaßte Gerenne Europas, in den altbekannten, täglichen Trott.
 Das war es also. Das war übriggeblieben von der Idee einer Emigration. Ausbruch aus dem alten Leben. Nein! Vielleicht war es ein Anfang, ein radikaler Neubeginn. Je nachdem, was man mit den Erfahrungen anfing. Wozu man fähig war. Das war auch kein Abschied! So ohne Sentimentalität. Ohne Floskeln der Dankbarkeit. Ohne eine paar heimliche Tränen. So stiehlt man sich nicht aus einer solchen Affäre!
 Ich fuhr mit dem Lift der Etagenkellner bis hinunter zum Keller. Das Aufsehen, das ich in den Fluren vor der Küche erregte, war gering. Zwischen dem Hotel und der eingezäunten Festwiese dieser geschlossenen Gesellschaft war ein ständiges Kommen und Gehen. Gäste und Kellner strömte hin und her. Und auch von der Hochzeitsgesellschaft drehte keiner den Kopf nach mir um. Inmitten der Menge, zwischen bunten Saris und Anzügen im Nehru-Look, sah ich zahlreiche Europäer stehen. Das Glas in der Linken, den gefüllten Teller in der Rechten, dadurch unfähig, sich diesen weithin duftenden Köstlichkeiten hinzugeben, machten sie im Stehen artig Konversation.
 Braut und Bräutigam saßen wie exotisch ausstaffierte Puppen starr und steif in ihrem Zelt. Als Hauptdarsteller spielten sie eine Rolle, die bereits keinen mehr zu interessieren schien. Die Menge drängte zum Büfett. Kellner boten Säfte aus tropischen Früchten an. Und ich schob mich durch dieses Gewimmel, an dieser Wand aus dicken ›Patch-Work-Tüchern‹ entlang und fand schließlich hinter der Musikkapelle eine Öffnung, ein Tor, den schwer bewachten ›Künstlereingang‹. Ich drängte mich unbeach-

tet durch eine Gruppe Neugieriger nach draußen und verschwand in der Nacht. Hinter mir knatterte ein Feuerwerk und die bunten Sterne spiegelten sich im Lack und Chrom der teuren Limousinen. Der Wagenpark der Hochzeitsgesellschaft blockierte den Rest des Parks bis zur Straße.

Vor der Auffahrt zum Hotel wartete eine lange Reihe Taxis. Rasch und unauffällig stieg ich in das letzte:

»Old Delhi!«

Der Fahrer nickte und startete. Aber anstatt zurück auf die Straße zu fahren, passierte er diszipliniert die lange Reihe seiner Kollegen, fuhr am Hoteleingang vorbei, an den erstaunten Palastwärtern, die diensteifrig schon die Hand am Türgriff hatten, und bemerkte in seinem Rückspiegel erstaunt, wie ich auf meinem Sitz im Fond des Wagens untertauchte. Aber die Vorsicht war unnötig. Meine Bewacher ahnten nichts von meiner Flucht.

Einer Flucht?

Ein sinnloses Unterfangen. Ich versuchte, den Weg hinaus aus der Stadt zu diesem einsamen Haus zu rekonstruieren. An meinem ersten Morgen in Indien hatte mich Chotu diese Strecke gefahren.

»Stop!« Der Fahrer hielt an, wandte sich zu mir um. »Ghaziabad Railwaystation!« sagte ich. Er sah mich verständnislos an. Ich wiederholte das neue Ziel. Das Schild mit dem Namen des Bahnhofs war mir noch in Erinnerung. Der viktorianische Wartesaal im Erster-Klasse-Plüsch. Der unsäglich abscheuliche Abtritt. Der liebenswürdige Stationsvorstand.

Der Fahrer schien mit dem neuen Ziel einverstanden zu sein. Er nickte wieder, fuhr weiter. Aus diesem Labyrinth großzügig angelegter Alleen und Kreisverkehrsinseln New Delhis fand er ohne Zögern hinaus und durchquerte die nächsten dreißig Minuten zielstrebig irgendwelche obskuren Außenbezirke mit Wohnblocks, Industrie und weiten, kahlen Flächen.

Wir erreichten tatsächlich den Bahnhof. Es gab keinen Zweifel, aber Schwierigkeiten mit der weiteren Orientierung. Auf seiner Fahrt nach dem Süden hatte der Expreßzug das Brachland berührt und die Landstraße gekreuzt, nahe dem einsamen Haus. Ich lotste den Fahrer in die fragliche Richtung. Er kapierte nicht, worum es ging. Hielt das Ganze für die schwachsinnige Idee eines unzurechnungsfähigen Europäers. Ich bezahlte à conto mit einem größeren Schein und schaffte dadurch wieder eine gewisse Basis des Vertrauens.

Fabrik- und Lagerhallen versperrten uns die Sicht auf die Bahnstrecke, die hier ein dichtbebautes Industrierevier durchlief. Vor einem Kino staute sich die Schlange der Wartenden bis zur Straße. Der Fahrer hielt. Ein junger Mann kam zum Wagen, hörte die verzweifelte Schilderung des Fahrers und wandte sich dann an mich: »Er sagt, er weiß nicht, wohin Sie wollen.«

»Ich weiß es auch nicht. Ich suche Freunde. Ich werde das Haus schon finden!«

Der junge Mann übersetzte. Der Wortwechsel dauerte ewig.

»Der Fahrer sagt, er habe um zehn Uhr eine Verabredung!«

»Warum sagt er das nicht früher. Und warum nicht direkt zu mir? Er spricht doch Englisch!«

»Aber er versteht sie trotzdem nicht! Er will nicht weiterfahren!«

»Ich werde ihn anständig bezahlen! Ich habe schließlich auch eine Verabredung.«

Der junge Mann übersetzte. Aber das war bereits überflüssig. Der Fahrer fuhr einfach los, mitten im Satz, ließ den anderen stehen. Ein paar hundert Meter weiter bremste er abrupt vor einer Tankstelle, die nicht beleuchtet war. Er hielt vor den Zapfsäulen und hupte. Aber nichts rührte sich. Er stieg aus, lief ein paar Schritte sinnlos durch die Gegend. Dann beugte er sich durchs Fenster und zeigte auf das Armaturenbrett. Er bedauerte. Offenbar ging das Benzin zur Neige.

Ich stieg ebenfalls aus und lief zurück zu diesem hell erleuchteten Kino. Der junge Mann stand noch in der Reihe und erkannte mich zuerst nicht wieder. Wie sollte er auch. Auf einen Europäer zu Fuß war er nicht vorbereitet.

»Haben Sie einen Wagen?«

Er lachte über diese Frage. Sie erschien ihm absurd. »Ich habe ein sehr kleines Motorrad, Sir!« Er zeigte es mir. Es war ein altersschwaches Moped, mit zwei Stahltrossen und Vorhängeschlössern an einem Lichtmast angekettet.

»Gibt es hier draußen irgendwo Taxis?«

Er dachte nach, fragte ein paar der Umstehenden, die sich neugierig im Kreis um uns drängten. Beriet sich mit ihnen. Dann schüttelte er den Kopf.

»Ich glaube nicht, Sir!«

»Wollen Sie sich fünf Dollar verdienen?«

»US-Dollar, Sir?«

Ich zeigte sie ihm.

Ja. Er wollte. Er befreite dieses Moped von seinen Ketten. Dann startete er, und wir fuhren los. Ich krallte mich auf der Stange fest, die als Gepäckträger diente und spürte jedes Schlagloch, jeden Stein in meinem Beckenknochen.

Wir fuhren an der Tankstelle vorbei. Der Taxifahrer stand noch immer unentschlossen herum, hupte, blickte an der dunklen Fassade hoch und wartete auf ein Wunder. Er hatte noch gar nicht zur Kenntnis genommen, daß ihm sein Kunde abhanden gekommen war. Mit der Anzahlung war er ohnehin bestens entlohnt.

»Wohin?« brüllte der Mopedfahrer nach hinten. Wir waren an einer Kreuzung angekommen.

»Nach rechts!« Er bog ein, überquerte nach einigen hundert Metern die Schienen. Wir waren also falsch! »Zurück!«

Er war geduldig und entwickelte Ehrgeiz.

Schließlich wuchs rechts von uns ein Bahndamm aus dem Boden, hoch wie ein Deich. Das Land ringsum wirkte tot und verlassen, lag schwarz und unheimlich in dieser Finsternis.

Ich ließ den jungen Mann anhalten, quälte mich von meinem Sitz mit steifen Beinen und schmerzenden Gelenken und kletterte den Bahndamm hinauf. Wie ich das damals geschafft hatte, geschwächt durch die Krankheit, atemlos, kraftlos durch diese hektische Flucht, war mir ein Rätsel. Der Sand rutschte nach, mit jedem Schritt. Das dürre Gras roch scharf nach Öl, Ruß und Fäkalien. Es war ein Jammer um den hellen Anzug. Aber dann erreichte ich schließlich doch das Schotterbett, stand auf den Schienen und der brandige Qualm der tausend Feuerstellen kam mir entgegen. Dieser Geruch nach trockener Fäulnis und nach Kot. Es gab keinen Irrtum. Dieses hier war der richtige Platz. Auf meine Erinnerung war Verlaß. Und dann sah ich das einsame Haus! Es war hell erleuchtet, lag jenseits dieses Brachlands, in dem die unsichtbaren Lemminge hausten, in ihren Bretterverschlägen und Höhlen. Man konnte die angestrahlten Bäume des kleinen Parks erkennen, die Fenster, die erleuchtete Dachterrasse.

Ich stolperte den Bahndamm wieder hinunter so schnell ich konnte, rutschte, spürte mein Herz klopfen wie vor dem ersten Rendezvous. Die Fahrt ging weiter. Wir erreichten die Kreuzung auf allerlei Umwegen, fanden den Abzweig der schmalen Straße. Das Haus kam näher, gastlich, einladend. Es war wie eine Heimkehr!

54

Mit fünf US-Dollar entlohnt, knatterte der Mopedfahrer davon und verschwand in der Nacht.

Das Tor stand weit offen. Als hätte man mich erwartet. Auch die Tür zur Vorhalle. Überall brannte Licht. In allen Räumen. Hinter allen Fenstern.

Ich sah mich um. Das Dienerpaar war nirgends zu entdecken, nicht vor und nicht hinter dem Haus. Ich wagte mich nicht weiter, aus Angst vor dem Hund. Aber die Angst war unbegründet. Das bissige Raubtier, dieser räudige Wolfshund, hing leblos und mit der eigenen Kette erdrosselt an einem der Bäume und stierte mich mit glasigen Augen an. Aus seinem Maul tropfte schwarzes Blut in den Sand.

Daß ich nicht sofort flüchtete, durch das Tor wieder hinaus in die Dunkelheit, ist mir unerklärlich. Etwas Unfaßbares war hier geschehen, und ich war in den Sog der Ereignisse geraten. Der Trieb, den Dingen auf den Grund zu gehen, dem Grauen, dem Horror, der einem für Sekunden den Atem lähmte und die Knie schwach werden ließ, war als Impuls stärker und wichtiger, als der Instinkt zu fliehen.

Niemand war in der Halle, keine Menschenseele im Hof. Totenstille herrschte überall. Kein Geräusch, keine Stimmen, keine Schritte. In meinen Ohren pochte das Blut. Ich hielt den Atem an, lauschte, blieb stehen. Aber da war nichts. Absolut nichts.

Nur als ich die Treppe nach oben ging, an dem großen Raum vorbei mit den weiß verhängten Möbelstücken, nahm ich eine Witterung wahr. Eine schwache Spur herber Süße. Lakshmis Parfum.

Irgendwann blieb ich stehen, bekam Angst vor der eigenen Courage. Rief ein »Hallo!« in dieses unheimliche, lastende Schweigen hinein. Und noch einmal »Hallo!« Aber Antwort erhielt ich keine.

Ich erreichte schließlich das Dach. Eine Ahnung sagte mir, daß die Lösung des Rätsels hier oben zu finden sein würde.

Licht fiel aus der offenen Tür des Zimmers auf die verlassene Terrasse. Ich stolperte über die Treppenstufen, die im Dunkeln lagen. Näherte mich zögernd, Schritt um Schritt diesem Raum, der mir über viele Tage und Wochen so vertraut geworden war. Aber nun war er mir fremd, wirkte auf mich erschreckend feindlich und erzeugte in mir scheinbar grundlos eine geradezu atemlose Beklemmung.

Die schwarzen Papierjalousien hinter den Schiebefenstern waren heruntergezogen. Das Licht, das durch die Tür fiel, blendete mich. Ich war wieder stehengeblieben und lauschte. Aber da war nichts, keine Stimmen, kein Geräusch. Nur mein eigener Atem. Und das Pochen in meinen Ohren.

Nach weiteren zwei Schritten sah ich Lakshmi. Sie kniete auf dem Bett und hatte ihren Kopf in das zerwühlte Kissen vergraben. Sie trug den türkisgrünen Sari, wie damals, bei unserer ersten Begegnung. Aber sie reagierte nicht auf meinen Zuruf.

Dabei wußte ich in dieser Sekunde bereits, was geschehen war. Es war die logische Konsequenz, die dem Wahnwitz innewohnt. Sie hatte es selbst geahnt, befürchtet, vorausgesehen.

Ich stand lange an der Tür, klammerte mich an das verwitterte Holz, starrte auf diese leblose Gestalt. Sah die schönen, schmalen Hände, die nun fast weiß waren und sich in das Laken krallten. Die dunklen Haare, zerzaust. Aber nicht vom Wind. Vom Todeskampf.

Als ich näher trat, sah ich die Schlinge. Das fein gedrehte Seidentuch war durch den Ring gezogen und verknotet. Ich löste den Knoten. Bemerkte, wie meine Hände zitterten. Der Ring fiel zu Boden. Auch die Münze.

Sie lag schwarz und feindlich auf dem weißen Beton. Abgegriffen. Blank poliert. Es waren kaum Konturen zu erkennen. Ich hob sie auf. Spürte die Kälte des Metalls in meiner Hand. Eine Kälte, die brannte.

Kali. So hieß doch diese Göttin des Todes. Nun hatte sie Macht errungen über die Göttin der Schönheit und des Glücks. In tragischen Augenblicken drängen sich einem bisweilen die trivialsten und kitschigsten Bilder auf. Vielleicht ein Reflex der Trauer. Es war lächerlich: Aber diese Allegorie ging mir nicht mehr aus dem Gehirn. Auch nicht, als ich Schritte hörte, verhaltene Stimmen.

Ich wußte in diesem Augenblick, daß ich die Münze loswerden mußte. Wußte auch, was sie bedeutete, und steckte sie trotzdem ein. Anschließend war ich wie gelähmt. Sah die bewaffneten Polizisten hinter mir in der Tür erscheinen, den Lauf zweier Revolver und einer Maschinenpistole auf mich gerichtet. Ich stand regungslos neben der Toten, hielt ein Seidentuch in der Hand und bekam ein verkrampftes, sinnloses, gequältes Grinsen nicht aus meinem Gesicht.

VI
GULSHAN

55

Ich würde kaum pünktlich und abflugbereit um drei Uhr früh in der Halle des Hotels erscheinen. Und auch die AIR-INDIA-Maschine nach Frankfurt um vier Uhr zwanzig startete vermutlich ohne mich. So viel war mir klar.

Ich saß fest, und meine Chancen, aus dieser Geschichte wieder heil herauszukommen, standen verdammt schlecht.

Mit erhobenen Händen und mit dem Gesicht zur Wand wurde ich gleich mehrmals nach Waffen abgetastet. An dieser Mauer ließ man mich dann stehen, länger als eine Stunde. Mich mit der Stirn oder den befehlsmäßig hochgereckten Armen anzulehnen, war nicht gestattet. Dagegen schritten die Polizisten mit rüden Methoden ein. Warum sollten Polizisten auch irgendwo auf dieser Welt gegenüber einem Meuchelmörder zimperlich sein, der neben seinem strangulierten Opfer aufgegriffen wird?

Ich starrte also auf den weißgekalkten, rissigen und fleckigen Verputz dicht vor meinen Augen, bis die Muster in sich verschwammen und ich die Augen schließen mußte. Hinter mir lag immer noch die tote Lakshmi auf dem Bett. Und in der offenen Tür, auf einem Stuhl, saß ein Polizist mit entsicherter Pistole und ließ mich nicht aus den Augen. Er hatte den Tatort abzuriegeln. Der Raum durfte nicht betreten, kein Detail berührt oder verändert werden.

Mir blieb viel Zeit, über meine Situation nachzudenken, mir Erklärungen zurechtzulegen, die einigermaßen glaubhaft klangen, Antworten auf Fragen, die kommen würden, Ausflüchte auf Beschuldigungen, die sich kaum vermeiden ließen. Wenn ich nicht der Mörder war, was hatte ich hier zu suchen? Mit einem Seidentuch in der Hand? Ermittlungsbeamte glauben wahrscheinlich lieber an die kriminelle Energie eines Ausländers als an Zufall.

Eine große Auswahl an entlastenden Argumenten blieb mir nicht. Mit Ausnahme der reinen Wahrheit. Aber diese Wahrheit war kaum anzubieten, ohne noch mehr in die Klemme zu geraten. Außerdem klang sie für meine Verteidigung höchst unwahrscheinlich. Ich hatte kein Alibi. Keinen Zeugen für meine

Unschuld. Und vor allem: Ich hatte in diesem Land niemand mehr, der sich für mich einsetzen würde.

Irgendwann gegen Mitternacht erschien ein höherer Polizeioffizier, den man aus dem Bett oder aus einem anderen Wochenendvergnügen geholt hatte. Ich durfte die Arme sinken lassen, durfte mich umdrehen zu ihm und anlehnen an die Wand. Der Offizier nahm mich in Augenschein. Ich beteuerte meine Unschuld. Aber er bat mich, in meinem eigenen Interesse, jetzt und hier keine Aussage zu machen. Sie könnte gegen mich verwendet werden. Die Spielregeln britischer Justiz waren ihm geläufig. Sie hatten überraschenderweise hier noch immer ihre Gültigkeit.

Er betrachtete intensiv den in meiner Hand entdeckten Seidenschal. Wie ich erhofft hatte, kamen ihm gewisse Zweifel an meiner Täterschaft. Wer hatte den Hund erdrosselt? Und wo waren die anderen? Die Mittäter? War es wirklich einer allein.

Aber er fragte nicht mich. Er fragte die Polizisten in der Tür. Auf Hindi. Und deren Aussagen fielen wohl nicht zu meinen Gunsten aus, wie ich deutlich spürte. Er nickte nachdenklich, betrachtete wieder den Schal und dann mich. Und dieser Blick war wie ein Urteil.

Ich wich ihm aus, sah an diesem Gesicht mit seiner inquisitorischen Miene vorbei und über seine Schulter hinweg. Lakshmis Hände krallten sich noch immer in die Laken des Betts. Als ich ihr die Seidenschlinge abgenommen hatte, war ihr Körper zur Seite gerutscht. Jetzt schien mir, als schaute sie mich durch halbgeöffnete Augenlider an.

Der Schock, der mich gelähmt hatte, ließ langsam nach. Mein Adrenalinspiegel normalisierte sich allmählich. Dafür kroch in mir eine schmerzhafte Übelkeit hoch. Sprengte fast meinen Magen, meinen Darm. Ein Polizist begleitete mich mit angelegter Pistole zu dem Abtritt am Rande der Dachterrasse. Er blieb in der offenen Tür stehen und zielte auf mich, während ich mich übergab, während ich meinen Darm entleerte und mich die Angst schüttelte, der Zorn, Entsetzen, und eine geradezu atemberaubende Hilflosigkeit. Ich sah keinen Ausweg aus dieser Lage. Ich war Schritt für Schritt in die subversiven Angelegenheiten dieser Familie hineingeraten, war längst in diesen Fall hoher Geheimpolitik verstrickt und konnte mich aus eigener Kraft nicht mehr befreien. Und Lakshmi war tot. Ich war allein. Und unfähig, logisch zu denken.

Der Offizier ließ mich abführen. Zwei Mann gingen hinter mir her mit entsicherten Waffen. Welch ein Aufwand. Es ging die Treppen hinunter, am großen Salon vorbei, in dem sich weitere Polizisten einquartiert hatten.

Ramu, der alte Diener, stand kreidebleich im Hof und schaute mich ungläubig an. Offenbar war er es gewesen, der nach dem brutalen Anschlag dieses Mörderkommandos die Polizei alarmiert hatte. Zu Fuß. Und zufällig in den Minuten, in denen ich hier eintraf.

»Fragen Sie diesen Mann!« rief ich dem Offizier zu, der zehn Schritte hinter mir ging. »Er wird Ihnen bestätigen, daß ich mit der Toten befreundet war! Es gab keinen Grund für mich, sie zu töten!«

»Seien Sie still und gehen Sie weiter!« riet mir der Polizist, an den ich gekettet war. Aber Ramu nahmen sie bei dieser Gelegenheit gleich noch einmal ins Verhör. Auch sein Weib, die aus irgendeinem Loch hinter der Küche aufgetaucht war, ein Versteck, in dem sie diesen Anschlag unbeschadet überlebt hatte.

Als ich das Haus verließ, sah ich die beiden immer noch fassungslos stehen, mitten im Hof, und mir nachblicken. Voller Entsetzen. Voller Haß. Sie mußten schließlich glauben, was sie sahen! Der Offizier legte Ramu gerade die Hand auf die Schulter und redete auf ihn ein. Das gab mir einen Funken Hoffnung. Aber vielleicht belastete mich der alte Mann auch in seiner Einfältigkeit.

Vor dem Tor fuhren einige Wagen vor. Dunkle Limousinen. ›Ambassador‹. Ein Fotograf rannte mir entgegen, die Kamera mit Blitzlicht schußbereit auf ein Stativ montiert. Vermutlich Polizei und nicht Presse. Das war kein Fall, den man anderntags in den Zeitungen findet. Denn aus den Limousinen stiegen Herren in glänzenden, blauen Anzügen mit schwarzen Krawatten. Meine Begleiter aus Jaipur waren nicht darunter. Langsam bekam ich eine Ahnung, welche Spiele hierzulande hinter den Kulissen einer liberalen Innenpolitik gewonnen und verloren wurden. Von welchen Spielern. Und mit welchen Statisten.

Ich wurde abtransportiert in einem geschlossenen Jeep der Polizei: Die ganze Fahrt über zielte die Mündung einer Pistole auf mich. Es ging die schmale Straße hinunter und über das Bahngleis, den gleichen Weg zurück, den ich vor Stunden gekommen war.

Die Polizeiwache verbarg sich als grauer Betonbau hinter niederen Wohnblocks inmitten des Industriereviers. Man hatte mich erwartet, schob mich kommentarlos in den kleinen Raum mit seinen zahlreichen, rotierenden Ventilatoren.

Ohne mir die Handschellen abzunehmen, drückte mir ein Zivilist alle zehn Finger auf ein Stempelkissen und anschließend auf ein Karteiblatt. Jeden Finger einzeln. Denn für jeden einzelnen Fingerabdruck gab es dort ein eigenes Feld mit genauer Beschriftung, auf Englisch und auf Hindi. Die Rückseite des Blattes bestand aus einem zweisprachigen Fragebogen zur Person. Ich diktierte dem Beamten meine Personalien. Buchstabe für Buchstabe. Namen, Geburtstag, Geburtsort, Wohnsitz. Der Name des Vaters, der Mutter. Familienstand. Kinder. Der Raum für meine Fotos, en face und en profil fürs Verbrecheralbum, blieb vorläufig leer.

Ich zeigte mich kooperativ. Ging mit gespielt freundlicher Geduld, die mich viel Kraft kostete, auf alle Formalitäten ein. Ich erwartete mildernde Umstände. Aber ich erntete weder ein Lächeln noch einen verständnisvollen Blick.

Nach britischem Recht, auf das man hier anscheinend eingeschworen war, hatte ein Tatverdächtiger zu diesem Zeitpunkt noch als unschuldig zu gelten. In den Augen der Beamten war ich jedoch bereits überführt. Alle Indizien für diesen scheußlichen Mord sprachen gegen mich. Und ihr Verhalten war entsprechend.

Ich wurde aufgefordert, meine Taschen zu leeren: Geldbeutel, Kreditkarten, Taschentuch, Kamm. Eine Brieftasche mit Familienfotos und Führerschein. Alles landete in einer Plastikschale und wurde mit Akribie aufgelistet. Die schwarze Münze behielt ich zurück. Sie fanden sie auch nicht in meiner Tasche. Ich wollte mich nicht irgendwelchen Fragen aussetzen, die ich nur ungern beantwortet hätte.

Dann durfte ich Platz nehmen. Auf einer abgewetzten Bank aus Blech. Sie war ursprünglich hellblau lackiert. Ein ungewöhnlicher Kontrast zu der blaßgrünen Ölfarbe der Wände. Der Anstrich war abwaschbar. Nur hatte seit der letzten Tünchung noch keiner von dieser hygienischen Möglichkeit Gebrauch gemacht. Auf Kopfhöhe zog sich ein fettig grauer Streifen die Bank entlang. Ich empfand daher Skrupel, mich zurückzulehnen.

Der Raum maß keine vier Meter im Quadrat. Er war vollgestellt mit zwei Schreibtischen aus Metall, die abgeräumt waren bis auf ein Telefon und eine uralte Schreibmaschine. Außerdem mit zahlreichen, unterschiedlichen Stühlen und mit dieser Bank. Bei mehr als drei anwesenden Personen herrschte bereits drangvolle Enge.

Mein Begleitkommando aus dem Jeep war verschwunden. Auch der Zivilist mit meinen Fingerabdrücken. Wenn er anfangen sollte, am Tatort Spuren zu sichern, würde er in dieser Richtung reich belohnt. Ich hatte schließlich in diesem Raum mehrere Wochen gehaust.

Zwei Beamte in khakifarbener Uniform waren zurückgeblieben. Sie standen am vergitterten Fenster und schauten hinaus in die Nacht. Vermutlich die diensthabende Besatzung dieser Wache. Ich dachte zuerst, sie erwarteten die Rückkehr ihrer Kollegen, das Eintreffen des Offiziers, den Fortgang der dramatischen Handlung. Aber nichts geschah. Sie standen nur dort und schwiegen. Und sie rührten sich nicht.

Ein Porträt von Indira Gandhi hing sehr prominent in der Mitte der Wand über den Schreibtischen. Umgeben von Bekanntmachungen, Kalendern, angehefteten Notizzetteln. Die Staats-Chefin lächelte auf mich herunter. Sie lächelte doch? Oder etwa nicht? Das Glas spiegelte die Leuchtstoffröhren der Decke und verzerrte das Bild dieser Frau bis zur Unkenntlichkeit. Über dem Porträt hing die Uhr. Eine große, runde, offizielle Behörden-Uhr. Dem Sekundenzeiger zuzusehen, war meine einzige, erregende Abwechslung über Stunden.

Die Müdigkeit kroch in mir hoch. Ich legte mich irgendwann einfach rückwärts auf diese harte Bank. Aber die Beamten am Fenster mochten das nicht. Sie erwachten wie aus einer Trance und schritten unmißverständlich ein.

Es war drei Uhr früh. Die Stunde meiner Verabredung im Hotel. Nun würde die Suche nach mir beginnen. Daß meine beiden

Reisebegleiter vom Vortag diese Polizeiwache am Rande der Stadt in ihre Recherchen miteinbeziehen würden, war höchst unwahrscheinlich. Die Mühlen, darin war ich sicher, würden entsetzlich langsam mahlen. Alles war hier eine Frage der Geduld, der guten Nerven und der Hoffnung, an die man sich klammert, wie ein Ertrinkender an ein Stück Holz. Denn Indien war groß. Und seine Administration, seine Bürokratie, seine von der britischen Kolonialmacht ererbte Verwaltungshierarchie war noch größer.

Ich bat ebenso höflich wie nachdrücklich darum, mir die Handschellen abzunehmen. Aber dazu wäre die Vollmacht eines Vorgesetzten notwendig gewesen. Und der hatte offensichtlich noch am Tatort zu tun.

Er kam um acht Uhr früh. Es war der Offizier, den ich bereits kannte. Er war übernächtigt und mißgestimmt, was ich ihm nachfühlen konnte. Sehr herrisch, sehr selbstbewußt betrat er die Wache. Auf meine Bitte und auf seinen Wink hin nahm man mir endlich die Handschellen ab. Ansonsten ignorierte er mich, beriet sich mit seinen Untergebenen. Einer spannte Papier in die Schreibmaschine. Dann begann ein leises Diktat auf Englisch und der Versuch, mit zwei Fingern ein Protokoll der nächtlichen Vorfälle zu erstellen. Es war ein langwieriges Unterfangen.

Ich saß auf meiner Bank, und Verzweiflung kroch in mir hoch. Statt irgendeinem anonymen, politischen Mörderkommando, das unerkannt entkommen war, konnte man der Öffentlichkeit nun den leibhaftigen Täter präsentieren. Und das sogar mit gutem Gewissen. Und der Fall wäre fürs erste erledigt. So und nicht anders sah es doch aus.

Verständigung der Deutschen Botschaft. Einschaltung eines anerkannten, deutsch sprechenden Rechtsanwalts. Ich stellte dem Offizier meine Forderungen. Er winkte müde ab: »Weekend!« Ein Wochenende in einem indischen Gefängnis war also das mindeste. Das ließ sich als Bereicherung meines Erfahrungsschatzes als Aussteiger offenbar nicht vermeiden. Es konnte auch schlimmer kommen. Denn ich sah immer noch keinen Ausweg, keinen Ansatzpunkt, mich aus dieser Geschichte herauszuwinden. Die wirklichen Täter wären anhand ihres politischen Motivs, anhand dieser grausamen, rituellen Methode ihrer Morde durchaus zu überführen gewesen. Der Tod durch das Seidentuch. Die schwarze Münze der Göttin Kali. Ich hatte den Beweis in meiner Tasche. Aber es war kein Beweis meiner Unschuld.

Ein anderer Beweis lag auf der Liftkabine eines Frankfurter Hotels. Allerdings wäre es fahrlässig gewesen, ohne Lakshmi als Zeugin, meine Verteidigung auf diesem Toten aufzubauen.

Es gab noch weitere Tabus für eine Verteidigung: Lakshmis Andeutungen ihrer politischen Ziele, die vertraulich waren oder sogar geheim. Man würde Mittel finden, mich zum Schweigen zu bringen. Schließlich war die Thematik so heiß, so umstritten, daß Morde mit einkalkuliert waren.

Um neun Uhr war Wachwechsel. Ich wurde von der Ablösung sehr interessiert betrachtet. Die scheidenden Polizisten sprachen allerdings nur wenige Worte mit ihren neu eingetroffenen Kameraden. Der Kommentar zu meiner Person war nur kurz. Das Interesse an einem Mörder hielt sich in Grenzen.

Der Offizier führte das Diktat mit einem seiner neuen Leute weiter. Irgendwann erhielt ich Kaffee und Fladenbrot. Der Gang zur Toilette war wieder ein Akt schärfster Bewachung. So verging der Vormittag.

Gegen halb zwölf läutete das Telefon. Nach einem kurzen Frage-und-Antwortspiel reichte einer der Polizisten den Hörer an seinen Vorgesetzten weiter. Der meldete sich, hörte eine Weile geduldig zu, nickte, warf einen langen Blick in meine Richtung. Dann begann er zu reden und wechselte nach zwei, drei einleitenden Sätzen von seinem harten Englisch in ein melodisches Hindi über. Es ging also um mich. Und ich war bereits glücklich, daß irgend etwas geschah, denn das Warten war enervierend.

Das Gespräch ging zu Ende. Mir war, als nähme der Offizier Haltung an, als er den Hörer auf die Gabel legte. Vielleicht war es auch nur eine Illusion meiner Hoffnung.

Dann gab er Anweisungen. Ich wurde hinausgebracht auf einen engen Hof wie zur Exekution. Ein Jeep stand bereit. Mit Handschellen gefesselt, kletterte ich vor der Mündung einer Maschinenpistole in den Wagen. Die hielten mich anscheinend immer noch für einen Superterroristen und zu allem fähig, denn die Waffe blieb auch weiterhin auf mich gerichtet. Dabei folgte ich ohnehin allen Anweisungen sofort und ohne Widerstand, total eingeschüchtert und scheinbar loyal gegenüber dieser Staatsgewalt, die Macht über mich hatte. Weisungsgemäß hockte ich mich auf den Rand der hinteren Querbank.

Der Offizier lenkte das Fahrzeug eigenhändig durch den chaotischen Verkehr, und die Spießrutenfahrt führte uns durch die halbe Stadt. Es war ein offener Jeep und die Situation grotesk: Ein mit Handschellen gefesselter Europäer vor der Mündung einer Maschinenpistole. Irgendwann ertrug ich es nicht mehr, an jeder Kreuzung, bei jedem Halt vor einem Rotlicht, von Hunderten angestarrt, angepfiffen, mit hämischen Kommentaren angepöbelt zu werden, und ich schloß die Augen.

Wir erreichten die menschenleeren Alleen New Delhis. Die repräsentative Architektur, die sich über fast eine Meile links und rechts der breiten Straße hinzog, war unschwer als Sitz der Zentralregierung zu identifizieren. Verwaltungsgebäude und Ministerien reihten sich aneinander als Stein gewordene Macht des untergegangenen britischen Empires. Irgendwo in diesen weitläufigen Parks regierte einst ein englischer Vizekönig.

Der Offizier steuerte eines der zahllosen Verwaltungsgebäude an, die sich für einen Uneingeweihten kaum voneinander unterschieden.

Eine Affenhorde turnte auf dem Sims über dem siebenten Stock und betrachtete uns neugierig, als wir auf dem verlassenen Parkplatz vorfuhren. Der Offizier verließ den Jeep und ging voraus, ohne sich nach mir umzusehen. Ich folgte in meiner Rolle als gefesselter Schwerverbrecher und spürte bei jedem Schritt, bei jeder Bewegung, die Mündung der entsicherten Waffe dicht hinter meinem Rücken.

Das Portal war verschlossen. Faustschläge gegen das Holz blieben ohne Erfolg. Wir wanderten weiter durch ein Labyrinth rechtwinkliger Höfe. Zwei Wachtposten in blauen Uniformen hielten einen Hintereingang besetzt. Sie waren über unser Eintreffen nicht informiert. Einer telefonierte, wählte erfolglos eine Nummer nach der anderen. Er war geduldig und hilfsbereit und verfügte offenbar über viel Zeit. Schließlich erhielt er Antwort, meldete unsere Ankunft, schrieb Passierscheine aus und begleitete uns in das Gebäude. Der Lift war außer Betrieb. Am Wochenende abgestellt, vermutlich. Wir stiegen also zu Fuß die

Treppen nach oben, langsam, Stufe um Stufe. Sieben Stockwerke hoch.

Unsere Schritte störten die Totenstille, die in den Fluren herrschte. Hundert und aber Hundert Büros dieses Gebäudes waren verwaist, ausgestorben wie jedes dieser Gebäude in der langen Reihe dieser Prachtallee. Ich wußte die Ehre durchaus zu schätzen, trotz dieses freien Wochenendes vorgeführt zu werden.

Eine der Türen stand offen und Licht fiel heraus auf den unendlich langen, düsteren Flur. Man hörte gedämpfte Stimmen. Der Offizier befahl uns stehenzubleiben. Er ging voraus, verschwand in einem offenen Raum und erstattete dort Meldung. Es dauerte nur Bruchteile einer Minute. Er erschien wieder auf dem Gang und forderte mich durch eine Handbewegung auf näherzutreten. Vor der Tür nahm er mir die Handschellen ab, gönnte mir ein Lächeln, winkte seinem Untergebenen zu, zurückzubleiben und seine Waffe aus dem Anschlag zu nehmen. Ich atmete auf. Er schob mich in ein kleines, mit Schränken und Schreibtischen vollgestelltes Büro. Hinter mir schloß sich die Tür. Der Offizier war ohne Abschied gegangen.

Hinter einem der Schreibtische saß ein Beamter in mittleren Jahren. Er trug Zivil, offenes Hemd, ohne Krawatte, ohne Jakkett. Beides, schwarze Krawatte und glänzend blaues Jackett, hing ordentlich über der Lehne eines freien Stuhls. Er hatte die Ärmel seines Hemdes über die schwarzbehaarten Unterarme nachlässig hochgeschoben und warf durch seine dicken Brillengläser einen betont flüchtigen Blick auf mich.

Er war gerade damit beschäftigt, sich mit einem weißen Taschentuch die Innenflächen seiner fleischigen Hände zu trocknen. Dann nahm er eine Kassette aus einem Tonbandgerät und beschriftete sie. Neben dem Mikrofon standen eine Thermoskanne und zwei leere Pappbecher.

Vor dem Mikrofon, dem Beamten gegenüber, saß ein junger Mann, der mir den Rücken zudrehte. Sein Hemd war zerrissen. Er war gefesselt, mit Handschellen. Und in der Nische zwischen zwei Schränken, in der offenen Tür zum Nebenzimmer, überall standen und saßen Bewacher. Es waren fünf oder sechs, alle bewaffnet und in Uniform.

Als ich dicht hinter dem jungen Mann stehengeblieben war, wandte er sich um.

Er hatte rote Striemen in seinem Gesicht, quer über die Stirn. Ein Augenlid war blutunterlaufen. Und es dauerte einige Augenblicke, bis ich ihn wiedererkannte: Es war Rajesh.

56

Ich stand neben der Tür und wartete. Niemand schien sich für meine Anwesenheit zu interessieren. Rajesh hatte sich wieder von mir abgewandt, nahm einen Schluck aus dem halbleeren Becher, die Bewacher langweilten sich und klammerten sich an ihre Waffen. Und der Beamte packte die volle Kassette in ein Kuvert, das er umständlich mit Heftklammern verschloß. Dann legte er eine neue in das Gerät.

Irgendwann fiel sein Blick wieder auf mich. Er zeigte wortlos auf einen freien Stuhl. Ich folgte dem Wink, setzte mich. Der Stuhl stand dicht am Fenster. Die Jalousetten waren heruntergelassen. Und durch die schmalen Zwischenräume der Lamellen konnte man nichts weiter sehen als eine Fassade mit Fenstern: noch einmal weitere hundert leere Büros.

Irgendwann begann das Schweigen, das diesen Raum so belastend erfüllte, unerträglich zu werden. Jeder einzelne schien krampfhaft bemüht, es unter keinen Umständen zu brechen. Es war ein erschöpftes Schweigen. Als sei hier die ganze Nacht und den ganzen Vormittag über bereits zuviel geredet worden. Als sei nun nichts mehr zu sagen.

Der Beamte hatte seine Apparatur schließlich wieder betriebsbereit. Er drehte das Mikrofon in meine Richtung, startete den Recorder, kontrollierte, daß er ordnungsgemäß lief und richtete seinen leicht ermüdeten Blick nun auf mich. Die dicken Brillengläser vergrößerten seine Pupillen auf skurrile Weise.

»Sie kennen diesen jungen Mann?« fragte er und zeigte auf Rajesh.

Der warf mir einen hilfesuchenden Blick zu, den ich nicht deuten konnte.

»Ja, ich kenne ihn!« Was sollte ich sagen? Was erwartete man von mir? Sollte ich ihn verleugnen? In was war er hineingeraten? War seine Situation noch übler als meine? Wer hatte ihn so zugerichtet? Das Mörderkommando, das seine Mutter strangulierte? Die Polizei? Weshalb war er gefesselt? Betraf das den gleichen Fall? Das gleiche Verbrechen?

»Wie heißt er?« Die Frage des Beamten kam leise, routiniert. Er wußte natürlich, wen er da vor sich hatte. Er wollte nur eine Bestätigung. Einen Zeugen. Vielleicht war es auch nur ein Test, der mich und meine Identität betraf.

»Rajesh. Rajesh Choudhari, nehme ich an.«

»Sie nehmen es an?«

»Wir wurden nicht miteinander bekannt gemacht. Aber ich bin sicher, er ist der Sohn der Ermordeten. Der Sohn von Frau Lakshmi Choudhari.«

Der Beamte nickte. »Und woher kennen Sie ihn?«

Woher kannte ich ihn? »Wir fuhren ein Stück zusammen mit dem Zug. Von Delhi nach Bombay. Er gab mir die Adresse seines Großvaters, Yashpal Malhotra. Ich war dort einige Wochen zu Gast. Und gestern, nein vorgestern, fuhren wir im Wagen zusammen von Bombay nach Delhi zurück. Seine Mutter, er und ich. Und ein Fahrer.«

Wieder nickte der Beamte. Und Rajesh starrte auf die Tischplatte, zog die Schultern hoch, versuchte sich zu verkriechen in sich selbst. Er schien wirklich am Ende zu sein, Hilfe zu brauchen, Zuspruch.

»Was haben Sie gemacht mit ihm? Was ist passiert?«

Der Beamte ging auf meine Frage nicht ein. Er rief etwas in den Raum, das ich nicht verstand. Die Bewacher sprangen auf, zogen Koppel und Schulterriemen fester, sammelten sich um Rajesh und waren zum Abmarsch bereit.

Rajesh quälte sich hoch, versuchte aufzustehen, ohne seine gedrückte, zusammengekauerte Haltung zu verändern. Da packten sie zu, drei, vier Mann gleichzeitig, faßten ihn an den Armen, an den Schultern, rissen ihn hoch, schoben ihn vor sich her, stießen ihn durch die rasch geöffnete Tür nach draußen auf den Gang.

Die Tür fiel zu. Nach nur wenigen Sekunden des martialischen Aufruhrs waren wir allein. Der Beamte und ich.

»Was ist vorgefallen? Was ist los mit ihm? Hat er etwas verbrochen?« Aber ich erhielt keine Antwort.

Erst nach einer längeren, zögernden Pause machte mir der Beamte die Spielregeln klar: »Dies ist ein Verhör. Und in dieser Situation verfahren wir hier folgendermaßen, Sir: Ich stelle die Fragen und Sie antworten. Darf ich Sie bitten, sich an diese Anweisung zu halten. Die Methode hat sich in meiner Arbeit bisher bestens bewährt.«

Der Beamte hatte das Gerät abgeschaltet und machte sich in aller Ruhe Notizen auf seinem Block, den er in der offenen Schublade liegen hatte. Und ohne aufzublicken, so, als spräche er zu sich, als hätte das, was er sagte, keinerlei Bezug und keinerlei Bedeutung, gab er mir Informationen preis:

»Rajesh Choudhari ist Sympathisant einer terroristischen Vereinigung. Wir beobachten ihn seit langem. Diese Leute kämpfen für eine staatsgefährdende Ideologie und verfolgen ihre Ziele mit brutaler Gewalt. Und mit Mord. Sie töten nach einem grausamen Ritual, das eine traurige Tradition hat in diesem Land. Sie nennen sich die ›Neuen Thugs‹. Nach einer alten Sekte.«

Er beendete seine Notizen, schob die Schublade zu. »Die ›Neuen Thugs‹, das sind Fanatiker«, fuhr er fort. »Sie geben vor, gegen Unrecht zu kämpfen, gegen Unterdrückung. Dabei begehen sie selbst die schlimmsten Verbrechen.«

»Wie?! Rajesh Choudhari hat seine eigene Mutter...?«

»Nein, er hat nicht! Nicht eigenhändig. Dazu ist er nicht fähig. Aber er kennt die Mörder. Und wenn er sie uns nicht verrät, kann ich nichts mehr für ihn tun.«

Er holte das zusammengelegte Taschentuch aus der Schublade und trocknete sich wieder die feuchten Hände.

»Rajesh war ein Spitzel.« Er sprach leise, als vertraue er mir die Ergebnisse seiner geheimsten Ermittlungen an. »Und in dieser Funktion hat er seine eigene Familie ans Messer geliefert. Vermutlich kannte er den Mordplan nicht. Aber er hat den Mitgliedern des Kommandos selbst das Tor geöffnet. Hat sie ins Haus gelotst. Hat ihnen den Weg gewiesen. Dafür haben wir einen Zeugen.«

Der Beamte nahm die Brille ab, fuhr sich über die Augen. Er wirkte müde, erschöpft und zutiefst erschüttert, als ginge dieser Fall ihn persönlich an. Das berührte mich eigenartig.

»Sind Sie sicher?« begann ich nach einer Pause, die bereits peinlich zu werden begann. »Es ist für mich unvorstellbar. Ein Mord... Ich habe Rajesh als schüchternen, freundlichen Jungen kennengelernt...«

»Ich kenne ihn länger«, unterbrach mich der Beamte. »Seit frühester Jugend. Ich habe das Unglück kommen sehen und konnte es nicht verhindern. Ein Irregeleiteter. Und keiner hat mir geglaubt, in welchen Kreisen er verkehrt, auch sie nicht, seine Mutter. Ein ehrenwerter Sohn einer ehrenwerten Familie. Es ist ein Fall großer Tragik. Jetzt stehen alle vor einem Rätsel!«

Er spielte mit den Fingerspitzen über die Knöpfe seines Recorders, ohne sie zu berühren. Nachdenklich betrachtete er die weiße Wand gegenüber und schwieg.

Ein Rätsel? Rajesh, der Terrorist aus gutem Hause. Das war ein Lehrbuchfall. Seine Aggressivität, die in seltenen Momenten spürbar wurde, war also echt gewesen. Die Dominanz seiner Mutter, ihr herrisches Wesen, hatte offenbar Spuren in seiner Seele hinterlassen, die ihn zutiefst verletzten. Der sensible Sohn war in den Armen einer anderen Übermutter gelandet, die noch dominanter war, noch herrschsüchtiger, die ihn noch mehr unterdrückte: eine militante Gruppe, die vorgab, jede Autorität zerstören zu wollen, für das Gute zu kämpfen und die ihn zum willigen Werkzeug machte, zum Helfershelfer für einen Mord an der eigenen Mutter.

»Hat er Ihnen das alles selbst gestanden?« fragte ich den Beamten, obwohl es gegen die Regel war, Fragen zu stellen. »Den Überfall, den Mord, seine Mithilfe?«

»Er hat nichts gestanden, kein Wort. Hat sich weder zu seiner Person noch zu den Anschuldigungen geäußert. Auf diesem Band hier für den Staatsanwalt«, der Beamte schob das Kuvert mit der Kassette über den Tisch, »ist nichts zu hören außer meinen Fragen und seinem Schweigen. Verweigerung der Aussage. Dazu hat er ein Recht. Und er wird auch in Zukunft nichts gestehen. Aus Angst vor Repressalien. Die Rache der ›Neuen Thugs‹ kann für ihn erschreckend sein. Ein hemmungsloses Killerkommando. Ich bin selbst einmal knapp einem Anschlag entgangen. Der Mann, der neben mir stand, war tot.« Diesmal trocknete er seine Handflächen an seinem verschwitzten Hemd. »Verzeihen Sie die Hitze«, sagte er beiläufig. »Aber am Wochenende ist die Klimaanlage ausgeschaltet.« Und ohne Übergang fuhr er fort: »Nein, für Rajesh Choudhari kann ich nichts mehr tun. Ich kann ihn nicht einmal schützen. In spätestens drei Tagen ist er wieder auf freiem Fuß. Trotz der Zeugenaussage dieses Hausmeisters, der ihn schwer belastet. Und der nur durch Zufall überlebte.«

Er machte eine Pause, wischte unsichtbare Krümel von der polierten Platte des Tisches. »Der Staat wird irgendwann Anklage gegen Rajesh erheben, und der Kronzeuge, dieser Hausmeister, wird nicht mehr verfügbar sein.« Und nach einem kurzen, sarkastischen Lachen: »Ich bitte Sie: Ein Domestik gegen das Mitglied einer der großen Familien dieses Landes...« Er sah mich an und bezweifelte, ob ich die subtilen Zusammenhänge verstand. »Man wird Kaution hinterlegen. Eine sechsstellige Dollarsumme, wenn es verlangt wird. Und Rajesh Choudhari wird im Ausland untertauchen. Ein Familienclan hält zusammen, und wenn es sein eigener Untergang sein sollte. Auch das hat in Indien Tradition.«

Wie der Mord mit dem Seidentuch, dachte ich im stillen. Das Ritual mit der Münze.

Da schien der Beamte sich zu verwandeln, von einer Sekunde zur anderen, wachte auf wie aus der Trance. Seine tragisch gedämpfte Gemütsverfassung verflüchtigte sich. Er richtete sich auf, war voller zielgerichteter Energie, trocknete seine Hände, warf das Taschentuch nachlässig in die Schublade, schob sie zu, schaltete das Gerät wieder ein und richtete das Mikrofon nun auf mich.

57

»Nun zu Ihnen, Mister Schwartz!« Die bizarr vergrößerten Pupillen sahen mich starr und prüfend an, und ich war erstaunt, daß er meinen Namen kannte. »Sie wundern sich über meine Offenheit, ja? Ich wollte Ihnen damit beweisen, daß uns nur gegenseitige Aufrichtigkeit weiterbringt.« Er nahm aus einem Seitenfach des Schreibtisches eine Pappröhre mit Plastikbechern. »Einen Kaffee?«

Ich nickte. Er drehte den Stöpsel aus der Thermosflasche, aber sie war leer. Er zuckte nur die Schultern, schraubte sie wieder zu, packte sie weg, verstaute sie in eine abgegriffene Aktentasche, die hinter ihm lag, auf einem Stuhl.

»Es läuft ein Ermittlungsverfahren gegen Sie, Mister Schwartz. Wir sollten gemeinsam versuchen, dieses Problem vom Tisch zu bekommen. Ich nehme an, daß Sie kurz nach der Tat neben der Ermordeten aufgegriffen wurden, war ein unglückseliger Zufall.« Diesmal wischte er seine feuchten Hände an dem glänzend blauen Stoff seiner Hose ab.

Mir war ein Stein vom Herzen gefallen. Das klang alles so ungeheuer menschlich. Aber der Stein fiel nicht sehr weit.

»Wie ich allerdings die Staatsanwaltschaft von dieser Theorie überzeugen soll, weiß ich noch nicht. Für die Polizei sind Sie immer noch der Tatverdächtige Nummer eins.« Er wirkte betrübt. Die Verwicklungen, in die ich geraten war, taten ihm leid. »Seit wann arbeiten Sie mit der Familie Choudhari zusammen?« Seine Stimme war mit einemmal sehr sachlich geworden, sehr kalt, sehr autoritär. Das Verhör ging also weiter, das heißt, es hatte an diesem Punkt erst richtig begonnen. Alles andere war Vorgeplänkel gewesen, ein Abtasten des Gegners, ein ›In-Sicherheit-Wiegen‹, ein Ködern mit Informationen. Der Beamte schob das Mikrofon noch näher in meine Richtung, lehnte sich entspannt zurück und beobachtete mich abwartend.

»Ich arbeite mit niemand hier zusammen. Ich habe auch mit Frau Lakshmi Choudhari nicht ›zusammengearbeitet‹. Es war eine Reisebekanntschaft, weiter nichts. Ich traf sie in Frankfurt. Sie erfuhr, daß ich nach Indien wollte. Wir waren uns sympathisch. Ich war ihr Gast, wurde krank, erst hier, dann bei ihrem Vater in Bombay. Das ist alles!«

Der Beamte nickte verständnisvoll. »Ja, ich verstehe!«

»Hören Sie, ich bin Inhaber einer Werbeagentur in Deutschland. Ich bin privat nach Indien gereist. Um das Land kennenzulernen, die Menschen. Um auszuspannen. Es war eine spontane Urlaubsreise. Ich habe mit den Geschäften von Frau Choudhari nichts zu tun...«

»Aber Sie kennen diese Geschäfte!«

»Wieso?«

»Ich entnehme das Ihrer eher abfällig klingenden Äußerung!« Der Beamte schien nicht unzufrieden mit meinem Geständnis.

»Andeutungen. Ich gebe zu, sie hat mir gegenüber gewisse Andeutungen gemacht.«

»Gut!« sagte der Beamte, neigte sich wieder nach vorn und begann in seinem Schreibtisch herumzukramen. Er las von irgendwelchen Notizzetteln ab, die er in seiner Schublade verborgen hatte.

»Mister Schwartz...« wieder fixierten mich die starren Pupillen. »Sie sind laut Einreisestempel am 22. April in Delhi angekommen. Wo haben Sie sich in dieser Zeit, in diesen dreieinhalb Wochen aufgehalten, bevor sie nach Bombay fuhren?«

»Ich war Gast der Choudharis.«

»Sie waren Gast von Frau Choudhari«, korrigierte der Beamte.

»Ja, in ihrem Haus«, bestätigte ich.

»In ihrem Haus draußen in Ghaziabad?« Er dachte nach, betrachtete wieder die weiße Wand. »Eigenartig«, sagte er nach einer Weile. »Wir haben uns dort draußen nie getroffen, nie gesehen. Obwohl ich mehrfach dort gewesen bin, in diesem Haus. In genau dieser Zeit.« Seine Hände klammerten sich an der Tischkante fest, und er versank wieder in Nachdenken.

Er war also einer dieser späten Besucher gewesen. Waffenschieber und Staatssicherheitsdienst. Eine sinnvolle Kumpanei, ohne Zweifel.

»Daß Sie Gast in diesem Hause waren«, fuhr er fort, und er sprach sehr langsam, als müsse er sich jedes Wort überlegen, »ist mir von zwei verläßlichen Zeugen bestätigt worden.« Er sah mich an, als hätte ich nun selbst darauf zu kommen, daß es das

Hausmeisterehepaar war, Ramu und sein Weib. Oder auch Chotu, der Fahrer.

»Trotzdem...« Wieder ließ er sich Zeit. »Trotzdem hätte ich ohne Ihr eigenes Bekenntnis, Mister Schwartz, an diesen Aussagen gezweifelt. Denn Frau Choudhari hat Ihre Anwesenheit gegenüber Freunden und Angehörigen nie erwähnt!«

»Es wird ihr nicht wichtig gewesen sein.« Ich versuchte den Fall und meine Person herunterzuspielen.

»Sie sind zu bescheiden, Mister Schwartz!« Wieder blätterte der Beamte in seinem halbverborgenen Notizbuch, als suche er dort Hinweise, wie er die Schlinge um meinen Hals enger ziehen könne, ohne mich gleich in Panik zu treiben und mich zu strangulieren.

»Mister Schwartz, Frau Choudhari hat versäumt, Ihre Ankunft polizeilich zu melden. Wie es Vorschrift ist in diesem Land. Können Sie mir das erklären, Mister Schwartz? Was für einen Grund könnte Frau Choudhari gehabt haben, Ihren Aufenthalt als Gast dieses Hauses zu verheimlichen?«

Ich hob die Schultern. Ich wußte es nicht. »Vielleicht hat sie es vergessen. Das Gesetz nicht gekannt.«

»Würden Sie sagen, Sie sind mit Frau Choudhari befreundet gewesen?«

Ich nickte. »Ja, in gewisser Weise kann man das sagen.«

»Gewisser Weise?«

Ich machte eine vage Handbewegung. Aber er hatte offenbar keine Lust, vielleicht auch zu wenig Phantasie, diese Geste zu deuten.

»Waren Sie mit Frau Choudhari intim?« fragte er, ohne mich anzusehen.

Mir fiel ein, daß es gestattet war, Aussagen zu verweigern. Eine höchst naive Vergünstigung bei einem Verhör. Als ob das Zurückweisen einer Frage nicht bereits einem Eingeständnis gleichgekommen wäre. Aber da kam mir der Beamte fairerweise zuvor. »Betrachten Sie diese Frage, bitte, als nicht gestellt.« Er wirkte plötzlich unsicher, als sei er zu weit gegangen, und sah mich entschuldigend an. »Ich bitte Sie, schon mit Rücksicht auf das Ansehen der Ermordeten, nicht zu antworten.«

Er stoppte das Tonband, fuhr ein Stück zurück, um den fraglichen Absatz gewissenhaft zu löschen. Er spielte sogar zur Sicherheit die letzten Sätze ab. Dann wechselte er das Thema, ohne den Recorder neu zu starten. Die Situation bekam etwas von subversiver Vertraulichkeit: »Wir brauchen Ihre Mitarbeit, Mister Schwartz, und ich sehe eigentlich keinen Grund für Sie und auch keine Möglichkeit, nach allem, was hier gegen Sie vorliegt, uns Ihre Hilfe zu versagen.«

Nein, es gab keinen Grund und keine Möglichkeit. Nicht, solange ich hier auf indischem Boden war, in der Gewalt dieser Leute, die die Staatsmacht repräsentierten. Mit der kleinen Gefälligkeit, eine Leiche verschwinden zu lassen, war ich in eine Falle geraten, aus der ich vermutlich nie mehr herausfinden würde.

»Sie kennen sicher diesen Mann!« Der Beamte hatte gefunden, was er suchte. Ein Zeitungsfoto. Grobes Raster, schlechter Druck. Ausgeschnitten und aufgeklebt auf einen Karton. Zweispaltig, also etwas breiter als eine Zigarettenschachtel und entsprechend hoch.

Der Mann, der darauf zu sehen war, hatte eine kräftige, fast korpulente Figur. Er stand vor einem Rednerpult, die Brille in der Hand und blickte in die Kamera.

Natürlich kannte ich diesen Mann. Es war der Sippenchef dieser Familie. Dharmendra Choudhari. Der Tote im Lift.

58

Das war wieder einer dieser Augenblicke, wo ich meinen Angstschweiß riechen konnte, scharf und säuerlich. Und der Speichel schien in meinem Mund zu gerinnen.

Was wußte er. Was wußten sie alle bereits über diesen Toten? Über meine Hilfsdienste? Über die Hintergründe dieses Mordes? Hatten die Täter gestanden, den Sippenchef der Choudharis in Frankfurt erdrosselt zu haben? War diese offenbar weltweit operierende Mafia der ›Neuen Thugs‹ in diesem Fall aufgeflogen? Und ich mit ihr? Welche Zusammenhänge, welche Mittäterschaft konnten sie mir unterstellen? Hatte Lakshmi einigen Vertrauten, den Freunden vom Staatssicherheitsdienst gegenüber, vielleicht doch geplaudert? War dies die letzte Falle, bevor sich die Schlinge endgültig zuzog?

Ich achtete darauf, daß meine Hand nicht zitterte, zumindest nicht sichtbar und auffällig, als ich das Bild übernahm.

Mit gespielter Nachdenklichkeit betrachtete ich diesen Mann. Forschte in meiner Erinnerung mit äußerster Konzentration. Fuhr mit der Zungenspitze über meine Oberlippe und schaute auf die Zimmerdecke über mir: Rückschau in die Vergangenheit.

Ich hielt meine Darstellung für überzeugend. Nach einem letzten, abschließenden Blick auf das Bild nickte ich dem Beamten zu und stellte die Behauptung auf: »Ja, ich glaube, ich habe diesen Mann gesehen. Irgendwann. Zusammen mit Frau Choudhari. Irgendwo...«

»In diesem Haus, in dem Sie hier zu Gast waren?« Der Beamte hatte seine Arme über den Tisch gelegt und fixierte mich aufmerksam.

Die Eingebungen kamen langsam. Ich ließ mir Zeit: »Nein, nicht in Delhi. Ich bin hier mit niemandem zusammengetroffen.«

»Also in Deutschland? In Frankfurt?«

Richtig, das war es. Ich war direkt glücklich über die Erkenntnis, die sich mir plötzlich aufzudrängen schien: »Am Flughafen, in Frankfurt, ja, ich bin fast sicher.«

»Und während des Fluges? Sie flogen doch gemeinsam nach Delhi? In der gleichen Maschine?«

Soweit hatten sie also bereits recherchiert. »Frau Choudhari flog Erster Klasse. Wir haben uns im Flugzeug nicht gesehen. Was bedauerlich ist.« Ich versuchte etwas Humor in die Befragung zu bringen, meine Beziehung zu Lakshmi auf das rein Menschliche zu beschränken, um den bitteren, politischen Grundton zu eliminieren, der dieses Verhör für mich so gefährlich machte. Aber der Beamte ging nicht darauf ein.

Er blieb ernst, war im Gegenteil sogar hellhörig geworden, wirkte argwöhnisch. Warum sollte er meinen Aussagen trauen, wenn ich im Verdacht stand, mit den Choudharis unter einer Decke zu stecken. Selbst als Gast des Hauses würde ich kaum gegen die Interessen meiner Gastgeber verstoßen.

Ich blieb also bei meiner sehr konkreten Behauptung: »Ja, es war in Frankfurt, auf dem Flughafen. Ich erinnere mich deutlich.« Damit reichte ich ihm das Bild zurück und hoffte, er würde keine weiteren Fangfragen mehr stellen, in die ich mich verstricken könnte.

Er schien tatsächlich befriedigt. »Ich danke Ihnen. Diese Feststellung ist für uns sehr wichtig.« Er betrachtete nachdenklich das Bild, während er weitersprach: »Wir müssen wissen, was mit diesem Mann geschehen ist. Frau Choudhari können wir nicht mehr befragen. Er heißt Dharmendra Choudhari und war ihr Schwager. Sie waren zusammen in Deutschland. Geschäftlich. Nun gilt er als vermißt. Wir sind überzeugt, er ist nicht nach Indien zurückgekehrt. Wir haben im Augenblick auch wenig Ansatzpunkte für unsere Suche. Und keinen offiziellen Grund für eine Anfrage bei den deutschen Behörden. Ja, und deshalb habe ich Sie um Ihre Hilfe gebeten: Sie werden uns bei dieser Suche unterstützen! Als Privatmann. Unauffällig und ohne jedes Aufsehen. Ich bin überzeugt, sie werden sich für unseren Vorschlag entscheiden.«

Er war seiner Sache sehr sicher. Und was hieß hier ›entscheiden‹? Eine Entscheidung war doch längst getroffen worden. Wieder einmal hatte man über mich, über meinen Kopf hinweg verfügt.

Er registrierte mein Zögern sehr sensibel. »Mister Schwartz«, begann er vorsichtig und sehr leise. »Es sind hier im Zusammenhang mit Ihrer Reise, mit Ihrer Anwesenheit hier in Indien, mit Ihrer Beziehung zu Frau Choudhari und mit diesem Mord einige Fragen aufgetaucht, die der Klärung bedürfen. Durch den Tod von Frau Choudhari ist unsere Möglichkeit zu recherchieren, auch im Fall Ihrer Person, stark eingeschränkt. Es ist zwar nur eine Frage der Zeit, bis wir alles erfahren werden, was wir wissen wollen. Aber andererseits, es kann auch sehr, sehr lange dauern. Sie verstehen mich: Wir tun alle unser Bestes. Aber bevor nicht alle Fragen geklärt sind, sehe ich keine Möglichkeit, Sie ausreisen zu lassen. Andererseits sind wir gezwungen, Ihre Bewegungsfreiheit hier in Indien stark einzuschränken. Sie sind in unmittelbarer Gefahr. Die ›Neuen Thugs‹ werden versuchen, jeden Zeugen und jeden Kontaktmann der Familie Choudhari zu beseitigen. Rajesh wird nicht sehr lange in Haft sein, ich nannte Ihnen ja bereits die Gründe. Sie sollten sich vorsehen, gleichgültig, wo Sie ihn und seine Freunde treffen. Nur, hier in Indien tragen wir für Sie die Verantwortung. Das heißt, Sie sind unser Gast. Allerdings nicht in einem Hotel. Dort können wir nicht für Ihre Sicherheit bürgen.«

Er machte eine lange Pause, um mir die Möglichkeit zu geben, alle Konsequenzen in Ruhe zu durchdenken. Ich hatte nur die Wahl zwischen Schutzhaft für unabsehbare Zeit, oder aber den Auftrag zu akzeptieren.

»Denken Sie darüber nach, Mister Schwartz!« Er lehnte sich wieder einmal völlig entspannt in seinen spartanischen Sessel. Er wollte keinesfalls den Eindruck vermitteln, mich zu einer Entscheidung gedrängt, mich überredet oder gar erpreßt zu haben. »In Europa sind Sie frei und relativ sicher«, fügte er noch lächelnd hinzu. »Sofern Sie Ihre Abmachung mit uns einhalten. Mehr kann ich nicht für Sie tun! Sie haben mich verstanden?«

Ich hatte verstanden, daß ich ihm für diesen Vorschlag dankbar sein mußte. Und ich nickte: »Okay!«

»›Okay‹ heißt vermutlich, ›Sie akzeptieren‹! Gut! ›Okay!‹«. Er lächelte wieder und entwickelte anscheinend Sinn für Humor. »Sie reisen also in unserem Auftrag nach Europa zurück und machen sich auf die Suche nach diesem verschollenen Mann.« Er nahm wieder das Zeitungsbild zur Hand und hielt es mir deutlich und sehr provokativ vor die Augen.

»Suchen Sie ihn! Teilen Sie uns mit, welche Kontakte er in Europa hatte, wen er dort traf, mit wem er verhandelt hat und worüber. Wo wurde er zuletzt gesehen. Wo befindet er sich jetzt?«

Zumindest die letzte Frage wäre für mich leicht zu beantworten gewesen. Mit einem einzigen Satz. Und nach einem kurzen Telefonat mit dem Frankfurter Airporthotel wäre der Fall geklärt. Wenn sie ihn dort noch nicht entdeckt haben sollten, weil die Lüftung ihres Lifts außerordentlich gut funktioniert, dann müßten sie ihn wenige Minuten nach dem Anruf finden. Eher ist anzunehmen, daß die Kripo in Frankfurt für einen Hinweis dankbar ist, wer sich hinter diesem unbekannten Toten verbirgt, den sie irgendwann in den letzten Wochen auf einer der Liftkabinen geborgen haben.

Aber ich schwieg. Natürlich. Der Fall ›Dharmendra Choudhari‹ wäre zwar erledigt. Aber nicht der meine.

»Wann schlagen Sie vor, daß ich fliege?« Ich hatte das Herumreden satt. Ich wollte die Situation möglichst rasch beenden, bevor sie eine neue Wendung nimmt. Und außerdem wollte ich weg. Nach Hause!

»Morgen früh. Vier Uhr zwanzig. Die gleiche Maschine wie heute. Tut mir leid, daß wir Sie aufgehalten haben. Aber eine Verspätung von vierundzwanzig Stunden ist in solchen Zeiten immer mit einzukalkulieren.« Er sah mich merkwürdig an.

Das Gespräch schien beendet. Der Beamte hatte sich erhoben. »Es war mir ein Vergnügen, Mister Schwartz, Sie nun doch noch kennengelernt zu haben.« Er sagte es ohne jeden ironischen Unterton.

Er nahm mich am Arm und führte mich zur Tür, hinaus auf den Gang und vor bis zur Treppe. Und auf diesem Weg sprach er zu mir, sehr menschlich, sehr persönlich, so wie Männer manchmal miteinander reden, die Vertrauen zueinander gefaßt haben, die mehr miteinander verbindet als nur Geschäft oder Konvention.

Aber was er mir sagte, das ließ die Hitze in mir aufsteigen. Das war die Angst, der plötzliche Schrecken, zuviel gesagt und zuwenig begriffen zu haben. Ich war wieder einmal zu spät gekommen mit meiner Erkenntnis, blockiert durch die Verhörsituation. Dabei hätten die Indizien, diese feinen Anspielungen in seinem Bericht, längst ausreichen müssen, um mir klarzumachen, wen ich da vor mir hatte.

»Ich habe diesen Fall selbst übernommen aus persönlichen Gründen...« Er schwieg, während wir weitergingen. Erst nach vielen Schritten, die auf dem kahlen Steinboden, in diesen langen, leeren Gängen widerhallten, sprach er weiter: »Eine tragische Verkettung. Ich war mit der Familie Choudhari aufs innigste verbunden.« Wieder schwieg er, bis wir an der Treppe standen. Und da wußte ich, was nun kommen würde. Wort für Wort:

»Doktor Lakshman Choudhari, der verstorbene Gatte der Ermordeten, war mein bester Freund...«

Er sah mich nicht an. In den dicken Gläsern seiner Brille spiegelte sich das Licht.

VII
KALI

59

Abschied von Indien. Im Morgengrauen. Die Maschine war verspätet aus Bombay eingetroffen. Als wir zur Startbahn rollten, wurde es im Osten bereits hell.

Die Flutlichtlampen gleißten kalt und blau vor einem rosafarbenen Himmel. Dunkle Wolkenwalzen hatten sich im Südwesten aufgebaut, bedrohlich und blutrot angestrahlt und gleichzeitig voller Verheißung: Der langerwartete Monsun schob seine ersten Ausläufer über den ausgedörrten Norden dieses Subkontinents.

Und bevor die Maschine in einer langen, steilen Kurve in der schwarzen, zerfaserten Wolkenwand verschwand, warf ich noch einen letzten Blick auf dieses Land, auf die Hütten und die glimmenden Feuer, auf dichtgedrängte Wohnblocks und die Weite der versengten und versteppten Erde.

Dann hatte ich acht Stunden Zeit, Trauerarbeit zu leisten, wie die Psychologen das nennen, Erinnerungen und Eindrücke zu sortieren, Versäumnisse aufzulisten, Enttäuschungen zu begraben, aber auch unerfüllte Träume.

Mit welchen Erwartungen hatte ich mich auf den Weg gemacht, und welche Hoffnungen hatten sich erfüllt? Ich hatte meinen alten Kopf in diesen neuen Lebensabschnitt mitgenommen. Wie sollten sich da langgehegte Wünsche erfüllen? Bei diesem Ballast ungelebter Illusionen!

Mit der Sehnsucht nach Befreiung war ich angereist zu diesem Abenteuer der Unfreiheit. Jetzt flog ich zurück als angeworbener Agent, als Schnüffler, angesetzt auf einen Toten, den ich selbst beseitigt hatte. Und ließ es mir wohlergehen, genoß die Verwöhnung durch zauberhafte Frauen, die Liegesitze dieser Ersten Klasse, den Luxus, für den andere bezahlten, die dafür entsprechende Gegenleistungen erwarten konnten.

Irgendwann waren wir durch die Turbulenzen hindurch, schwebten wir über den Wolken. Hier oben war kein ›dry-day‹. Und nach dem zweiten Scotch begann ich den Fall weniger dramatisch zu sehen.

Ich war auf dem Weg in die Freiheit. Niemand kontrollierte

mich mehr. Die Wachen waren abgezogen worden, wie bereits letzte Nacht im Hotel. Ich hatte das gleiche Zimmer wie am Tag zuvor. Es war immer noch reserviert auf meinen Namen, als sei nichts geschehen. Alles war bestens geregelt. Mein Koffer fand sich dort. Meine ›Asservaten‹ wurden mir diskret wieder zugestellt: die beschlagnahmten Habseligkeiten, Brieftasche und Geld und der übrige Kram. Auch mein Paß und der umgebuchte Flugschein lagen bereits in meinem Fach.

Aber als Beweis, daß es kein Alptraum war, den ich durchlebt hatte, fand sich in meiner Tasche immer noch die abgegriffene, schwarze Münze der Göttin Kali. Der Beweis auch für Lakshmis Tod, der mir in dieser unwiderruflich letzten Nacht in Indien erst richtig zu Bewußtsein kam, den mein Verstand und mein Gefühl erst jetzt zur Kenntnis nahmen.

Von Gulshan, ›Doktor Lakshman Choudharis bestem Freund‹, hatte ich morgens vor dem Abflug noch eine Liste erhalten: Firmennamen, die bei meinen Ermittlungen von Wichtigkeit sein konnten, Rüstungsbetriebe in unserer Republik, überwiegend in München und Düsseldorf. Dazu zwei Kontaktadressen in Köln: eine Telefonnummer für den Notfall und eine für den täglichen Bericht.

Ich notierte alles gewissenhaft. Nach Diktat. Denn diese Behörde gab offenbar nichts Schriftliches aus der Hand. Und das aus naheliegenden Gründen.

In der Euphorie des Heimfluges legte ich mir dann ein Konzept für meine delikate Mission zurecht. Es war ein einfältiger Plan: Ich würde alle diese Firmen aufsuchen, pro forma, mit dem Bild des verschwundenen Dharmendra Choudhari in der Hand. Das Ergebnis würde erwartungsgemäß mager sein. Auch die Ermittlungen auf dem Frankfurter Flughafen mußten erfolglos bleiben. Weder bei der ›AIR-INDIA‹, noch in der First-Class-Lounge, noch beim Bodenpersonal würde sich jemand an dieses Gesicht erinnern. Nach dieser langen Zeit.

Aber dann gelingt es mir schließlich, dank meiner systematischen Recherchen, das Rätsel zu lösen. Im Steigenberger-Airporthotel. Ich würde dem Portier, der Rezeptionistin, dem Hausdetektiv das Foto vorlegen. Und mindestens einer wird sich erinnern. Man wird mich an die Kriminalpolizei verweisen. Und ich hätte schließlich einen unbekannten Toten als diesen Dharmendra Choudhari zu identifizieren.

Damit wäre der Fall innerhalb einer knappen Woche erledigt und meine Arbeit getan. Ohne jedes Risiko.

Es war wirklich höchst angenehm, zuzusehen, wie Probleme sich lösten. Von selbst und mit bestem Resultat. Nach zwei doppelten Scotch und wochenlanger Entwöhnung.

Als wir in Frankfurt landeten, war ich wieder stocknüchtern. Die Euphorie war verflogen. Zwei Stunden später kam ich in München an. Bei sommerlichem Nieselregen. Und das Land war grün, ringsherum grün, von einer so perversen Üppigkeit, daß einem fast der Atem stockte.

Mit dem Taxi fuhr ich nach Hause: Ottobrunn. Ein zersiedelter Vorort zwischen Wald und Industrie und Autobahn. So wohnt man eben, wenn man stadtnah ›im Grünen‹ lebt.

Drei Monate nach Antritt einer kurzen Dienstreise stand ich wieder vor meinem Haus. Ich fröstelte, als ich aus dem Taxi stieg. Und es lag nicht nur an diesem verregneten, kühlen Sommer-Sonntag.

60

Es ist leichter zu fliehen als heimzukehren. Erwartungen und Befürchtungen überfallen einen gleichermaßen. Ich wunderte mich, daß der Schlüssel noch paßte, daß alles noch vorhanden war, jedes Möbelstück an seinem angestammten Platz, die Topfpflanzen noch am Leben, der vertraute Geruch im Raum. Aber das war es auch schon. Das Haus wirkte ausgestorben, unbelebt. Auf eine perfide Art intakt und tot.

Ich schlenderte etwas ziellos durch die Räume und war auf der Suche nach einer Spur von Leben, nach einer Nachricht, nach einem Zeichen der Versöhnung. Aber es fand sich keines.

Der Kühlschrank war leer. Sauber und ordentlich stillgelegt. Das Geschirr stand gespült im Schrank. Die Betten waren frisch bezogen und auf traurige Art verwelkt, wie in mäßig frequentierten Hotels dritter Klasse, in die man unangemeldet hineingerät.

Die penible, gutgelüftete Ordnung war auf das Wirken von Frau Beckmann zurückzuführen. Ich rief sie an. Sie wohnte nur ein paar Straßen entfernt und kam sofort und unaufgefordert vorbei. Trotz des ihr sonst heiligen Sonntags. In einem Korb brachte sie Sokrates und Aspasia mit, die beiden Katzen.

Ich beschränkte meinen Bericht auf das Nötigste. So in ›Hierbin-ich-also-wieder-Manier‹. Indien, nun ja, was soll man dazu sagen. Unglaubliche Eindrücke. Eine gefährliche Erkrankung. Aber nochmal heil davongekommen. Und entrüstetes Erstaunen, daß meine Briefe und Postkarten nicht angekommen seien. Briefe und Postkarten, die ich nie geschrieben hatte.

Frau Beckmann war trotzdem von jener enervierenden Herzlichkeit, die man nicht zurückweisen kann. Sie schien glücklich, daß wenigstens einer der Familie ihre aufopfernden Dienste zu würdigen wußte und in Zukunft von ihrer Mütterlichkeit abhängig sein wird.

Sie machte mir Kaffee und erzählte Beiläufiges und Unwichtiges, von dem sie annahm, daß es mich brennend interessierte. Aber ich war merkwürdig weit weg von allem. Man reist zu schnell. Die Seele kam bei diesem Tempo nicht mehr mit. Ich war gespannt, wann sie eintreffen würde.

So zwischen den Zeilen erfuhr ich, daß meine Familie auf Sommerurlaub war. Im Schwarzwald. Bei den Schwiegereltern in Freudenstadt. Richtig. Es waren ja Schulferien in diesem Teil der Welt. Und Jörg sei leider sitzengeblieben, hätte auf dieser sogenannten Eliteschule für abgeschobene Kinder das Klassenziel nicht erreicht. Also ein Jahr länger bezahlen. Diese eintausendsechshundert Mark pro Monat. Obwohl ich nicht sicher war, ob und wie meine Firma überhaupt noch existierte.

Fräulein Haas, die Sekretärin, hatte meine Privatpost in einem Karton auf den Schreibtisch gestellt. Er war randvoll, ihn durchzusehen die Aufgabe einiger Tage. Sofern man dazu Lust und Laune hatte. Ich beschloß, die gesamte Korrespondenz vorläufig unangetastet zu lassen. Die letzten Briefe trugen das Datum der vergangenen Woche. Fräulein Haas war also noch in meinen Diensten. Ich rief sie an, sie war zu Hause und bereit, mir am Telefon die Namen der Kunden mitzuteilen, mit denen wir in Zukunft nicht mehr zu rechnen hätten. Ich sagte ihr, das hätte Zeit bis morgen. Sie ergriff auch gleich die Gelegenheit, mir ihre Kündigung mitzuteilen. Sie war korrekt. Sechs Wochen zum Quartal. Details und Zukunftspläne ersparte sie mir. Sie berichtete auch eingehend, warum Herr Weigand nicht mehr käme. Es war mir gleichgültig. Und Frau Friedrich, unsere Buchhalterin, hatte unbezahlten Urlaub genommen. Bis Ende des Monats. Und Fräulein Haas hoffte, sie hätte in diesem Fall richtig entschieden. Natürlich hatte sie.

Ich stand am Fenster und hörte nur mit halbem Ohr auf ihre Stimme. Was mich faszinierte, war immer noch dieses Grün. Ich hatte vergessen, daß der Garten hinter dem Haus so winzig, so verwildert und jemals so grün gewesen war. Als ich abflog, war alles noch kahl. Schneereste lagen in den schattigen Ecken. Und jetzt war in einigen Wochen der Sommer bereits wieder vorbei.

Ich versuchte Tritt zu fassen. Vergeblich. Frau Beckmann ging irgendwann, und ich genoß die Stille eines leeren Hauses. Das Gezwitscher der Vögel in den Büschen erschien mir fremd und überraschend. Ich öffnete das Fenster, um einer Amsel zuzuhören. Aus purer Routine schaltete ich das Fernsehgerät ein und saß fasziniert vor irgendeiner schwachsinnigen amerikanischen Kinderserie. Eine halbe Stunde lang oder noch länger. Die Katzen leisteten mir dabei Gesellschaft. Es war überhaupt erstaunlich, wie wenig sie mir meine Flucht übelnahmen. Sie schnurrten um mich herum, als sei nichts gewesen.

Der Weinvorrat im Keller war noch komplett, wie mir schien. Ich trank ein Glas Rotwein gegen den Hunger, gegen den Durst und gegen beginnende Depressionen. Mit schlechtem Gewissen, zugegeben. Aber es half. Anschließend holte ich meinen Wagen aus der Garage und fuhr zum Essen. Daß ich die Hebel und Knöpfe noch einigermaßen richtig bedienen konnte, fand ich erstaunlich. Aber die Unsicherheit meiner Umgebung gegenüber verließ mich nicht. Auch nicht in der verräucherten Wirtschaft mit ihrer einfallslosen bayerischen Küche. Ich fühlte mich bedrängt und war froh, morgen endlich wieder eine Aufgabe zu haben, die mich forderte.

Gegen Abend rief ich in Freudenstadt an, mit Herzklopfen und mit einem flauen Gefühl in der Brust. Ich verwählte mich zweimal, war erleichtert über das Besetzt-Zeichen. Aber als ich Ingeborg schließlich erreichte, war sie weder zynisch noch aggressiv. Sie diskutierte ganz sachlich meine glückliche Rückkehr, wie man mit einem Kranken nach seiner Entlassung aus der Klinik spricht. Sie sah den Fall ganz real: »Du wirst Zeit brauchen, dich wieder einzuleben!« Sie hatte letzten Endes vielleicht mehr Gespür für meine Krise, als ich geahnt hatte. Meine Flucht hatte ihr offenbar die Augen geöffnet, was falsch gelaufen war in all den Jahren, mit mir, aber auch mit ihr und mit uns beiden. Sie hatte mir eine so spontane Art des Hinschmeißens und Aussteigens nicht zugetraut. Jetzt schien sie sogar beeindruckt.

Die Söhne hatten sich abgesetzt, waren getrennt nach Frankreich getrampt. Die übten sich jedenfalls früher in der Disziplin der Freiheitssuche. Bevor die Sicherungen durchbrannten und es eigentlich zu spät ist, um noch groß irgendwelche Weichen zu stellen.

Die Aufgabe, die auf mich wartete, mit all ihren Konsequenzen und denkbaren Katastrophen, ließ mir Gott sei Dank keine Zeit für eine Schwarzwaldreise. Auch Ingeborg weigerte sich hartnäckig, nach München zu kommen. Allerdings ohne Angabe von zwingenden Gründen. Wir verschoben also unser Wiedersehen um vierzehn Tage und schieden als Kumpel, die sich nichts mehr nachtragen konnten, da das Maß an nötiger Toleranz ohnehin längst überschritten war.

Ich kroch irgendwann hundemüde in eines der verwelkten Betten und löschte das Licht. Draußen war es noch hell. Aber in Delhi war es viereinhalb Stunden später und längst nach Mitternacht. Ich hatte ein Recht darauf, meinen Rhythmus der letzten drei Monate beizubehalten.

Im Dämmerlicht sah ich ein Foto meiner Familie. Es stand auf dem Nachttisch von Ingeborg und war ein paar Jahre alt. Damals war die Welt noch in Ordnung. Und das Innenleben unserer Köpfe noch intakt.

Ich hätte mir ein Foto von Lakshmi gewünscht. Eines von Nadira. Statt dessen schleppte ich in meinem immer noch ungeöffneten Aktenkoffer das Bild dieses Toten herum, ›Dharmendra

Choudhari‹. Ein Name, den ich inzwischen auswendig buchstabieren konnte. Ich werde ihm, das schwor ich um meines Seelenheils willen, die ihm zustehende Totenruhe beschaffen. Je früher, desto besser. Mit diesem Vorsatz schlief ich ein.

61

Morgens gegen vier sortierte ich meine Post, hellwach und in einer geradezu krankhaften Hektik. Als Frau Beckmann um acht Uhr erschien, um mir ein Frühstück zu machen, war der Karton bereits geleert und der Papierkorb voll. Das Naturgesetz, daß sich die meisten Probleme durch langes Liegenlassen am schmerzlosesten lösen lassen, wird im Geschäftsleben viel zuwenig beachtet.

Von acht Uhr dreißig bis neun Uhr fünf hörte ich mir das Gejammer von Fräulein Haas in aller Ruhe an. Ich gebe zu, es ist eine Schande, ein gut florierendes Unternehmen durch Flucht und Desinteresse zu ruinieren. Aber andererseits: es war meine Agentur, die vor die Hunde ging, und es würde meine Pleite sein. Denn was nach dem dreißigsten Neunten auch immer an Unbill über dieses Haus hereinbrechen sollte, es würde Fräulein Haas ohnehin nicht mehr erreichen. Sie war von einer großen Frankfurter Agentur als Kontakt-Assistentin erfolgreich abgeworben worden.

Ich diktierte ihr einen Rundbrief an die verbliebenen Kunden und ein Entschuldigungsschreiben an die Pharmafirma in Oberrad und bedauerte, daß die jahrelange gute Zusammenarbeit ausgerechnet an diesem Produkt ›Reductan-Depot‹ ihr vorläufiges Ende finden sollte. Dabei war dieses Medikament noch immer nicht auf dem Markt. Die Entwürfe, die mich durch Indien begleitet hatten, landeten endgültig im Müll. Und gegen zehn verließ ich das Haus.

›MBB‹, die Firma ›Messerschmidt-Bölkow-Blohm‹, deren Konzernleitung keine zwei Kilometer Luftlinie von meinem

Haus entfernt residiert, wird allgemein als die ›Rüstungsschmiede der Nation‹ bezeichnet. Ich begann daher dort nicht nur aus geographischen Gründen mit meinen Recherchen.

Der Besucherparkplatz liegt außerhalb von Schlagbaum und Maschenzaun. Der Warteraum gab sich friedlich. Bunte Poster von Rettungshubschraubern, von Fernmelde- und Forschungssatelliten schmücken die Wände. Ich füllte den kleinen Fragebogen aus, der mir gewissermaßen als Antrag für einen Besucherausweis vorgelegt wurde. »Es geht nur um eine kurze Information!« beteuerte ich der Dame am Empfang, die sich für die Gründe meines Besuchs interessierte. Sie verständigte also die ›Informations- und Presseabteilung‹.

Ein Herr Blümlich oder Blümlein schüttelte mir sehr herzlich die Hand und bat mich in sein Büro. Mein »Ich komme gerade aus Indien zurück...« beeindruckte ihn nicht sonderlich. »Meine Freunde dort sind in Sorge um diesen Mann...« schon eher. Er betrachtete lange und sehr gewissenhaft das Foto des ›Dharmendra Choudhari‹, fühlte sich jedoch nicht zuständig für meine Ermittlungen. Er fertigte eine gutgelungene Fotokopie des Bildes an und notierte sich meine Adresse. Er würde in verschiedenen Abteilungen die möglicherweise zuständigen Herren dieses Hauses bei Gelegenheit zu diesem Fall befragen. Es würde einige Zeit dauern. Er bäte um Geduld. Schließlich kämen viele Besucher aus den verschiedensten Teilen der Welt. Das Interesse an der Produktion in der angegebenen Richtung, Kampfhubschrauber mit Luft-Boden-Raketen, den Lenkwaffensystemen ›Milan‹ und ›Hot‹, das Tiefflieger-Abwehrsystem ›Roland‹, die Luft-Schiff-Rakete ›Kormoran‹, besonders aber das Kampfflugzeug ›MRCA-Tornado‹ sei international gesehen sehr groß. Andererseits glaube er jedoch nicht, daß bereits konkrete Verhandlungen stattgefunden hätten. Durch Übereinkunft und Gesetz sei die Lieferung von Waffen in Spannungsgebiete nicht möglich. Es täte ihm leid, das Waffenembargo, ich müßte verstehen...

Ich verstand, packte mein Bild wieder ein und ging.

Bei ›Krauss-Maffei‹, am anderen Ende der Stadt, wurden auf dem Werksgelände hinter dem Sicherheitszaun weithin sichtbar Leopardpanzer auf Güterwagen verladen. Statt des erwarteten Vertreters der Exportabteilung, mit dem ich einige Sätze am Telefon gewechselt und dem ich mein Anliegen angedeutet hatte, fing mich ein Herr des Sicherheitsdienstes in der Halle ab und reagierte auf meine Nachforschungen ebenso höflich wie frostig. Leopardpanzer würden ausschließlich an NATO-Partner geliefert. Gespräche mit Vertretern indischer Interessengruppen seien schon aus diesem Grund undenkbar. Zugegebenermaßen existiere ein grauer Markt, der über Italien und Frankreich abgewickelt würde. Diesbezügliche Pressemeldungen hielte er jedoch für maßlos übertrieben. Er blickte mehrfach und sehr demonstrativ auf seine Uhr. Das Bild des Gesuchten nahm er weiter nicht zur Kenntnis.

Ich bat meinen Gesprächspartner um seinen Namen. Aber er winkte nur ab. Ich sei hier ohnehin an der falschen Adresse. Er habe im Augenblick noch einen Termin und er habe sich gefreut und bedaure...

Ich bedauerte ebenfalls und fuhr weiter nach Norden. Ein beiger Peugeot folgte mir ebenso zufällig wie unauffällig bis zum Haupteingang der Firma ›M.A.N.‹ an der Dachauer Straße.

Der zuständige Herr der Abteilung Auslandskontakte/Unternehmensbereich Nutzfahrzeuge ließ mir Kaffee servieren und versuchte erfolglos, aus seinem Terminkalender der letzten Aprilwoche einen indischen Besucher zu ermitteln. Die Lkw-Produktion des Hauses, offiziell ›Nutzfahrzeuge für den militärischen und zivilen Bereich‹, würde weltweit verkauft, ohne jegliche Beschränkung. Dazu zählt auch die für die Bundeswehr entwickelte Baureihe hochgeländegängiger, allradgetriebener 2-, 3- und 4-Achser für fünf bis zehn Tonnen Nutzlast, die für schwierige, zivile Transportaufgaben eingesetzt werden können. Es bestünden auch sehr gute Kontakte zu Indien, obwohl die Auftragslage in dieser Richtung besser sein könnte. Das Defizit in der Außenhandelsbilanz dieses Landes sei leider eine gewisse Barriere, die einer Ausweitung der Handelsbeziehungen entgegensteht. Ich wurde mit Zahlen bedient, mit denen ich nichts anfangen konnte. Der Informationsfluß lief reichlich, aber an meinem Problem vorbei. Es ging mir ja nicht um verwertbare Auskünfte. Meine Anwesenheit hatte ausschließlich Alibifunktion. Ich war hier gewesen und hatte nichts erreicht. Das war fürs erste genug.

Auf dichtbefahrenen Straßen ging es zurück, nach Süden. Knapp vierzig Minuten für nur zwölf Kilometer. Wieder folgte mir der beige Peugeot von Stau zu Stau, von Ampel zu Ampel, den ganzen Weg durch diese endlosen Vorstädte, Obermenzing, Pasing und Aubing und wie auch immer sie hießen, an Baustellen vorbei, über schlecht beschilderte Umleitungen, durch lauschige Villengebiete und über verstopfte Kreuzungen und Plätze. Er hielt zwanzig Schritt hinter mir am Straßenrand, dicht vor der Einfahrt zum Parkplatz der Firma ›DORNIER-GmbH‹. Nach meinen Notizen entstanden hier die Flugzeuge ›DO-28-D-Sky-servant‹ und das Erdkampfflugzeug ›Alpha-Jet‹.

Ich setzte mich in die Empfangshalle und wartete ab.

»Sind Sie mit jemand verabredet?« wollte der alte Portier von mir wissen und beugte sich aus dem Fenster seines Glaskastens.

»Danke. Ich werde hier abgeholt.«

Er ließ mich in Ruhe und stempelte weiter irgendwelche Formulare. Ich saß also untätig herum und beobachtete den beigen Wagen. Die Windschutzscheibe spiegelte. Es war unmöglich, jemand dahinter zu erkennen. Kontrollierte mein Auftraggeber die Erledigung der mir abgepreßten Mission? Mißtraute man mir?

Ich hatte plötzlich nicht mehr die geringste Lust, meiner sinnlosen Aufgabe nachzukommen. Für einen ersten Bericht nach Köln hatte ich bereits genügend Material. Mehr konnte man von diesem allerersten Tag nicht verlangen.

Aber dieser Verfolger irritierte mich. Der Wagen fuhr plötzlich los und steuerte einen freien Platz innerhalb der Parkfläche an.

Es hatte wieder zu regnen begonnen, und die Frontscheibe des Wagens war verschliert von den herunterrinnenden Tropfen und undurchsichtiger als zuvor. Der Scheibenwischer trat nicht in Funktion. Trotzdem konnte ich die Schatten von zwei Personen erkennen. Aber keiner der beiden stieg aus.

Ich wartete noch einige Zeit. Dann verließ ich mit einem entschuldigenden Schulterzucken in Richtung des Pförtners die Empfangshalle und schlenderte im Regen über den Parkplatz zurück zu meinem Wagen.

Der beige Peugeot hatte eine Münchner Nummer und war offensichtlich ein Mietwagen von AVIS. Eine Preisliste der Firma lag auf der Ablage unter der Heckscheibe.

Ich ging wie zufällig um den Wagen herum. Vorn saßen zwei dunkelhäutige Männer und beugten sich über einen Stadtplan. Sie nahmen von mir keine Notiz.

62

Eine halbe Stunde oder noch länger saß ich wie gelähmt, wie festgeleimt in meinem Wagen. Der Regen pladderte auf das Dach. Und ich beobachtete im Spiegel meine mutmaßlichen Verfolger. Wer waren diese beiden Männer? Inder? Zweifellos! Aber von welcher Seite? Kontrolleure meines Auftraggebers oder bereits das Todeskommando? War die Quittung für meine überflüssigen Schein-Verhandlungen mit diesen Kriegsmaterial-Produzenten die seidene Schlinge? War ich dieser anonymen Terror-Organisation nicht von Anfang an suspekt? Durch meine Kontakte mit der Familie Choudhari? Gast des Hauses? Ich hatte die Andeutungen des jungen Rajesh noch deutlich im Ohr, damals im Zug.

Ich startete ganz plötzlich, ganz überraschend, schaltete den Scheibenwischer ein und verließ mit einem Kavalierstart den Parkplatz in Richtung Innenstadt. Als ich an der zweiten oder dritten Ampel irgendwo weit hinter mir in der Reihe der haltenden Fahrzeuge den beigen Peugeot zu erkennen glaubte, geriet ich in Panik.

Mit riskanten Manövern und viel zu schnell fuhr ich kreuz und quer durch die Stadt. Und erst nach einer halben Stunde war ich überzeugt, meine Verfolger abgehängt zu haben. Aber die Bedrohung saß mir weiterhin im Nacken.

Ich war nirgendwo meines Lebens sicher, weder hier noch in Indien. Auch aus einer Verwechslung heraus ermordet zu werden, ist ohne jede Komik. Ich hatte immer noch keine Lust, für die politische Unabhängigkeit Indiens mein Leben zu riskieren.

›WAFFEN-KRAUSSER‹ verkündete die Aufschrift auf einer

Fassade in der Nähe des Ostbahnhofs. Diesmal war es kein Rüstungskonzern, es ging um ›Sportwaffen‹, um Jagdgewehre und Angelgeräte.

»Haben Sie eine Waffen-Besitzkarte?« fragte der freundliche Verkäufer, als ich mich etwas unprofessionell nach einem ›Colt‹ erkundigte.

Nein. Nichts dergleichen. Weder einen Waffenschein noch eine Waffenbesitzkarte. Ich hatte einfach nur Angst.

Aber das war als Grund allein nicht ausreichend für eine standesgemäße, amtlich genehmigte Verteidigung. Zuständig sei das Kreisverwaltungsreferat der Stadt München oder das Landratsamt meines Wohnsitzes und nicht etwa die Polizei. Ich blätterte noch ein wenig in einem einschlägigen Katalog und verließ diesen waffenstarrenden Laden mit dem Vorsatz, meine paranoiden Anfälle in Zukunft besser unter Kontrolle zu halten.

Zu Hause igelte ich mich ein, sicherte Jalousien und Kellerfenster, stellte das Telefon neben das Bett und registrierte am nächsten Morgen einen verdammt schlechten Schlaf. Der beige Peugeot war zur fixen Idee geworden. Ich war übersensibilisiert gegenüber exotischen Gesichtern mit dunklem Teint.

Nach einem erfolgreichen Irrweg durch das Telefonbuch sprach ich mit dem für Handfeuerwaffen zuständigen Beamten des ›Kreisverwaltungsreferats‹. Ich schilderte ihm sehr anschaulich meine Situation. Ein freier Unternehmer mit internationalen Kontakten. Die Gewerberäume im Erdgeschoß eines Einfamilienhauses. Ein Vorort mit hoher Einbruchsrate. An Hand von Indizien und Beobachtungen konstruierte ich eine akute Lebensbedrohung. Irgendwann unterbrach mich mein Gesprächspartner und forderte mich auf, in dieser Sache persönlich vorzusprechen. Diese dramatische Mischung aus vagen Andeutungen und nackter Angst erschien ihm wohl doch zu fadenscheinig und reizte seine kriminalistische Neugier. Hätte ich den wahren Grund angeben sollen? Die ganze Geschichte erzählen? Von A bis Z? Einem deutschen Beamten? In einem Kreisverwaltungsreferat?

Nach meinem Schwur, das Haus die nächsten Tage unter keinen Umständen zu verlassen, empfand ich die persönliche Vorladung ohnehin als Zumutung.

Im Nebenzimmer hatte Frau Beckmann ihren Staubsauger abgestellt und das Gespräch mit angehört. Ihre mütterlichen Schutzinstinkte waren voll angesprochen. Auf ihre hartnäckigen Fragen hin, schilderte ich ihr andeutungsweise die möglichen Konsequenzen einer Bedrohung. Daß man auf Reisen nicht nur freundlichen, friedlichen Zeitgenossen begegnet, leuchtete ihr ein.

Am nächsten Morgen brachte sie mir den Revolver ihres Mannes. Leihweise für ein paar Tage. Der Mann war Taxifahrer. Und sie ermahnte mich zu äußerster Vorsicht.

Ich akzeptierte die freundlich gemeinte Leihgabe mit allen Vorbehalten. Aber auch mit leiser Furcht und einer Spur halbbewußtem Grauen.

Es war ein zierlicher Trommelrevolver, eingewickelt in ein gelbes Staubtuch. Das Metall war schwarz brüniert, der Griff bestand zum Teil aus dunklem Holz. Der Name der Herstellerfirma war eingraviert: ›Smith & Wesson‹, dazu das Kaliber: ›38-Special‹. Zum erstenmal hielt ich eine Waffe in meiner Hand. Ich war elf, als der letzte Krieg zu Ende ging. ›Weißer Jahrgang‹ hieß das, als die Bundesrepublik sich wiederbewaffnete und eine halbe Generation von der Wehrpflicht befreit wurde. Jetzt lag das kühle Metall in meiner Hand. Nicht unangenehm, aber schwer. Und bedrohlich.

Die Waffe hatte fünf Patronen in der Trommel. Ein Schieber blockierte den Abzug, sicherte die unbeabsichtigte Auslösung eines Schusses. Ich öffnete den Verschluß der Trommel, kippte sie zur Seite, fing die Patronen auf in meiner Hand und betrachtete jede einzelne Kugel lange und mit höchst gemischten Gefühlen. Einen knappen Zentimeter starkes, blankes, rötlich-glänzendes Metall. Mit so etwas kann man also töten. Rasch und unwiderruflich. Oder bleibt selbst am Leben. Im Ernstfall. Je nachdem.

Mit der geleerten Trommel zielte ich in Richtung Fenster, entsicherte mit dem Daumen, drückte mehrfach ab, registrierte die harte Spannung des Abzugs, das metallische Klicken. Dann lud ich vorsichtig jede einzelne Kammer der Trommel, sicherte die Waffe und steckte sie in die Außentasche meines Jacketts. Sie trug kaum auf, aber sie vermittelte mir ein Gefühl der Sicherheit und der Macht. Eine Illusion, zugegeben. Denn im entscheidenden Augenblick würde ich unfähig sein zu schießen, zu ungeübt, zu ungeschickt. Und im Ernstfall zu geschockt. Und zu feige, in der Sekunde der Gefahr die Waffe zu ziehen.

Aber es ging ja nicht um einen solchen Augenblick der Wahrheit. Es ging um das Vertrauen auf ein Potenzsymbol. Gegen eine eingebildete Bedrohung. Ein Placebo gegen die Hilflosigkeit, gegen die Erkenntnis der eigenen Schwäche, gegen die Phantombilder einer kranken Phantasie.

Ich verließ das Haus. Trotz aller Vorsätze. Trotz dieser unterschwelligen Angst. Die Jalousien zur Straßenseite waren auf meine Anordnung hin auch am Tage heruntergelassen. Das Haus wirkte unbewohnt. Die Bewohner waren auf Reisen.

Ich ließ den Wagen in der Garage und wanderte vorsichtig und voller Mißtrauen zu Fuß um ein paar Blocks. Es war wie ein erstes Training. Rekonvaleszenz nach längerer Krankheit. Zum erstenmal wieder auf den Beinen, noch ein wenig schwach, aber bereits wieder voller Zuversicht, aber auch voller Vertrauen in eine fremde Kraft, die man so handlich in seiner Tasche trägt.

Nichts Ungewöhnliches begegnete mir, nichts Verdächtiges. Der beige Wagen blieb verschwunden. Ich bedauerte das bereits. Denn ich war aufgetankt mit Mut. War fest entschlossen, diese Verfolger zur Rede zu stellen. Aber da war kein Verfolger. Nirgends. Nirgendwo lauerten verdächtige Gestalten. An keinem Straßenrand parkte ein beiger Peugeot.

Nach diesem Streifzug war ich wieder in der Lage, Pläne zu schmieden. Die ersten ermunternden Schreiben einiger Kunden waren eingetroffen. Man hat in unserer Branche ja durchaus Verständnis für ein gelegentliches Ausflippen eines kreativen Charakters. Werbung kommt ohne Narrenfreiheit nicht aus. Nun war es notwendig, die fraglichen Firmen persönlich aufzusuchen, diese zarten, ersten Kontakte fester zu knüpfen, um den zuständigen Produkt-Managern und Werbeleitern den reumütig zurückgekehrten Aussteiger als voll rehabilitierten Helfershelfer ihrer erträumten Umsätze sozusagen lebend vorzuführen, aktiv und angefüllt mit Energie, wie in alten Zeiten.

Vier Tage Frankfurt mußten genügen, zwei Tage Düsseldorf, zwei Tage Hamburg. Meine Krise schien vorbei und vergessen. Ich war wieder voller Schwung, voller Kraft, allerdings noch nicht bereit, auf meine neue Bewaffnung zu verzichten. Ich umging den ›Body-Check‹ am Flughafen mit einer Reise per Pkw. Bei strömendem Regen fuhr ich auf der Autobahn in Richtung Norden. Hinter den Lastern sprühte Gischt und nahm mir die Sicht. Kilometer um Kilometer. Ich verfluchte meine schwachsinnige Furcht und die daraus resultierende Idee, mit dem Wagen zu reisen. Erst nach fünfeinhalb Stunden traf ich in Frankfurt ein, auf dem Parkplatz des Steigenberger-Airport-Hotels. Ich war entschlossen, die leidige Aufgabe, die man mir übertragen hatte, möglichst rasch und schmerzlos und ohne großes Aufsehen zu Ende zu bringen, um dann den Kopf frei zu haben für die wirklich wichtigen Dinge.

Auf dem Weg zum Eingang, dicht neben der Einfahrt, parkte ein Fahrzeug, das mir eigenartig bekannt vorkam. Erst stutzte ich, dann blieb ich stehen und es stockte mir der Atem. Der Koffer in meiner Hand wurde zentnerschwer.

Es war ein beiger Peugeot mit Münchner Nummer. Unter der Heckscheibe lag immer noch die Preisliste von AVIS.

63

Flüchten oder die Nerven behalten? Ich hätte die Chance gehabt zu fliehen. Und die Zeit. Es gibt Gelegenheiten, die kommen nicht wieder. Die läßt man verstreichen und weiß, daß es ein unverzeihlicher, nicht wieder gutzumachender Fehler ist.

»Bitte?«

Ich stand geistesabwesend vor einer jungen, hübschen Frau an der Rezeption des Hotels. Sie hatte mich etwas gefragt und ich wußte sekundenlang nicht, was ich hier sollte. Aber nicht ihr Charme hatte mich auf dem Gewissen, sondern diese verfluchte Angst, die wieder einmal säuerlich in mir aufstieg.

»Ein Einzelzimmer.« Endlich war es heraus und die Dinge nahmen weiter und unaufhaltsam ihren Lauf.

»Hatten Sie bestellt?«

»Ja, natürlich!«

»Ihr Name, bitte?« Sie lächelte voller Nachsicht und Geduld.

»Ach ja!« Jedes Detail mußte sie einzeln erfragen, als stünde ich zum erstenmal vor dem Problem, ein Hotelzimmer zu buchen. Aber gut: »Schwartz, Steffen Schwartz. Schwartz mit ›tz‹.«

Sie nickte, blätterte in ihrer Kartei, fand offenbar, was sie suchte, schob mir den Block mit den Anmeldeformularen hin und legte ein paar Augenblicke später den Schlüssel mit der Nummer ›516‹ daneben. Dann lächelte sie noch einmal abschließend und ging. Der Fall ›Schwartz/516‹ war erledigt.

Ich konzentrierte mich darauf, meine Personalien möglichst rasch und fehlerfrei auf das Papier zu bringen. Dabei ging mir der beige Peugeot nicht aus dem Kopf.

Ein Leihwagen wandert von Hand zu Hand, von Stadt zu Stadt. Ich bin kein Mathematiker, aber die mittlere Zufallserwartung, den gleichen Wagen in München und fünf Tage später in Frankfurt zu treffen, steht bestimmt fünf Millionen zu eins. Oder andersherum: Nach fünf Millionen gefahrenen Kilometern ist die Wahrscheinlichkeit groß, daß wir uns ein zweitesmal begegnen, dieser beige Peugeot und ich. Aber nicht früher. Nicht bereits hier und heute.

Aber nun war das Unmögliche eingetreten, der Wagen stand neben dem Eingang, und es war kein Irrtum möglich.

Wieso treffen Verfolger vor mir ein? Man hätte bei AVIS in München anfragen können, Wagentyp und Nummer mitteilen. Aber dieser Aufwand erschien mir übertrieben.

Ich ging durch die Halle, sie war spärlich besucht, schaute mich um, suchte vergeblich nach verdächtigen Gesichtern. Die Bar war fast leer, die Boutique geschlossen.

Irgendwann erinnerte ich mich an meinen Koffer. Ich hatte für diese Reise von sieben Tagen das Nötigste zusammengepackt. Zugegeben, nach Indien hatte ich wesentlich weniger mitgenommen. Aber diesmal drohte Repräsentation, lauerte der Job. Da ging es um Aufträge und Wiedergutmachung, eine ›Good-Will-Tour‹ nach Canossa!

Der Koffer fand sich an der Rezeption, dort, wo ich ihn stehengelassen hatte. Und der Lift nach oben war inzwischen weg.

Es war ohnehin die falsche Kabine. Ich hatte Grund, wählerisch zu sein.

Die linke Kabine kam als nächste. Ich winkte ab, obwohl ein Herr, der vor mir eingestiegen war, höflich die Tür für mich blockierte. Ich lächelte ihm verbindlich zu, wandte mich zum Gehen und wartete weiter.

Schließlich kam die richtige, die rechte. Die Tür öffnete sich. Ich stieg erwartungsvoll ein, blieb allein, drückte den Knopf zum fünften Stock, stellte meinen Koffer nicht ab, die Türen schlossen sich, schoben sich langsam zu. Ich war angespannt, wie auf dem Sprung, und sah hinauf zur Decke.

Nichts. Kein schleifendes Geräusch eines halbabgestreiften Schuhs. Kein Leichengeruch. Obwohl: wie riechen Leichen? In Krimis wird es mitunter beschrieben, sehr bildhaft, sehr anschaulich, wenn auch schwer nachvollziehbar, wenn die Erfahrung fehlt.

Als in Indien der Wind den heißen Dunst von Verwesung und Fäulnis über das Brachland herantrug, vermischt mit dem beißenden Qualm der Feuerstellen, war das der Geruch des Todes? Oder war er anders? Süßlich-bitter, wie diese blauschimmernden Kloaken am Straßenrand?

Die Liftkabine roch nach nichts, nach einem Hauch Schmieröl, bestenfalls, nach Bodenpflegemittel oder Desinfektion.

Ich stieg im fünften Stock nicht aus, sondern fuhr weiter zum siebten. Als ließe sich an diesem Ort der Tat noch irgendein Indiz aufspüren, ein Zeichen, daß der Alptraum wirklich stattgefunden hatte. Aber da war nichts aufzuspüren.

In der achten Etage stiegen drei junge Frauen zu, in kurzen Badejacken und saunageröteten Gesichtern. Sie füllten den Lift mit ihrem fröhlichen Lachen, mit dem Duft nach ›Body-Lotion‹, mit Spuren verwischten und verwaschenen Parfums und einem Hauch Tannennadel-Extrakt mit Chlor. Sie wirkten enorm entspannt, redeten alle durcheinander in einem harten, melodischen Singsang: skandinavische Stewardessen in Erwartung eines freien Abends, die mich unternehmungslustig musterten.

Im fünften Stock stieg ich aus. ›516‹ war ein Doppelzimmer. Ich packte aus und legte als erstes das Bild des Ermordeten auf das freie Bett. Da stand er nun vor seinem Rednerpult und machte große Politik.

Er war mir immer noch nicht sympathisch. Aber es half nichts.

Irgendwann mußte es sein. Und zwar am besten jetzt. In dieser Minute. Es ging zwar bereits auf acht. Aber bei Mord würde einer der Manager dieses Hotels bestimmt noch zu sprechen sein.

Ich steckte das Bild in die Innentasche meines Jacketts. Dann fuhr ich wieder nach unten.

Die Halle war noch immer fast leer. Nirgends lauerten dunkle Gestalten. Ich hatte feuchte Hände und einen etwas beschleunigten Puls, faßte an mein Jackett und hörte das Knistern des aufgeklebten Zeitungsfotos in meiner Tasche. Mit einer inzwischen zur Routine gewordenen Bewegung tastete ich kurz nach der Waffe in der Außentasche, nach dem kalten Metall, das sich durch sein Gewicht abzuzeichnen begann.

Der Chefportier sah mir erwartungsvoll entgegen. »Ich hätte gern den Manager Ihres Hauses gesprochen.«

Er nickte und verschwand hinter einer Tür. Eine Dame mittleren Alters erschien, sah sich suchend um, der Chefportier zeigte auf mich.

»Herr Kahlenberg, unser Direktor, ist gerade in einer Besprechung.« Sie sprach sehr schnell, sehr leise, sehr routiniert. »Kann ich Ihnen irgendwie helfen?« Vermutlich war sie abkommandiert, Reklamationen abzufangen.

»Es geht um einen Gast, der vor drei Monaten hier gewohnt haben soll. Eine vertrauliche Auskunft.«

Sie zeigte Verständnis. »Da kann Ihnen Herr Scholz sicher weiterhelfen, unser Empfangschef.« Sie warf einen Blick in Richtung der Rezeption und gab mit der Hand ein diskretes Zeichen.

»Ich warte lieber auf Ihren Direktor.« Den Kreis der Mitwisser unnötig auszuweiten, daran hatte ich kein Interesse. »Kann es länger dauern?«

Natürlich beantwortete sie meine Frage, so gut sie konnte, wußte wohl im Augenblick nicht konkret Bescheid, würde mich jedoch benachrichtigen, sobald ein Termin, ich könnte hier in der Halle oder auch im Zimmer warten...

Sie war bemüht. Aber ich nahm ihre Antworten, ihre Bemühungen nicht mehr wahr. Ihre Worte gingen an mir vorüber, als beträfen sie mich nicht. Denn etwas Unglaubliches, Unfaßbares, etwas absolut Überraschendes war in mein Blickfeld geraten:

Keine zehn Schritte von mir entfernt, dort, wo der Weg zur

Telefonzentrale, zur Bar, zum Restaurant von der Halle abzweigte, stand ein junges Mädchen und wartete. Eine Inderin in einem dunkelblauen Kleid mit weißem Kragen.

Manchmal spielt uns die Phantasie einen Streich. Wir sehen, was wir uns wünschen, und wir halten unsere Tagträume für einen Teil der Wirklichkeit.

Aber dies war kein Tagtraum, dies war keine Halluzination. Es fand kein Akt von Geisterbeschwörung statt. Am hellichten Tag. In einer Hotelhalle in Frankfurt am Main.

Ich ging die zehn Schritte, das Mädchen wurde aufmerksam, wandte sich zu mir um. Es war kein Zweifel mehr möglich: Es war Nadira.

64

»Nadira!«

Sie blickte mich an mit großen, ernsten Augen, lächelte nicht, schien auch nicht überrascht, mich hier zu treffen. Aber trotzdem war mir, als huschte ein leiser Schrecken über ihr Gesicht.

»Wo kommst du her?« fragte ich.

Sie blickte kurz an mir vorbei, als beobachte sie jemand hinter meinem Rücken, in diesem breiten Flur mit der langen Reihe schalldicht gepolsterter Türen der Telefonzellen. Aber da war niemand. Wir waren allein. Da flüsterte sie mir zu: »Aus Delhi. Gestern.«

Es war eine eigenartige, gespannte Begegnung. Wie unter Fremden. Ein Wiedersehen ohne Freude, voller Peinlichkeit und Trauer. Wir hatten uns nichts zu sagen. Waren befangen, schwiegen betreten. Als hätte unsere Beziehung bereits in der Phantasie ihre Erfüllung gefunden. Und nun blieb uns nichts mehr, außer der wehmütigen Erkenntnis, daß es für uns beide keine Zukunft gab. Oder doch?

Wenn mir etwas zustößt, hatte Lakshmi gesagt, kannst du Nadira adoptieren.

»Warum bist du gekommen, Nadira? Hierher? Nach Deutschland?«

Sie zögerte, wich meinem Blick aus, verschämt und trotzig und schaute wieder an mir vorbei. Und dann sagte sie leise: »Du weißt es!«

Wegen mir? War sie mir nachgereist? Ich mache mir nicht gerne Illusionen, und ich hasse Enttäuschungen. »Nein. Ich weiß es nicht, Nadira!«

Einen Augenblick lang schaute sie mich skeptisch an. Dann suchte sie schweigend in ihrer kleinen schwarzen Umhängetasche, unsicher, unbeholfen, und brachte schließlich drei Fotos zum Vorschein. Schwarzweiß, Hochglanz, im Standardformat dreizehn mal achtzehn. Die Rückseiten der Fotos, die ich zuerst zu Gesicht bekam, waren gestempelt und mit Zahlen beschriftet. Dann drehte sie die Bilder um, zeigte sie mir, heimlich, verstohlen, als seien sie obszön.

Es waren Polizeifotos eines Toten: ›Dharmendra Choudhari‹. Das Blitzlicht spiegelte sich in den leblosen Augen. Sie starrten erschreckend weit offen in das Objektiv der Kamera.

»Wir mußten herkommen. Ihn identifizieren.« Sie sagte es sehr leise, ohne mich anzusehen, ohne den Blick von diesen Fotos abzuwenden. »Heute vormittag. Es hat lange gedauert. Viele Stunden. Viele Formalitäten. Wir sind doch die einzigen. Außer uns ist niemand mehr da, der das hätte tun können. Die Brüder sind tot. Großvater ist im Parlament. Er ist kein Choudhari, will nichts zu tun haben damit. Niemand blieb übrig. Nur wir.«

Daß ich an dieser Stelle nicht stutzig wurde, nicht nachfragte nach diesem ›wir‹, das lag vermutlich an dieser Flut zu vieler Gedanken, zu vieler Empfindungen, die mir alle gleichzeitig durch mein Bewußtsein schossen. Ich nahm Nadira die Fotos aus der Hand, um sie mir lange und mit Schaudern anzusehen, das langsam in mir aufstieg.

»Es ist Onkel Dharmendra«, erklärte Nadira. »Mamas Schwager. Er wurde ermordet.« Sie sah mich abwartend an, beobachtete mich mit einem prüfenden Blick. Und erst als ich nicht reagierte, fuhr sie fort: »Hier in diesem Hotel. Vor einigen Monaten schon...«

Ich hätte sagen können: ›Ja, ich weiß!‹ Und es fehlte nicht viel, und ich hätte es gesagt. Ein unkontrollierter Reflex. Aber auch um sie zu trösten, um diese Erschütterung zu mildern, das Entsetzen mit ihr zu teilen. Ich habe es nicht gesagt. Und es war ein Fehler.

»Er lag drei Monate in einem Kühlfach«, flüsterte sie mir zu. Und es klang wie ein sensationelles, grauenvolles Geheimnis, das sie nicht für sich behalten konnte. Aber sie hatte lediglich keine Kraft mehr für diese Ungeheuerlichkeit und keinen Mut, solche Dinge laut auszusprechen.

Ich hielt die Bilder hilflos und linkisch in meiner Hand, reichte sie ihr schließlich wieder zurück. Aber sie nahm sie nicht, faßte sie nicht mehr an. Mit dem Handrücken wischte sie sich verstohlen Tränen aus dem Gesicht und wandte sich ab.

Und dann sagte sie etwas. Es klang sehr bitter, sehr anklagend: »Du hast es gewußt! Und du hast ihn gekannt. Und du gibst es nicht zu! Alles hast du gewußt. Daß er getötet worden war. Hier in diesem Haus! Und versteckt! Alles!«

»Mama hat es dir erzählt.«

»Nein. Nicht Mama. Wann denn auch? Sie fuhr mit dir weg aus Bombay. Ich habe sie nur in der Schule gesehen. Und sie hat geschrien. Und sie hatte recht! Und am nächsten Abend war sie tot!« Sie war laut geworden. Sehr laut und sehr unbeherrscht. Sie schluchzte auf. Hielt sich den Arm vor das Gesicht. Wandte sich noch weiter ab von mir. Und ich sah, wie ihr Rücken bebte, dieser schmale Rücken eines Kindes. In dieser dunkelblauen Schuluniform mit dem weißen Kragen. Und ich wagte nicht, sie zu berühren, sie zu trösten, sie ganz einfach in den Arm zu nehmen. Ich ließ sie stehen. Ließ sie allein. Einen Schritt von mir entfernt. Ich hätte nur die Hand ausstrecken müssen. Wenn ich Courage gehabt hätte und keine Scheu, nicht beschämt gewesen wäre von der Lüsternheit, die ich damals in Bombay für dieses Mädchen empfand.

Ich schaute mich um. Unschlüssig, ratlos. Einige zufällige Gäste auf dem Weg zum Lift gingen vorbei und beobachteten uns neugierig. Der Chefportier blickte herüber und die Dame von der Direktion. Sie hatte die Hand gehoben, gab eines ihrer diskreten Zeichen. Diesmal galt es mir. »Herr Kahlenberg hätte jetzt Zeit für Sie!« rief sie mir zu.

Ich winkte ab. »Danke. Das hat sich erledigt!«
Da standen wir nun, einige Minuten lang, wie mir schien. Das schluchzende Mädchen mit dem verhüllten Gesicht. Daneben ich, peinlich berührt von dieser Szene, dieser Situation, die zum Heulen war, zum Schreien. Der Unehrlichkeit überführt. Der Mitwisserschaft an einem Mord, sogar der Mittäterschaft verdächtig. Das gefallene Idol eines Mädchens von fünfzehn Jahren.

»Nadira...!«

Sie schüttelte den Kopf.

»Wir sollten jetzt gehen, Nadira. Irgendwohin. Weg von hier. Und miteinander reden!«

Der Arm gab das Gesicht wieder frei. Die Finger wischten nervös die Tränen ab. Ich gab ihr ein Taschentuch. Die einzige menschliche und sinnvolle Geste, zu der ich fähig war. Aber sie nahm es nicht.

»Nadira. Du wohnst in diesem Hotel. Ja?«

Sie nickte nur.

»Komm mit. Auf mein Zimmer.«

Wieder schüttelte sie den Kopf. »Jetzt nicht«, sagte sie und sah sich ängstlich um.

»Dann eben später. Nadira...« Ich beugte mich zu ihr herunter. Sie sah mich an, aber sie reagierte nicht. »Hast du Angst? Angst vor mir?« Sie verneinte mit einem kurzen, scheuen Blick. »Erwartest du jemand? Bist du allein hier?« Statt einer Antwort sah sie nur an mir vorbei, schien abwesend und eingeschüchtert.

»Nadira. Bitte, hab keine Angst. Aber komm! Komm zu mir. Um zehn, um elf. Wann du willst!«

Sie nickte.

Ich zeigte ihr meinen Schlüssel, den ich die ganze Zeit über krampfhaft in meiner Hand gehalten hatte. »Ich habe ›516‹. Zimmer ›516‹. Siehst du?« Sie warf einen Blick auf den Schlüsselanhänger mit der großen, schwarzen Zahl. »Du kommst bestimmt?! Ja? Ich muß dir alles erzählen. Die ganze, grauenvolle Geschichte. Du mußt sie erfahren, finde ich. Du kommst, ja?«

Sie sah mich nicht an. Nickte wieder. Stumm und nicht sehr überzeugend.

»Nadira! Ich werde alles aufklären. Komm irgendwann. Bitte! Ich warte auf dich!«

Diesmal sah sie mich an, begegnete meinem Blick, und ich hoffte, sie hätte wieder Vertrauen gefaßt.
»Ich mag dich sehr, Nadira, du weißt das. Ich werde dir die Wahrheit erzählen. Das schwöre ich dir! Du wirst kommen, ja?«
Da hörte ich eine Stimme hinter mir, die scharfe, gehässige Stimme eines jungen Mannes: »Es reicht jetzt! Seien Sie still! Lassen Sie Nadira in Frieden! Sie haben schon genug Unheil gestiftet!«
Ich hatte das leicht gutturale, harte Englisch sofort wiedererkannt. Und trotzdem war ich überrascht, als ich mich umwandte, fast entsetzt, als ich sah, wer da hinter mir stand und mir die Fotos aus der Hand riß, diese Polizeifotos eines Toten. »Ich verbiete Ihnen, mit Nadira zu sprechen.« Er sah mich drohend an. »Und sie wird auch nicht zu Ihnen kommen, Mister Schwartz. Nicht um zehn und nicht um elf!«
Er wirkte sehr zornig, sehr unbeherrscht. Er gab Nadira die Fotos zurück. »Steck sie ein! Du mußt ihm die Bilder nicht zeigen. Er weiß doch Bescheid! Er weiß über alles Bescheid! Er war es, der den Toten versteckt hat. Zusammen mit Mama. Er weiß, warum Dharmendra sterben mußte. Und er hat nichts aus dieser Geschichte gelernt.«

65

Rajesh stand vor mir. Die Blessuren der Polizei waren noch nicht verheilt in seinem Gesicht. Er mußte sich in einer dieser Telefonzellen aufgehalten haben, hatte uns von dort aus beobachtet, war irgendwann hinter mich getreten und hatte unser Gespräch belauscht. Den Schluß, zumindest. Die letzten Worte, die letzten Sätze, vielleicht auch mehr. Ich wußte es nicht.
Nur eines wußte ich sofort: Wir waren Feinde geworden. Unversöhnliche Gegner. Rivalen. Und das, was nun zwangsläufig kommen mußte, war eine Entscheidung.
Zwei Busse waren vorgefahren. Eine Reisegesellschaft quoll in

die Halle. Amerikanische Touristen. Laute und fröhliche ältere Leute, Dutzende. Die Frauen, wie immer, in der Überzahl. Eine Seniorenclique von rührender Penetranz. Wir standen plötzlich in einem Strom von Menschen.

»Los, kommen Sie mit!« zischte Rajesh mir zu. Das war nicht mehr der freundliche, schüchterne Sohn dieser autoritären Mutter. »Kommen Sie mit nach draußen!«

Er ging voraus. Schob sich durch die Menge, eilig, rücksichtslos, ohne sich nach mir umzusehen, mit nervösen, tänzelnden Schritten. Und ich folgte ihm ohne Widerspruch und wußte nicht recht, weshalb.

Nadira blieb zurück. Wir brauchten beide keinen Zeugen. Sie schaute uns nach, ängstlich, voller Unruhe. Ihre schmale Gestalt verschwand im Trubel, der diese Halle plötzlich erfüllte. Ich sah sie noch einmal stehen, ein letztes Mal, sah ihren verzweifelten Blick. Dann drängte ich mich hinter Rajesh durch die Drehtür nach draußen.

Es dämmerte bereits. Die Lampen brannten vor dem Hotel, auf der Zufahrtsstraße, dem nahen Autobahnkreisel und auf dem Parkplatz hinter dem Haus. Der Asphalt glänzte im Nieselregen. Ein kalter Wind wehte mir ins Gesicht. Ein deutscher Sommerabend. Ich schlug den Kragen meines Jacketts hoch und lief hinter diesem Jungen her, wie unter Zwang.

Am Rand des Parkplatzes drehte er sich zu mir um. »Nun, wie gehen die Geschäfte?«

»Danke, aber welche Geschäfte meinen Sie, Rajesh?« Ich wußte, auf welchen Irrtum er hinauswollte, aber ich versuchte Zeit zu gewinnen.

»Ich meine alle Ihre Geschäfte! Sie müssen doch sehr glücklich sein, so wie alles gelaufen ist, sehr zufrieden. So erfolgreich, so profitabel. Die Reise nach Indien hat sich anscheinend für Sie gelohnt. Bis auf die tragische Panne mit ihrer Geschäfts-Partnerin.« Er lief einfach weiter, achtete nicht darauf, ob ich ihm folgen würde, an diesem beigen Peugeot vorbei, den er nicht weiter zur Kenntnis nahm, immer eine ganze Wagenbreite von mir entfernt.

»Am Tod meiner Mutter bin ich unschuldig!« rief er mir zu. »Damit habe ich nichts zu tun. Die Ermittlungen gegen mich haben nichts ergeben. Sonst wäre ich doch wohl nicht hier?! Oder glauben Sie, ich sei heimlich ins Ausland geflüchtet?«

Er war einer Pfütze ausgewichen, sprang über eine zweite. Dann kam er direkt auf mich zu: »Sie werden sich neue Kontakte suchen müssen. Aber das ist sicher kein Problem für Sie! Die Lobby, die Sie brauchen, die findet sich quer durch alle unsere Parteien. Bis hin zu den Kommunisten. Alles größenwahnsinnig gewordene Patrioten. Sie können ganz sicher sein. Jeder Dollar, den wir bei Ihnen erbetteln, fließt zurück in Ihre Taschen. Ob das sinnvoll ist, bezweifle ich. Aber für Sie persönlich ist das immer ein gutes Geschäft!«

Er war atemlos und hektisch neben mir hergelaufen. Seine Sätze und Beschuldigungen prasselten ohne Pause auf mich ein. Ein Damm war gebrochen. Ein Strom von Aggressivität suchte sich seine Bahn. Ich war für Augenblicke sprachlos, auch wehrlos. Denn jedes vernünftige Wort zu meiner Verteidigung mußte für ihn einfältig und provozierend klingen.

Ich versuchte es trotzdem: »Sie täuschen sich in mir. Sie haben sich immer in mir getäuscht. Ich besitze eine Werbeagentur und meine Reise nach Indien war rein privat!«

»Ja, ich weiß!« Er lachte zynisch und drängte mich zwischen den parkenden Wagen hindurch, die eng beieinander standen und kaum Platz ließen, sich gegenseitig auszuweichen.

»Ein Tourist auf Geschäftsreise, ich erinnere mich, der sich für nichts interessiert, was andere Touristen in Indien suchen. Ein Gast der Choudharis. Ich weiß, was das heißt, ein Choudhari zu sein. Ich bin auch ein Choudhari. Einer der letzten. Und ich schäme mich dafür!«

Zwei Wagen waren langsam und in kurzem Abstand auf den Parkplatz gefahren. Wir wichen beide instinktiv den Scheinwerfern aus. Die Lichter erloschen, Türen öffneten sich, Leute stiegen aus, schwätzten und lachten. Das war nicht der richtige Ort, grundsätzliche Meinungsverschiedenheiten auszutragen.

Ein Reitweg berührte den Parkplatz, führte im Halbrund an ihm vorbei und lief dann im rechten Winkel hinein in den Wald. Es war einer dieser dichten Föhrenwälder, wie man sie beim Landeanflug auf Frankfurt unter sich vorbeiziehen sieht.

Eine Maschine donnerte gerade dicht über uns hinweg, unsichtbar in den tiefhängenden Wolken, der nahen Landebahn entgegen.

Einen Augenblick lang hatte ich Angst. Von Minute zu Minute war es dunkler geworden. Der Wald rechts und links dieses Reitwegs wirkte düster und drohend. Und Gulshan hatte mich vor Rajesh gewarnt.

Ich schaute mich um nach Verfolgern. Nach den Insassen des Peugeot. Vielleicht nahmen sie mich zu dritt in die Zange. Versuchten mir den Rückweg abzuschneiden. Aber niemand war hinter uns. Ich hätte Schatten sehen müssen gegen den hellen Himmel, in der Mitte der Schneise. Vielleicht schlichen sie auch dicht neben uns durch den Wald.

Aber ich lief weiter neben ihm her. Die Sucht, dieser Trieb, Irrtümer aufzuklären, mich zu verteidigen, die absurden Beschuldigungen zurückzuweisen, recht zu behalten, war größer als jede Vernunft. Und es war unklar in diesem Augenblick, wer wen in eine Falle locken wollte.

»Hören Sie, Rajesh, Sie verbohren sich da in eine fixe Idee! Ja, ich habe ihre Mutter hier in Frankfurt kennengelernt. Auf dem Flughafen. Und hier, in diesem Hotel. Und auch Ihren Onkel. Und ich war dabei, als sie ihn ermordet aufgefunden hat und sich nicht mehr zu helfen wußte. Was wir taten, war illegal. Aber sie hatte Angst vor unabsehbaren Schwierigkeiten. Sie war mir dankbar für alle Hilfe. Und ich war dafür in Indien ihr Gast. Das war alles, die ganze Geschichte. Und ich schwöre Ihnen, ich habe mit den Waffengeschäften Ihrer Familie nicht das geringste zu tun!«

»Schwört es sich so leicht in Europa? In Ihren Kreisen?« Er kam ganz dicht auf mich zu. Eine Spur zu dicht, und seine Augen funkelten mich in diesem Dämmerlicht böse an. »Bei unserem Staatssicherheitsdienst in Delhi gehen Sie ein und aus. Haben mich denunziert, nachdem mich diese Polypen verhaftet und dann zusammengeschlagen haben. Weil ich einfach zuviel weiß!« Er fuhr mit der Hand durch die Luft, als müsse er auslöschen, was an Verdacht und gefährlichem Wissen greifbar zu werden begann.

»Mit diesem Gulshan machen Sie gemeinsame Sache!« rief er mir zu und kam so dicht, daß ich seinen Atem riechen konnte.

»Teilen sich geschmackloserweise meine Mutter mit ihm! Mit diesem Schnüffler und Meuchelmörder, der mich seit Jahren aus dem Weg räumen will! Der meinen Vater erschießen ließ. Durch seine eigenen Leute. Aus politischen und taktischen Motiven! Und aus Rivalität! Seinen ›besten Freund‹, wie er immer noch sagt. Vielleicht hat er es auch selbst getan. Eigenhändig! Nur nachzuweisen war ihm nichts! Denn die Ermittlungen leitete er persönlich. Und da waren die Urheber dieser Bluttat eben diese ›Neuen Thugs‹, die doch geschworen hatten, niemals Blut zu vergießen!«
Rajesh hatte diese Ungeheuerlichkeit hinausgeschrien in die Nacht, unkontrolliert, atemlos, als müsse er diesen Wahnsinn irgendwann an irgend jemand loswerden. Er wischte sich mit beiden Händen über das Gesicht, das vor Nässe glänzte, zog die Schultern hoch und fröstelte.
»Mit solchen Leuten arbeiten Sie zusammen!« attakierte er mich von neuem. »Fliegen auf Kosten meines Landes Erster Klasse zurück nach Europa. Besuchen Ihre Auftraggeber, diese Rüstungskonzerne, einen nach dem andern. Um aus Indien schöne Grüße zu überbringen? Von ihren Freunden? Oder Aufträge in Millionenhöhe? Oder wozu? Oder schwören Sie, gar nicht dort gewesen zu sein? Haben Sie einen Doppelgänger? Sind Sie vielleicht gar nicht dieser Mister Schwartz, der tatkräftig mithilft, mein Land in einen wahnwitzigen Bankrott zu treiben?«
Ich versuchte zu lachen. Die Verkettung der Umstände, der Irrtümer, der Mißverständnisse war nicht mehr zu entwirren. Nicht mehr mit Logik und Vernunft. Vielleicht nur noch mit Sarkasmus.
»Es waren also Ihre Freunde, die mich verfolgt haben. Von Konzern zu Konzern. Durch die halbe Stadt. Auffällig und dilettantisch. Bei dieser Gelegenheit hätten sie sich bei mir persönlich erkundigen können nach meiner Mission. Ich hätte es ihnen gerne gesagt: Ich war ausgeschickt worden, den vermißten Dharmendra Choudhari zu suchen. Ausgerechnet ich. Der einzige, der wußte, daß dieser Mann tot war und wo er zu finden sein würde!«
»Der einzige? Ich wußte es auch! Viele wußten es. Meine Freunde. Die, die ihn getötet haben. Man hätte sie nicht ge-

braucht. Nicht dafür. Aber ich habe Sie gewarnt! Damals im Zug. Sie haben mir nicht geglaubt und mich nicht verstanden. Weil Sie mir nicht glauben und mich nicht verstehen wollten! Weil Sie mich und meine Freunde nicht ernst genommen haben. Aber wir werden uns den nötigen Respekt schon verschaffen. Auch bei Ihnen, Mister Schwartz. Und zwar sehr bald!«

Er klang mit einemmal nicht mehr hysterisch, sondern gefährlich. Wir waren etwa fünfzig oder hundert Schritte in diesen Wald hineingegangen. Die Bäume standen dicht und begrenzten diesen schmalen und von Hufen zerstampften und aufgeweichten Reitweg wie eine hohe, schwarze Wand. Ich ließ Rajesh nicht aus den Augen. Er ging immer noch dicht neben mir her. Unsere Schultern berührten sich fast. Diese knappe Distanz beunruhigte mich. Denn mit jedem Schritt, den ich auswich, folgte er mir nach. So beschleunigte sich unser Tempo immer mehr. Noch griff er mich nicht an, ruderte mit seinen Armen durch den stärker werdenden Regen, sprach mit großen Gesten. Es genügte also, ihm auf die Hände zu sehen, jede Bewegung genau zu beobachten. Er würde nicht ungestraft nach einer Waffe greifen.

Ich hatte meine Fäuste in den Außentaschen des Jacketts vergraben, und das Metall des Revolvers war nicht mehr eisig und kalt. Es hatte die Hitze meiner Hand angenommen, mit der ich den Griff umklammerte. Und der Lauf war ständig auf ihn gerichtet. Denn ich hatte Angst.

Wieder flog ein Jet dicht über uns hinweg und Rajesh brüllte gegen das Donnern der Triebwerke in mein Ohr: »Vielleicht wollen Sie Fakten hören, die in jeder Zeitung nachzulesen sind?!« Er war dicht vor mir stehengeblieben, ganz plötzlich, und verstellte mir den Weg. »Fast die Hälfte meines Volkes hungert. Und um sein schlechtes Gewissen zu beruhigen, zahlt Ihr Land, die Bundesrepublik Deutschland, vierhundert Millionen Deutsche Mark sogenannte ›Entwicklungshilfe‹ nach Delhi! Und der doppelte Betrag, nämlich 800 Millionen, fließt aus Indien nun zurück an eine einzige deutsche Firma, an die Howaldtwerft in Kiel, für ein U-Boot-Geschäft. Das finden Sie in Ordnung, ja?«

Der Jet entfernte sich, aber Rajesh brüllte mir weiter ins Gesicht: »Und in Frankreich kauft Indien demnächst 150 Kampfflugzeuge vom Typ ›Mirage-2000‹. Das kostet unser Land 900 Millionen englische Pfund. Das sind über vier Milliarden Mark. Ein einziger Auftrag! Das ist wesentlich mehr, als sich der Hungerleider Indien aus aller Welt in diesem Jahr an Unterstützung zusammenbettelt. Und auf diese ›Almosen‹ lauern Leute wie Sie, bevor diese ›Entwicklungsgelder‹ überhaupt in unseren Händen sind!«

Das nächste Flugzeug senkte sich in die Anflugschneise. Diesmal waren die Scheinwerfer wie milchige Kegel in den Wolken zu erkennen und schemenhaft der Schatten mit den Positionslampen. Aber Rajesh wartete den infernalischen Lärm nicht ab. »Was muß mit Menschen wie Ihnen geschehen«, brüllte er, »bis endlich Frieden herrscht auf dieser Welt? Wie wird man euch verdammte Schweinehunde los? Unsere Warnungen nehmt ihr ja nicht ernst! Hier...!«

Der erste Schuß aus meinem Revolver löste sich noch in der Tasche meines Jacketts. Ich mußte ihm zuvorkommen, ich hatte keine Wahl, reagierte in Todesangst. Zu rasch, zu hektisch, hatte er in seine Jacke gegriffen.

Er sprang in die Luft, als die Kugel ihn durchbohrte, riß den Mund weit auf, um Luft zu holen. Dann taumelte er zurück, preßte die linke Hand auf seinen Leib und fiel gegen einen Stamm. Das hatte nur eine Zehntelsekunde gedauert.

Er wollte wohl etwas sagen, aber der Schock lähmte ihn. Er stand aufrecht. Ich starrte auf seine rechte Faust. Aber er war nicht mehr fähig, sie zu öffnen. Das war das zweite Zehntel.

Und auch der Rest dieser Wahnsinnstat, bis zu ihrem Ende, vollzog sich im Rhythmus weiterer Zehntelsekunden.

Ich war nicht zu feige gewesen, die Waffe zu ziehen. Ich war auch keineswegs unfähig zu schießen, nicht zu ungeübt, nicht zu ungeschickt. Und geschockt war ich erst, nachdem alles vorüber war.

Die Waffe schlug mit jedem einzelnen Schuß gegen mein Gelenk und schien mir die Hand abzureißen. Rajesh zuckte wie unter elektrischen Schlägen. Er stand wie angenagelt an diesem Baum. Und erst als die Waffe leer war, als ich sie von mir schleuderte, einfach weg und fort in das dichte Unterholz, da stürzte er nach vorn, mir entgegen.

Ich hatte keinen einzigen dieser Schüsse gehört. Der Jet, der dicht über uns in den Regenwolken im Anflug auf Frankfurt-Airport war, hatte jedes Geräusch verschluckt. Auch die Schreie von Rajesh. Aber er hatte ja nicht geschrien. Er war stumm geblieben und erstaunt. Nun lag er auf dem Gesicht. Im Regen. Die rechte Faust weit von sich gestreckt. Sie hielt etwas umklammert, und langsam löste sich der Griff.

Nein, er hatte mich nicht mit einer Waffe bedroht. Trotzdem war es Notwehr gewesen: In seiner Hand lag mein Todesurteil, die schwarze Münze der Göttin Kali.

66

An meine Flucht aus dem Morast dieses Reitwegs erinnere ich mich nicht mehr. Ich rannte über den Parkplatz, auffällig und in Panik, und dann durchquerte ich die Halle. Sie war erschreckend leer. Nadira war verschwunden.

Ich war naß und verdreckt, hielt die Hand auf die durchschossene Tasche meines Jacketts. Der Stoff war zerfetzt und schwarz verschmaucht.

Die Haare hingen mir ins Gesicht. Der Empfangschef musterte mich kritisch, auch der Portier. Aber sie sahen nicht, wie ich zitterte. Es war wie Schüttelfrost. Nur kam er nicht von der Nässe, nicht von der Kälte.

Ich fuhr nach oben, zog mich um, trocknete mir die Haare, blickte in den Spiegel im Bad: So sieht also ein Mörder aus. Eigenartigerweise hatte ich andere Vorstellungen von Verbrechervisagen.

Ich hätte meinen Koffer zusammenpacken und verschwinden können, mich in Sicherheit bringen vor den Nachforschungen der Polizei und vor der Bedrohung dieser Seidentuch-Mörder. Hier sitzenzubleiben und auf seine Hinrichtung zu warten oder auf seine Verhaftung, war schwachsinnig und absurd. Aber ich sah keinen Sinn mehr darin, mich aus der Verantwortung zu stehlen und eine Geschichte, die zu Ende ist, unnötig zu verlängern.

Ich blieb. Und ich wartete auf Nadira.

Sie kam nicht um zehn, nicht um elf. Am Telefon ihres Zimmers im achten Stock meldete sie sich nicht.

Ich setzte mich also an den schmalen Tisch und brachte diesen Bericht hier zu Papier. Auf den Briefbogen des Hotels, auf dem Notizblock mit den blauen Initialen meiner Agentur, in meinem Terminkalender. Der wies seit Ende April keine Eintragungen mehr auf. Und auch die restlichen Seiten bis zum Ende des Jahres würden wohl leer bleiben.

In einer knappen Stunde wird es hell. Ich habe die Nacht genutzt und versucht zu beschreiben, was geschehen ist. Warum es geschehen ist. Warum es so und nicht anders geschehen mußte. Soweit ich es begriffen habe. Sofern es überhaupt zu begreifen ist.

Ich habe die schwarze Münze der Göttin Kali in der Hand des Toten gelassen. Vermutlich war es die, die er von mir erhalten hatte, damals im Zug, zwischen Delhi und Mathura.

Und wenn ein Fluch auf diesem blankgeputzten, abgegriffenen Stück Metall ruhen sollte: Ich habe seit Lakshmis Tod eine dieser Münzen mit mir herumgetragen. Jetzt liegt sie vor mir auf dem Tisch.

Ich habe seit Stunden auf jedes Geräusch gelauscht, draußen auf dem Gang, auf Schritte und Stimmen. Aber seit Mitternacht blieb alles still. Bis vor wenigen Minuten.

Mir war, als hätte ich Flüstern gehört. Lautes Atmen. Ich bin sicher, die Klinke hatte sich eben bewegt.

Ich werde jetzt aufstehen und öffnen. Ich hoffe, daß es Nadira ist, die vor meiner Tür steht und wartet.

Seine Bücher sind Bestseller.
Seine Filme gewinnen weltweit viele Auszeichnungen.

RAINER ERLER
Autor und Regisseur

Die Verfilmungen von drei seiner bekanntesten
Romane erhalten Sie jetzt exklusiv bei

STARLIGHT VIDEO

FLEISCH   Die letzten Ferien   PLUTONIUM

Best.-Nr. 238
Die illegitimen Erben
des Dr. Barnard auf
Menschenjagd.

Best.-Nr. 239
...mehr als ein Thriller!
Habgier und Mord gegen
Menschlichkeit und Toleranz

Best.-Nr. 240
Ein Polit-Thriller voll
tödlicher Brisanz und
beängstigender Aktualität

Verleih und Verkauf
In Videotheken und
beim Rundfunkhandel.

In den Systemen:
**VHS · BETAMAX
VIDEO 2000**

STARLIGHT-VIDEO · Postfach 10 27 04 · 4630 Bochum 1